서창은 장편소설

블랙홀

서창은 장편소설

블랙홀

집사재

블랙홀

초판 1쇄 인쇄일 | 2012년 11월 15일
초판 1쇄 발행일 | 2012년 11월 20일

지은이 | 서창은
발행인 | 유창언
발행처 | 집사재
출판등록 | 1994년 6월 9일
등록번호 | 제10-991호

주소 | 서울시 마포구 서교동 377-13 성은빌딩 301호
전화 | 335-7353~4
팩스 | 325-4305
e-mail | pub95@hanmail.net / pub95@naver.com

ISBN 978-89-5775-152-7 03810

값 13,500원

차례

1.검은 인연

버스는 부산의 중심지인 조방 앞에서 멈춰 섰다. 힘들게 장거리를 달려온 버스도 안도의 한숨을 내쉬는지 '피슉' 하는 소리와 함께 정차했다. 광민은 짐받이에서 가방을 내려 어깨에 짊어지고 차에서 내렸다. 얼마나 마음속으로 그리워하던 도시였던가.

광민은 어둠이 깔려 있는 도시의 밤거리로 발걸음을 옮기기 시작했다. 현란한 간판의 불빛이 번쩍거리는 범일동 밤거리를 정한 곳 없이 걷고 있었다. 하늘에는 낮은 구름들이 두텁게 드리워져 밤거리를 음산하게 만들고 있었다.

오랜 시간을 차에서 보낸 탓인지 시장기가 돌았다. 광민은 밥을 먹을 만한 곳을 찾아 이리저리 눈을 돌렸다. 그때 광민의 눈앞에 나이트클럽 네온사인 밑의 포장마차가 보였다. 광민이 불쑥 포장마차 안으로 들어서자 젊어 보이는 아주머니가 일어나서 반갑게 맞았다. 아주머니는 마침 손님을 보내고 막 의자에 앉아 한숨을 돌리던 참이었다.

"아이고! 어서 오이소. 멀리서 오셨는가 보네예?"

"아! 예. 근데 어떻게 아셨습니까?"

"척 보모 알지예. 시외버스 주차장이 요 안에 있는 데다가 어덴가 모르게 외지에서 온 분들은 자연스럽지가 않그덩예."

광민은 아주머니의 친근한 사투리로 부산에 막 도착했다는 사실을 실감하고 있었다.

"아, 예!"

"뭣 좀 드리까예?"

"예. 소주 한 병하고 안주 아무거나 좀 주십시오."

열여덟에 자원입대해서 군복무를 마치고 스물한 살이라는 아직도 어린 나이에 전역한 날이었다. 30개월을 가득 채우고 거기다 추가로 19일을 더 생활하고 나온 군대였다. 동기들은 이미 두 달 전에 제대했지만 광민은 병영 교육의 혜택을 못 받았기 때문에 30개월을 꼬박 채워야만 했다. 게다가 올림픽을 앞두고 있어 특명이 늦게 끊겨 12일이나 손해를 보았고, 7일간의 사단 영창 생활이 더해졌던 것이다. 사회에서야 19일이 아무것도 아니지만 군에서의 19일은 하루하루가 지옥 같은 시간이었다.

광민이 어린 나이에 입대할 수 있었던 데는 당시 88올림픽을 서울에서 열기로 결정되어, 부득이 보병 정규군을 20만 명 증원해야 했던 국방부의 사정이 있었다. 무리한 증원 계획으로 인해 웬만한 지원자들은 대부분 입대가 가능했고, 덕분에 고등학교 1학년 중퇴인 광민도 입대를 할 수 있었다.

"서광민 병장, 전역을 진심으로 축하한다. 어린 나이에 사회에 나가는 만큼 첫발을 잘 디뎌라. 그리고 그곳에 네 뼈를 묻을 각오로 살아라."

전역하던 날 대대장이 했던 그 말이 자꾸 떠올랐다. 분명 광민을 위해서 해준 말이었을 것이다. 잠시 생각에 잠겨 있던 광민은 머리를 털며 더는 과거의 기억을 떠올리지 않기로 했다. 이제 막 군대를 제대해 한 사람의 민간인이 되었으니 마음 편하게 술잔을 기울이고 싶었다. 자유라는 이름의 친구와 함께.

광민은 잔에 소주를 가득 채운 뒤 단숨에 입안으로 털어 넣었다. 뜨겁고 쓴 기운이 입안에서부터 위장까지 타듯이 흘러내려갔다. 그러고선 빈 잔에 다시 술을 가득 채웠다. 바로 또 한 잔을 들어 입안에 털어 넣었다. 그제야 조금 마음이 안정되는 것 같았다.

"뭔 술을 그렇게 급하게 마십니꺼? 안주도 아직 안 나왔는데예."

"예, 천천히 하십시오. 괜찮습니다."

아주머니는 광민이 걱정되어서인지 천천히 마시라고 달랬

다. 광민은 연한 미소로 아주머니를 안심시켰다.

밤 10시가 넘으면서 진한 어둠 때문에 더 밝아 보이는 화려한 조명들이 춤을 추기 시작했다. 광민은 소주 한 병을 채 다 마시지 않고 포장마차를 나왔다. 그러곤 현란하게 흔들리는 도시의 불빛 속으로 빨리듯 걸어 들어갔다. 좋은 기분으로 마신 술기운 때문인지 세상이 아름답게 보였다. 지나가는 사람들도 멋있고, 늘씬한 다리를 자랑하며 걸어가는 아가씨들도 아름답게 보였다. 모여 있으면서도 따로 노는 듯한 네온사인들마저도 근사하게 보였다. 그래서 모두들 이 도시로 모여드는구나 하고 광민은 생각했다.

광민은 그렇게 범일동의 중심지인 금탑예식장 앞을 걸어가고 있었다. 그때 10대 후반으로 보이는 어린 친구가 조심스럽게 다가왔다.

"저기, 아저씨예, 저희 집에서 술 한잔하고 가이소. 아가씨들도 예쁘고예, 술도 싸게 드릴께예."

일명 삐끼였다. 광민은 선선히 그 아이에게 앞장서라는 눈짓을 해 보였다. 어린 친구가 앞장서서 걷더니 곧이어 길가의 2층 계단으로 안내했다.

"여깁니다, 손님."

술집 안은 어깨 높이의 칸막이로 테이블이 나눠어 있었고 테이블 숫자가 꽤 많아 보였다. 시끌시끌한 분위기에 웃음소리와 고함 소리가 뒤섞여 정신이 없었다. 광민은 어린 나이였지만 군대 생활을 통해 일사불란하고 정리 정돈된 분위기가 몸에 익어 있었다. 때문에 이런 난장 같은 분위기가 낯설고 어색했지만 일단 들어온 이상 한번 경험해 보는 것도 나쁘지 않겠다고 생각했다.

광민이 잠시 기다리자, 앳되어 보이는 아가씨가 다가와 반갑게 인사를 했다.

"어서 오세요. 이쪽으로 오세요."

광민은 고개를 끄덕이고 그녀를 따라 걸어갔다. 그녀는 구석진 자리의 테이블로 광민을 안내하며 웃음을 지었다.

"잠시만 기다리세요."

그녀는 자리를 뜨더니 곧 맥주 세 병과 안주를 들고 돌아왔다.

그녀는 테이블 맞은편에 앉아 술을 따르며 말을 건넸다.

"저는 스무 살이고예, 이름은 희경입니다. 잘 부탁드립니다."

뭘 잘 부탁한다는 것인지는 모르겠지만 듣기에 싫지는 않았다.

"자! 한잔하세요."

"그러죠."

"건배해요, 우리."

그녀는 잔을 들어 광민의 잔에 부딪치며 건배를 외쳤다. 광민은 건배하자는 그녀의 제안을 모른 체할 수 없어 단숨에 잔을 비우고 빈 잔을 내려놓았다.

"아유! 우리 오빠야 술 잘 마시네예. 자, 한 잔 더 드세요."

"예."

"또 건배."

"잠깐. 좀 있다가 합시다. 배가 불러서요."

"아니, 무슨 남자가 맥주 한 잔에 배가 부르다고 그랍니까? 두 잔이 기본인 거 모르는가베요?"

"……."

광민은 또 할 수 없이 그녀가 권하는 대로 잔을 들어 시원하게 넘겼다.

"아유! 우리 오빠야 진짜 마음에 든다. 호호호."

그녀의 기분 나쁘지 않은 재촉에 급하게 잔을 들이켰던 광민이 잔을 내려놓는 순간, 갑자기 머릿속이 혼미해지며 호흡이 가빠 왔다. 정신을 차리려고 애를 썼지만 이미 앞에 앉은 그녀의 얼굴이 두 개로 혹은 세 개로 보이다가 가까워졌다 멀어지기를 반복했다. 심한 어지러움으로 광민의 상체가 테이블 위로 무너지듯 쓰러졌다.

광민은 초소에서 근무를 서고 있었다. 초소의 야간 근무는 4개 초소를 밀어내면서 2인 1조로 서는 방식이었다. 그날도 고참과 함께 근무지에 나갔는데 고참 근무자가 갑자기 자신이 근무하는 초소로 광민을 불러들였다. 근무자들은 초소 안과 밖을 지켰는데 초소 안에는 칸막이가 있어 바람막이로 이용되었기 때문에 주로 고참병이 근무를 서고 있었다. 밖에 있는 초소에서 근무를 서고 있는 광민의 계급은 이등병이었다. 난데없는 고참의 호출에 뛰어들어간 광민은 고참 앞에 부동자세로 섰다. 고참은 철모를 벗어 들더니 갑자기 광민의 철모 위를 내려쳤다. 철모를 쓴 상태에서도 그 충격에 광민의 몸이 휘청거렸다.

머리에 충격을 심하게 받은 광민이 잠시 벽에 기대 호흡을 가다듬는데 고참의 군홧발이 온몸으로 치고 들어왔다. 군기가 바짝 들어 있던 광민이었지만 이러다가 죽겠다 싶어 고참의 턱에 주먹을 날렸다. 설마 후임이 공격할 것이라고는 생각도 못하고 있던 고참은 턱을 만지며 멍하니 서 있었다. 연이어 광민의 주먹이 옆구리를 가격하자 신음 소리를 내며 주저앉았다. 광민은 바닥에 주저앉아 있는 고참의 머리를 군홧발로 내리찍고서는 총과 탄피를 풀어 고참이 있는 초소 안에 던져 버리고 철조망을 넘었다. 철조망 너머에는 민가가 있었기 때문에 무조건 산을 향해 죽어라고 뛰었다.

산속으로 들어간 광민은 당장의 위기는 모면했지만 앞으로가 문제였다. 고민에 고민을 거듭한 광민은 산에서 내려와 일단 부대의 담벼락 외곽에 몸을 숨겼다.

초소에서 걸려 온 전화로 탈영 보고를 받은 상황실에서는

5분 대기조를 긴급 투입해 외곽 지역을 신속하게 차단했다. 그리고 전 병력을 동원해 인근 지역을 샅샅이 수색하며 압박했다. 담벼락 밑에 숨어 있던 광민에게 대대장의 목소리가 들렸다.

"광민아, 나 대대장이다. 내 목소리가 들리면 나와라. 아직까지는 괜찮다. 내가 책임진다. 나만 믿고 나와라."

"……."

하지만 계속된 설득에도 아무런 반응이 없자 대대장은 중대장에게 철수 명령을 내렸다.

"모두 철수해라."

순간 광민의 머릿속에서 지금 내려가야만 살 수 있다는 생각이 들었다. 광민은 벌떡 일어나 대대장의 목소리가 들리던 방향을 향해 달리기 시작했다. 철수하던 병력들이 광민의 갑작스러운 출현에 경계의 자세를 취했다. 대대장 앞으로 달려간 광민은 무릎을 꿇고 눈물을 흘리며 진심으로 용서를 빌었다.

그러자 대대장은 꿇어앉은 광민의 어깨를 어루만지면서 말했다.

"됐다. 이걸로 됐다. 자! 가자."

주위에 있던 고참들은 눈에 쌍심지를 켜고 잡아먹을 듯이 광민을 노려보았지만 대대장의 한마디에 더는 토를 달지 못했다.

대대장은 집무실에 들어가자마자 전화 다이얼을 돌렸다.

잠시 후 연대장이 연결되자 대대장이 연대장에게 보고했다.

"연대장님, 이번 일은 제가 알아서 처리하면 안 되겠습니까?"

하지만 연대 쪽의 분위기가 심상치 않은 것 같았다.

"예. 빨리 연락을 좀 주셨으면 합니다. 충성!"

대대장은 전화를 끊고 나서 담배 한 개비를 꺼내 물었다. 반쯤 피웠을 때 전화벨 소리가 요란하게 울렸다.

"예. 대대장입니다. 아, 예, 연대장님. 감사합니다. 충성!"

전화기를 내려놓은 대대장은 그제야 긴 한숨을 토해 내더니, 담배를 비벼 끄고 중대장을 호출했다.

"이놈들 이거 군기 좀 잡아야지. 이래서야 되겠어?"

내무반에서는 광민과 싸웠던 고참도 완전군장을 꾸리고 있었다.

"니들은 내일 아침까지 연병장을 돈다. 중대원들은 이놈들한테 물 한 모금도 주지 마라. 알겠나?"

"예. 알겠습니다."

칠흑같이 어두운 그믐밤이었지만 유난히 밝은 별빛이 그나마 어두운 연병장을 밝혀 주고 있었다. 하염없이 뛰고 뛰어도 끝이 보이지 않는 연병장의 어둠은 영원히 걷힐 것 같지 않았다.

얼마나 지났을까. 바닷속처럼 무겁게 가라앉은 적막을 깨고 굵고 퉁퉁한 고함 소리가 아련히 들려왔다. 꿈속인 듯 생시인 듯 주위가 소란스러웠다. 이어서 여러 사람이 급하게 계단을 올라오는 소리가 들렸다.

"어떤 새끼고? 어데 있노, 그 새끼?"

"예. 저깁니다. 저기 뻗어 있는 저 새낍니다."

종업원의 대답하는 소리가 들리더니 누군가 광민의 의자 뒤로 걸어와 뒷덜미를 단단하게 움켜잡았다. 그러곤 맥없이 흐느적거리는 광민의 몸을 일으켜세웠다. 그제야 광민의 눈이 힘겹게 열렸지만 여전히 주위의 모든 것이 흐릿하게 보였다. 정신을 차리려고 기를 썼지만 제대로 서 있기도 힘든 상태였다. 사내가 광민의 멱살을 거세게 움켜쥐며 소리쳤다.

"야, 이 새끼야! 술을 처뭇으모 계산을 해야 할 거 아이가? 이 대가리에 피도 안 마른 새끼가 술버릇은 완전히 개구만, 이 새끼!"

사내의 목소리가 광민의 귓속에서 웅웅거리며 울렸다.

"아이고, 마이도 드셨십니다. 혼자서 양주를 두 병이나 까셨네, 이 새끼가."

그제야 광민의 희미한 시야로 빈 양주병 두 개와 우유병, 양주잔이 들어왔다. 순간 광민은 뭔가 잘못되었다는 것을 직감적으로 느꼈다. 그리고 본능적으로 몸에 힘을 실어 보았다. 그러나 여전히 몸은 해파리처럼 흐느적거리기만 할 뿐 힘이 들어가지 않았다. 혹시 식물인간이 되면 이런 느낌일까 하는 생각이 들었다.

“야! 야! 야이 새끼야! 돈 내노라고, 돈!”

무기력하게 멱살을 잡힌 채 서 있는 광민에게 일행 중 하나가 달려들어 여기저기 뒤지더니 바지 뒷주머니에 있는 지갑을 꺼냈다.

“씨팔! 이 새끼 돈도 없네. 좆같은 새끼. 니미 씨팔.”

그러고선 지갑에 있는 돈을 남김없이 빼더니 자신의 주머니에 찔러 넣고 지갑은 테이블 위로 집어던졌다.

아무리 정신이 혼미하고 몸은 허우적거렸지만, 광민은 동물적인 본능으로 멱살을 잡고 있는 상대의 멱살을 같이 잡아쥐었다. 정신을 잃기 전 기억이 조금씩 되살아나고 있었다.

“어쭈! 이 새끼 이기 함 해보자 이기가? 그래, 따라온나, 새끼야.”

사내는 멱살을 우악스럽게 움켜쥐고 광민을 거칠게 끌어당겼다. 그러자 마주 멱살을 잡고 있던 광민의 손이 힘없이 풀리며 끌려갔다. 멱살을 마주 잡았다는 것만으로도 사내의 얼굴은 심하게 일그러져 있었다.

굴러떨어지듯이 계단을 타고 끌려 내려간 광민의 몸이 새벽 어두운 골목길에 내동댕이쳐졌다. 화려했던 거리의 광고판들도, 술 취한 채 왁자지껄하던 행인들도 모두 사라진 시간이었다. 간간이 먼 곳에서 들리는 취객들의 고함 소리, 새벽을 달리는 차량 소리만 어두운 골목길을 채우고 있었다.

광민을 끌고 나온 일행은 외진 골목길의 전봇대 옆에 광민을 세워 놓고 돌아가며 주먹질과 발길질을 가했다. 두 놈이었다. 아마도 종업원들은 가게 문을 닫고 돌아간 모양이었다. 하지만 두 놈뿐이라 해도 몸조차 제대로 가눌 수 없는 광민에게 이것은 싸움이 아니라 일방적인 구타일 뿐이었다. 빈 곳을 찾아 파고드는 주먹질과 발길질을 피하려고 안간힘을 썼지만 그럴수록 그들의 폭행은 더 집요해질 뿐이었다. 광민은 두 팔로 얼굴만 감싸쥔 채 다른 곳은 그저 그들에게 내맡길 수밖에 없었다.

"야, 이 새끼야. 요가 어덴 줄 아나? 요는 우리 바운다리다, 이 새끼야. 요 또 와서 얼쩡거리모 쥐도 새도 모르게 간다이. 알긋나, 이 새끼야!"

피곤죽이 된 광민을 내려다보던 사내 중 덩치 큰 사내가 제법 폼을 잡으며 광민에게 경고했다. 자신이 이 지역에서 무시할 수 없는 존재라는 것을 광민에게 확실하게 각인시켰던 것이다.

"오늘은 이마이 해 둔다. 니 오늘 운 좋은 줄 알아라. 알긋나, 새끼야?"

"……."

"가자."

두 사내의 발자국 소리가 차츰차츰 멀어져 가는 것이 희미하게 귓가에 들려왔다. 광민은 어두운 전봇대 밑에 마치 쓰레

기더미처럼 미동도 없이 쓰러져 있었다. 지나가는 사람들의 발길도 없는 이 도시의 외진 뒷골목에서 그렇게 광민은 홀로 통증을 견뎌 내고 있었다. 아픈 곳이 어딘지도 모를 정도로 온몸을 파고드는 고통 속에서 점점 눈이 감겨 왔다.

눈을 뜨자 욱신거리는 통증이 다시 온몸으로 퍼져 나갔다. 사람들의 발자국 소리가 차 소리에 섞여 어지럽게 들려왔다. 이미 해는 중천에 떠 있었지만 광민에게 관심을 보이는 사람은 아무도 없었다. 그저 술에 취해 자고 있는 사람이거나 노숙자이거나, 그것도 아니면 정말로 쓰레기라고 생각하는지도 모를 일이었다. 도시의 인심이라는 게 이런 것일까 하면서도 오히려 마음은 편했다.

광민은 천천히 두 다리와 두 팔에 힘을 주었다. 움직일 수 있을 것 같았다. 천천히 다리에 힘을 주고 두 팔로 바닥을 밀자 몸을 일으킬 수 있었다. 몇 걸음 걸어 보았다. 걷는 데는 지장이 없었다. 이어서 어깨를 돌리고 무릎을 굽혔다 펴고 목을 이리저리 꺾어 보았다. 다행히 부러진 곳은 없는 것 같았다. 움직일 때마다 온몸에서 통증이 전해졌지만 못 견딜 정도는 아니었다. 이 정도의 통증은 대수롭게 생각하지 않을 정도로, 어지간한 통증에는 이골이 난 광민이었다.

광민은 일단은 자리를 옮겨야겠다는 생각에, 어제 갔던 술집을 찾아갔다. 술집은 오후가 되어야 영업을 시작하는지 닫혀 있어서 2층으로 올라가는 계단에 앉아 한숨을 돌렸다.

분명 맥주 세 병과 안주가 전부였다. 혹시 술에 취해 기억이 끊긴 사이에 양주를 주문한 것은 아닐까 생각해 보았지만 그것은 아닐 것이라 생각했다. 그 정도로 술에 취하거나 기억이 없어질 정도는 아니었다. 그런데 분명 어제 그 사내들이 들이닥쳤을 때는 양주병이 있었다. 모두가 짜고 벌인 게 아니라면 도저히 일어날 수 없는 일이었다.

힘든 군 생활을 끝내고 제대한 날이었다. 혼자 있기에는 허전해서 말 상대라도 찾을까 싶어 찾아간 곳이라 더욱 분했다. 광민은 주먹을 강하게 그러쥐고 눈앞으로 올려 쳐다보았다. 그러고는 계단 벽에 몸을 기대고 눈을 감았다. 졸음이 쏟아졌다.

얼마나 잔 것인지, 다시 눈을 떴을 때는 계단 입구 골목길이 어둑어둑해져 있었다. 긴장이 풀려 깊게 잔 탓인지 몸도 많이 가벼워져 있었다.

하루 종일 아무것도 먹지 못해 배가 고팠지만 주머니에는 동전 하나 남아 있지 않았다. 그냥 넘어갈 수는 없는 일이었다. 몸에 받은 고통뿐만 아니라 잃어버린 자존심 때문에라도 광민은 도저히 이대로 넘어갈 수가 없었다. 설사 일이 잘못되어 자신이 다시 세상으로 나갈 수 없게 되는 한이 있더라도 담담하게 운명으로 받아들이면 그만이었다.

그런 생각에 빠져 있을 때 중년의 사내가 2층 계단 입구로 들어섰다. 첫눈에 보기에도 좋은 인상을 풍기는 얼굴은 아니었다. 계단 입구로 들어선 사내가 광민을 발견하고서는 고함을 질렀다.

"장사해야 된께 빨리 가라! 문도 열기 전에 거지새끼가 어데서……."

사내는 짐짓 광민을 무시하고는 2층 가게 문을 열고 들어가 실내등을 켰다. 사내가 들어가는 것을 확인한 광민은 곧바로 그를 따라 들어가서 주머니에 손을 찔러 넣고 도전적인 자세를 취하며 쏘아보았다. 카운터 앞에서 장부처럼 보이는 서류를 뒤적이던 사내는 예상치 못한 광민의 행동에 어이가 없다는 듯 혀를 찼다.

"야, 이 거지새끼야, 아직 문도 안 열었는데 어델 들어오노? 재수없구로, 이 새끼가. 쯧."

"니 눈에는 내가 거지새끼로 보이냐?"

"뭐라? 이 핏뎅이 같은 새끼가 엇다 대고 반말지거리고? 니 몇 살이나 처묵노, 새끼야!"

"왜? 니가 나한테 밥을 먹여 줬냐, 옷을 사 줬냐? 이렇게 멀쩡하게 생긴 거지새끼 본 적 있냐, 응?"

사내가 광민을 거지로 보는 것도 이상할 것이 없었다. 몸이 성하지 않은데 걸쳐 입은 옷들이라고 온전할 리가 없었다. 점퍼도 군데군데 찢어지고 바지도 흙투성이에다 핏자국까지 덕지덕지 붙어 있으니 그리 볼 수도 있을 터였다.

"이 거지새끼가……."

제 성질을 못 이긴 사내의 주먹이 광민의 얼굴을 향해 날아들었다. 이때를 놓치지 않고 광민은 잽싸게 허리를 숙인 다음, 반동을 이용해 사내의 오른쪽 옆구리에 주먹을 찔러 넣었다.

"커억."

순간 숨이 끊어지는 듯한 통증으로 사내의 얼굴이 일그러지더니 그대로 바닥으로 꼬꾸라졌다. 이 일격으로 사내와의 싸움은 시시하게 마무리되는 듯했다. 어차피 광민에게 이 싸움은 잃어버린 자존심을 되찾기 위한 싸움이었다.

광민은 전국 최연소 육군 입대자였을 뿐만 아니라 사격과 태권도 등 스포츠 종목에서는 그 누구도 따를 사람이 없었다. 항상 자신을 낮추고 상대방을 배려했으며, 포상 휴가가 주어져도 후임들에게 양보했기 때문에 어린 나이였음에도 많은 후임들이 마음으로 그를 따랐다. 광민의 그런 행동에는 자기 자신에 대한 자부심과 강한 자존심이 깔려 있었다. 뿐만 아니라 군 생활 동안 전수받은 각종 무술로 인해 광민의 전투력은 그야말로 경지에 올라 있었다.

"와, 와 이라십니까, 선생님……?"

"새벽에 가게 문 닫고 나간 게 너지?"

"아, 아입니다. 어제는 제가 일이 좀 있어서 아아들한테 맥깃십니다."

“여기 주인 맞지?”

“예. 그란데 머언 일로…….”

“여기 뒤 봐주는 놈이 누구야? 나 성질이 좀 급해. 빨리 말 안 하면 어떻게 될지 나도 몰라.”

광민이 누워 있는 사내의 배 위에 올라타 주먹으로 콧잔등을 겨누자 사내가 알겠다는 표정으로 고개를 끄덕였다. 광민은 누워 있는 사내의 팔을 잡아 일으켜세웠다. 그러고는 카운터 앞에 있는 전화기를 들어 사내에게 건넸다.

“빨리 여기로 오라고 해. 이유는 알아서 대고.”

전화기를 건네받은 사내는 손을 덜덜 떨면서 천천히 번호를 눌렀다. 조용한 술집 안에 전화기 신호음이 나직하게 울렸다.

“여보세요?”

“어어. 내, 여기 귀로주점인……, 지금 어데고……, 뭔 일…….”

“여보세요? 사장님, 와 그랍니까?”

“빨리 좀 와 주야……것는데.”

“예, 알겠십니다.”

사내는 수화기를 내려놓고는 길게 한숨을 내쉬었다.

“이쪽으로 앉으슈.”

광민이 의자를 가져와 자신이 주인인 양 사내에게 내밀었다. 사내는 광민의 눈치를 보며 슬금슬금 의자에 엉덩이를 붙였다.

"여기서 장사 얼마나 했소?"

"예, 한 오 년은 됐을 깁니다."

"이런! 이걸 그냥!"

광민이 갑자기 사내를 칠 듯이 주먹을 치켜들며 말했다.

"도대체 몇 놈이나 여기서 거지가 되고 또 몇 놈이나 맞아서 병신이 됐을까?"

"저기……, 뭐언 일이라도 있었십니까?"

사내는 이 갑작스러운 사태를 파악하기 위해 시치미를 떼며 물었다.

"잘 들어. 어제 일에는 직접 얽히지 않아서 그냥 넘어가려고 했는데 안 되겠다, 나한테 좀 맞아야겠다. 지금까지 여기서 맞고 나간 사람들만큼만 맞아라. 그럼 공평하지?"

눈치를 살피며 앉아 있던 사내는 광민의 갑작스러운 변화에 두 눈이 휘둥그레지며 본능적으로 머리를 감싸쥐었다.

광민의 주먹이 전광석화처럼 사내의 턱을 향해 날아드는가 싶더니 곧바로 발바닥이 명치를 묵직하게 밀고 들어갔다.

쿵.

순식간에 턱과 명치를 강타당한 사내가 의자와 함께 뒤로 날아올랐다. 광민은 누워서 버둥거리는 사내에게 달려들어 사정없이 오른쪽 허벅지를 걷어찼다. 광민은 한동안 그의 오른쪽 허벅지만을 노려 집중적으로 가격했다. 사내가 조금이라도 움직이면 어김없이 사내의 오른쪽 허벅지를 타격했다. 조금이라도 더 움직이면 오른쪽 다리를 잃을 수도 있는 상황이었다.

"사, 살리 주이소! 자, 잘몬했십니다."

"뭘 잘못했는데?"

"예, 예? 아……, 손님한테 바가지 좀 씌았십니다."

"또?"

"……."

"또?"

"예, 예, 아……, 말씀드리겠십니다."

말하던 사내가 또 뜸을 들였다. 전화를 받고 달려오고 있을 건달들을 기다리고 있는 게 틀림없었다. 이리저리 시간을 끌기만 하면 지금의 상황을 완전히 뒤집을 수 있다는 계산이 그의 머릿속에서 돌아가고 있었던 모양이다. 하지만 광민도 같은 계산을 하고 있었다. 광민도 그들이 오기를 기다리고 있었던 것이다.

"이제 너는 죽은 몸이다. 최소한 병신은 만들어 주마."

광민의 발이 다시 그의 허벅지로 날아드는 순간 사내가 숨넘어가는 소리를 내며 말을 토해 냈다.

"잠깐만, 잠깐만예! 예, 처음 온 손님한테는, 특히 삐끼가 물고 온 손님들한테는 수면제를 맥여서 바가지를 씌았십니다. 그래 해가 그 사람들한테 보호비도 주고 그랬십니다."

사내는 할 말을 다했다는 듯 애처로운 눈빛으로 광민의 기색을 살폈다. 광민은 들어올린 발을 다시 내려놓았다. 그 순간 계단을 뛰어 올라오는 소리가 요란하게 울려 퍼졌다. 족히 네댓 명은 될 것 같았다.

이윽고 거세게 문을 박차고 들어오는 소리가 들렸다.

쿵.

"뭔 일입니까?"

광민은 고개를 돌려 입구를 바라보았다. 예상대로 다섯 명이었다. 그들 중 가장 앞에 선 뚱뚱한 사내가 희미하게 기억났다. 그들은 술집 안에서 벌어진 광경에 매우 당황한 표정이었다. 뚱뚱한 사내가 황당하다는 표정으로 입을 열었다.

"니…… 어제 그 새끼, 아니아니, 새벽에 그 새끼 맞제?"

뚱뚱한 사내가 뒤따라온 일행에게 확인이라도 하듯이 광민을 째려보며 목소리를 높였다.

"맞다, 그 새끼 맞다."

뒤에서 누군가 확신에 찬 대답을 하자, 뚱뚱한 사내가 광민 앞으로 한 걸음 다가서더니 핏대를 세우며 소리쳤다.

"야, 이 새끼야! 니가 아주 죽을라고 환장을 했네. 그래, 오늘 니 제삿날 함 잡아 보자. 요가 어데라고 다시 오노, 이 새끼가!"

사내의 거친 입담에 광민은 태연하게 오른손을 펴서 앞으로 내밀었다.

"뭐고, 이건 또? 와? 뭐 우짜라고?"

"내놔라, 내 돈. 니들 주려고 갖고 다닌 돈이 아니란 말이지. 그리고 생각해 봤는데 진짜 쪽팔리잖아. 내 돈 하나 지키지 못해서 니들 같은 놈들한테 뺏기고 말이야. 그냥 갈게, 내 돈만 돌려주면."

"이 새끼가 몇 대 맞드만 아주 처돌았네, 허허 참. 마, 안 돌리주모 뭐 우짤낀데, 새끼야?"

"돈만 주면 그냥 간다잖아, 내가."

"안 주모 뭐 우짤끼냐고?"

"다 죽는다. 나는 성질도 급하고 빈말도 안 해. 니들 다 죽어."

"저거저거 미친 새끼 맞네, 허허. 야들아! 치라!"

뚱뚱이의 고함 소리에 뒤에 있던 네 사내가 일제히 공격 자세를 취하면서 광민의 주위로 둘러섰다. 광민은 실내의 좁은 공간에서 이 사내들과 맞서려면 속전속결만이 답이라고 생각했다.

싸움의 방법에는 급소를 공격해서 인명을 살상하는 속전속결의 방법과 극한의 고통으로 상대방에게 공포심을 일으키는 방법이 있었다. 주인이라는 사내와의 싸움이 공포심을 유발할 목적이었다면 지금의 싸움은 상대방을 제압해야 하는 싸움인 것이다. 속전속결의 싸움에서는 상대를 제압하지 못하면 자신의 생명을 잃을 수도 있고 자칫 실수하면 상대방이 죽을 수도 있기 때문에 냉철하면서도 신속한 공격이 이루어져야만 했다.

뚱뚱한 사내가 뒤로 한 걸음 물러서며 다른 사내들에게 빨리 공격하라고 재촉했다.

"빨리 치라! 한 놈뿐인데 뭘 기다리노!"

말이 떨어지기 무섭게 두 사내가 광민을 향해 팔을 뻗치며 달려들었다. 광민은 잽싸게 오른쪽 사내의 팔을 잡아서 달려들어 오는 힘을 이용해 바닥으로 굴려 쓰러뜨린 뒤 오른손의 손날을 세워 누워 있는 상대의 목을 내려쳤다. 그와 동시에 오른발을 뻗어 달려들던 왼쪽 사내의 옆구리를 강하게 걷어찼다. 순식간에 당한 두 사내는 바닥에 쓰러져 아픈 신음만 토할 뿐 일어나지 못했다.

남아 있던 세 사내가 이 장면을 보고는 주춤하며 물러섰다. 겁을 먹은 게 틀림없었다. 그들의 눈을 보면 알 수 있었다.

뚱뚱한 사내가 한심하다는 표정으로 뒤에서 재촉했다.

"빨리 지기라, 이 새끼들아."

뚱뚱한 사내의 서릿발 같은 재촉에 앞으로 나서긴 했지만 이미 상대가 될 수 없음을 그들도 느끼고 있었다. 그중 한 사내가 광민을 향해 튀어나오며 주먹을 휘둘렀지만, 이미 그의 턱에 광민의 주먹이 날아든 뒤였다. 턱에 주먹을 맞은 사내는 다리가 풀리며 그 자리에 꼬꾸라졌다. 이어서 또 한 사내의 관자놀이로 주먹이 날아갈 때 뚱뚱한 사내가 다급하게 계단을 뛰어내려갔다. 마지막 남은 사내는 주먹을 날리기도 전에 바닥에 무릎을 꿇고 앉아 버렸다.

"어제 일은 알고 있지?"

"예, 예……. 이야기 들었십니다."

"그렇게 당하는 사람이 하루에 몇 명이냐?"

"예……, 한 다섯 명쯤 됩니다."

"……."

광민은 꿇어앉아 있는 사내의 머리를 쥐어박고서 일어섰다. 그제야 속이 조금 후련해지는 것 같았다.

쓰레기통에 있던 지갑과 돈을 찾은 광민은 가게 안에서 싸웠던 사내들을 한 번 쓰윽 훑어보고는 오른손을 흔들어 보였다. 그러고는 출입문을 향해 걸어갔다. 빚을 갚았으니 떠난다는 뜻이었다.

계단을 내려가는 광민의 마음은 착잡했다. 맞은 대로 돌려주었지만 잃어버린 자존심과 상처받은 마음을 다시 회복할 수는 없을 것 같았다. 그렇게 허탈하고 찜찜한 마음을 안고 광민은 계단 입구로 내려섰다. 주위는 이미 네온사인 불빛이 번쩍거리며 불야성을 이루고 있었다.

광민이 방향을 잡고 채 몇 걸음도 떼지 않았을 때 순식간에 십여 명이 주위로 몰려들었다. 그중에는 조금 전 도망갔던 뚱뚱한 사내도 있었다.

숫자가 많았다. 저들을 모두 상대하려면 장애물을 이용할 수밖에 없다고 생각했다. 벽을 등져야만 했다. 열려 있는 모든 방향에서 동시에 공격을 받는다면 승산이 없는 싸움인 것이다. 광민은 왼쪽으로 보이는 옷 가게가 적당하다고 생각하고 걷는 방향을 바꾸었다. 그러자 그들도 광민을 에워싸고 함께 움직이기 시작했다.

"이 개새끼야, 니 인제 진짜 죽었다, 이 새끼야!"

"싸움을 입으로 하는 놈이 말도 많네. 안 그래도 못 보고 가나 싶어서 많이 아쉬웠는데 니 발로 왔구나. 이리 와."

"간다, 새끼야! 니 주둥이가 언제까지 씨부릴 수 있는지 함 보자, 새끼야. 죽여!"

소란스러운 싸움이 벌어지자 지나가던 사람들이 발걸음을 멈추고 구경하기 시작했다. 주위의 건물 곳곳에서도 이 장면을 내려다보며 구경하고 있었다. 누구에게 응원을 보내는지 박수를 치는 사람도 있었다. 상대의 수가 많은 데다 깡패라는 것을 한눈에 보아도 알 수 있었기 때문에 드러내 놓고 응원하지는 않았지만 누구를 응원하는지는 그 자리에 있던 사람들은 누구나 알 수 있었다.

광민은 옷 가게와 거리가 가까워지자 잰걸음으로 내달렸다. 주위를 에워싼 사내들의 발걸음도 덩달아 빨라지면서 광민에게 바짝 붙었다. 순간 도망치는 것 같았던 광민이 옷 가게의 벽을 차고 올랐다. 그리고 공중에서 방향을 틀어 오른발이 허공에서 크게 원을 그리는가 싶더니, 맨 앞에 달려오던 사내의 관자놀이를 걷어찼다. 뜻밖의 일격을 당한 사내는 그대로 꼬꾸라지며 경련을 일으켰다. 광민의 주특기인 당산앞차기였다.

광민의 바람 같은 일격이 가해지자 쫓아오던 사내들에게서 긴장의 눈빛이 떠올랐다. 뚱뚱한 사내의 눈이 또다시 휘둥그레졌다. 도저히 믿을 수가 없다는 표정이었다.

광민의 몸은 자신이 원하던 바대로 옷 가게를 등지고 서 있었다. 싸움에서는 유리한 위치를 선점하는 것이 무엇보다 중요하다는 것을 광민은 누구보다 잘 알고 있었다. 유리한 위치에서 싸움을 하면 승률이 기하급수적으로 올라간다. 하지만 저들은 모른다. 저들 중에는 고수가 없는 것이다. 광민은 이제 해 볼 만하다고 생각했다.

광민은 눈앞에서 알짱대는 뚱뚱한 사내가 걸리기만을 기다렸다. 하지만 생각보다는 머리 회전이 좋은 영악한 놈일 것이라는 생각이 들었다. 그는 뒤에서 싸움을 재촉할 뿐 절대 앞으로 나서지 않았다.

일단 승기를 잡았다고 확신한 광민은 두 팔을 뻗어 어서 오라는 신호를 보내며 사내들을 자극했다. 그러자 앞에 있던 몇 놈이 광민에게로 달려들었다.

"야이, 씨팔놈아. 죽어라!"

광민은 제일 먼저 들어오던 사내의 얼굴을 향해 옆차기를 날리고 곧이어 왼쪽에서 들어오는 사내의 콧잔등에 오른쪽 주먹을 날렸다. 또 순식간에 두 사내가 나자빠졌다. 달려들던 사내들이 잠깐 주춤거리며 뒷걸음질을 하는 사이, 광민이 호랑이처럼 몸을 날려 뒤에 서 있던 뚱뚱한 사내에게 달려들었다. 광민의 오른발이 그의 허벅지를 파고들자 단 일격에 큰 덩치가 땅바닥에 꼬꾸라졌다. 광민은 엎어진 그의 몸을 질질 끌고서 다시 옷 가게 앞에 섰다. 그렇게 하면 누구도 쉽게 들어올 수 없다는 것을 이미 계산하고 한 행동이었다.

이미 싸움의 결과는 정해진 것이나 다름없었다. 하지만 저들은 어떻게 해서든 자존심을 지키기 위해 할 수 있는 모든 방법을 동원할 것이라고 생각했다.

"지금 이 싸움이 누구 때문에 벌어진 건지는 알지?"

광민이 점잖게 뚱뚱한 사내에게 말했다.

"……."

대답이 없자 광민의 오른발이 그의 허벅지를 걷어찼다.

"아윽, 아아윽, 아아!"

"어제 나한테 니들이 무슨 짓을 했는지 말해!"

두 사람의 대화에 구경하던 사람들까지 귀를 기울였다.

"……."

대답이 없자 또다시 광민의 오른발이 그의 허벅지를 걷어찼다.

"아윽, 아아윽, 으으윽!"

보다 못한 사내들 중 몇이 다시 광민을 공격해 왔다. 제일 앞의 사내가 광민을 향해 발차기를 하며 달려들었다.

"야앗!"

"흥. 그렇게 느려서야 어디 굼벵이나 잡겠냐?"

광민은 날아드는 상대방의 오른발을 두 팔로 막으면서, 딛고 선 왼쪽 다리의 허벅지를 걷어찼다.

"아악, 아아아!"

뼛속까지 파고드는 고통에 그는 비명을 지르며 주저앉았다. 순간 옆에서 들어오던 사내의 낭심으로 광민의 왼발이 파고들었다. 사내는 두 손으로 낭심을 붙잡고 뒹굴었다. 이때를 이용해 뚱뚱한 사내는 슬슬 기어서 도망치고 있었다. 광민이 천천히 그에게 다가가서 다시 그의 허벅지를 걷어차자 아예 기절해 버렸다.

"와아! 대단하다. 아저씨, 파이팅! 진짜 멋지네. 야! 내 저 아저씨랑 한번 사귀어 봤으면 좋겠다. 옴마야! 진짜 영화에서나 봤지, 실제로 이래 싸우는 건 처음 본다야! 와! 지기네!"

광민의 모습에 반한 아가씨들이 탄성을 지르고 있었다.

하지만 광민에게 그런 이야기가 귀에 들어올 리 없었다. 어떻게든 이 싸움을 끝내야 한다는 생각이 그를 조급하게 했다. 광민은 쓰러져 있는 뚱뚱한 사내에게 다가갔다. 고통으로 신음 소리를 내고 있기는 했지만 정신은 돌아와 있었다. 광민이 그의 귀에 대고 조용하게 말했다.

"어제 일에 대해서 실토하지 않으면 팔을 부러뜨린다. 말해 봐."

"예, 예. 저, 죄, 죄송합니다. 몰라 봬가 진짜 죄송합니다."

"내가 물어본 건 그게 아니지. 어제 저녁에 나에게 어떻게 했냐고?"

"예, 예. 죽을죄를 지었십니다. 한 번만……."

빠지직.

사내의 처절한 비명 소리가 어두운 밤하늘을 날카롭게 찢었다.

"아아악. 아악. 아아악."

"또 딴소리하면 이번에는 다리다."

차분하면서도 위엄 있는 광민의 목소리는 소름이 끼칠 정도로 냉정했다.

이를 지켜보고 있던 사내들 또한 이러지도 저러지도 못하는 마음에 얼굴 가득 안타까움을 안고 있었다. 공격하자니 목숨을 부지하지 못할 것 같고, 그냥 보고 있자니 속에서 열불이 나는 그런 상황이었던 것이다.

그들은 정말 이번에도 대답을 하지 않으면 틀림없이 그의 다리가 부러질 것이라 생각했다. 그만큼 광민의 행동과 말에서는 무게감이 느껴졌다.

한편, 싸움이 시작된 지 얼마 지나지 않아서부터 멀리서 팔짱을 낀 채 유심히 지켜보는 사람이 있었다. 그는 처음부터 지금까지 눈을 떼지 못하고 계속해서 상황을 예의 주시하고 있었다.

"자, 또 묻겠다. 나한테 어떻게 했는지 모든 사람이 다 들을 수 있게 말해."

"저어, 으응, 으응……. 어제 수면제를 타서……."

그때 누군가가 나서며 끼어들었다. 두 사람이었는데 한 명은 뚱뚱하면서 다부진 체구를 가졌고 또 한 명은 날씬하면서 예리한 눈을 가지고 있었다.

"보소. 그쪽은 눈데 남의 동네에 들어와가 이래 행패를 부립니까?"

뚱뚱한 덩치가 먼저 시비를 걸었다. 광민이 소리나는 쪽을 쳐다보았다. 눈빛을 보니 보통은 넘는 것 같았다.

"또 왔네, 또 왔어. 누군지 알면 뭐하려고?"

"나는 꿀꿀이, 저쪽은 제비. 나는 하도 밥을 마이 묵어서 꿀꿀이라카데. 저쪽은 바람을 타고 날아다닌다 해가 제비. 인자 고마하지? 관 쓰고 눕고 싶지 않으모."

"이 동네 깡패들 참 말 많네. 빨리 들어와라. 하루 종일 굶었더니 배가 고파서 말할 기운도 없다."

꿀꿀이가 먼저 준비 자세를 취했다. 두 팔을 앞으로 뻗어 상대를 잡으려는 자세를 취한 것으로 보아 유도를 했을 것이라 생각되었다. 문제는 제비였다. 날렵한 움직임을 따라잡지 못한다면 자칫 고전할 수도 있을 것 같았다.

"자, 간다이."

꿀꿀이가 먼저 광민의 어깨를 잡으려고 손을 뻗치며 들어왔다. 그와 동시에 제비가 주머니 속에 손을 집어넣더니 잭나이프를 꺼내 들고서 공격 자세를 취했다. 광민은 꿀꿀이의 손길을 옆으로 살짝 흘리면서 손가락을 세워 울대를 찔렀다. 순간적인 공격에 당한 꿀꿀이가 목을 감싸쥐며 쓰러졌다. 하지만 광민은 꿀꿀이의 큰 체구에 시야가 가려 제비의 칼날이 얼굴 가까이 와 있다는 것을 몰랐다. 동물적인 감각으로 고개를 살짝 젖히는 순간, 왼쪽 눈 윗부분에 뜨거운 열감이 느껴졌다. 순식간에 피가 흘러 광민의 얼굴을 적셨다.

광민은 손바닥으로 피를 한 번 쓱 문지르고서 제비에게 말했다.

"오늘 이 피는 니 목숨과 바꿀 것이다. 후회는 하지 마라."

"오냐, 그래. 인자는 눈을 멀게 해주꾸마."

제비는 빈틈을 보이지 않고 공격 자세를 취하면서 눈빛을 반짝였다. 광민이 재빠르게 제비의 왼쪽 방향 사람들 속으로 뛰어가더니, 사람들 발밑에 쭈그리고 앉아 있던 뚱뚱한 사내의 어깨를 발로 딛고 날아올라 순간적으로 몸을 돌려 오른발을 제비의 관자놀이에 꽂아 넣었다. 관자놀이에 광민의 발등이 꽂히는 순간, 제비의 몸은 바람에 날리듯 붕 떠서 구경꾼들 사이로 떨어졌다. 떨어진 잭나이프를 주워 든 광민이 쓰러져 있는 제비에게 다가가 멱살을 잡았다.

"내가 말했지? 내 피에 대한 대가로 네 목숨을 거두겠다고. 잘 가라. 이것도 니 운명이라고 생각해라."

광민의 손에 들려 있던 잭나이프가 공중을 향해 올라갔을 때 누군가가 팔을 낚아챘다.

"그 정도 했으모 됐다. 인자 고마해라."

광민이 고개를 들어 보니 어두운 곳에서 유심히 싸움을 지켜보고 있던 그 사람이었다. 그런데 분명 어디선가 본 적이 있는 사람이라 생각되어 기억을 더듬었다. 그때 손목을 잡고 있던 그의 손등에 전갈 문신이 보였다. 그제야 광민은 그가 누구인지 기억을 해냈다. 형제복지원에서 만났던 김강수였다.

광민은 들고 있던 칼을 내려놓고 일어섰다.

"소대장님! 여기는 어쩐 일이십니까?"

"야, 인마, 소대장은 무슨 놈의 소대장이고? 우선 요는 빨리 뜨자. 경찰도 금방 올 기고, 시끄러버지모 좋을 기 읎다."

광민은 갑작스럽게 나타난 강수의 손에 이끌려 그곳을 벗어났다.

강수가 싸움판에 끼어들자 광민과 싸우고 있던 상대들이 모두 깊게 허리를 꺾어 인사를 하더니 부동자세를 취했다. 광민의 손을 이끌고 사라질 때도 강수가 뒷수습을 명령하자 모두들 일사불란하게 움직였다. 광민은 직감적으로 이 모든 것들이 강수와 연관되어 있다는 것을 느낄 수 있었다.

"지금 어디로 가시는 겁니까?"

"피가 난께 일단 병원부터 좀 가자."

아픈 것은 참을 수 있었지만 계속해서 흐르는 피 때문에 불편했던 광민은 못 이긴 체 강수의 손에 이끌려 병원으로 향했다. 병원은 가까운 곳에 있었고 조용했다. 당직 의사로 보이는 젊은 의사가 화장실에서 나오다 피를 흘리고 들어오는 광민을 보자 서둘러 응급실로 뒤따라 들어왔다. 곧이어 간호사의 지시에 따라 상의를 벗고 침대에 누웠다. 팽팽하게 긴장돼 있던 신경이 느슨해져서인지 눕자마자 온몸이 나른해졌다.

50여 평의 넓은 실내 공간에는 철제 책상 하나가 놓여 있었고 그 위에는 취조등 하나가 덩그러니 매달려서 버겁게 주위를 밝히고 있었다.

그리고 철제 책상 앞에는 잔뜩 주눅이 든 두 명의 10대가 차렷 자세로 서 있었다.

드르륵. 끼이익.

쿵.

육중한 철문이 열리더니 곧 닫히고서 누군가 철제 책상 앞으로 다가왔다.

또각, 또각, 또각, 또각.

구둣발 소리가 날카롭게 공간과 분리되며 넓은 실내에 울려 퍼졌다. 이윽고 발자국 소리는 책상 앞에서 멈추었다.

긴장한 두 청년은 눈동자조차 돌리지 못하고 부동자세로 서 있었다.

"니, 이름이 뭐고?"

"예, 서광민입니다."

"나이는?"

"예, 열일곱 살입니다."

"주소는?"

"예, 경남 의령군 대의면 곡소리입니다."

그는 질문이 끝나자 서류를 덮고, 다른 서류를 펼친 다음 옆에 있는 청년에게 눈짓을 하더니 같은 질문을 던졌다.

"니는 이름이 뭐고?"

"예, 양재환입니다."

"나이는?"

"열일곱 살입니다."

"주소는?"

"예, 부산시 남구 문현동 123-7번지입니다."

40대 중반쯤 되어 보이는 이 중년의 남자는 뾰족한 구두를 신고 검은 전투복 비슷한 옷을 입고 있었다. 민방위 모자 같은 것을 쓰고 있었는데 그 눈빛이 날카로워 독수리를 연상케 했다.

그는 손에 쥐고 있던 서류를 책상 위에 '툭' 하고 던지더니 두 사람 앞에 섰다. 그는 오른손에 방범 방망이를 들고 왼손바닥을 벌려서 위협적으로 툭툭 치면서 두 사람을 주눅들게 하고 있었다.

"야, 이 새끼들아. 지금이 어느 땐데 가출이나 해 쌌고, 낮술까지 처묵고 길 가는 여학생을 희롱하노!"

퍽, 퍽, 퍽.

갑작스럽게 휘두르는 방범 방망이가 춤을 추듯 광민과 재환의 몸으로 파고들었다. 어깨며 허벅지, 배 구석구석까지 가리지 않고 휘둘렀기 때문에 피한다는 것 자체가 의미가 없었다.

"어라! 이 새끼들이 해 보자 이기가? 맞을 만하다 이기제?"

퍽, 퍽, 퍽, 퍽.

"억, 윽, 커억, 크."

황량하게 넓은 공간에 두 사람의 신음 소리가 울리듯 잠기듯 퍼지기 시작했다. 한참을 그렇게 망나니처럼 몽둥이를 휘두르던 남자는 화를 삭이지 못한 채 씩씩거리더니, 마침내 제 풀에 지치는 듯했다.

"느그 내가 누군지 아나? 내가 요 형제복지원 중대장이다, 이 새끼들아!"

얼마나 맞았는지 온몸이 성한 데가 없이 통증이 올라오는데, 방망이를 쥐고 있는 남자는 일장 연설 중이었다.

광민과 재환은 고향 친구였다. 초등학교 6학년 때 부산으로 전학을 간 재환이 방학 때마다 놀러 오면, 광민은 재환의 이야기를 들으며 도시의 환상에 빠져들곤 했다. 그리고 결국 광민은 재환을 따라 부산으로 가출을 했다. 부산으로 간 광민은 재환과 함께 여학생에게 수작을 부리다 지나가던 의경에게 붙잡혀서 이곳으로 오게 된 것이었다.

광민이 들고 있던 책가방에 책 대신 옷가지만 있는 것을 확인한 중대장은, 한눈에 보아도 가출한 비행청소년인 줄 알아보고서는 이처럼 무지막지한 체벌을 가하고 있는 중이었다.

재환은 태권도 4단에 중학교 때부터 기계체조 선수였고 고등학생인 지금은 축구 선수로 활약할 정도로 운동에는 남다른 소질이 있었다. 하지만 상대는 국가공권력이라 가볍게 움직일 수가 없어 이빨만 꽉 깨물고 있었다.

광민 또한 1미터70센티가 약간 안 되는 키이지만 운동신경이 남달리 뛰어나 자신의 고향 인근에서는 주먹으로 상대할 사람이 없을 정도로 매우 강한 아이였다. 특히 광민의 악바리 근성은 누구나 혀를 내두를 정도였다.

"느그들 오늘 운 좋은 줄 알아라. 어제까지만 해도 요서 성하게 나간 놈들이 읍었는데, 오늘은 바쁜 일이 있어가 요까지만 하고 마친다. 지금부터 신입1소대에 가모 사고 치지 말고 얌전히 있그라. 지금까지 아아들 마이 죽어 나갔지만은, 그 정도로는 눈도 하나 깜빡 안 한다. 알긋나?"

"예! 알겠십니다."

살았구나 하는 안도감에 내뱉는 한숨이 뼛속 깊숙한 곳에서 묻어 나왔다.

형제복지원 중대장을 따라간 곳은 군대 내무반처럼 생긴 곳이었고 출입문 위에는 '신입1소대'라고 쓰여 있었다.

중대장이 걷어차다시피 문을 열고 안으로 들어서자, 40여 명의 청년들이 일제히 하던 일을 멈추고 차렷 자세로 줄지어 섰다.

"오늘 신입 둘이다. 잘 데꼬 있그라."

그렇게 얘기하고 중대장은 돌아갔다.

"우하하하! 아따, 요놈들 귀엽게 생깃네. 흐흐흐."

순식간에 광민과 재환을 에워싼 청년들은 무슨 구경거리라도 생긴 것처럼 둘을 훑어보고 있었다.

"야, 다들 제자리로 돌아가라."

누군가 크게 외치는 소리가 들려 고개를 돌려보니 왼쪽 팔에 완장을 차고 있는 사람이 구석진 자리에서 일어나 광민과 재환이 있는 곳으로 걸어오고 있었다. 한눈에 보기에도 이곳의 대장이 틀림없었다.

"내 요 소대장이다. 입소한 걸 축하한다."

얼떨결에 광민이 손을 내밀며 악수를 받았다. 이어서 재환에게도 악수를 하더니 어깨를 툭 치면서 힘내라는 말을 곁들였다.

지금까지 두 사람 모두 떨리는 긴장감으로 얼굴이 백지장 같았는데, 소대장의 한마디에 겨우 숨을 쉴 수 있을 것 같았다.

"내 김강수다. 요 소대장을 맡고 있지만, 나도 처음엔 느그들처럼 그래 들어왔다. 느그들은 부모님이 찾으러 오면 나갈 수 있지만 우리는 요가 집이다. 찾으러 올 사람, 그란 거 읎다."

순간 광민은 강수의 오른손 손등에 그려진 전갈 문신을 보았다. 그것만으로도 소대장이라는 사람이 그동안 어떻게 살아왔는지 알 수 있을 것 같았다. 처음엔 두려움에 심장이 멎을 것 같았지만 소대장인 강수의 인간적인 배려에 그나마 여기서도 살아갈 수 있을 것 같다는 희망이 생겼다.

"야, 아아들 좀 씻기라."

강수의 지시에 다섯 명의 건장한 청년이 일사불란하게 움직이더니 광민과 재환을 화장실로 데리고 갔다.

화장실은 문 하나를 사이에 두고 내무반과 연결되어 있었고 안은 꽤 넓은 편이었다. 샤워기가 다섯 개, 소변기가 다섯 개, 칸막이로 나뉜 대변기가 다섯 개, 그리고 나머지는 세숫대야를 열 개 정도 놓을 수 있는 시멘트 바닥이었다.

화장실 벽에 덕지덕지 붙어 있는 여자 나체 사진들이 각자의 개성처럼 제각각이었다. 가슴을 드러내고 찍은 사진이 있는가 하면, 엉덩이를 드러내고 찍은 사진도 있었다. 어린 나이의 두 사람에겐 어느 것 하나도 요염하지 않은 사진이 없었다. 광민과 재환은 애써 사진에서 눈을 돌리려고 했지만 자꾸만 그쪽으로 시선이 가는 것은 어쩔 수가 없었다.

"야, 느그 옷 다 벗어라. 빨리!"

광민과 재환이 지시에 따라 웃옷을 막 벗고 있을 때 무리들 중 뒤에 있던 한 놈이 튀어나오더니 광민의 가슴에 주먹질을 했다.

"개새끼야. 요가 느그 집 안방인 줄 아나? 오늘 한번 죽어봐라, 개새끼야. 요가 어덴 줄 알고 들어왔노, 이 새끼들아."

퍽, 퍼억, 퍽.

"욱, 욱, 우욱, 욱!"

쏟아지는 주먹질에 얼굴만 감싸고 있던 광민과 재환이 겨우 실눈을 뜨고 서로를 쳐다보았다. 광민이 재환에게 왼쪽부터 공격하자는 눈짓을 하자, 둘은 순식간에 왼쪽에 있던 두 명의 머리통에 주먹을 날렸다.

"아윽. 아아!"

두 놈이 순식간에 시멘트 바닥에 머리를 감싸고 주저앉자 광민을 에워싼 세 명의 청년들이 순간적으로 멈칫했다. 그러는 사이, 다시 광민의 주먹이 앞에 있던 놈의 울대를 파고들었다. 전혀 예측하지 못한 상태에서 울대를 맞은 놈이 얼굴에 핏대를 세우며 목을 부여잡고 주저앉았다.

이어서 재환이 광민에게 두어 걸음 걸어오더니 오른발을 높이 들어 상대의 목과 어깨 사이를 도끼처럼 찍어 눌렀다. 그렇게 또 한 놈이 밭은 신음 소리를 토해 내며 그 자리에 주저앉았다.

순식간에 벌어진 일이 믿기지 않는지 입을 반쯤 벌린 채, 눈알을 이리저리 굴리던 마지막 놈에게 광민이 다가섰다. 그러곤 어깨동무를 하듯이 팔을 걸쳤다. 이미 그는 정신이 반쯤 나간 것처럼 사시나무 떨듯 다리를 떨고 있었다.

"이 새끼야, 니도 남자가?"

광민의 주먹이 옆구리를 가격하자, 그는 숨이 끊어질 듯한 고통 속에서 조용히 허물어져 시멘트 바닥에 무릎을 꿇고 엎드렸다.

하지만 이제 뒷일을 걱정해야만 했다. 도망을 갈 수도 없고 저 많은 인원과 싸운다는 것도 말이 안 되는 것이었기 때문이다. 광민이 재환에게 나지막하게 이야기했다.

"환아, 내 땜에 니까지 힘들게 돼뿟네. 미안타!"

"아이다. 나 아니었으모 니가 요까지 올 일이나 있었긋나? 다 나 땜에 일어난 일이다. 내가 미안타!"

두 사람은 화장실 안에서 서로 껴안았다.

"우리 요서 살아 나가모 오늘 일 절대로 잊아뿌지 말자. 두고두고 마음속에 새기 두자. 알겠제?"

"그래! 그라자."

두 사람이 사고를 치고 닥쳐올 후환에 몸서리치고 있을 때 밖에서 문을 여는 소리가 들렸다. 화장실로 들어선 강수는 아무 말 없이 주위를 둘러보았다. 그의 눈빛에서는 뭔가 예상치 못한 것을 보았을 때의 당황스러운 기색이 역력했다.

"느그가 한 짓이가?"

광민과 재환이 두 손을 앞으로 모으고 선 채 고개를 숙이고는 힘없이 대답했다.

"예."

"예."

"허 참! 이걸 믿어야 되나 말아야 되나. 명색이 깡패라는 놈들이 조막만한 놈들한테 몬 이기가, 그것도 다섯 놈이나 시멘트 바닥에 누워 있나? 참 신기한 일이네. 그자? 허허 참!"

소대장인 강수는 믿기지 않는다는 표정으로 다시 한 번 광민과 재환을 훑어보았다.

"니 주먹 함 내밀어 봐라."

강수의 명령에 광민이 주먹 쥔 손을 내밀었다.

"야, 이 새끼 운동 마이 했네. 니 권투했나?"

"아입니다. 그냥 취미삼아 샌드백 좀 친 것 말고는……."

"근데 어린놈이 벌써 이리 정권이 잡혀 있다 이 말이제? 니도 주먹 좀 보자."

이번에는 재환을 가리키며 말했다.

"예."

재환도 광민이 했던 것처럼 두 주먹을 불끈 쥐고 강수 앞으로 내밀었다. 어느새 소대원들이 모여들어 주위에서 이 상황을 지켜보고 있었다.

"니도 운동 좀 했는가베?"

"예. 태권도하고 기계체조 좀 했십니다."

재환의 대답을 듣고 난 강수는 조용히 고개를 끄덕였다.

광민과 재환은 어린 마음에 언제 어디서 주먹이나 발길질이 날아올지 몰라 잔뜩 긴장하면서 이것이 자신들의 마지막일 것이라고 생각하고 있었다.

형제복지원의 외곽은 군인들이 M16소총으로 무장하여 경계하고 있었기 때문에 탈출이 불가능할 뿐만 아니라 탈출하다 들켜 사살된다 해도 하소연할 곳도 없었다. 군인들의 권력이 하늘 높은 줄 몰랐던 전두환 정권 시절이었던 것이다.

그런데 강수가 다가오더니 두 팔을 벌려 잔뜩 긴장하고 있던 광민과 재환을 끌어안았다.

"하하하, 하하하하. 오늘이 내 인생 최고의 날이구마. 이래 어린놈들이, 이리 똘똘한 놈들이 내 밑에 다 들어오고. 이런 이쁜 새끼들. 하하하, 하하하하. 자, 드가자."

강수는 둘을 나란히 앞세우고 내무반으로 들어갔다. 모여 있던 내무반원들이 일제히 몸을 움직여서 길을 열어 주었다.

내무반의 구조는 가운데 통로를 중심으로 양옆으로 침상이 길게 이어져 있고, 침상 뒤편에는 각자의 관물대가 자리 잡고 있었다. 관물대 밑의 공간에는 1인당 3장씩 배당된 개인 모포가 보관되어 있었다. 군부대 내무반 식이었다. 다른 것이 있다면 모포에 군용 마크가 아니라 열십자를 중심에 둔 원이 그려져 있다는 점이었다. 그 원이 반듯하게 밖으로 나오게 정리가 되어 있어야 했다. 어디 하나 흠잡을 데 없이 각이 잡힌 개인 모포들이 십자가가 정중앙에 보이도록 정리되어 있는 것으로, 녹록치 않은 내무반 분위기를 가늠할 수 있었다.

강수는 자신의 자리가 있는 출입문 왼쪽으로 광민과 재환을 데리고 가더니, 작은 책상을 열고서는 필터도 없는 새마을 담배 두 갑을 꺼내 앞에 있는 광민에게 건넸다.

"저는 담배 피울 줄 모릅니다."

광민은 얼떨결에 대답을 해 놓고는 이내 후회하기 시작했다. 자신의 성의를 무시한다고 화를 내면 어쩌나 싶은 생각이 들었기 때문이다.

그러자 강수가 이번에는 재환에게 담배를 권했다. 재환은 광민의 거절에 대한 강수의 반응에 안심이 되어 솔직하게 이야기했다.

"저도 아직 담배 몬 배았십니다."

재환의 대답에 강수는 의외라는 듯 신기한 눈으로 쳐다보았다.

"담배도 몬 피우는 어린놈들이 우째 그리 잘 싸우노? 허허허, 괘안타. 담배는 다음에 배우모 되지, 뭐."

강수는 담배를 쥐고 큰 소리로 외쳤다.

"오늘은 이쁜 신입이 둘이나 왔으이 담배 두 갑 푼다. 싸우지 말고 나나 피아라. 알았나?"

"예, 소대장님."

소대원들은 이게 웬 떡이냐 싶어 신이 났다. 담배 구경하기가 하늘에 별 따기인데 한꺼번에 두 갑이나 풀어놓았으니 정말 횡재가 아닐 수 없었다. 담배는 개인에게는 지급되지 않고 소대장에게만 새마을 담배 두 갑이 매일 지급되었다. 소대장은 자신이 피울 만큼 피우고 나머지는 알아서 하면 되는 것이었다. 두 갑이 모자랄 때도 있었지만, 가끔 조금씩 남을 때는 자신의 수족들에게 한 모금씩 물려줄 때도 있었다.

담배를 받은 소대원들은 화장실 문 앞에 줄지어 서서 자신의 순서를 기다렸다. 누군가 라이터돌을 시멘트 벽에 붙이고서 날카로운 쇠붙이로 긁어 불꽃을 일으켰다. 거기에 솜을 갖다 대고 몇 차례 더 반복하자 솜에 불이 붙었다. 솜에 붙은 불에 담배를 대고 깊게 빨아 불을 붙였다. 화재의 위험 때문에 라이터나 성냥은 반입도 소지도 금지되었지만, 대신 라이터돌은 소대장에게만 몇 개씩 지급이 되고 있었다. 손가락에 잡힐락말락하게 작은 라이터돌을 보관하는 것 또한 쉽지 않아 보였다. 모두들 그깟 담배 한 모금에 목숨을 거는 것을 보자 연민의 정이 느껴졌다.

강수는 광민과 재환을 좌우에 눕히고는 가운데에 자리를 잡고 누웠다. 그러고는 이불 속에서 오른손으로는 광민의 손을, 왼손으로는 재환의 손을 잡았다. 주위는 이미 칠흑처럼 어두워졌고 실내에는 취침등 하나만 힘겹게 어둠을 밀어내고 있었다. 간간이 코 고는 소리가 들리긴 했지만 모두들 조용하게 잠들어 있었다.

"내 오늘 기분이 너무 좋아가 잠이 안 온다. 왠지 느그가 꼭 죽은 내 동생 겉다. 글마는 태어날 때부터 정신이 안 좋았는데, 결국 어린 나이에 죽었다 아이가. 그때 글마 나이가 열다섯이었으니까 살아 있었으모 느그 나이쯤 됐을 낀데. 그 충격으로 어무이도 심장마비로 돌아가시고, 찢어지게 가난했던 우리 집안이 줄초상을 치랐다. 그라이 내가 우째 정상적으로 살 수가 있었긋노?"

강수는 부산 대연동의 산비탈 판잣집에서 홀어머니를 모시며 지적장애아인 동생과 함께 살고 있었다. 아버지라는 존재는 이름으로만 있을 뿐 한 번도 보지 못했다. 어머니는 잠시도 동생에게서 눈을 뗄 수가 없어서 하루 세 끼도 제대로 챙기지 못할 때가 많았다. 강수가 공사장 잡역부로 일해 몇 푼 받아 오면 가족들은 그 돈을 아끼고 아껴 겨우 생명만 유지하며 살았다. 산비탈에 자리 잡고 있었던 판잣집은 방과 부엌이 연결되어 있는 쪽방이었는데, 부엌에서 방으로 들어가려면 계단을 하나 밟고 올라가야 했다.

강수의 동생인 강호는 어머니가 잠깐 한눈을 파는 사이에 그만 방에서 부엌으로 떨어지면서 뇌에 충격을 받아 그 자리에서 즉사하고 말았다. 강호 곁에서 한시도 떠나지 않던 어머니는 갑작스러운 아들의 죽음에 심한 충격을 받았고, 아들의 시신을 안고 울부짖던 어머니의 심장도 그만 멎어 버렸다. 일을 마치고 돌아온 강수의 눈앞에는 숨진 동생과 그 시신을 안고 있는 어머니의 싸늘한 죽음이 기다리고 있었다. 강수는 어쩌면 어머니는 죽은 동생을 혼자 떠나보내기 힘들어서 함께 동행했을 것이라고 생각했다. 그렇게 동생과 어머니의 죽음을 인정해야만 했다.

세상에 피붙이 하나 없이 천애고아가 된 강수는 술로 하루하루를 보냈다. 그러다가 지나는 사람과 시비가 붙고 싸움을 벌이는 일이 잦아졌다. 네온사인이 반짝이며 불야성을 이루고 있던 범일동에 진출한 강수는 그곳에서 누구도 무시할 수 없는 깡패가 되었다. 강수가 지나간 자리에는 성한 것이 하나도 없었다.

아무 이유 없이 가게를 부수고 말리는 사람을 때리고 심지어는 칼로 찌르기도 했지만, 당한 이들은 보복이 무서워 신고조차 하지 못했다. 술집에서는 강수라는 이름만 들어도 소름이 끼칠 정도였다.

그때 전두환 정권이 삼청교육대를 만들어 깡패소탕작전을 벌였다. 몸에 문신이 있거나 장발을 하거나 폭력을 휘두르거나 하면 가차 없이 연행했다. 그리고 선별 심사를 거쳐 군부대나 정부에서 진행하고 있는 근로사업장에 보내 혹독한 훈련과 노역을 시켰다. 총칼을 앞세운 군인들의 기세에는 제아무리 잘나가는 깡패도 소용없었다. 강수는 산속에 있는 절로 피신해 몇 년 동안을 잘 숨어 지냈다.

그런데 마침 그 절에 동래경찰서 수사과장의 부인이 다니고 있었다. 그녀는 어느 날 손등에 문신이 있는 스님을 발견하고는 이를 수상하게 여겨 남편에게 얘기했다. 다음 날 강수는 갑자기 들이닥친 형사들에게 끌려가게 되었다.

삼청교육대는 이미 검거가 끝났기 때문에 그들은 강수를 형제복지원에 수용시켰다. 조사를 받고 나서도 연고자가 계속 나타나지 않자 강수는 그곳에서 나갈 수 없는 신세가 되어 버렸다.

강수는 현재 자신의 모습을 광민과 재환에게 이해시켜 주기라도 하려는 듯 이야기를 모두 털어놓았다.

강수의 이야기가 자장가처럼 몽롱하게 들려오면서 그렇게 형제복지원의 밤은 깊어 가고 있었다.

어둠을 뚫고 부옇게 동이 터 오자 기상나팔 소리가 울려 퍼졌다. 고요했던 내무반은 일순 바빠지기 시작했다. 잘 훈련된 군인들처럼 모두들 자신이 해야 할 일을 능숙하게 하고 있었다. 먼저 자신이 덮고 잤던 모포를 2인 1조가 되어 가지런히 개야 했다. 그런 다음 작업복을 입고 침상 중간에 차렷 자세로 서 있었다. 광민과 재환도 어설프지만 주위의 눈치를 살피며 따라 했다.

"옆에 사람처럼 따라 하모 된다. 알것나?"

"예, 알겠십니다."

강수는 자신의 몸뚱이만 쏙 빠져나오면서 광민에게 할 일을 지시했다.

"마, 이게 뭐고? 다시 해라."

주위에서 몇 명이 광민의 곁으로 오더니 힘들게 개어 놓은 모포를 허물고 천천히 가르쳐 주면서 자신들이 직접 갰다. 어제와 달리 광민과 재환에게 강압적인 자세를 보이는 사람은 없었다.

"자, 왼쪽에서부터 번호."

"하나, 둘, 셋, 넷, 다섯…… 마흔넷. 번호 끝."

소대장 완장을 찬 강수가 내무반 중간에 서서 중대장에게 보고했다. 중대장은 어제 광민과 재환을 이곳에 데리고 온 그 사람이었다.

"어제 온 신입은 잘 적응하나?"

"예. 잘 적응하고 있십니다."

"그래! 착하게 생깃드만. 잘 데꼬 있어라."

"예. 알겠십니다."

중대장은 내무반을 한 바퀴 훑어보더니 광민과 재환을 힐끗 쳐다보고서는 밖으로 나갔다. 바로 다음 내무반에서 점검을 준비하는 '차렷' 소리가 들렸다.

"오늘은 일요일이라 예배가 있는 날이다. 줄지어 순서대로 드가고 졸지 마라. 저번 주에도 졸다가 머리통 깨진 놈이 여럿 있었다. 우리 내무반에서는 그런 일이 없기를 바란다."

"야, 니는 종교가 뭐고?"

옆에 있던 사람이 광민에게 말을 건넸다.

"저는 무굡니다."

"야, 무교가 뭐고, 인마. 잘됐네. 교회 가서 하나님 한번 믿어 봐라."

"저는 믿기 싫어예."

"인마. 요가 어데 니 마음대로 되는 데가? 나도 불교 믿는 사람인데 어쩔 수 없이, 맞아 죽기 싫어가 기어 올라간다. 지기미 씨팔."

형제복지원의 제일 높은 곳에 위치한 교회는 약 500명이 들어가도 될 만큼 큰 교회였다. 그곳에서는 일요일마다 예배가 열렸는데, 복지원에 수용되어 있는 수용자는 전원 오전과 오후로 나누어서 예배에 참석해야 했다. 그러니 열외는 단 한 명도 있을 수 없었다.

"자, 빨리 운동장에 집합해라."

강수의 지시에 소대원 44명이 일사불란하게 문밖의 조그마한 운동장에 줄지어 섰다. 광민과 재환도 날다시피 뛰어가서 줄 뒤에 섰다.

둘은 누가 시키지 않아도 눈치껏 요령 있게 행동하고 있었다. 강수는 광민과 재환을 특별히 예의 주시하며 지켜보고 있었다.

맞은편의 산등성이에는 작은 아파트와 집들이 빈틈없이 들어서 있었다. 그곳은 평화롭고 자유스러워 보였다. 불과 얼마 떨어지지도 않은 거리인데 한쪽은 자유롭고 또 한쪽은 자유를 박탈당해 무엇 하나 제 마음대로 할 수 없는 현실이 안타까웠다.

광민은 이곳에 오게 된 것을 후회했지만 이미 거미줄에 걸린 나비처럼 자신의 힘으로는 이 올가미에서 빠져나갈 방법이 없다는 것을 알고 있었다. 그래서 더 지금의 현실을 버틸 수 있도록 빠르게 적응해 나갔다.

두 줄로 나란히 교회에 들어서자 벌써 수백 명의 복지원생들이 와 있었고 계속해서 또 들어오고 있었다. 교회 앞에 설치된 강단에서는 성가대원들이 찬송가를 열심히 부르고 있었다.

"세상에서 방황할 때 나 주님을 알았네~."

"마, 빨리 들어와 앉아라."

퍼억, 퍼억, 퍽.

어디선가 연이어 몽둥이찜질 소리가 났다. 각 소대의 소대장들이 복도에 줄지어 서서 동작이 느리거나 잡담을 하는 원생들의 뒤에서 몽둥이질을 하고 있었다. 광민과 재환은 순서대로 의자에 앉아 강단을 쳐다보며 눈짓을 하고 있었다. 나란히 앉아 있었지만 눈길도 주기가 힘들었다. 조금만 고개를 돌려도 소대장들의 몽둥이가 춤을 추었기 때문에 가만히 있는 게 상책이었다.

이어서 목사의 설교가 시작되자 주위는 쥐 죽은 듯이 조용해졌다.

"하나님께서는 오늘 우리에게 너무나 소중한 시간을 주셨습니다. 우리 형제님들을 한자리에 모이게 하시고 함께 찬양할 수 있는 시간을 주심에 얼마나 감사한지 모르겠습니다. 우리 형제님들 모두에게 축복과 함께……."

퍽, 퍽, 딱, 딱.

목사의 연설은 물 흐르듯이 계속되고 있었지만 이에 질세라 방망이와 머리가 부딪치는 소리 또한 쉴새없이 이어졌다. 잘 익은 머리에서 나는 소리는 '딱'이고 좀 덜 익은 머리에서 나는 소리는 '퍽'이라고, 줄지어 서 있을 때 누군가가 했던 이야기가 떠올랐다. 광민의 귀에도 분명 어떤 때는 '딱' 하고 들렸고 또 어떤 때는 '퍽' 하고 들렸다. 신기하기도 하고 어이도 없었지만 조용히 숨죽이고 있을 수밖에 없었다.

강수는 다른 소대원들이 있는 곳에서 몽둥이질을 하고 있다가, 목사의 설교가 길어지고 광민의 목이 약간씩 꺾이는 것을 보고는 광민이 있는 자리의 근무자와 자리를 바꿨다. 계속되는 방망이질 소리에 퍼뜩 졸음에서 깨어난 광민은 살았다는 안도감을 느끼면서도 다시 졸음을 이겨 내지 못하고 있었다. 하지만 이상하게도 자신에게는 방망이질 한 번 없었기 때문에 지독하게 운이 좋은 것은 아닐까 하고 생각했다. 이렇게 두어 시간을 교회에서 보내고 나니 졸음이 사라지고 몸도 개운해졌다. 들어올 때와 마찬가지로 줄지어 나가는 중에도 성가대의 찬송가는 끊이지 않고 들려왔다.

"나에게 영원한 기쁨 속에서 헤어지지 말게 하소서. 어두운 밤에 캄캄한 밤에~."

찬송가를 뒤로하고 계단을 터벅터벅 내려가던 광민은 어쩌면 이 찬송가의 가사가 자신을 위해 만들어진 게 아닐까 하는 생각이 들었다.

광민에게는 아버지와 어머니, 그리고 남동생과 여동생이 있었다. 광민의 아버지는 술만 마시면 입에 담지 못할 욕설과 주먹질로 어머니를 괴롭혔다. 그런데도 어머니는 자식들을 위해 모든 것을 참고 견디며 살았다. 광민 또한 어릴 때는 아버지가 무서워 말도 꺼내지 못했지만, 고등학교에 입학하자 아버지의 행동에 가끔 제동을 걸었다.

"아부지는 엄마를 와 그라고 맨날 괴롭힙니꺼? 와예? 와 그라는데예?"

"이 자슥이!"

짝. 짝.

아버지의 손바닥이 광민의 두 뺨으로 사정없이 날아들었다.

"그래, 그래예. 차라리 나를 때리소. 마 그기 나을 것 같네예."

"이 자슥이 그래도……."

짝. 짝.

때리다 지쳤는지 아버지는 숨을 몰아쉬다 집을 나가 버렸다. 아버지를 말리다 지친 어머니는 그만 주저앉아서 광민의 다리를 붙잡고 슬피 울었다.

"광민아, 아무리 그래도 니 아부지다. 그란께 니는 그라모 안 된다. 니는 느그 아부지한테 그라모 안 된다. 흐흐흐흑. 흐흐흐흑……."

동생들은 이 상황을 지켜보다가 작은방 문을 닫아 버렸다. 그렇게 어머니는 눈물이 마를 날이 없었다. 그 후로 조금 덜해지기는 했지만 아버지는 여전히 술만 마시면 고함을 지르며 어머니를 괴롭히는 통에 광민은 더는 참을 수가 없었다. 그래서 방학이라 놀러 온 재환을 따라 무작정 부산으로 간 것이었다.

그런데 부산에 도착하자마자 이런 곳에 갇혀 버리다니 어이없는 일이 아닐 수 없었다. 어머니는 잘 계시는지 동생들은 잘 있는지 걱정되었지만, 정작 제 몸뚱이 하나 마음대로 움직일 수 없는 입장이다 보니 그저 마음뿐이었다.

계단을 거의 다 내려왔을 때였다. 모두들 내무반에 들어가지 않고 작은 운동장 가장자리에 모여 웅성거리고 있었다. 테니스 코트 세 개 정도 되는 크기의 작은 운동장을 둘러서 계단식으로 위 건물과 아래 건물, 그리고 옆 건물이 연결되어 있었다.

영문을 알 수 없어 주위를 둘러보고 있는 두 사람에게 강수가 다가왔다.

"오늘 2소대 아아들하고 한판 붙기로 했다. 이기모 담배 두 갑이다. 이 대 이 싸움인께 잘해라. 알았나?"

중간에 앉아 있는 중대장의 얼굴에서는 엷은 미소가 번졌다. 이미 중대장의 허락을 받고 자신들의 싸움꾼을 위해 응원까지 할 수 있게 미리 준비해 놓고 광민과 재환에게 통보한 것이었다.

'와' 하는 함성 소리와 함께 2소대에서 덩치가 곰처럼 큰 사내와 적당한 몸매에 매우 날렵해 보이는 건장한 청년이 운동장 중앙으로 뛰어나왔다. 그러곤 2소대원들에게 두 팔을 높이 들어올려 보이며 박수와 응원의 함성을 받고 있었다.

화가 나야 싸우는 것이고 명분이 있어야 싸우는 것이다. 그러나 이곳에서는 그런 것을 찾으려 하는 게 무의미할지도 몰랐다. 더 무서운 것은 고작 새마을 담배 두 갑을 얻기 위해 두 사람이 피를 보아야 한다는 것이었다. 새마을 담배 한 갑에 40원이니 두 갑이면 80원, 피를 보는 싸움판의 대가 치고는 참 대단한 상금이었다. 하지만 무소불위의 권력을 휘두르는 중대장이 구경할 마음으로 버티고 앉아 있는 이상 뒤로 물러설 수도 도망칠 수도 없는 노릇이었다.

1소대 쪽에서도 응원의 목소리가 울려 퍼졌다.

"1소대 파이팅! 1소대 주먹맛이 어떤지 느그가 한번 보이주라. 파이팅! 광민이, 재환이, 파이팅!"

한편으로는 자신들의 이름을 부르며 응원해 주는 동료들에게 고마운 마음도 들었다.

2소대의 곰 같은 사내는 이미 상의를 벗어던지고 육중한 몸집으로 기선을 제압하려 하고 있었다. 그의 등과 팔에는 장미 문신과 함께 수많은 칼자국이 나 있었다. 그런 외모만으로도 그가 얼마나 독종인지 알 수 있을 것 같았다.

광민이 재환에게 눈짓을 했다. 재환 또한 어릴 때부터 함께 한 그 눈빛의 의미를 잘 알고 있었다. 광민이 먼저 중앙으로 나가자 상대는 코웃음을 치며 한꺼번에 나오라고 고함을 질렀다. 그러나 광민이 말없이 싸울 자세를 취하자 육중한 덩치가 먼저 광민에게로 달려들었다. 그는 광민을 힘으로 제압할 생각으로 두 팔을 올리고 달려들었다. 제대로 잡히기만 한다면 광민에게도 어려운 싸움이 될 수밖에 없었다. 그러나 한순간 광민이 몸을 비틀어 그의 팔을 비껴 흐르게 하면서 정확히 겨드랑이 사이로 주먹을 찔러 넣었다.

"욱."

곰 같은 사내가 비틀거렸다.

"어쭈구리, 니는 오늘 죽었다, 씨팔놈아."

생각지도 못한 일격을 당한 그는 감정을 추스르지 못하고 또다시 광민을 잡아채려고 팔을 뻗었다. 하지만 광민은 이미 상대의 움직임을 읽고 있었기 때문에 어느 순간 곰 같은 사내의 뒤쪽에 서 있었다.

광민의 재빠른 몸놀림에 화가 난 그는 광민을 향해 주먹을 휘둘렀다. 광민은 민첩한 몸놀림으로 그의 주먹을 허공으로 흐르게 만들었다. 광민은 이미 그가 자신의 싸움 상대가 되지 못한다고 판단하고, 싸움이 끝나기만을 기다리며 피하기만 했다.

"야, 이 씹새끼야. 덤비라! 덤비란 말이다, 개새끼야."

곰 같은 사내는 싸움이 자신의 마음대로 되지 않자 바짝 약이 올라 욕설과 함께 온몸을 던지면서 광민에게 공격하고 있었다.

그때 2소대에서 날렵한 사내가 바람같이 뛰어나왔다. 뒤돌아 서 있던 광민은 앞에 서 있던 재환이 눈짓을 하자, 동물 같은 본능으로 고개를 숙이며 몸을 낮추었다. 순간 머리 위로 주먹이 바람을 가르는 소리를 내며 날카롭게 지나갔다. 광민은 이런 주먹이라면 보통 솜씨가 아닐 것이라는 생각이 들었다. 이쯤 되면 서로 피를 보지 않고서는 끝내기 힘든 싸움이었다. 누구도 이 싸움을 중지시키지 않을 것이다. 그렇다면 무조건 이겨야 했다.

재환이 나서려고 했지만 광민이 제지했다. 괜히 재환에게까지 피해를 주기 싫었던 까닭이었다.

뒤에 나온 날렵한 놈은 분명 유도를 한 것 같아 보였다. 두 팔을 뻗어 상대를 잡으려는 자세는 유도의 격투 자세였다. 곰 같은 사내와는 수준이 달랐다. 다시 사내가 두 팔을 뻗어 광민에게 달려들었다. 그러자 광민의 몸이 일순 도망치듯 계단을 향해 움직였다. 그리고 어느 순간 계단으로 뛰어오른 광민의 몸이 계단을 박차고 공중에서 빙글 몸을 돌리더니 오른발을 뻗어 달려들던 사내의 턱을 강타했다. 당산앞차기였다. 광민을 잡으려고 쫓아가던 사내는 예상치 못한 필살의 일격으로 쓰러져 정신이 아득해지고 있었다.

이 광경을 지켜보던 곰 같은 사내는 이미 겁에 질려 싸울 의욕을 잃고 있었다. 걸어가다시피 다가가서 권투 자세를 취하며 곰같이 달려들어 보았지만, 이내 광민의 두 주먹이 쉴 새없이 불을 뿜었다. 왼 주먹으로 상대의 면상을 때리는가 싶더니 오른 주먹으로 옆구리를 찌르고, 다시 왼 주먹이 상대의 콧등을 찍어 누르면서 동시에 오른 주먹이 턱을 걷어 올렸다. 주먹이 너무 빨라 보이지도 않을 지경이었다.

"우와! 저기 도대체 사람이가, 괴물이가?"

지켜보던 사람들 또한 입을 다물지 못하고 웅성거렸다. 한참을 두들겨 맞고서야 곰 같은 사내가 앞으로 푹 꼬꾸라졌다. 대개 앞으로 엎어지는 경우에는 이미 힘이 다한 상태라 다시 일어설 수 없었다. 광민은 곰 같은 사내가 운동장 중간에 큰 대자로 엎어져 있는 것을 보고는 1소대원들 사이로 말없이 걸어 들어갔다.

"잘했다! 진짜 잘했다이. 하하하, 하하하. 대단하네."

강수가 두 팔을 뻗어 광민을 번쩍 들어올리며 환호해 주었다.

"잘했다! 광민아."

재환이 다가와서 광민을 안아 주었지만 좋은 기분이 될 수는 없을 것 같았다.

"1소대 파이팅! 1소대 최고다. 하하하."

1소대원들은 흥겨운 축제라도 되는 것처럼 웃음이 가득한 반면, 2소대원들은 모두들 잔뜩 긴장한 얼굴로 한두 명씩 사라지고 있었다.

"니 인마, 권투 할래, 태권도 할래?"

중대장이 광민에게 다가가서 진지하게 물었다.

"집에만 보내 주이소."

"야, 인마! 그런 건 요 중대장님께 이야기해야지. 요 중대장님이 인마, 이 나라 정권하고도 보통 사이가 아이다."

강수가 진심으로 광민을 설득했지만 광민은 더는 이곳에 있기가 싫었다. 아무리 좋은 조건이 주어진다 해도 이곳에서는 하루 바삐 나가고 싶은 마음밖에 없었다.

그때 누군가 광민을 부르는 소리가 들렸다. 꿈속인지 생시인지 도무지 알 수 없는 느낌에 광민은 눈을 떴다. 희미하게 눈앞에 보이는 사람은 간호사와 강수였다.

"그래, 인자 정신이 좀 드는갑네. 식은땀을 많이 흘리길래 안 좋은 꿈 꾸나 싶어가 깨아 봤다."

잠든 광민이 신음 소리를 내며 허공을 향해 손을 젓는가 하면 몸을 비틀면서 괴로워하자, 강수는 일단 깨우고 보자 싶어 광민을 흔들어 깨웠던 것이다.

"이제 정신이 드시나 보네예? 주사 한 대 놓겠십니다. 옆으로 누워 주세요."

간호사가 광민의 엉덩이에 주사를 놓는 사이, 언제 왔는지 담당 의사가 흰 가운을 입고 사람 좋은 얼굴로 광민을 내려다보고 있었다.

"큰일 날 뻔했습니다. 상처가 왼쪽 눈을 불과 삼 센티 정도밖에 비껴가지 않았습니다. 어휴! 자칫 잘못했으면 눈에 큰 상처가 날 뻔했습니다. 다섯 바늘 꿰맸는데 큰 문제는 없습니다. 며칠 와서 치료받으면 됩니다. 정말 다행입니다."

의사의 설명을 듣고 난 광민이 자리를 털고 일어나려 하자 강수가 말렸다.

"더 누워 있그라. 며칠 입원 좀 해가 있다가 완전히 아물모 그때 퇴원하자. 그냥 누워 있그라."

"아닙니다. 이 정도 가지고 누워 있으면 창피스럽습니다. 가시죠."

"원 참! 고집하고는……."

광민의 고집을 꺾을 수 없다는 것을 알고 있던 강수는 광민을 자신의 집으로 데리고 갔다.

"자, 어서 들어온나. 내 혼자 사는 집이라 좀 휑하긴 해도 지내기는 괜찮을 기다."

강수는 바다가 내려다보이는 전망 좋은 빌라에 살고 있었는데 어림잡아도 40여 평은 족히 되어 보였다.

"자, 큰방 침대에 좀 누워라."

"다섯 바늘 꿰맨 걸로 다쳤다고 쉬다니 말도 안 됩니다."

강수는 거실 소파에 앉아 주위를 두리번거리고 있는 광민에게 자신의 방에서 휴식을 취하도록 배려해 주었다.

"아닙니다. 정말 괜찮습니다."

광민은 창밖을 향해 고개를 돌렸다. 도시의 수많은 불빛들이 바다 위에 반사되어, 검은 바다는 오히려 별빛 반짝이는 화려한 불빛으로 어둠을 감추고 있었다. 눈 가는 곳 어느 한 곳도 아름답지 않은 곳이 없었다.

강수는 광민이 서 있는 베란다 창가에 나란히 서더니 담배를 하나 꺼내 입에 물었다. 그리고 광민에게도 하나를 건넸다.

"자, 피아라. 군대 갔다 왔으모 인자는 피아도 된다. 괘안타, 자."

"아닙니다. 다음에 피우겠습니다."

강수의 권유에도 광민은 담배를 사양했다.

"광민아."

"예."

"니는 저 앞에 뭐가 보이노?"

"예. 바다가 보입니다."

강수의 진지한 질문에 광민은 짐짓 의아해하면서도 지금 눈앞에 펼쳐져 있는 바다라고 대답했다.

"또 보이는 건 읍고?"

"예. 밤을 밝혀 주는 불빛이 보입니다."

"그래. 저 불빛은 어둠이 사방에 내리오모, 그 어둠을 밝힐라고 하루도 빠짐없이, 비가 오나 눈이 오나 밤을 밝히 준다. 이 세상에는 말이다, 낮을 지배하는 사람이 있는가 하모, 밤을 지배하는 사람도 있다. 그거는 사람 사는 데라모 어디나 존재하는 두 개의 힘이다. 우리가 사는 세상은 밤의 세상이다. 그라고 그 밤을 우리가 지배한다. 마약, 매춘, 도박, 밀수 같은 사업에는 싹 다 우리가 개입돼가 있다. 니도 알다시피 나는 지난 세월 형제복지원에서 소대장직을 맡았고 그서 그래 몇 년을 보냈다 아이가. 그라다가 니가 떠나던 핸가, 아니모 그 다음 핸가 정확하게는 모르겠는데, 부산지검에 검사 양반 하나가 우연히 울산 부근 야산으로 사냥을 나가게 됐그덩. 그라다가 그서 벌목 작업을 하고 있던 일꾼 무리를 봤는데, 그 일꾼들을 감시하던 사람들이 M16소총을 메고 있었던기라. 그래가 그 검사 양반이 지금 세상이 어느 땐데 아직도 그런 데가 있는가 해서 알아봤드만, 그가 바로 형제복지원이었던기라. 그래가 그 양반이 형제복지원을 내사했는데, 복마전도 그런 복마전이 읍었는기라. 복지원 안에다가 신발 공장을 채리 놓고 원생들한테 강제 노역을 시키가 인건비 착복하고, 벌목 현장에도 원생들 투입해가 심한 노역으로 죽어 나가는 원생들이 한둘이 아니었그덩. 반항하는 원생들한테는 무자비한 폭행에, 처벌도 억수로 가혹하게 가하니까네 아무도 반항할 엄두도 몬 냈제. 그래가 그 양반이 상급자한테 보고하고서는 수사를 할 수 있게 해 달라고 했는데, 그 상급자가 되레 이 검사 양반을 협박하면서 조용히 입 다물고 있으라 했다데. 근데 이 검사 양반도 고집이 보통 고집이 아니었는기라. 검사직을 뺏기는 한이 있어도 할 일은 해야 된다고 싸웠다 안 하나. 우리는 우연한 기회에 그걸 알게 돼가 힘 모아서 집단 탈출극 벌이고. 그 양반 덕분에 형제복지원 원장은 갤국 구속돼가 부산구치소에 안 드갔나. 알고 본께 복지원 원장이라는 그 작자가 낮에는 보는 눈들이 있은께 복지원 안에서 생활하고, 밤만 되모 술집 드나들면서 가시나들 궁디나 뚜들기면서 살았다카데. 우리한테는 법이 필요 읍다. 법은 가진 놈들의 자기방어 수단이라는 거를 내 피부로 직접 뼈저리게 안 느꼈나."

강수의 진지한 이야기가 이어지는 동안 손가락 사이에 있던 담배는 혼자서 거실 가득 연기를 피워 올리며 필터만 남아 있었다. 강수는 담배꽁초를 재떨이에 던지고는 광민의 얼굴을 바라보았다.

"광민아, 니 내 동생해라. 니도 알다시피 나는 동생이 죽고 읍다 아이가. 넘들이 보모 지금의 내를 부러워할지도 모르겠지만, 나는 우짜모 세상에서 제일 외로븐 사람일지도 모른다. 그래 해줄 수 있것나?"

광민은 갑작스러운 강수의 제안에 머리가 어지러웠다. 마음은 충분히 이해할 수 있었지만 깡패가 된 강수의 동생이 된다는 것이 뭔가 마음에 걸렸다. 광민이 대답 없이 창밖만 바라보고 있자, 강수는 고개를 끄덕이며 이해한다는 표정을 지었다.

"나는 이 자리에서는 더 이상 올라갈 곳이 읍는 사람이다. 인자는 이 자리를 지키는 기 내 일이기도 하다. 이 바닥이 워낙에 냉정한 세계다 보이까 쪼매만 허점을 보이도 곧바로 공격당하고 만다. 철저하게 정글의 법칙대로 사는 곳이 바로 요다. 우쨌든 간에 한 가지만 부탁하자. 내가 뭐언 일을 하든 또 어데서 우째 살아가든, 니는 지금 이 순간의 내, 이 김강수만 기억해 도라. 지금처럼 다정하게, 이래 니 옆에 서가 있는 형으로서 하는 부탁이다. 그거는 해줄 수 있긋제?"

"예. 그렇게 하겠습니다."

광민은 깊은 내막을 알 수는 없었지만 굳이 더 알아야 할 이유도 없었다. 지금 이대로의 마음이라면 언제까지라도 가능했기에 부담 없이 대답을 하고 있었다. 강수는 마치 무엇인가에 쫓기는 사람처럼 보였다. 그렇지 않고서야 어찌 오랜만에 만난 광민에게 이렇게 유언과 같은 말을 남기고 있는 것일까. 광민의 머릿속이 다시 혼란스러워졌다. 그렇다고 이렇게까지 자신을 믿고 이야기하는 강수를 내버려두고 떠나 버릴 수도 없고 또 막상 갈 데도 없었다.

"그라고 내일 사무실에 내랑 좀 가자. 니한테 소개해 줄 사람이 있다. 아마 살면서 도움이 마이 될 끼다."

"저는 관심 없습니다. 그냥 조용히 살고 싶습니다."

"시끄럽게 살라고는 안 했다."

강수는 주머니에서 봉투 하나를 꺼내더니 광민의 앞에 놓았다.

"이게 뭡니까?"

"얼마 안 되지만 우선 옷도 좀 사 입고 할라모 돈이 있어야 안 되긋나? 부담 갖지 말고 써라. 모질라모 또 이야기하고……."

강수는 멍한 얼굴로 바라보고 있는 광민의 손에 봉투를 쥐어 주고서는 현관을 향해 걸어갔다.

"내 볼일이 있어서 좀 나갔다 오꾸마. 그동안 좀 쉬라. 먹을 거는 식탁 위에 뒀다."

"……."

현관문이 닫히는 소리와 함께 강수가 집을 떠나자 광민은 손에 들린 봉투를 열어 보았다. 순간 광민의 눈이 놀란 소처럼 커졌다.

이게 도대체 얼마일까. 모두 다 100만 원짜리 수표였다. 너무 놀라 광민은 손을 떨면서 봉투 속에 들어 있는 수표를 모두 꺼냈다. 그러고는 손가락에 침을 묻혀 가며 세어 보았다. 모두 새 수표라 잘 셀 수가 없어 한 장씩 한 장씩 바닥에 놓고 한쪽으로 옮기면서 세었다. 무려 스무 장이었다. 2,000만 원. 세상에 이렇게 많은 돈을 아무렇지도 않게 용돈으로 주는 사람이 세상에 몇이나 될까? 한 달에 7,000원 남짓 하는 병장 월급밖에 받아 본 적이 없던 광민에게는 평생을 살면서 처음으로 보는 큰돈이었다.

하지만 너무 큰 액수라서 그 돈의 가치가 머릿속으로 그려지지 않았다. 광민은 수표들을 고스란히 봉투에 다시 넣고는 점퍼 안주머니에 찔러 넣었다. 그러고선 묵은 공기를 토하듯 긴 한숨을 내뱉고는 식탁으로 발걸음을 옮겼다.

하얀 식탁보가 식탁 위의 음식을 덮고 있었다. 호기심에 가만히 식탁보를 걷어 보니 그 안에 메모지가 있었다. 메모지를 들고 눈으로 읽어 내려가던 광민은 갑자기 헛웃음을 흘렸다. 메모지의 글자들은 마치 썼다기보다는 그렸다는 표현이 더 어울릴 것 같았다.

광민아. 병은에 잇을 때 간오사와 의사 선생이 그라는데 니 상처에는 싱싱한 해가 좋다더라. 그래서 병은에서 자는 동안

해를 조금 사왔다. 이거 먹고 자고 일어나모 냉장고 안에 있는 것도 마저 먹어라. 꼭 먹어야 한다. 알았제?

광민은 강수가 얼마나 힘들게 이 글을 썼을지 한눈에 보아도 알 수가 있었다. 광민의 가슴속에서 말로 설명할 수 없는 묘한 감정의 파도가 일렁거렸다. 아버지에게서도 이렇게 따뜻한 마음을 받아 본 적이 없었던 광민이었다. 돈을 받았을 때와는 다른 감동으로 인해 왠지 모르게 강수와 자신이 하나의 운명의 고리에 얽히게 될 것 같은 막연한 예감이 들었다.

형제복지원에서도 첫날부터 강수는 묻지도 않았는데 자신이 살아온 이야기를 담담하게 들려주었다. 왜 그랬을까? 자신보다 여섯 살이나 아래인 사람의 손을 꼭 잡고 다정하게 대해 주었던 이유가 무엇이었을까? 강한 성격 때문에 누구에게도 이야기하지 못했던 자신의 심정을 왜 아무런 이해관계가 없던 광민에게 진솔하게 털어놓을 수 있었던 것일까? 당시의 강수도 사람의 정이 그리웠던 것일까? 이런저런 생각으로 복잡했던 광민의 머릿속이 더 복잡해지는 느낌이었다.

광민 또한 그러한 심정을 느껴 보았기에 누구보다 강수의 마음을 이해할 수 있을 것 같기도 했다. 그러고 보면 강수와 광민은 서로에게서 닮은 점을 발견하고, 서로의 운명을 더 빨리 알아차리고 있었는지도 모르겠다고 생각했다.

혼자서 생각에 빠져 있던 광민의 시선이 냉장고로 향했다.

광민은 냉장고 문을 열고 안을 들여다보았다. 남자 혼자 사는 집의 냉장고라고 생각되지 않을 정도로, 많은 반찬들이 깨끗하게 정리되어 있었다. 도시락만한 크기의 찬통들은 깨끗하게 닦여 순서대로 잘 정돈이 되어 있었다. 안이 들여다보이는 찬통이었기에 어떤 반찬이 들어 있는지 한눈에 구별할 수 있었다. 제일 윗칸의 깨끗한 랩으로 포장된 접시에는 식탁 위에 있는 회와 거의 같은 양의 회가 먹기 좋게 담겨 있었고, 그 옆에는 상추와 깻잎도 깨끗하게 씻겨 정리되어 있었다. 광민은 냉장고 문을 닫고 옆에 있는 밥솥의 뚜껑을 열었다. 뜨거운 김이 훅 광민의 얼굴을 감싸며 퍼졌다.

광민은 선반에 있던 밥그릇을 꺼내 먹을 만큼 퍼서 식탁 위에 있던 회와 함께 먹었다. 한참을 정신없이 먹다 보니 밥그릇도 회접시도 깨끗하게 비워졌다. 그제야 포만감과 나른함이 몰려왔다.

광민은 큰방으로 들어가 침대에 드러누웠다. 침대 아래쪽으로 옷장 두 개가 나란히 서 있었고 침대 왼쪽으로는 화장대가 있었지만 화장대 위에는 스킨, 로션 외에는 자그마한 연고 몇 개만 덩그러니 있을 뿐이었다. 푹신한 느낌 때문인지 온몸이 침대 속에 파묻혀 들어가는 것 같았다.

잠에서 깨자 깊은 숙면으로 온몸의 피로가 깨끗이 사라지고 날아갈 듯이 가벼웠다. 광민은 힘차게 기지개를 켜고서는 온몸의 근육들에 힘을 넣어 보았다. 역시 개운한 느낌이었다.

광민은 잠결에 누군가 거실에서 움직이는 소리를 들은 것 같았다. 꿈인가 싶어 무시했었지만 혹시나 하는 마음에 방문을 열고 거실로 나섰다.

"아니! 이게 무슨 일입니까? 왜들 이러십니까?"

거실에는 꿀꿀이와 제비를 포함한 십여 명이 두 줄로 맞춰 무릎을 꿇고 앉아 있었다.

"용서해 주이소. 몰라 봬가 죄송합니다."

한꺼번에 십여 명이 동시에 이야기하니 집안이 쩌렁쩌렁 울렸다.

"아니, 왜 이러십니까? 제가 오히려 죄송합니다. 이제 다 끝난 일이니 그만 잊읍시다."

"아입니다. 저희 용서해 주시고 앞으로 잘 지도해 주십시오."

꿀꿀이가 대표로 이야기하고 있었다. 나머지는 꿀꿀이에게 모두 맡기기로 약속했는지 고개만 숙이고 있었다.

"저는 깡패가 아닙니다. 아시다시피 저는 제대한 지 얼마 되지도 않은 사람입니다. 우연히 일어난 사고라고 생각하시고 이쯤에서 다 접읍시다."

"저희들은 이 자리에서 죽기를 각오하고 왔십니다. 제발 행님께서 다 용서해 주시고 앞으로 저희들을 잘 이끌어 주십시오. 이래 빌겠십니다."

난감한 일이 아닐 수 없었다. 분위기로 보아 호락호락 물러설 분위기도 그럴 친구들도 아니라고 생각되었다.

"예, 알겠습니다. 제가 졌습니다. 이제 그만 일어나십시오."

그럼에도 그들은 여전히 요지부동이었다.

"아니, 왜 그러고들 있습니까? 빨리 일어나십시오."

"행님이 우째 동생들한테 말을 높인답니까?"

그제야 광민은 난감하다는 표정으로 웃으며 화통하게 손을 내밀었다.

"그래, 알겠다. 그렇게 할 테니 이제 그만들 하고 일어나라. 대신 다시는 나한테 했던 짓 같은 건 하지 말아야 한다. 내 말 따를 수 있겠나?"

"예. 알겠십니다, 행님."

모두들 일어서더니 광민을 에워싸고 박수를 쳤다.

광민도 내심 싫지는 않았다. 그들이 진심으로 마음을 열고 다가선다면 광민 또한 그렇게 그들을 진심으로 대하면 되는 것이었다. 광민은 한 사람 한 사람 손을 잡아 주며, 앙금을 털기 위해 위로의 말을 건넸다.

"엑스레이는?"

광민은 제일 먼저 뚱뚱이에게 말을 건넸다.

"예. 골절된 부분에 깁스를 했은께 당분간만 참으모 된다고 했십니다."

"그래, 미안하다. 내가 좀 심했다."

"아입니다. 제가 죄송합니다. 사실 행님 만나고 이런 일 겪고 보이 제가 얼매나 작은 놈인지 알게 되었십니다. 고맙십니다, 행님."

"꿀꿀이는 목이 많이 아팠을 텐데, 좀 어때?"

"예. 인자 괘안십니다. 처음엔 아파가 죽는 줄 알았십니다, 행님."

"그래. 당분간은 담배 피우지 말고 목을 따뜻하게 해줘라. 근육도 좀 풀어 주고……."

"예. 알겠십니다, 행님."

"이제 그만 이쯤에서 마무리하자. 나도 좀 쉬어야겠다."

그들 또한 마음 한구석이 항상 허전한, 그래서 누군가의 위로가 필요했던 것은 아닐까 하고 광민은 생각했다.

모두들 자리에서 일어나 떠났지만 꿀꿀이와 제비는 여전히 거실에 남아 있었다. 제대한 지 며칠 되지도 않은 광민이었기에 고참이었을 때의 위압적인 행동과 말투가 자신도 모르게 나타나고 있었다.

"니들은 왜 이러고 있냐?"

"예, 저……. 사실은 큰 행님께서 행님 일어나시모 모시고 오라 케가 이래 기다리고 있십니다. 행님, 이 옷으로 갈아입으시이소."

"그래, 알았다. 잠깐 기다려라."

광민은 꿀꿀이가 건네는 옷 가방을 들고 큰방으로 들어갔다. 거울 앞에서 입고 있던 옷을 하나씩 벗어던지자 이내 근육질의 알몸이 드러났다. 광민은 거울 속의 자신을 바라보며 생각에 잠겼다.

지금 가려고 하는 이 길이 옳은 길일까? 아니면 혹시 운명적으로 내가 이 길을 가도록 예정되었던 것은 아닐까? 어쨌든 의지와 관계없이 광민은 물 위에 떠 있는 배처럼 어떤 정해진 방향으로 흘러가고 있는 것 같았다.

알몸으로 거울 앞에 선 광민은 한껏 힘을 넣어 가슴 근육을 부풀렸다. 터질 것 같은 가슴에서 탱탱한 젊음이 진하게 느껴졌다.

그래. 이게 바로 자신감이고 남자다. 내가 나를 믿고 나를 인정할 수 있는 자신감이 있어야 남자라고 할 수 있는 것이다.

광민은 한참 동안 자신의 몸 구석구석을 점검했다. 그러고선 꿀꿀이가 가져온 옷으로 갈아입었다. 와이셔츠와 카디건, 허벅지 부분에 여유가 있는 기성복 바지였다. 기성복이었지만 몸에 착 붙는 느낌이 마음에 들었다.

"우와, 잘 어울리십니다. 사이즈도 딱입니다."

꿀꿀이와 제비가 거실에 서 있다가 방에서 나오는 광민에게 말을 건넸다.

"근데 너무 비싼 옷은 아닌가 모르겠다."

"큰 행님께서 사 주신 깁니다. 괘안십니다. 잘 어울리십니다."

"그래. 그럼 가 볼까?"

꿀꿀이가 운전하는 승용차가 범일동 국제호텔 뒤편에 있는 주차장으로 미끄러지듯 들어갔다. 자동차가 주차장에 도착하기 바쁘게 제비와 꿀꿀이가 뒷문을 열고서 고개를 직각으로 꺾어 인사했다.

"어이, 이러지 마라. 이러면 나 진짜 같이 안 간다."

"예, 알겠십니다."

광민은 꿀꿀이와 제비의 인사를 타박했지만, 아마도 어린 나이부터 습관이 된 터라 쉽게 바꿀 수는 없을 거라고 생각했다. 꿀꿀이가 앞장서서 국제호텔 뒤편에 있는 건물 엘리베이터 앞에 서서 버튼을 누르고 기다렸다.

국제호텔에 가려 잘 보이지는 않았지만 실내를 보니 아주 고급스럽게 인테리어되어 있었다. 바닥은 대리석으로 반질반질 빛났고 벽 또한 고급스러운 취향으로 장식되어 있었다.

딩동.

엘리베이터 문이 열리자 아가씨 몇 명이 안에서 나오다 광민을 발견하고는 입으로 손을 가리며 속닥거렸다.

"옴마야! 어제 그 사람이다. 저기 봐봐."

그녀가 광민을 가리키며 손짓하자, 나머지 아가씨들도 마치 좋아하는 연예인을 마주친 팬이라도 된 것처럼 쳐다보며 어쩔 줄 몰라 했다.

"엄머, 엄머! 진짜 미남이다. 와! 진짜 잘생깃네. 싸움도 잘하고……."

"여어! 어서 오이라. 자, 요 앉아라."

5층에서 내려 지배인이 안내하는 룸으로 들어서자 미리 기다리고 있던 강수가 광민을 반갑게 맞았다.

"그래, 몸은 좀 어떻노?"

"괜찮습니다. 밴드 붙인 게 흉하지 않습니까?"

"아이다, 괘안구마. 진짜 깡패 같은데 뭐. 밴드 붙인 게 더 멋지지 않나?"

강수가 제비와 꿀꿀이를 쳐다보며 말했다.

"말도 안 됩니다. 멋있기는 뭐가 멋있다고 그럽니까?"

"행님, 멋집니다."

제비가 거들며 웃었다.

강수가 광민을 쳐다보며 말했다.

"광민아, 오늘 동생들하고 술이나 한잔하자고 이래 자리 한번 만들어 봤다. 술 무도 되긋제?"

"예예, 괜찮습니다."

룸에는 꿀꿀이와 제비, 광민과 강수 네 사람뿐이었다. 미리 이야기를 해 두었는지 뒤따라 들어오는 종업원은 없었다. 잘 꾸며진 고급 룸살롱이었다. 테이블 크기가 작은 방 하나 정도는 되어 보일 만큼 컸다. 그만큼 앉는 자리도 넓었고 룸 전체가 대리석으로 장식되어 있었다.

"음, 광민아. 형이 오늘 이래 자리를 만든 거는 요 있는 이 동생들하고 앞으로 잘 지내보라는 뜻에서다. 내 옆에 있는 꿀꿀이 야는 부산체고에서 유도했었다. 고등학교 이학년 때 벌써 전국체전에서 금메달을 딴 유망주였는데, 그만 요까지 오게 돼뿟다. 그 옆에 있는 제비는 어릴 때부터 부모님 얼굴도 모르고 자란 고아다. 우리는 제비에 비하모 행복한 편이지. 그래도 어무이 젖은 묵고 살았으이 말이다. 고아원에서 뛰쳐나와가 먹고 살 게 읎어서 소매치기들하고 어울리다가, 지금은 내하고 같이 지내고 있다. 앞으로 아아들 좀 잘 부탁한다. 의지할 데라고는 우리밖에 읎는 놈들이다. 친동생처럼 대해주라. 나이는 니보다 한 살씩 어리다. 내 오늘 그 말하고 싶어가 이래 자리 마련했다. 내 말, 알아듣것제, 광민아?"

"예. 그렇게 하겠습니다. 아까도 약속했습니다."

"음, 그래. 오늘은 기분이 억수로 좋네, 좋아. 자! 지배인 불러가 술 가져오라 카고, 아가씨들도 좀 들어온나 케라."

제비가 벨을 눌러 지배인을 부르더니 술과 아가씨를 넣게 했다.

잠시 후 밖에서 웅성거리는 소리가 들리더니 아가씨 네 명이 순서대로 들어왔다.

"엄머! 아까 그 아저씨 맞네. 아저씨, 반가워요."

"예에."

네 명의 아가씨 모두 광민에게 아는 체를 했다.

"역시 광민이는 잘난 놈이야! 허허허."

강수는 사람 좋은 웃음을 흘리며 광민을 지긋이 바라보았다.

광민의 옆에 자리잡은 아가씨가 다소곳이 앉아서 수줍게 인사했다.

"오빠, 안녕하세요? 주희라고 합니다."

"예에."

광민은 그녀의 인사에 형식적으로 답하고는 앞자리의 강수와 계속 이야기를 나누었다.

"아! 그때 있다 아이가, 우리 신입1소대가 정문을 맡았는데, 정문 지키던 놈들이 우리를 향해가 M16소총을 딱 겨누는기라. 순간 아, 요서 밀리모 끝장이구나 싶어가 총구를 향해서 그냥 터벅터벅 걸어갔어, 아무 말도 안 하고. 근데 그걸 본 소대원들이 내 뒤를 따르는기라. 그란께 그 경비병들이 겁을 묵고 조금씩 뒷걸음질을 치드만, 결국 다 도망치뿌더라고. 하하하하……."

강수는 형제복지원 집단 탈출 사건 얘기를 하면서 광민과 처음 인연이 되었던 그곳을 회상하고 있었다. 광민 또한 그곳에서의 잊지 못할 추억이 있었기에 강수의 말을 귀를 크게 열고 진지하게 듣고 있었다.

"자, 앞에 있는 잔 다 들어라. 우리 건배 한번 하자!"

강수의 제안에 모두들 앞에 놓인 잔을 들어올렸다.

"오늘 진짜 좋은 날이네. 나는 하나밖에 읍는 내 동생 먼저 하늘나라로 보냈는데, 오늘 이래 든든한 동생이 세 명이나 생깃다 아이가. 내가 지금 얼매나 감개무량한지 느그는 모럴끼다. 오늘 이 자리에 있는 우리는 죽을 때까지 마음 변치 말고, 우애로써 일생을 다 해야 된다. 알것제?"

"예."

"그런 의미에서 건배 한번 또 하자! 우리의 우애를 위하여!"

"위하여!"

"위하여!"

아가씨들도 깔깔대며 잔을 높이 들고 함께 '위하여'를 외쳤다. 그러곤 모두들 단숨에 술잔을 들이켰다.

그런데 광민의 옆자리에 앉은 아가씨가 건배한 잔의 술을 테이블 밑으로 가져가 쓰레기통에 버리고 있었다. 광민이 애써 못 본 척했지만 이미 들켰다는 것을 알았는지 머쓱하게 웃음을 지어 보였다. 눈썹도 짙고 이목구비가 뚜렷한 게 인형같이 예쁜 얼굴이었다. 하지만 얼굴에 핏기가 없어 하얀 도화지처럼 창백했다.

"어디 몸이 안 좋습니까?"

광민이 나직한 목소리로 묻자 그녀는 대답 대신 고개만 끄덕였다.

꿀꿀이와 제비가 거듭 술을 권하는 바람에 광민은 은근히 취기가 올랐다. 광민은 이렇게 좋은 곳에서 이렇게 좋은 술을 마셔 보는 게 처음이었다. 기분 좋게 마시고 헤어지면 그만이겠지만, 광민에게는 이런 좋은 것들이 왠지 자신과는 어울리지 않는 것 같았다.

계속된 건배로 모두들 거나하게 취기가 오르자 자리가 정리되었다.

"야, 니 오늘 그 오빠야 잘 모시야 된다. 알것나?"

"예."

광민의 파트너에게 강수가 재차 당부했다. 일행은 국제호텔에 미리 예약해 둔 방으로 자리를 옮겼다. 광민도 앞장서서 안내하는 아가씨를 따라 방으로 들어갔다.

"오빠, 저기…… 오늘 죄송합니다."

"신경 쓰지 마."

상대가 오빠라고 부르는 데 말을 높이기도 그렇고 해서 광민은 말을 편하게 하고 있었다. 이게 다 술이 주는 용기가 아닌가 싶었다. 광민은 샤워를 간단하게 하고 돌아와 침대에 올라 누웠다. 광민이 샤워를 마치고 나오자 그녀는 창피한 듯 몸에 타월을 걸치고 욕실로 들어갔다. 그 표정이 얼마나 순진

해 보였던지 광민은 하마터면 웃음을 터뜨릴 뻔했다. 샤워를 마친 그녀는 타월을 몸에 감은 채 침대 위로 올라와 광민의 옆에 누웠다.

광민의 눈빛이 애매한 천장만 훑고 있자 그녀가 물었다.

"오빠는 제가 마음에 안 드시나 보네예?"

"아, 아니야. 맘에 들어. 예뻐."

"근데 왜 저를 똑바로 못 보시는 건데예?"

"으음. 그게. 너무 약해 보여서, 힘들어 할 것 같아서 그래."

"……."

그녀는 광민의 눈을 바라보았다. 그러더니 광민의 손을 이리 잡아 보기도 하고 저리 잡아 보기도 하면서 나지막한 목소리로 말을 꺼냈다. 광민은 잠든 듯이 그녀의 낮은 목소리에 귀를 기울였다.

"오빠, 저는예. 엄마하고 오빠하고 같이 용호동에서 살았십니다. 오빠는 저보다 두 살 많았는데, 초등학교 때부터 다리를 조금씩 절기 시작했거든예. 엄마가 깜짝 놀라가 오빠를 데꼬 병원으로 달려갔는데 병원에서도 모르겠다는 거라예. 그래가 할 수 없이 큰 병원을 소개받아서 정밀검사를 했는데, 'ALD(로렌조 오일병)' 라고 하는 희귀병이라데예. 완치제는 없는데, 그래도 로렌조 오일을 먹으면 병의 진행을 멎게 하거나 늦출 수는 있다 하데예. 어렵게 정밀검사를 받고 병명을 알 때쯤 되니까 오빠는 몸이 굳어서 말도 못하고 먹지도 못하게 돼 버린 거라예. 그러고 시간이 좀 지나니까 팔다리가 굳어져서 꼬이기 시작하더니, 꼴랑 석 달 만에 하늘나라로 가뿌렸어예. 오빠를 먼저 떠나보낸 엄마는 혹시나 싶어가 저한테도 그 병원에서 정밀검사를 받게 했거든예. 그란데 한날 엄마가 저한테 오시더니 말도 없이 저를 껴안고 막 우시는 거라예. 그래서 제가 엄마 그 쪼만한 어깨를 잡고 '엄마, 나 괜찮다, 나는 엄마만 있으모 하나도 안 무섭다, 그러니까 우리 인자 그만 좀 울자.' 막 그랬죠. 엄마는 일 년에 사백만 원이나 하는 로렌조 오일 저한테 먹이신다고 고생 엄청 하셨어예. 것다가 정기적으로 MRI 검사도 받아야 했으니까예. 저는 엄마 혼자 그래 지금까지 버텨 주신 것만 해도 진짜 감사해예."

어느새 그녀의 눈망울에서 굵은 눈물이 떨어지고 있었다.

"저 때문에 엄마는 이제 더 빚낼 곳도 없어졌어예. 그런데 마침 선불을 준다고 하길래, 엄마한테 미안한 마음도 있고 해서 그냥 요서 일하게 된 기라예. 오늘 처음 왔십니다. 아, 오빠, 죄송해요. 제가 주책없이 막 떠들었네예."

이야기를 다 쏟아 낸 그녀는 광민에게 미안했던지 이불 속으로 얼굴을 밀어 넣고 어깨만 들썩이고 있었다.

"소리내서 울어도 돼, 괜찮아."

광민이 팔을 벌려 그녀를 끌어안았다. 그녀는 광민의 품속에서 한 마리 새끼 새처럼 떨더니, 이내 평온함을 되찾고 숨소리가 가늘어졌다. 그녀의 잠든 숨소리를 들으며 광민 또한 갑자기 마음이 심란해졌다.

광민은 그녀가 깨지 않도록 조심조심 침대에서 일어나 주섬주섬 옷을 챙겨 입었다. 그녀는 생각보다 깊이 잠들어 있었다. 셔츠를 입고 바지를 추어올리자 뒷주머니에 뭔가가 걸리적거렸다. 무심코 만져 보니 강수에게서 받은 봉투였다. 광민은 봉투를 꺼내 잠들어 있는 그녀의 핸드백 속에 집어넣었다. 돈은 사람 살리는 데 쓰는 것이 첫 번째라고 들어서 알고 있었다. 처음부터 자신의 것도 아니었고 이제 가야 할 곳으로 제대로 간 것이라 생각했다.

광민은 문을 열고 천천히 복도를 걸었다. 건물 밖은 분주하게 움직이는 사람들로 가득했다. 급하게 왔다 갔다 하는 수많은 사람들의 움직임이 조금은 어지럽게 보였다. '그래, 밤의 세계와 낮의 세계는 이렇게 다른 것이구나.' 하고 광민은 생각했다.

2.파친코 전쟁

광민은 사람들 틈에 끼어 걸으면서 어제 강수가 건넨 열쇠를 손에 들어 보았다.

"요 앞 부산은행 옆에 있는 오층 건물의 오층 좌측편이 내 사무실이다. 글로 내일 유 사장이라는 사람이 올 기야. 이야기는 해놨으니까 내가 없어도 한번 만나 봐라."

그 말을 당부하며 광민에게 열쇠 하나를 건네주었다. 광민은 부산은행 간판을 확인하고서 옆 건물을 올려다보았다. 5층 건물이었다. 단숨에 계단을 뛰어올라 5층으로 간 광민은 좌측 사무실의 자물쇠에 열쇠를 끼우고 돌렸다. 다행히 열쇠는 아무런 저항 없이 부드럽게 돌아갔고 '털컥' 소리과 함께 문이 열렸다. 복도 오른쪽 사무실 문에는 기원이라는 간판이 붙어 있었다.

안에 아무도 없다는 것을 알고 있었지만 처음 들어가는 곳이라 조심스럽게 문을 열고 들어섰다. 일을 하는 사무실이라기보다는 앉아서 휴식하는 곳이라고 해야 더 어울릴 것 같은 공간이었다.

20평 남짓한 공간의 중앙에 1인용 소파 4개가 나란히 마주 보며 자리 잡고 있었고, 왼쪽에는 철제 책상 하나가 덩그러니 놓여 있었다. 책상 위에는 검은색 전화기가 놓여 있었고, 사무실 구석 자리에는 가정용 냉장고가 혼자 소리를 내고 있었다. 벽면에 걸려 있는 옷걸이에는 누구의 옷인지 몰라도 점퍼 두 개와 운동복 바지 하나가 걸려 있었다.

광민은 사무실을 한 바퀴 둘러보고 나서 소파에 앉아 몸을 기댔다. 지금쯤이면 잠에서 깼을지도 모를 그녀의 얼굴이 떠올랐다. 창백한 얼굴에 앙상한 어깨를 하고 있었지만 의지만은 대단하다고 생각했다. 하지만 광민 또한 자기 한 몸 의탁할 곳도 없는 처지에 더 해줄 수 있는 것도 없었다. 그저 스스로 잘 이겨 나가기를 빌 뿐. 이제는 잊어야지 하면서 광민은 고개를 세차게 흔들어 보았다. 하지만 그녀의 창백한 얼굴이 광민의 머릿속에서 지워지질 않았다.

그때 갑자기 출입문 쪽에서 인기척이 들렸다. 광민이 고개를 돌리자 30대 중반쯤으로 보이는 점잖게 생긴 신사가 문을 열고 서 있었다. 광민과 눈길이 마주치자 그가 반갑게 웃으며 인사를 건넸다.

"안녕하십니까? 서울에서 온 유동수입니다."

"예, 반갑습니다. 서광민입니다."

광민도 일어나 정중하게 인사를 했다. 두 사람은 누가 먼저라고 할 것도 없이 손을 내밀어 악수를 했다. 유동수는 적당한 키에 배도 품위 있게 나와 있어 한눈에 보기에도 귀티가 흐르는 사람이었다. 자신의 사무실은 아니었지만 강수에게 열쇠를 받은 이상 광민이 주인의 입장이 되었다.

"자, 이쪽으로 좀 앉으시죠."

광민의 안내에 따라 유동수는 광민의 맞은편에 앉았다.

"저도 이곳은 처음이라 대접할 수 있는 게 있나 모르겠습니다. 아니면 제가 가서 음료수라도 좀 가져오겠습니다."

광민이 일어서려 하자 유동수가 손사래를 치며 길을 막았다.

"아닙니다. 바쁘신데 뭐하러……. 사업 얘기부터 하시고 같이 식사나 하러 가시죠?"

"제가 뭐 아는 게 있어야지 말입니다."

사업 이야기가 먼저 나오자 광민은 머리를 긁적이며 뒤로 한 걸음 물러섰다.

"김강수 사장님께 말씀을 들었습니다. 똑똑한 동생이 있는데 저와 같이 움직이면 좋은 파트너가 될 것 같다고 하시더군요."

"예. 그런데 제가 무슨 도움이 될지 모르겠습니다."

"지금 전국 어디든 호텔에 있는 성인오락실은 조직폭력배가 개입되지 않은 곳이 단 한 곳도 없을 겁니다. 만약 그들이 개입되지 않은 곳이 있다면 아마 영업이 제대로 이루어지지 않고 있을 겁니다. 단순한 영업이 아니라 엄청난 이권이기 때문이죠. 보통 파친코 기계 오십 대를 기준으로 보면 현재 삼백 코인으로 하고 있으니 일일 매출액이 일억이 넘습니다. 그중에 최고 상금이 백만 원, 오십만 원, 삼십만 원, 십만 원이니 상금으로 하루에 약 삼천만 원에서 사천만 원 정도 지급되고, 나머지는 다 순수입으로 잡히고 있습니다."

광민은 애써 태연한 척하고 있었지만 속으로는 액수의 크기에 놀라 입을 벌리고는 다물지 못하고 있었다.

"그런데 거기에 매일 손님이 있다는 게 신기합니다. 매일 돈을 잃는데도 계속 손님이 있다는 게 쉽게 이해가 되질 않습니다."

"예, 그럴 것 같죠? 그런데 그렇지 않습니다. 그건 중독입니다. 쉽게 말해 도박 중독입니다. 오십 대의 기계가 돌아가다 보면 자신의 옆에서, 아니면 자신의 뒤에서 '잭팟' 터지는 소리가 들립니다. 종업원들이 잭팟을 외치는 소리가 끊이질 않는 거죠. 그래서 다음에는 내 차례가 아닐까 하는 기대 심리 때문에 발을 못 빼고 계속해서 돈을 밀어 넣게 됩니다. 낚시와 똑같습니다. 월척 한 마리 낚아 올리는 손맛을 보기 위해 하루 종일 낚싯대 하나로 시간을 보내면서 자신과의 싸움을 하는 것입니다. 파친코에 빠져 있는 사람들도 같은 심리 상태라고 보시면 될 것 같습니다. 그리고 호텔 파친코에 출입하는 사람들이라면 다 먹고 살 만한 부류의 사람들이라고 보시면 됩니다."

"그러면 제가 해야 할 일은 뭡니까?"

광민이 단도직입적으로 유동수에게 질문을 던졌다.

"예. 이 일만큼 황금 알을 낳는 사업도 없을 겁니다. 성인 오락실 하나 운영하려고 호텔 허가를 받는 곳도 있을 정도니까요. 그만큼 큰 사업이기도 하지만 그렇기 때문에 또 온갖 불법의 최첨단을 달리고 있기도 하지요. 각 호텔 성인오락실에는 기사가 두 명씩 상주해서 근무하는데 이 사람들은 호텔 직원이 아닙니다. 기계를 판매한 곳에서 A/S 차원으로 파견하는 직원들인데 이 기사들은 키판(메모리) 조작이 가능한 기술자들입니다. 쉽게 말해 언제 어디서든 원하는 곳에 백만 원짜리 그림이 올라올 수 있게 할 수 있습니다. 그래서 그 기사들을 우리 편으로 만들어서 동업을 하는 게 우리의 사업입니다. 한 오락실에서 백만 원짜리 그림이 나오면 우리가 백만 원을 가져옵니다. 백만 원에서 삼십만 원은 기사에게 입금시켜 주고, 이십만 원은 그날 아르바이트를 뛴 우리 쪽 사람에게 줍니다. 그 나머지가 우리 밥이죠. 지금 제가 데리고 있는 애들이 모두 사십 명인데, 같은 곳에 하루에 두 번 출입할 수 없기 때문에 돌아가면서 배치하고 있습니다. 그런데 요즈음에 거래처가 많이 떨어져 나가서 하루에 스무 건 정도밖에 하지 못하고 있습니다. 그래서 광민 씨에게 이렇게 부탁을 드리러 온 겁니다."

"제가 뭘 하면 됩니까?"

"예. 저희 같은 조직이 전국에 두세 개 더 있는 것으로 알고 있습니다. 제가 아는 사람도 조직을 하나 이끌고 있는데 이 사람이 오락실 기사들을 협박해서 자기들과 손잡고 일하게 만드는 통에 저희는 자꾸만 뒤로 밀려나고 있습니다."

광민은 잠깐 동안 머릿속으로 계산을 해 보았다. 40명이 100만 원씩 벌어 오면 4,000만 원이 된다. 그런데 1명이 두 곳을 돌면 두 배가 되므로 하루에 8,000만 원이 된다. 절반을 떼 준다고 해도 나머지는 순수익이다. 엄청난 금액이다.

광민은 아무런 투자도 없이 맨손으로 이렇게 돈을 벌 수 있다는 것에 놀라움을 금치 못했다. 그러나 자신이 뛰어들기에는 어딘가 어색했다. 무엇보다도 명분이 없었던 것이다. 광민은 아무 말 없이 고심에 또 고심을 거듭했다. 유동수 또한 초조하기는 마찬가지였다. 유동수는 광민의 입에서 어떤 답이 나올지 몰라 초조하게 기다리고 있었다.

광민은 전역 신고를 할 때 중대장이 했던 마지막 말을 떠올리고 있었다.

"사회에 나가면 첫발을 잘 디뎌라. 그리고 그곳에 뼈를 묻어라."

중대장의 목소리가 지금까지도 귓가에 생생하게 들리는 듯했다. 광민은 어쩌면 자신은 이미 이곳에 발을 디뎌 버린 것은 아닐까 하고 생각했다. 돈도 인간관계도 어차피 불법에는 또 다른 불법이 기생한다는 것으로 애써 합리화하고 있었던 것이다.

"예, 좋습니다. 한번 해 보겠습니다. 그 대신 저한테도 배당을 주세요. 그래야 저도 일할 맛이 날 것 아닙니까?"

광민의 한마디에 유동수의 얼굴이 활짝 펴지며 크게 너털웃음을 흘렸다.

"예. 좋습니다. 김강수 사장님께 약속했습니다. 십오 퍼센트는 무조건 광민 씨 몫으로 하기로 말입니다."

유동수는 자신의 경쟁자인 강석화에게 너무나 많은 것을 빼앗기고 있었다. 부산은 아예 강석화에게 모두 넘어갔고 서울, 제주, 경북 등지도 거의 대부분 강석화의 손아귀에 들어가는 실정이었다. 정보에 의하면 강석화의 조직원은 이미 100여 명을 넘어섰다고 한다. 그러던 중에 유동수는 누군가의 소개로 김강수를 알게 되었다. 김강수는 부산 중심지에 근거를 둔 조직폭력배의 지역 오야붕으로 아무도 무시할 수 없는 위치에 있었기 때문에 유동수가 속내를 감추지 않고 의논을 했던 것이다.

김강수는 전국의 건달들과 교류를 하면서 자신들도 관리업소의 뒤를 봐주어야만 했기 때문에 유동수의 제의를 거절하지 못하고 있었다. 그런데 마침 얼굴이 전혀 알려지지 않은 광민이 나타났기에 유동수를 광민과 연결해 준 것이었다.

유동수도 이미 광민에 대한 이야기를 들은 바 있었다. 이 지역 깡패 10여 명을 무기도 없이 단신으로 격파했다는 것을 이미 여러 차례 듣고 있었던 터였다. 그렇기에 광민이 도와주기만 한다면 마치 호랑이가 날개를 단 것처럼 거칠 것 없이 판을 벌여 볼 만하다고 생각했던 것이다. 그리고 마침내 광민의 확답을 받고 나니 천군만마를 얻은 것처럼 흥분되었다.

"광민 씨, 고맙습니다. 은혜에 꼭 보답하겠습니다. 아마 광민 씨가 나서시면 빠른 시간 내에 우리 사업이 큰 성과를 거둘 수 있을 거라고 확신합니다."

"어디서부터 시작할까요?"

광민은 시작하기로 한 이상 머뭇거릴 이유가 없다고 생각했다. 일단 마음의 결정을 한 이상 행동은 빠르면 빠를수록 좋은 것이었다.

"예. 우선 거래처가 생긴다는 가정하에 메모리칩을 좀 더 확보해 놓고 시작해야 합니다. 호텔 내에 있는 기계는 모두 메모리가 입력되어 있는데 그 메모리칩을 우리가 만든 것으로 갈아 끼워야 합니다. 서울의 청계천이나 용산에 가야 제품을 구입할 수 있으니 서울에서부터 일을 시작하는 게 좋겠습니다."

"좋습니다. 그렇게 하겠습니다."

썰렁하기만 하던 사무실에 두 사람의 깊은 대화로 긴장감이 감돌고 있었다. 이곳에서 두 사람 사이에 오고 간 사업에 대한 구두 약속이 앞으로 어떤 피바람을 일으키게 될지는 누구도 알 수 없었다.

유동수가 운전하는 벤츠 승용차가 광민을 태우고 경부고속도로를 질주하고 있었다. 고속으로 질주하는 데도 차 안은 조용했다. 광민은 운전을 하고 있는 유동수의 옆모습을 살펴보았다. 양쪽 볼이 심술보인지 욕심보인지 두툼하게 튀어나와 있는 것을 보고서는 욕심이 많은 사람일 것이라는 생각이 들었지만 사람은 순해 보였다. 두 사람을 태운 벤츠는 계속해서 앞에 달리는 차들을 추월하고 있었다. 구미를 지날 즈음 광민이 침묵을 깨고 유동수에게 질문을 던졌다.

"기사가 주야 한 명씩이니 한 기사에게 백만 원씩, 하루에 이백만 원이라는 돈이 빠져나가도 업주 측에서는 눈치를 전혀 못 채는 겁니까?"

"예. 제가 데리고 있는 조직원이 사십여 명입니다. 그 친구들이 매일같이 교대로 돌아가기 때문에 얼굴이 알려질 일이 없습니다. 한 명이 그곳을 다녀오면 사십 일 후에나 다시 가기 때문에 의심받을 일이 전혀 없습니다. 뿐만 아니라 하루에도 일억 원이 넘게 매출이 오르기 때문에 이삼백만 원 없어진다고 해도 이상한 일이라고 생각하지 않습니다. 어쩌면 업주

쪽에서도 바라는 일일지 모릅니다."

광민은 마지막 말에 의구심이 들어 눈을 크게 뜨고서는 다음 말을 기다렸다.

"잭팟이 터지면 직원이 돌아가며 업장의 분위기를 고조시킵니다. 그러면 다른 손님들도 빨리 잭팟을 터뜨릴 욕심에 두 손을 쉴새없이 놀리니까요."

어느 정도는 이해가 되었지만 여전히 광민의 머릿속에는 풀리지 않는 의문들이 남아 있었다. 궁금증이 커질수록 빨리 현장에서 직접 경험해 보고 싶다는 욕심이 강하게 일었다.

어느덧 벤츠는 복잡한 서울역 앞을 지나고 있었다. 길 위의 수많은 사람들과 여기저기 서 있는 고층 빌딩들, 그리고 TV에서 보았던 남산타워가 눈에 들어왔다. 처음 와 보는 서울인지라 광민의 눈은 열심히 창밖을 훑고 있었다. 벤츠는 서울역을 돌아 조금 더 가서 작은 주차장에 멈췄다.

"자, 이제 내리시면 됩니다."

유동수의 말에 광민은 두리번거리며 주변에 호텔이 있는지 살펴보았지만, 전혀 보이지 않았다. 이런 광민의 행동을 이해한다는 듯 유동수가 살짝 웃으며 입을 열었다.

"이곳은 청계천 상가입니다. 이곳에서 우리가 필요한 부품들을 준비해 두어야 합니다. 그래야만 거래처가 확보될 때 즉시 움직일 수 있습니다."

광민은 자세한 것은 알 수 없어 일단 유동수만 믿고 따르고 있었다. 크고 작은 상가들이 즐비하게 늘어서 있는 청계천에는 지금까지 본 적이 없을 정도로 많은 사람들이 골목길을 채우고 있었고, 끝이 보이지 않는 상가마다 가득가득 물건을 채워 두고 있었다. 그 안에서는 종업원인지 주인인지 알 수 없지만 모두들 쉴새없이 분주하게 움직이고 있었다. 바쁘게 물건을 진열하다가도 손님이 들어오면 일손을 놓고 손님이 찾는 물건을 어디에서 찾아오는지 잠시 후 손님 앞에 가져다 놓았다. 손님도 이제야 찾았다는 반가운 눈빛으로 종업원에게 고마운 눈빛을 전했다.

"이곳 청계천에는 없는 것이 없습니다. 오죽하면 이곳에서 부품을 사서 조립하면 탱크도 만들 수 있다는 말이 생겼겠습니까."

유동수는 앞서 걸으며 뒤따르는 광민이 듣든지 말든지 계속 이야기를 하고 있었다.

청계천 상가를 중간쯤 걸었나 싶었을 때 유동수가 어느 가게 앞에서 발을 멈추고는 가게 안을 눈으로 한 바퀴 둘러보았다. 그러자 가게 안에서 두 명의 남자가 유동수를 쳐다보고서는 반갑게 뛰어나와 인사를 했다.

"어서 오세요, 손님. 저번에 오신 분 맞죠?"

"저를 기억하십니까?"

"그럼요. 오락기에 들어가는 칩이랑 검인봉 찍은 납땜을 가지고 가셨지 않습니까?"

유동수는 그제야 확신을 하고서는 가게 안으로 발걸음을 옮겼다.

“참! 사장님 기억력이 좋으십니다.”

“아유! 이 장사 해 먹으려면 기본이죠, 뭐.”

넉살 좋은 웃음을 지으며 남자는 무엇이 필요한지 묻는 눈빛으로 유동수 곁에서 대기하고 있었다. 유동수는 자신이 가져온 손가방의 지퍼를 열더니 그 속에서 검자가 찍혀 있고 납땜이 되어 있는 물건을 꺼냈다.

“이것을 만들려고 합니다. 가능하시죠?”

“예전에도 우리가 이것을 만들어 드렸지 않습니까?”

“예. 그런데 이제는 제가 검자를 찍는 기계를 직접 가질까 해서 그렇습니다.”

“그거야 가능하지만 기계가 조금 비쌉니다. 워낙 섬세한 기술이 필요한 것이라서…….”

사장인지 종업원인지는 알 수 없었지만 벌써 값을 흥정하고 있었다. 유동수가 들고 있던 검자가 찍힌 납땜은 가정집에 설치된 두꺼비집에서도 볼 수 있는 것이었다. 전문가 외에는 손을 댈 수 없도록 한국전력 직원이 직접 찍어 놓은 봉인이 그것이었다.

광민은 이제야 조금씩 이해가 되기 시작했다. 저 물건을 기사에게 건네주면 기사는 저 물건을 기존의 오락기에 있는 물건과 바꿔치기하는 것이었다. 바꿔치기한 기계는 기사가 조종하는 대로 움직이는 로봇이 되는 것이다. 문제는 기사가 저 물건을 받느냐, 안 받느냐 하는 것인데 광민이 해결해야 할 일이 바로 그것이었다.

"가격은 걱정하지 마십시오. 대신 조금의 오차도 발생하면 안 됩니다."

"예, 당연하지요. 내일까지는 해 놓겠습니다."

유동수는 손가방에서 지갑을 꺼내더니 100만 원권 수표 다섯 장을 건넸다.

"감사합니다. 내일 뵙겠습니다."

남자는 유동수와 광민에게 깍듯이 머리를 숙여 인사를 했다.

유동수는 주차장에 있던 벤츠에 올라 시내를 향해 핸들을 돌렸다. 광민은 아무 말 없이 유동수가 하는 대로 지켜만 보고 있었다. 아는 게 아무것도 없어 입만 열면 질문이니, 유동수에게 미안하기도 했고 조금은 창피하기도 했다. 배운 것이 부족해 유동수의 말을 알아들을 수 없을 때가 그랬다. 그래서 가끔은 무슨 말인지도 모르면서 그냥 고개를 끄덕인 경우도 여러 번 있었다.

유동수는 서울에서 살았던 탓인지 억양이 부드러웠고 말이 조리가 있으면서도 막힘이 없었다. 반면에 광민은 아직도 말을 할 때 군대식으로 딱딱 끊는 습관이 남아 있었다. 바꿔 볼까 생각할 때도 있었지만 차라리 말을 아끼는 편이 더 나았다.

벤츠가 산 밑 터널을 지나자 톨게이트가 나타났고 유동수는 창문을 열어 동전 몇 개를 집어던졌다.

"조금만 더 가면 리버사이드호텔이 있습니다. 그곳에서 일하는 기사와 만나기로 했습니다. 리버사이드호텔 맞은편에 있는 카페로 갈 겁니다. 다행인지 불행인지 강석화도 지금 리버사이드호텔에 투숙하고 있다고 합니다."

"알겠습니다."

광민은 이제 자신이 움직여야 할 때가 왔다는 것을 알 수 있었다. 광민이 사회에 나와 처음으로 시작하는 일이었다. 조용히 두 주먹에 불끈 힘을 넣어 보았다. 그리고 마음속으로 다짐했다. 어차피 시작한 일, 누구도 따라오지 못하게 할 것이다.

유동수는 광민의 얼굴에서 진지함과 각오가 배어 나오자 믿음직스러워졌다. 이윽고 유동수가 운전하는 자동차는 리버사이드호텔이라는 간판이 보이는 곳을 지나고 있었다. 호텔 주차장은 길 건너 맞은편에 있었는데, 넓은 주차장이 차들로 가득 차 있었다. 주차요원이 뛰어나와 유동수에게 인사하더니 차를 몰고 사라졌다. 유동수는 주차장 아래쪽에 위치한 카페를 향해 앞서 걷고 있었다.

리버사이드호텔 내의 파친코 기사는 유동수와 거래하다가 주도권이 강석화 쪽으로 넘어가자 그때부터 강석화와 거래를 하고 있었다. 수입은 어차피 30만 원으로 정해져 있어 기사 입장에서는 어느 쪽과 거래하든 상관이 없었다. 그래서 유동수가 갑자기 연락해서 만나자고 해도 굳이 피할 이유가 없었고, 더군다나 자신의 약점을 알고 있는 사람의 눈 밖에 나서 좋을 일이 없었다. 모두 다 알고 있었다. 누가 죽든 결코 혼자 죽지는 않는다는 것을. 때문에 어지간한 일은 그냥 넘어가거나 입을 닫는 것으로 정리되었다.

유동수의 안내를 받으며 카페로 들어서자 아직 어둠이 내리기 전이라 그런지 여종업원 두 명과 남종업원 한 명만 가게에 앉아서 손님을 기다리고 있었다.

"어서 오세요. 반갑습니다."

남종업원이 가게의 중간쯤에 위치한 소파로 안내했다. 소파에 앉자 유동수가 맥주를 몇 병 주문했다. 바쁘게 움직인 탓에 마침 갈증이 났는데 유동수가 맥주를 주문하니 광민은 속으로 잘되었다 싶었다. 종업원이 가져온 맥주를 병따개로 따더니 먼저 광민의 잔에 맥주를 가득 채웠다.

"자, 목이 마르실 텐데 우선 한잔하시죠."

유동수는 자신의 잔을 들어 광민에게 내밀더니 건배를 하고서는 단숨에 잔을 비웠다.

"역시 갈증에는 맥주가 제일입니다. 안 그렇습니까?"

유동수가 자기 마음대로 맥주를 주문한 것을 기억하고는 광민에게 동의를 얻고자 던지는 말이었다.

"예, 그렇습니다. 시원합니다."

두 사람이 맥주를 석 잔째 비웠을 때 누군가 가게 안으로 들어서고 있었다. 유동수가 고개를 돌려 출입구 쪽을 보더니 이내 손을 들어 자신이 있는 곳을 확인시켰다.

"상완 씨, 여깁니다."

"아이구, 오래 기다리시게 해서 죄송합니다."

"아닙니다. 저도 조금 전에 왔습니다."

유동수는 자신의 옆자리에 상완을 앉게 한 후에 바로 광민을 소개했다.

"상완 씨, 이쪽은 저와 사업을 함께하실 분입니다. 인사하시죠."

광민도 일어나서 악수를 나누었다.

"서광민입니다."

"예. 이상완입니다."

두 사람이 웃으며 악수하고 제자리에 앉자 유동수가 상완에게 맥주를 한 잔 따라서 권했다.

"아닙니다. 제가 위장이 좀 좋지 않아서 당분간 술을 끊고 있습니다. 죄송합니다."

"아이구! 그러시군요. 그러면 다른 것이라도 좀……."

유동수가 메뉴판을 들더니 다른 음료를 찾기 시작했다.

"아닙니다. 좀 있다 집에 가서 저녁을 먹을까 합니다. 요즈음은 약을 먹고 있기 때문에 퇴근만 하면 칼같이 집에 들어갑니다."

"예. 그렇군요."

그때 광민이 두 사람 사이에 끼어들면서 사무적인 말투로 말을 건넸다.

"이상완 씨, 저는 이상완 씨와 적이 되고 싶지 않습니다."

상완은 갑작스러운 광민의 말투에 당황한 기색이 역력했다.

광민의 말이 계속 이어졌다.

"그래서 하는 말인데 앞으로는 우리와 거래를 합시다. 강석화 씨는 제가 정리하겠습니다. 부산에서 여기까지 왔을 때는 뭔가 좀 남다른 각오가 있지 않았겠습니까? 이번 일에는 양보가 없습니다. 알아들으셨습니까?"

광민의 단호한 태도와 말투에 겁을 먹으면서도 상완은 가타부타 대답을 하지 못하고 있었다.

"강석화는 조직원이 백 명도 넘고 깡패들도 데리고 다닙니다."

상완은 겁먹은 목소리로 떠듬떠듬 강석화의 주변 분위기를 전했다. 상완은 30대 초반 정도로 보였고 평범한 외모였지만 사람은 좋아 보였다. 주야 2교대로 근무하는데 오늘은 주간이라 오후 7시에 퇴근해서 유동수를 만나러 온 것이었다.

"좋습니다. 강석화가 지금 이 호텔에 투숙하고 있죠? 저를 그 사람에게 안내해 주십시오. 결정은 그 후에 하셔도 좋습니다. 어떻습니까?"

광민의 말에 상완은 더욱 혼란스러워졌다. 젊은 패기에 무모한 짓을 하는가 싶기도 하고, 눈매나 외모에서 풍기는 모습을 보면 범상치 않은 사람인 것 같기도 해서 도무지 판단을 내릴 수가 없었다. 상완이 머뭇거리며 생각에 잠겼다.

광민의 입장에서 보면 자신이 안내하지 않는다 해도 호텔 데스크에 가면 금방 알 수 있을 뿐만 아니라 상황이 예상치 않은 방향으로 흐르면 자신의 입장이 매우 곤란해질 수 있다는 생각이 들었다. 오히려 앞장서서 강석화에게 안내하고 이후의 판도가 어떻게 돌아가는지도 직접 확인하는 편이 나을 것 같았다. 어쨌든 안내만 하면 되고 누가 앞으로의 동업자가 될지도 확인할 수 있는 방법이었다.

"좋습니다. 제가 안내하겠습니다. 다만 강석화는 늘 몇 명의 깡패들을 데리고 다닙니다. 조심하시는 게 좋을 겁니다."

"상관없습니다. 어차피 살기를 바라고 온 길이 아닙니다. 많으면 많을수록 좋습니다."

유동수를 자리에 남겨 두고 상완이 일어나서 광민을 안내했다.

리버사이드호텔 뒤편으로 보이는 산이 어둠으로 검게 물들고 있었다. 대낮처럼 환하게 불이 밝혀진 라운지를 향해 걸어가는데 호텔 밖으로 나오는 한 무리의 젊은 남자들이 있었다.

광민의 앞에서 걸어가던 상완이 멈칫하며 제자리에 섰다. 앞에 있던 남자들은 여행이라도 가는지 간편한 복장에 여행 가방을 하나씩 들고 있었다. 그 순간 상완과 남자들의 눈이 정면으로 마주쳤다. 너무 가까워서 고개를 돌려 피할 수도 없는 상황이었다. 앞장서 걸어오던 남자가 먼저 인사를 건넸다.

"아니, 이게 누구십니까. 이 기사님 아니십니까?"

"아, 예에, 반갑습니다."

남자의 자신감 넘치는 인사에 상완은 기어들어가는 목소리로 마지못해 고개를 숙이면서 광민에게 눈치를 보냈다. 이상완의 눈이 가장 앞에서 인사를 건네던 남자를 가리키고 있었다. 광민도 한눈에 강석화를 알아보았지만 모른 척하며 주위의 사람들을 지켜보고 있었다.

강석화는 깡패 세 명을 대동하고 지방에 내려가는 중이었다. 전국적으로 파친코가 성행했기에 그는 가는 곳마다 노다지를 캐고 있었다. 순식간에 돈을 거머쥔 강석화는 남부러울 것 없는 인생을 즐기고 있었다.

"당신이 강석화 씨, 맞습니까?"

광민이 강석화를 노려보며 두 사람 사이로 끼어들었다. 강석화는 기분 나쁜 표정을 짓더니 이내 입술을 비틀며 말을 받았다.

"누구신데 함부로 남의 귀한 이름을 부르실까?"

"지금까지 당신이 벌어 놓은 돈까지 달라고 하지는 않겠습니다. 하지만 지금부터 당신이 거래하고 있는 모든 오락실은 제가 접수하겠습니다."

"뭐? 어데서 이런 거지새끼가 나와서 지랄이고? 어?"

"저는 폭력을 아주 싫어합니다. 하지만 폭력을 피해 달아나지도 않습니다. 그런데 오늘은 상황이 조금 다릅니다. 말로 할 때 받아들이시는 게 좋을 겁니다."

강석화는 큰 키와 날씬한 몸매에 나이는 40대가 채 안 되어 보였다. 한눈에 보기에도 부티 나게 보이는 인물이었다. 강석화 주위에 있던 깡패 셋이 가방을 내려놓고 공격 자세를 취했다. 광민이 비꼬듯이 웃으면서 조용하고 나직하게 말했다.

"난 두말 안 한다. 무릎 꿇고 빌어라. 그럼 살려 준다. 어차피 더러운 돈으로 연명해 온 인생들 이쯤에서 끝내도록 하지."

"거, 새끼 참 말 많네. 야이, 개새끼야, 니 오늘 한번 죽어봐라."

광민의 말에 순간적으로 화를 참지 못하고 한 놈이 뛰어나왔다. 광민의 몸이 오른쪽으로 비켜서더니 오른발을 날려 상대의 뒷목을 걷어차 버렸다. 뛰어나가던 속도에 광민의 발차기 힘이 가해지자 사내는 공중으로 날듯이 떠올라 주차장 바닥으로 처박혔다.

나머지 두 명도 광민을 둘러싸고 공격해 왔다. 두 명이 동시에 주먹질과 발길질을 가하는 사이에 강석화는 전화기를 꺼내 어디론가 전화를 걸고 있었다. 틀림없이 누군가를 급히 부르는 전화였다.

광민은 개의치 않고 앞에 있는 두 상대만 노려보고 있었다. 허점이 생기기를 기다리면서 발놀림을 가벼이 하고 있었다. 호텔에서 새어 나오는 불빛 때문에 주위는 충분히 밝았다. 게다가 주차장의 보안등이 모두 밝혀져 있어 상대의 몸놀림을 가늠하는 데는 아무 문제가 없었다.

상대의 빈틈을 만들어야 했다. 광민이 상대의 얼굴을 향해 헛주먹을 날리자 상대가 허리를 뒤로 꺾어 주먹을 피했다. 노리던 바였다. 광민은 상대의 허리가 제자리로 돌아오는 순간을 노려 오른쪽 팔꿈치로 턱을 가로로 1차 타격한 다음, 주먹을 쥔 손등을 꺾어 2차로 눈을 가격했다. 팔꿈치와 주먹을 쓰는 태권도의 고려장을 응용한 필살 공격이었다. 상대가 쓰러졌는지 확인할 필요도 없었다. 주먹에 전해지는 강도만으로도 그 정도는 알 수 있었다. 광민은 남은 상대에게 집중했다.

광민이 상대에게 권투 자세를 취하면서 잽을 넣자 상대 또한 권투 자세를 취하더니 이내 주먹을 뻗으며 거리를 좁혀 왔다. 하지만 이미 광민은 몸을 움직여 상대의 옆으로 가 있었다. 광민은 상대의 옆구리에 강한 주먹을 찔러 넣었고 어느새 상대는 무릎을 꿇고 있었다.

순식간에 세 명을 쓰러뜨린 광민이 강석화에게로 걸어가더니 멱살을 잡았다. 그때 언제 나타났는지 검은색 양복을 입은 젊은 조폭들이 광민을 에워쌌다. 한눈에 보아도 조폭이라는 것을 느낄 수 있었다. 광민은 왼손을 들어올리고는 검지를 펴서 원을 그리듯 조폭들을 가리켰다. 그러더니 이내 그 손가락을 자신의 입술에 갖다 대고 입 다물라는 자세를 취했다.

"개인적인 일이니 나서지 마시오. 괜한 싸움 만들지 말고……."

그러자 조폭들은 자신들의 업소와는 상관이 없다고 판단했는지 호텔 쪽으로 다시 돌아갔다. 리버사이드호텔의 파친코를 봐주고 있는 조폭들이었다.

호텔 입구에서 싸움이 벌어졌다는 연락을 받고 확인차 나와 본 것이었다. 하지만 광민의 몸놀림을 보고 나자, 괜히 개입해 봤자 득 될 게 없다고 판단한 듯싶었다.

"자, 이만하고 맥주나 한잔합시다."

광민이 강석화의 멱살을 놓으며 말했다.

멱살을 잡힌 강석화가 얼마나 떨고 있었는지 광민의 손으로도 느껴질 정도였다. 굳이 손을 댈 필요가 없었다.

"예, 예. 그러겠습니다."

강석화는 완전히 꼬리를 내린 것처럼 보였다.

유동수는 광민의 이런 싸움을 처음부터 하나도 놓치지 않고 지켜보고 있었다. 그는 얼굴 가득 미소를 머금고 흐뭇한 표정을 지었다.

광민은 강석화의 손을 잡고 유동수가 기다리고 있는 카페로 들어섰다. 나머지 일행도 엉거주춤 뒤따라 들어왔고, 이상완이 주위를 두리번거리다 마지막으로 들어왔다.

갑작스러운 강석화의 등장에 혼자 맥주를 즐기고 있던 유동수가 깜짝 놀라며 서둘러 자리를 권했다. 싸움에서 이긴 것은 보았지만 설마 같이 돌아올 줄은 몰랐던 것이다.

"어이구, 강 사장님. 이렇게 뵙게 될 줄은 몰랐습니다."

유동수의 조금은 농 섞인 인사였다.

강석화는 유동수가 이 모든 사태를 꾸민 주범이라는 것을 이미 눈치채고 있었기 때문에 그의 인사를 못 들은 척 넘겼다. 유동수 또한 강석화에게 좋은 감정이 있을 수가 없었다. 생각만 해도 화가 끓어올랐다. 하지만 유동수는 애써 참으며 감정을 조절했다. 큰일을 앞두고 사사로운 감정에 휩쓸리면 자칫 일 전체를 망칠 수도 있다는 것을 그는 알고 있었다.

유동수는 광민과 싸운 일행은 다른 자리에 앉게 하고 이상완을 광민의 옆자리로 앉혔다.

"이제 이쯤에서 일을 매듭지읍시다."

광민의 말에 아무도 이의를 제기하는 사람이 없었다.

재차 광민이 강석화에게 다짐을 받았다.

"아까도 말했지만 지금까지의 수익금까지 내놓으라고 하지는 않겠소. 그런데 지금부터 당신의 거래처는 내가 접수합니다. 알겠소?"

"……."

강석화가 대답이 없자 광민은 잔을 채우더니 시원하게 비우고서는 테이블 위에 '탁' 소리가 나게 내려놓았다. 눈을 내리깔고 있던 강석화의 어깨가 순간 움찔거렸다.

강석화는 어떻게든 시간을 끌어야 했다. 지원군이 달려오고 있었다. 10여 명이 무장을 하고 한꺼번에 달려든다면 제아무리 강한 상대라도 명줄을 제대로 보전하기 힘들 것이었다.

그때 어디선가 갑자기 삐삐 울리는 소리가 들렸다. 모두가 초긴장한 험악한 상태에서 갑자기 삐삐 소리가 들려오자 삐삐의 주인이 누군지 확인하려는 눈빛들이 허공에서 분주하게 교차했다.

"확인해 보세요."

광민이 태연하게 어디서 온 전화인지 확인해 보라고 말했다. 강석화는 삐삐가 있는 쪽으로는 눈길도 돌리지 못하고 모른 척하고 있었다. 보나마나 지원군이었다. 아마 핸드폰으로 연락이 되지 않자 삐삐로 연결한 모양이었다. 강석화는 광민에게 멱살을 잡힌 순간 재빨리 핸드폰을 몰래 던져 버렸던 것이다. 강석화는 조심스럽게 허리춤에 있는 삐삐를 확인해 보았다. 예상대로 후배의 핸드폰 번호가 찍혀 있었다.

"전화하세요."

광민이 강석화에게 전화를 해도 좋다고 허락하자, 유동수가 자신의 핸드폰을 강석화에게 건네주었다.

"아닙니다. 귀찮은 데라서……."

광민은 분명 싸움 중에 강석화가 어디론가 전화하는 모습을 보았었다. 자신의 수하들이 당하고 있는 상황에서 누구에게 전화를 할지는 뻔한 것이었다. 다만 지금 광민은 일을 진행하기 위해 그 뻔한 거짓말을 모른 척해 주고 있는 것뿐이었다.

강석화가 전화하기를 거부하자 광민이 말을 이었다.

"이상완 씨."

"예? 예."

이상완은 갑자기 자신의 이름이 불리자 토끼눈이 되어 대답했다.

"내일 세팅되어 있는 기계는 몇 번입니까?"

광민은 내일 100만 원짜리 그림이 올라올 기계를 묻고 있었다. 이제는 광민도 어지간한 내용들은 알고 있었다.

"예. 오 번과 삼십칠 번입니다."

이상완은 대답을 안 할 수가 없었다.

"그러면 내일 이상완 씨가 결정하십시오. 저는 삼십칠 번에 앉을 것이고 앞에 있는 강석화 씨가 오든 누가 오든 그 사람은 오 번에 앉을 겁니다. 단 한 대에서만 잭팟을 터뜨려야 합니다."

일이 이렇게 되자 곤란해진 건 이상완이었다. 식은땀이 등

줄기를 타고 흘러내렸다. 그러나 이 상황에서 싫다고 말할 수는 더더욱 없었다.

"아, 알겠습니다."

상완은 광민이 혼자서 도대체 무슨 배짱으로 일을 이렇게 밀어붙이는지 알 수가 없었다. 싸우는 걸 보니 범상치는 않아 보였지만 강석화가 지닌 세력에는 비할 바가 아니었다. 독사라고 불리는 강석화의 소문은 단지 소문으로 무시해 버릴 만한 것이 아니었다. 하지만 강석화가 무릎을 꿇은 지금 이 자리에서 광민의 말을 거절할 수는 없었다. 일단은 광민에게 고개를 숙일 수밖에 없었다.

"자, 그럼 나머지 일은 내일 결정합시다. 가시죠."

광민이 먼저 일어나 유동수에게 일어날 것을 권했다. 유동수는 두말 않고 자리에서 일어났다.

유동수와 광민이 카페 문을 열고 나오자 리버사이드호텔 앞에 청년 10여 명이 서 있었다. 분명 강석화의 연락을 받고 달려온 무리가 틀림없었다. 하지만 광민과 유동수는 유유히 그들 사이를 지나 호텔 로비로 걸어 들어갔다. 그들이 광민과 유동수를 알 리가 없었던 것이다. 유동수 또한 광민이 옆에 있는 이상 당당하게 움직여도 문제가 없을 것이라는 계산이 있었다.

안전을 위해 싱글 침대 두 개가 갖춰진 객실 하나만 쓰기로 하고 호텔방으로 들어섰다.

"여기까지 오셨는데 아가씨 불러 드릴까요?"

유동수는 기분이 좋은지 장난스럽게 광민 곁으로 다가와 새끼손가락을 꼼지락거렸다.

"좋지요! 하지만 다음에 합시다. 오늘은 좀 자고 싶군요."

"예, 그러시죠. 알겠습니다."

광민이 창가로 가 닫혀 있던 커튼을 활짝 열어젖혔다. 순간 서울의 야경이 한눈에 들어왔다. 수없이 많은 건물들의 불빛들과 움직이고 있는 불빛들이 차마 표현하기 힘들 정도로 아름다웠다. 하늘 위에서 내려다보고 있는 것 같은 착각을 일으키기에 충분했다.

광민은 창 옆 테이블 의자에 앉아 담배를 입에 물었다. 오래 살지는 않았지만 지금까지의 삶이 온통 적막 속이었던 것 같았다. 그런데 아직도 무엇을 위해 달리고, 무엇을 얻기 위해 이곳까지 오게 되었는지도 모른 채 움직이고 있었다. 오직 하나 광민이 알고 있는 것이 있다면 그것은 광민 스스로 만든 법이었다. 그것은 어느 누구도 침범할 수 없는 광민만의 법이었다. 언젠가부터 광민은 자신만의 법을 만들고 지키면서 살겠다고 다짐했고 그 법이 이미 몸속 깊이 자리 잡고 있었다. 광민은 그 법에 따라 자신을 평가하고 진단했다. 그리고 그 법에 따라 많은 사람들 앞에서도 할 말은 하고, 옳다고 생각되는 일이나 이루고자 하는 일에는 목숨을 걸었다. 수없이 많은 도시의 빛들이 발 아래 놓여 있으니 온갖 생각들이 주마등처럼 스치고 지나갔다.

"아니, 무슨 생각을 하시길래 담배가 다 타서 꺼졌는데도 모르고 계십니까?"

그제야 광민이 정신을 차리고 주위를 둘러보았다.

"아, 예. 잠깐 여행 좀 다녀왔습니다. 허허."

광민은 애써 웃으며 어색함을 넘겼다.

유동수는 샤워를 마치고 가운을 입고서는 화장대 앞에 앉아 머리를 손질하고 있었다.

이것도 인연이라면 예사 인연은 아니었다. 이렇게 넓고 넓은 세상에서 이 남자를 알게 되었고, 처음 오는 큰 도시에서 한 방을 쓴다는 것 또한 불가에서 말하는 인연이 아닐까. 몇 억 년의 윤회를 거치고서야 이루어진다는 인연이라는 게 바로 이런 것이 아닐까. 인생이란 참으로 알다가도 모를 일의 연속이었다.

광민은 서울의 밤을 내려다보며 여운이 채 가시지 않은 상념들을 곱씹고 있었다.

카페에서 강석화가 이상완에게 남겼던 말이 있었다.

"내가 내일 저놈 손을 볼 테니까네 이 기사는 마음 푹 놓고 들어가 쉬시모 됩니다. 그라고 내일은 오 번에 손을 들어 주시모 됩니다. 내만 믿으이소. 지깟 놈이 요서 우찌 살겠다고, 참내 우스바가……."

이상완으로서는 그 말을 믿을 수밖에 없었다. 이상완은 축 늘어진 어깨로 택시에 올랐다. 긴 한숨을 토해 내고 있는 상완에게 택시 기사가 조심스럽게 말을 건넸다.

"오늘 무슨 일 있으십니까?"

"아닙니다. 그냥 사는 게 힘들어서요."

상완의 머릿속에서는 방금 전 있었던 일들이 다시 처음부터 영화처럼 펼쳐졌다. 그중에서도 가장 또렷하게 남아 있는 기억은 광민의 인상이었다. 차갑기도 하고 어딘가 모르게 슬퍼 보이기도 하는 사람이면서, 또 한편으로는 왠지 마음이 따뜻한 사람인 것 같기도 한 인상이었다. 그의 말 한마디 한마디가 마치 자신의 영혼을 울려서 내뱉는 말처럼 섬뜩하고 무서웠다.

택시 운전기사는 백미러를 통해 젊은 사람이 그렇게 자신없어 하는 모습을 한심하다는 듯이 바라보고 있었다.

상완을 뒤로하고 지원군과 함께 승합차에 오른 강석화는 자신의 임시 사무실이 있는 천호사거리로 향하고 있었다. 10여 명이 달려왔지만 광민과 만나지도 못하고 철수했다는 이야기를 듣고는 복수심에 이를 갈고 있었다. 천호사거리에 있는 3층의 30여 평 되는 사무실에는 불이 환하게 밝혀져 있었다. 대기하고 있던 조직원들이 강석화의 호출을 받고 급하게 뛰어나가느라 빈 사무실에 그대로 불이 켜져 있었던 것이다. 사무실에 들어선 강석화는 씩씩거리며 냉장고를 열고 냉수를 벌컥벌컥 마시더니 물병을 소리나게 던져 넣었다. 모두들 강석화의 행동에 주눅이 들어 사무실은 쥐 죽은 듯이 조용했다.

"내 이 자식을 절대로 가마이 안 놔둔다. 내일 두고 보자, 개새끼! 내가 요까지 우째 올라왔는데……."

강석화는 울진에서 태어나 울진에서 자랐다. 그의 부모는 일생을 바다에서 고기 잡는 일을 천직으로 알고 살았기 때문에 그나마 배를 곯고 살지는 않았다. 부유한 집안은 아니었지만 그렇다고 남에게 손을 벌릴 정도는 아니었다. 그런데 강석화의 할아버지가 온정 부근에 남겨 둔 땅이 있었는데 그 땅에 백암온천이 개발되면서 땅값이 하루아침에 금값이 되었다. 시간이 흐르자 강석화의 아버지는 돌아가시고 그 땅은 고스란히 장남인 강석화의 차지가 되었다. 강석화는 그 땅을 팔고 구산 해수욕장의 구석진 자리에 있는 땅을 사서 우럭과 광어 양식을 하기 위한 공사를 시작했다. 모자라는 돈은 수협에서 지원을 받았고 또 정부 지원금도 있었기 때문에 자금 조달에는 문제가 없었다.

강석화는 바다 멀리까지 해수관을 연결시켜 물을 끌어와서 양식장의 물을 순환시키기 위한 공사를 진행했다. 건평이 700평이니 광어와 우럭 양식으로는 결코 작은 사업이 아니었다. 대형 해수관을 연결하는 작업은 만만한 작업이 아니었다. 모든 작업이 물밑에서 이루어졌기 때문에 전문 스쿠버다이버들이 아니면 불가능한 작업이었다. 해저 10m만 내려가도 수압 때문에 두통에 시달리게 되는데 해수관은 깊게는 50m까지 내려가야 하는 고난도의 작업이었다. 더구나 스쿠버다이버들은 허리에 차는 납의 무게를 두 배로 올려서 작업을 했기 때문에 공사의 진도가 빠를 수가 없었다. 또한 배 위에서는 전문 다이버 한 명에, 생명줄을 잡고 있는 사람 한 명이 붙어 있었다. 다이버가 위험할 경우 물속에서 줄을 당기면 배 위에 있던 사람이 그 줄을 당겨 올려야 했기 때문이었다. 이렇게 전문 기술과 많은 인원이 투입되는 어려운 공사였다.

해수관 공사가 끝나자 양식장에 바닷물을 가득 채워 보름 이상을 가두어서 시멘트의 독성을 제거하고, 치어를 풀어놓았다. 이 치어들은 1년 이상을 키워야만 출어가 가능했다. 강석화는 양식장에 애착을 가지고 하루하루 커 가는 치어들을 보는 재미로 살고 있었다. 양식 사업은 별 어려움 없이 순조롭게 진행되고 있었다. 사료를 던져 줄 때마다 물 위로 뛰어오르는 우럭과 있는 듯 없는 듯 바닥에 배를 깔고 엎드려 있던 광어가 날쌔게 달려들어 먹이를 채 가는 모습을 보면서 매일매일 꿈이 영글어 가고 있었다.

그러나 강석화의 행운은 그리 오래 가지 못했다. 어느 날 굵은 빗방울이 쏟아지기 시작하더니 곧이어 태풍이 휘몰아치기 시작했다. 갑작스러운 기후변화로 일기예보에 귀 기울이고 있던 강석화는 자신의 귀를 의심했다. 뉴스 특보에서는 아나운서가 긴박한 목소리로 태풍 피해 지역을 화면으로 내보내고 있었다.

"지금 동해안에는 이상 기온 현상으로 인해 적조가 발생했습니다. 가두리 양식장의 어민 피해가 속출하고 있으며 강풍과 해일 때문에 황토 작업도 하지 못하고 있는 실정입니다. 이에 당국은 태풍이 물러나기만을 기다리고 있으며 피해 어민들은 발만 동동 구르고 있습니다."

강석화는 TV를 보다 말고 벌떡 일어나 비옷도 걸치지 않은 채 양식장으로 달려갔다. 아니나 다를까, 해수관을 통해 올라온 붉은 바닷물이 양식장에 넘쳐 나고 있었다. 강석화는 그 자리에 망연자실 주저앉았다.

하지만 그냥 손을 놓고 지켜보고만 있을 수는 없었다. 강석화는 바다에서 올라오는 해수를 차단하기 위해 급하게 달려가 모터 펌프의 전기 스위치를 내렸다. 다음으로 해야 할 일은 양식장에 가득 차 있는 해수를 빼내는 일이었다. 강석화는 미친 사람처럼 뛰어다니며 배수구를 모두 열어젖혔다. 양식장의 물이 폭포처럼 쏟아져 나왔다.

순식간에 물이 빠져나가자 맨바닥에 그대로 드러난 우럭과 광어들이 고통스럽게 펄떡거렸다. 이럴 수도 저럴 수도 없는 상황이었다. 눈 뜨고는 차마 볼 수 없는 처절한 참극이었다. 자식처럼 애지중지 키워 이제야 출하를 앞두고 있었는데, 눈앞에서 그렇게 고통스럽게 죽어 가는 것을 보자 강석화의 가슴속에서도 피눈물이 흘렀다.

강석화는 맥없이 다시 모터 펌프 스위치를 올렸다. 모터 돌아가는 소리와 함께 붉은 바닷물이 시원하게 빨려 들어와 양식장을 채웠다. 물이 들어오자 한동안은 살 것처럼 헤엄을 치던 우럭과 광어들이 시간이 지나면서 하나둘 허연 배를 드러내며 물위로 떠올랐다.

강석화는 넋이 나간 사람처럼 몇 날 며칠을 그렇게 주저앉아 있었다.

양식장 사업의 실패로 모든 재산을 날려 버린 강석화는 가족들을 남겨 두고 홀홀단신 몸뚱이 하나만 가지고 서울로 올라왔다.

서울로 올라온 강석화는 견습공 모집이라는 광고지를 보고 오락기 만드는 회사에 취직하게 되었다. 그리고 3년을 근무한 끝에 기사가 되었고, 호텔 성인오락실에 A/S 기사로 파견을 나가게 되었다. 처음으로 파견을 나간 곳은 힐튼호텔이었다. 그곳에서 일할 때 검은 손을 내민 사람이 바로 유동수였다. 돈이라면 이가 갈리던 그였던지라 유동수의 손을 잡았다.

하지만 몇 푼 되지 않는 돈으로 만족할 강석화가 아니었다. 그는 유동수가 전국의 성인오락실을 상대로 사업을 하고 있다는 것을 알게 되었다. 차근차근 은밀하게 다른 회사 소속의 기사들까지 자기 세력으로 만든 강석화는 깡패들을 동원해 순식간에 유동수를 변두리로 밀어내 버렸다.

그렇게 힘들게 올라온 자리였다. 호락호락 유동수에게 다시 모든 걸 내줄 수는 없었다. 여기에서 다시 밀리면 강석화가 갈 곳은 세상 어디에도 없었다.

"지금 서울에 우리 아아들 삼십 명쯤 되제? 내일은 다 스톱하고 요 집합시키라. 그라고 내일 은행 문 열자마자 삼십 명한테 오백만 원씩 입금시키 주고 확실하게 일을 시키라. 알것나?"

"예, 알겠습니다."

대답을 한 남자는 어제 광민과 싸웠던 세 명 중 하나였다.

"그라고 내일 승합차 석 대에 각 열 명씩 태아가 리버사이드 앞에 주차장에서 대기해라. 기다리다가 그 새끼 나오모 그때 잡아서 끌고 온나."

"예, 알겠습니다."

모두들 갑작스러운 돈벼락에 놀라 입이 벌어졌다. 겨우 한 놈 잡아 오는 데 이게 웬 떡이냐 싶었다.

사실 상품으로 따지면, 조직폭력배가 메이커라면 이들은 준메이커였다. 이들도 나름대로는 험하게 살아왔겠지만 아직 주먹세계의 질서를 알 만한 수준은 아니었다. 하지만 어떻게 보면 조직폭력배보다 이들이 더 무서운 부분이 있었다. 조직폭력배들은 겁을 줘야 할 때와 살인을 해야 할 때를 알지만, 이들은 종종 아무 생각 없이 일을 벌이기 때문이었다. 물론 준메이커라고 해서 모두 그런 것은 아니었지만 대체적으로는 그러했다. 그래서 때로는 일부러 이런 준메이커를 고용하는 자들도 있었다.

강석화의 사무실은 밤이 깊었음에도 불구하고 누구 하나 자리를 이탈하는 사람이 없을 정도로 팽팽한 긴장감이 돌았다. 강석화로서는 광민을 처리하는 데 자신의 모든 것을 올인할 수밖에 없었다. 한 번 저들의 손으로 넘어가면 다시 되찾을 방법이 없었다. 오락 사업이라는 것도 정책이 바뀌면 한순간에 판이 뒤집어질 수 있는 사업이었기 때문에 일단 잡게 되면 절대로 놓아서는 안 되는 사업이었다.

그렇게 밤은 길었고 아침은 더디게 왔다.

호텔 오락실 영업은 보통 오전 9시에 시작해서 새벽 2시에 마치는데, 업소에 따라서는 새벽 4시에 마감하는 곳도 있었다. 마감을 하고 나면 일보(수익금)를 정리하는 시간도 필요했지만, 오락기의 메모리 프로그램을 손봐 두어야 하기 때문에 몇 시간의 휴점이 필요했다.

이상완은 퇴근을 하면서 야간 근무자에게 5번과 37번에 자신의 메모리칩을 세팅해 달라고 부탁해 두었다. 물론 야간 근무자도 이상완과 한 배를 탄 사이였기 때문에 오락기의 세팅에는 아무 문제가 없었다.

오락기 뒤편에는 사람이 지나다닐 수 있는 통로가 있었다. 이 통로는 특별한 경우를 제외하고는 기계 수리를 위해 기사들만 다니는 통로였다. 때문에 이 통로를 오가는 기사들에게 의심의 눈초리를 보내는 사람은 아무도 없었다. 설사 누군가 그들을 발견해도 기계를 수리하는 것으로 생각하고 대수롭지 않게 여겼다.

이상완은 아침에 출근하자마자 기사실로 들어갔지만 자꾸만 영업장으로 고개가 돌아갔다. 주위 동료들은 인사를 나눌 때마다 집안에 무슨 일이 있는지, 아니면 몸이 좋지 않은지 물었다. 상완은 다른 사람들의 눈에도 바로 읽힐 정도로 심하게 긴장을 하고 있었던 것이다.

잠시 후 기계 소리가 요란해지더니 사람들의 움직임도 분주해졌다. 기사실과 오락실 사이에는 칸막이가 있어 직접 볼 수는 없었지만, 이미 작은 구멍을 하나 뚫어 놓은 터라 눈을 들이대고 수시로 밖의 동정을 살폈다.

이윽고 5번과 37번에 누군가 자리를 잡는 게 보였다. 5번 자리의 남자는 검정 양복 상의를 입은 것으로 보아 강석화가 보낸 사람이 분명했다. 강석화는 매일 자신과 통화하면서 조직원의 인상착의만 알려 주었다. 가령, 청바지를 입은 사람 또는 흰 바지를 입은 사람, 혹은 시계를 자꾸 쳐다보는 사람과 같은 식이었다. 이상완은 이런 방식으로 일을 해 오면서 지금까지 단 한 차례도 실수한 적이 없었다.

37번에는 어제 만났던 그 무시무시한 놈이 떡하니 버티고 앉아 있었다. 그는 오락실에 수없이 많이 출입해 본 사람처럼 보였다. 다리를 꼬고 앉아 담배를 꼬나물고서는 연신 레버를 잡아당기고 있었다.

두 사람을 번갈아 쳐다보던 이상완의 이마에서 식은땀이 흘러내리고 있었다. 상완은 정신 나간 사람처럼 멍하니 서 있다가 무슨 생각을 했는지 고개를 숙이고 왼손바닥을 펴서 입 아래로 받쳤다. 그러고는 몇 번이나 손바닥에 침을 뱉으려다 멎는 동작을 반복하더니 다시 고개를 들었다. 그러더니 갑자기 호주머니에서 100원짜리 동전을 꺼냈다. 그리고 '할아버지 5, 숫자는 37, 할아버지 5, 숫자 37……' 하고 혼자 중얼거리더니 책상 위로 동전을 던졌다. 몇 번을 책상 위에서 튕기고 구르더니 동전은 숫자를 위로 하고 멈춰 섰다. 잠시 동전을 바라보던 상완은 다시 동전을 집어 들고 할아버지가 나오게 조심스럽게 눕혀서 책상 위로 던졌다. 당연히 동전은 할아버지를 위로 하고 누워 있었다. 정말 마지막이라고 생각하고 상완은 동전을 책상 위로 힘껏 던졌다. 거세게 책상 위에서 튕겨 나온 동전이 바닥으로 떨어졌다. 하지만 역시 숫자였다.

"아, 어떡하지? 그냥 둘 다 눌러 버릴까?"

상완의 바지 주머니 속에는 작은 리모컨이 하나 있었다. 그 리모컨을 누르면 잠시 후 센터에 4바가 터지게 되어 있었다.

오락기의 모니터에는 바가 상, 중, 하, 세 개로 나뉘어 있었다. 그중 상단과 하단의 바가 가로로 네 개가 나올 경우에는 50만 원의 상금이 지급되었고, 센터, 즉 중간의 바가 가로로 네 개가 나오면 100만 원의 상금이 지급되었다.

이상완은 호주머니 속의 리모컨으로 5번과 37번의 행운을 마음대로 할 수 있었다. 하지만 지금은 그중 하나만 선택해야 했다. 자신의 운명을 건 선택이 아닐 수 없었다.

상완은 다른 직원에게 화장실에 간다고 말하고 뒷문을 통해 호텔 밖으로 나갔다. 아니나 다를까, 강석화의 조직원들이 이미 호텔 주위를 에워싸고 있었다. 뿐만 아니라 주차장의 승합차에도 덩치들이 한 가득이었다.

5번 기계는 오락실 출입구의 왼쪽 가까이에 있었고, 37번 기계는 출입구의 오른쪽 안으로 많이 들어간 곳에 있었다. 기계는 총 60대로, 한 줄에 30대씩 번호 순서대로 놓여 있었기 때문에 광민이 앉아 있는 위치는 30번 끝 지점에서 다시 돌아 나오는 지점으로부터 다섯 번째에 있었다. 그러니 5번과 37번은 대각선으로 서로 등을 맞대고 있었다.

상완이 기사실로 돌아올 즈음 5번 기계 위에서 요란하게 비상벨이 울렸다. 그러자 기다렸다는 듯이 종업원들이 일제히 시선을 5번 기계 쪽으로 돌리며 소리쳤다.

"제에 오 번에, 제에 오 번에, 포바 센터로, 포바 센터로."

순간 오락실 안의 분위기가 한껏 달아올랐다. 주위 사람들이 모두 다 일어나 5번 기계를 향해 모여들어 부러운 눈으로 쳐다보았다. 이때 종업원이 5번 손님 곁에 조심스럽게 앉더니 나직하게 속삭였다.

"손님, 현금으로 드릴까요, 수표로 드릴까요?"

"응. 현금으로."

종업원들은 큰 그림이 나왔을 때 잭비를 조금씩 얻어 회식비로 쓰고 있었기 때문에 최대한 예의를 갖춰 손님들을 대했다. 보통은 5만 원에서 10만 원 정도를 잭비로 주었지만 강석화의 조직원들은 3만원으로 정해 놓고 있었다. 다른 종업원이 박카스를 따서 5번 손님에게 두 손으로 올렸다. 바로 그 순간 누군가가 5번 손님의 목을 뒤에서 낚아채 내동댕이쳤다.

"어이쿠!"

의자와 함께 넘어진 5번 손님이 몸을 추스르고 일어서려고 하자 그의 얼굴로 주먹이 날아들었다. 그러고는 밖으로 질질 끌려 나갔다. 순식간에 일어난 일이라 종업원들도 손써 볼 도리가 없었다.

호텔에서 광민의 손에 질질 끌려 나오고 있는 사람이 자신의 조직원임을 확인하자 강석화의 눈이 뒤집혔다.

"저 새끼 잡아!"

그의 고함 소리와 함께 대기하고 있던 승합차 문이 열리며 10여 명이 뛰쳐나왔다. 호텔에서 나오던 광민은 순식간에 그들에게 포위되어 버렸다. 하지만 이미 예상하고 있었다는 듯이 광민의 행동에는 주저함이 없었다. 광민은 그들을 무시한 채 계속해서 주차장 쪽을 향해 5번 손님을 질질 끌고 갔다. 그러고는 그를 주차장 바닥에 내던지더니 지근지근 밟아 버렸다.

“내가 어제 뭐라고 했어? 왜 내 말을 안 들어. 죽고 싶어, 이 새끼야.”

발길질이 계속되는 데도 강석화의 부하들은 서로 눈치를 보며 자세만 취할 뿐 누구도 먼저 공격해 들어가지 않았다.

광민이 도끼눈을 뜨고 주위를 둘러보며 말했다.

“이 새끼같이 안 되고 싶으면 빨리 꺼져라. 니들하고는 볼 일 없다. 난 그냥 강석화하고 풀 게 좀 있을 뿐이다. 그러니까 상관없는 놈들은 빨리 꺼져라. 안 그러면 죽는다.”

광민이 말을 채 끝내기도 전에 한 사내가 앞으로 뛰어나왔다. 무리 중에서 체구가 제일 큰 사내였다. 광민이 우스운 듯 피하지도 않고 오른발을 들어 사내의 어깻죽지를 찍어 눌렀다.

“에쿠, 으윽.”

사내가 쓰러지자 주차장 입구에 있던 승합차와 중간쯤에 있던 승합차에서도 덩치들이 쏟아져 나왔다. 호텔 종업원들과 지나가던 행인들까지 걸음을 멈추고 이 장면을 구경하고 있었다.

구경하는 사람들이 많아 강석화 일행은 준비해 온 야구방망이를 꺼내지 못했다. 하지만 아무리 날고 기는 광민이라 해도 이런 압도적인 숫자의 열세를 극복할 수는 없을 것이라고 생각했다.

광민을 둘러싼 사내들의 표정에 생기가 돌기 시작했다. 자신들이 생각하기에도 이건 말도 안 되는 싸움이었던 것이다. 그러나 광민의 눈빛에서는 조금도 주눅 드는 기색이 보이지 않았다. 오히려 먹잇감을 노리는 매의 눈빛처럼 호시탐탐 사내들의 빈틈을 노리고 있었다. 누구라도 광민의 발톱에 걸리기만 하면 온전하게 빠져나가지 못할 터였다.

"와아……."

그들은 한꺼번에 광민을 에워싸며 점점 거리를 좁혀 오고 있었다. 그때 광민이 주차장 관리실 쪽으로 도망가는 척하더니 유동수의 벤츠 창문을 발로 힘차게 굴러 뒤돌아서서는, 앞서서 달려들던 사내의 목을 발등으로 찍었다. 착지와 함께 주먹으로 옆에 서 있던 사내의 면상을 갈기자 한 방에 나가떨어졌다. 그래도 나머지 사내들이 흩어지지 않자 이번에는 광민이 공격 자세를 취했다. 마침 자신의 눈앞에 있던 사내와 눈이 마주치자 그를 향해 달려들었다. 깜짝 놀란 사내가 주저앉아 버리자 달리던 탄력으로 날아올라 바로 옆에 있던 사내의 얼굴을 노리고 온 힘을 모아 내질렀다. 예상치 못한 공격을 당한 사내는 그대로 바닥에 뻗어 버렸다.

그 장면을 본 사내들이 모두 광민과 눈빛을 마주치지 않으려고 피했다. 광민의 눈빛이 한 사내에게 향하자 그의 얼굴빛이 하얘졌다. 광민이 날듯이 뛰어올라 그 사내의 옆구리를 걷어차고서는 연이어 그 옆에 있던 사내의 턱에 옆차기를 꽂아 넣었다.

그때 요란하게 사이렌이 울리며 경찰차들이 달려왔다. 다급하게 차에서 내린 경찰들이 권총을 꺼내 들고 광민과 광민을 에워싼 사내들 사이로 끼어들었다.

"싸움을 한다는 제보가 들어왔습니다."

"아닙니다. 그냥 장난 좀 친 것뿐입니다."

그렇게 말하며 광민이 옆에 서 있던 사내의 뺨을 갈겼다. 이어서 그 옆에 있던 사내의 턱에도 가볍게 주먹을 날렸다.

"그렇지? 우리 장난치는 거 맞지? 그렇지?"

경찰이 보는 앞에서 이렇게 나오자, 사내들은 인상을 쓰면서도 광민의 말에 동의할 수밖에 없었다.

"응, 으응. 그래. 저기요, 장난이에요, 장난."

피해자가 있어야 연행을 하든 조사를 하든 할 텐데, 피해자가 없다고 하니 경찰들로서도 달리 방법이 없었다. 광민이 계속해서 사내들의 턱을 주먹으로 한 대씩 치면서 돌자, 돌아가려던 경찰들이 다시 돌아와 광민에게 물었다.

"왜 이러십니까? 이거 장난 맞습니까?"

"장난 맞습니다. 진짜로 싸우는 거면 이 친구들이 가만히 있겠습니까?"

경찰차가 돌아가자 광민이 갑자기 자신의 옆에 있던 사내의 턱을 제대로 갈겨 버렸다. 그러자 사내의 눈이 풀리며 그대로 뒤로 넘어갔다. 상황이 이렇게 되자 승부는 이미 갈린 것이나 다름없었다. 누구도 광민에게 덤벼들지 못하고 서로 눈치만 보고 있었다.

호텔 안에서는 유동수가 이 광경을 창을 통해 보고 있었고, 이상완도 뒷문으로 나와서 사람들 틈 사이에서 지켜보고 있었다.

"끝났다. 니들은 내 상대가 아니다. 니들 같은 놈 백 명이 와도 안 된다. 니들 오야붕은 끝났다. 내 밑으로 올 사람은 와라. 시간 줄 테니까 잘들 생각해라."

광민이 이렇게 말하고 앞장서서 걷자 주차장 어두운 구석에서 벤츠 승용차 한 대가 쏜살같이 튀어 나갔다. 강석화였다.

강석화는 자신의 차에 앉아서 이 모든 상황을 지켜보고 있었다. 화가 치밀어올라 눈에 보이는 건 다 박살내고 싶었지만, 참아야 했다. 내키지 않았지만 일단은 후퇴를 하고 냉정하게 뒷일을 도모해야만 했다.

강석화의 조직원들은 당장 자신들의 생계에도 지장이 있기 때문에 어떤 주인이든 주인을 만나야 했다. 하지만 방금 전까지만 해도 죽일 듯이 싸웠던 사람을 따르자니 눈치가 보였다. 그들의 눈에도 광민은 오야붕으로서 전혀 손색이 없는 진짜 남자였던 것이다. 하지만 누구도 먼저 나서서 입을 열려고 하지 않았다.

그때였다. 언제 나타났는지 유동수가 다가와 그들에게 손을 내밀었다.

"가자. 옛날로 돌아가자."

그러고는 앞에 있던 두 사내의 어깨를 감싸더니 주차장을 빠져나갔다. 그러자 나머지 사내들도 하나둘 뒤를 따라 걸었다.

3. 범죄와의 전쟁

광민은 유동수와 함께 일을 시작한 지 벌써 3년이 다 되어 가고 있었다. 전국으로 사업장을 넓혀나간 지 2년 10개월 만에 서울 일부와 대구경북, 제주도를 제외한 대부분의 지역을 아우르게 되었다. 그 기간 동안 유동수는 엄청난 돈을 벌어들였고, 강석화는 점점 더 입지가 좁아지면서 절치부심하고 있었다.

광민의 통장에도 많은 돈이 입금되고 있었다. 일 년이 지날 때마다 몇억의 돈을 강수에게 주었다. 그럴 때면 강수는 반으로 나누어 반을 다시 광민에게 주었다. 광민은 그 돈을 거의 쓰지 않고 있었다. 광민이 돈을 쓰는 곳은 개인적인 곳 몇 곳밖에 없었다.

강석화에게는 유동수보다 서광민이 더 무서운 존재였다.

하지만 정면 승부로는 도저히 승산이 없었다. 강석화에게 서광민은 넘어가거나 돌아갈 수 있는 걸림돌이 아니라 제거해야만 하는 걸림돌이었다. 그렇지 않으면 자신의 고향 같은 곳인 대구경북 지역마저 빼앗길 수도 있었다. 시간이 갈수록 초조해지는 쪽은 강석화였다. 그만큼 서광민의 세력은 거칠 것 없이 전국을 내달리고 있었다.

정권이 바뀌자 흐트러진 민심을 바로잡겠다고 노태우 정권이 내세운 게 바로 범죄와의 전쟁이었다. 경찰에서는 모든 범죄조직을 소탕하겠다며 대대적인 단속을 벌이고 있었고, 뉴스에서는 매일 폭력조직이 검거되는 장면이 집중적으로 보도되었다.

강수도 관할 경찰서의 수배자 명단에 포함되어 있어 검찰과 경찰이 합동으로 수사를 벌였지만 흔적조차 발견할 수 없었다. 형제복지원에 있을 때 강수의 주소지는 대연동 산비탈 집으로 되어 있었다. 그런데 동사무소에서 수십 차례나 방문했지만 다른 사람이 세 들어 사는 것만 확인되자 주민등록을 말소시켜 버렸다.

상황이 이러니 주소지 탐문에 어려움이 따를 수밖에 없었다. 그래서 동향보고서에는 언제나 '계속 쫓고 있음. 주민등록 말소자' 라고 기록되고 있었다.

강수는 오야붕이기 때문에 검거되기만 한다면 10년 이상의 형을 받을 수밖에 없었다. 형법에 의하면 범죄 수괴에 해당되는 사람은 10년 이상의 형에 처한다고 명시되어 있었다. 강수가 아무리 아니라고 발버둥쳐도 정권에서 하는 일이라 빠져나올 도리가 없었다. 노태우 정권은 지지 기반이 약해지는 것을 막기 위해 강력한 공권력을 앞세워 전국의 주먹들을 희생양으로 삼았던 것이다.

강수는 그들의 속셈을 재빨리 눈치채고 숨을 수 있는 절을 찾았다. 광민과 함께 광민의 고향에 있는 절에도 내려갔었지만 마땅찮아 양산 통도사 부근의 암자로 몸을 숨겼다. 암자의 주지 스님 또한 과거에는 교도소를 제 집 드나들듯 했던 사람이었다. 하지만 나이가 들고 힘이 약해지자 범죄와 연을 끊고 남은 인생을 수행하면서 살기로 결심했다. 천태종 종단으로 출가해 3년 동안 본사에서 수행한 후 고향 인근으로 내려와 과거에 저질렀던 자신의 죄를 씻어 내고 있는 중이었다. 강수가 이곳으로 달려와 스님께 사정하자 껄껄 웃으며 합장을 하고는 흔쾌히 방 하나를 내주었다.

그렇게 강수가 첩첩산중에 있는 이 암자에 들어온 지 벌써 1년이 막 지나고 있었다. 재판을 받고 있는 아우들이 많았지만 부끄럽게도 단 한 번도 찾아가 보지 못한 것이 항상 마음 한 켠을 돌덩이처럼 짓누르고 있었다. 하지만 자신이라도 이렇게 버티고 있어야 안에 있는 아우들에게 따뜻한 옷가지 하나라도 더 넣어 줄 수 있겠다 하는 생각으로 위안을 삼고 있었다. 그나마 광민이 서울과 전국을 무대로 종횡무진 거칠 것 없이 활약하고 있다는 소식이 강수에게는 유일한 낙이었고 즐거움이었다.

강수는 마당으로 나와 산 아래로 난 길을 바라보았다. 마당가에는 노란 개나리꽃이 흐드러지게 피어 있었고 그 꽃 위로 쏟아지는 햇살이 한가로웠다. 한참을 그렇게 햇살을 즐기고 있을 때였다. 검정 세단 한 대가 먼지를 일으키며 올라오고 있었다. 차는 나무에 가려 사라졌다가 다시 나타나기를 반복했다.

강수는 핸드폰도 삐삐도 가지고 있지 않았다. 암자로 올라오기 전에 모두 버리고 왔던 것이다. 건너편 암자에 유선전화가 있어 긴급한 연락이 필요할 때만 그 전화를 통해서 연락을 취해 왔었다. 그리고 보통 때는 꿀꿀이와 제비가 교대로 암자에 들러 바깥소식을 전했고, 또 밖으로 강수의 지시를 전달했다. 건너편 암자에서 수행하는 스님에게 누가 될까 봐 강수는 가급적 전화를 하지 말라고 말해 둔 까닭에, 강수를 위해 전화기가 울린 적은 한 번도 없었다.

꿀꿀이와 제비는 암자 앞마당에 차를 세우고 뒤듯이 내려 마당에 서 있던 강수에게 허리를 숙여 인사했다.

"무슨 일이고? 바쁠 낀데."

"예, 오늘 큰 계약이 한 건 있어서 왔십니다."

강수는 꿀꿀이와 제비가 이렇게 올 때마다 반갑고 고마웠지만 애써 내색하지 않았다.

"나중에 알리 주도 되는데 뭐 한다고 이리 급하게 왔노?"

"예, 행님 심심하실 것 같아서 빨리 왔십니다."

"그래. 광민이한테서는 연락 왔나?"

"예, 어제 통화했십니다. 걱정하지 마시라고 이야기해 놨십니다."

"지금 어디 있다드노?"

"예, 오늘 제주도에 간다고 했십니다."

"전국이 좁다고 뛰어다니는구마. 그래도 매사에 조심해야 할 낀데."

"광민이 행님이야, 천하무적 아입니까?"

"강한 쇠는 뿌사지게 돼 있다. 대나무처럼 휘아질 줄 알아야 진짜로 강한 기지."

"참, 그라고 문제가 하나 있십니다, 행님."

꿀꿀이가 심각한 표정을 지으며 강수를 바라보았다. 순간 강수의 눈빛에서도 긴장의 기색이 스쳐 지나갔다.

"와? 뭔 일 생깃나?"

"예전에 국제호텔 뒤에 룸살롱에서 광민 행님하고 술 드신 적 있었다 아입니까?"

"어, 그랬제. 그게 와?"

"예. 그날 광민 행님 옆에 있던 아가씨 기억하십니까?"

"음……, 가마이 있자. 그래, 기억나는구마. 꽤 미인이었던 것 같은데. 근데 와?"

"그 아가씨가 벌써 몇 번째 찾아왔어예. 광민이 행님 한 번만 만나게 해 달라고 말입니다. 그래가 광민 행님한테 전화했드만 바쁘니까 다시는 이런 전화하지 말라고 하시지 뭡니까. 그런데 오늘도 찾아와서는 막 울면서 제발 좀 만나게 해 달라고 애원하는데 좀 안돼 보였십니다."

"광민이 이 자식, 그 아가씨 마음을 쏙 빼놨는가베. 하하하."

"그런데 말입니다. 광민 행님이 그 아가씨 치료비를 계속 후원해 주고 계신 것 같십니다. 그런데도 치료가 잘 안 되는 모양입니다. 얼굴이 창백한 게 많이 아파 보였십니다."

"광민이도 뭔 이유가 있어서 안 만날라고 하는 거겠지. 우짜겠노? 남녀 일은 당사자들끼리 알아서 해야지. 그건 그렇고 요즘 업소 사정은 좀 우떻노?"

"예, 그게 큰일입니다. 범죄와의 전쟁인지 뭔지 시작하면서 술집 영업시간을 밤 열두 시로 제한해 뿌니까 룸살롱이나 나이트 같은 경우에는 영업 실적이 형편읎십니다. 나이트는 시끄러워서 안 되고, 지하나 조용한 카페에서는 간판 불만 내리놓고 몰래 영업을 하고는 있는데에, 예전만 몬합니다. 단속반원들한테 쪼매씩 찔러 주면서 눈치껏 하고 있기는 해도 잘 안 된다 안 캅니까."

"음……. 글나. 마, 그건 됐고. 오늘 주문은 어데서 온 기고?"

"예. 서울 장안동에 계신 행님 친구분이십니다."

"충환이? 그래, 양은?"

"예. 일 킬로 주문했십니다."

"글마 참 재주도 좋네. 역시 서울이 넓네. 암, 넓고말고."

"오늘 거래할 물량은 미리 창고에서 꺼내서 트렁크에 싣고 왔십니다. 나중에 창고에 안 가도 됩니다."

"그래, 잘했다. 지금 남아 있는 양은 얼마나 되노?"

"예. 한 삼 킬로 정도 될 낍니다. 조금 있으면 연락이 곧 올 끼라예."

강수는 국내에 들어오는 마약의 대부분이 자신의 손을 거치도록 상선을 묶어 두고 있었다. 상선이란 자신보다 윗선에서 움직이는 사람을 가리키는 말이었다. 제일 윗선은 마약제조공장이지만 국내에서는 자취를 감춘 지 오래였다.

마약 사건 중에 '광안리 빌라 사건'이라는 유명한 사건이 있었다. 국내 마약 사건 중에서는 꽤 굵직한 사건이었다. 당시 마약을 제조에서부터 판매까지 도맡아 하던 조직이 있었는데, 빌라 한 동을 통째로 구입해서 아지트로 삼았다. 정보를 입수한 경찰들이 빌라를 포위하고 압박을 가하자, 사냥용 엽총을 경찰들에게 발포해 경찰관 세 명이 현장에서 즉사한 사건이었다.

이 마약조직은 결국 일망타진되었고 조직원들은 무거운 형벌을 면하지 못하게 되었다. 그 사건 이후로 소규모의 몇 곳을 제외하고는 국내에서 마약제조공장이 모두 사라지게 되었다.

그들이 지금은 중국으로 진출해서 공권력이 미치지 못하는 지역을 찾아 공장을 운영하고 있었다. 중국에서는 마약을 제조하다 적발될 경우 사형이라는 법정 최고형이 선고되지만, 실제로는 공안들에게 적당한 사례를 함으로써 해결해 오고 있었다. 하지만 운 없게 걸려든 사람들은 모두 형장의 이슬로 사라지거나 여생을 감옥에서 보내야 했다.

강수에게 마약을 공급해 주는 사람은 중국에서 움직이는 사람이었다. 중국에서는 삼합회와 손을 잡지 않고서는 불법사업을 할 수가 없었다. 삼합회는 중국 내에 거미줄처럼 촘촘한 조직을 갖추고 있었기 때문에 이들의 감시망을 벗어나기란 불가능했다. 강수에게 마약을 공급해 주는 사람 또한 삼합회와 친분이 두터운 사람이었을 것이다. 하지만 상호 간에 서로의 윗선을 물어본다는 것 자체가 실례이며 금기시되어 있었다. 그것이 그 바닥의 불문율이었다.

사연도 많고 위험도 많이 따르는 일이었기에, 강수에 대한 믿음이 있어야만 상선도 이곳저곳 재지 않고 강수에게만 마약을 공급해 줄 것이었다. 강수 또한 상선이 언제라도 나타나서 물건을 내놓으면 즉시 현금을 동원할 수 있는 능력을 갖추고 있어야 했다.

강수는 이 위험한 거래를 하면서 지금까지 단 한 차례도 실수를 하지 않았기 때문에 상선은 강수에게만은 절대적인 신뢰를 보내고 있었다.

강수에게는 거래를 할 때 반드시 지키는 몇 가지 철칙이 있었다. 먼저 운전은 꼭 자신이 했다. 예전에는 거래를 할 때 차량을 몇 대씩 움직여서 접선 장소로 나갔다. 만일 검찰이나 경찰의 함정 단속에 걸렸을 경우에도 자신의 차에서만 아무것도 나오지 않으면 무죄였기 때문이었다. 현물이 있어야만 구속을 할 수 있어, 현물을 다른 차에 옮겨 놓으면 그만이었다.

강수에게도 그런 경험이 있었다. 그날 마약은 꿀꿀이 차에 실어 보이지 않는 곳에 대기시키고, 강수 혼자만 차를 몰고 거래 장소로 들어갔다. 그런데 갑자기 승합차가 나타나더니 차 앞을 가로막고, 몽둥이와 쇠파이프를 든 사내들이 승합차에서 내려 닥치는 대로 강수의 차를 부수기 시작했다. 당황한 강수가 급하게 차 문을 열고 나오자 경찰이 달려들어 거칠게 수갑을 채웠다. 거래 상대도 이미 단속반에 체포되어 사색이 되어 있었다. 하지만 아무리 뜯어보고 잘라 보고 찔러보아도 마약이 없자 오히려 단속반들이 난처해졌다.

"김강수! 당신 요 만다 왔노?"

"저예? 저 친구가 자꾸 마약을 달라고 해서예. 저 친구 정신 차리게 좀 패 줄라고 나왔십니다. 와예? 그것도 죄가 됩니까?"

강수의 얘기에 단속반은 어이가 없었다. 졸지에 차량 수리비까지 물어주게 된 상황에다, 약점까지 잡혔으니 난감해질 수밖에 없었다.

상황이 반전되자 의외로 강수가 더 통 크게 나왔다.

"제가 오늘 일은 그냥 재수 없었다고 생각하고 넘어가겠십니다. 그렇지만 이번 한 번뿐입니다. 다음부터는 조심하이소."

"……."

강수는 흉측하게 부서진 차를 몰고 유유히 현장에서 빠져나왔다. 그때 강수와 접선하기로 했던 남자는 몇 달 후 처참하게 살해되었다. 마약단속반도 이 사건 이후부터는 일단 차부터 제압하는 차치기 수사는 되도록 피하게 되었다고 한다.

그래서 강수는 요즈음엔 차량을 한 대만 움직였고 반드시 자신이 운전을 했다. 만약에 단속되더라도 뒤에 앉아 있는 동생들만은 풀려나올 수 있게 하려는 강수의 배려였다. 뒷좌석에 앉아 있던 사람들이 우연히 만나서 차를 타게 되었다거나 끝까지 모른다고 발뺌할 때는 기소에 무리가 따른다는 것을 알고 한 행동이었다. 이들에게 행여나 법원에서 무죄가 되면 검사의 경력에 오점을 남기게 되기 때문이었다.

둘째로, 강수는 자동차의 한쪽 타이어를 꼭 인도에 올려놓았다. 단속에 걸릴 경우 단속반은 의심 차량의 앞뒤를 막아 버리기 때문이었다. 그럴 경우에는 부득이하게 인도로 차를 올려 탈출하는 방법밖에 없었다. 현장에서 검거되는 것보다는 어쨌든 탈출하는 것이 이후 검사와의 협상 과정에서도 유리한 면이 있었다. 일단 현장에서 탈출하면 지명수배가 내려지지만 증거물을 모두 없애 버리고 난 뒤이기에, 상황을 풀어 나가기가 쉬웠다. 그럴 경우 운이 좋으면 단순 투약자 몇 명만 검사에게 제보해 줘도 사건을 무마할 수 있었다.

하지만 현장에서 검거되면 현물이 얼마나 나오느냐에 따라 차이가 있지만 보통은 훨씬 실제보다 더 무리한 요구를 받았다. 소위 잘나가는 연예인은 검찰의 검거 대상 1호이며 작업 대상용으로도 최고의 상품 가치가 있었다. 따라서 스타성이 높은 연예인일 경우 검사는 최대한 피의자에게 성의를 보였다. 언론에 대서특필되면서 얼굴을 알릴 기회도 잡고 더 높은 자리로 영전할 수 있는 좋은 기회였기 때문이었다.

이런 이유로 강수는 약속 장소를 정할 때 반드시 대로를 선택했고, 한쪽 타이어를 인도 위에 두었다.

강수가 운전하는 차가 산에서 내려와 국도로 접어들고 있었다. 아직 완전히 저물지 않은 하늘로 까마귀들이 날아가고 있었다. 왠지 묘한 기분이 들며 일말의 불안감이 스쳤다. 뒷자리에는 꿀꿀이와 제비가 미안한 표정으로 앉아 있었다.

약속 장소는 범일동 코리아시티 아래 삼성생명빌딩 맞은편이었다. 강수가 도착했을 때는 이미 주위가 어둠에 잠겨 있었고 도시의 조명이 서서히 밝혀지고 있었다. 강수는 긴장한 표정으로 삼성생명 맞은편 가장자리에 차를 세우더니 서서히 오른쪽 타이어를 인도 위에 걸쳐 놓았다.

창밖으로는 차량들의 움직임이 끊이질 않았고, 인도 위는 사람들의 발길이 북적이고 있었다. 강수는 인도 위의 가로수들을 유심히 살폈다. 가로수의 간격이 넓어 차가 빠져나가기에 여유가 있어 보였다. 문제는 인도에 있는 사람들이었다. 위급한 순간에 인도 위에 사람들이 많을 경우 더 큰 사고로 이어질 수 있기 때문에 긴장을 풀지 않고 사람들의 흐름을 살폈다.

강수는 서울에서 내려온 충환을 교도소에서 알게 되었다. 출소 후에도 서울과 부산에서 만남이 이어졌고 나이도 같았기에 친구로 지내고 있었다. 충환은 조직폭력배는 아니었고 그냥 뒷골목 양아치 정도의 수준이었다. 하지만 마약 판매만큼은 누구도 따를 사람이 없었다.

1kg의 마약은 엄청난 양이었다. 검찰의 계산 방식을 따르면 0.03g이 1회 투약분이므로 1kg은 3만3천3백 명이 투약할 수 있는 양이며, 0.03g을 10만 원으로 계산했을 때 1kg은 33억 3천만 원이었다. 그러나 이것은 단지 검찰의 계산 방식일 뿐이었다.

약 보름 전에도 충환은 500g을 거래했었다. 그런데 벌써 또 1kg을 달라고 하는 걸 보면 충환의 판매 능력이 어느 정도인지 짐작할 수 있었다. 강수는 자신이 알게 된 사람과 거래를 할 때는 언제나 직접 현장을 찾았다. 그것이 상대에 대한 믿음이며 예의라고 생각했기에 지금까지 그 방식을 고수하고 있었다.

강수가 잠시 생각에 잠겨 있는 사이 강수의 차 뒤로 깜빡이를 넣고 정차하는 차가 있었다. 그 차의 조수석 문이 열리더니 충환이 뛰어나와 강수에게 다가왔다. 강수는 운전석의 창문을 열어 충환을 맞았다.

"온다고 욕봤다. 타라. 가면서 이야기하자."

강수가 충환에게 조수석에 타라고 말하자 충환이 멈칫멈칫 시간을 끌었다.

"와?"

강수는 의심스러운 눈빛을 보이면서도 계속해서 충환에게 차에 탈 것을 재촉했다.

바로 그때였다. 급브레이크 밟는 소리가 요란하게 들리더니 강수의 차 앞을 가로막으며 소형 승용차가 급정거했다. 아차 싶어 강수는 급하게 자동차를 인도로 올리면서 액셀을 밟았다. 소형 승용차에서 내리던 사람들이 이런 상황을 예측하지 못했는지 눈만 둥그렇게 뜨고 쳐다보고 있었다. 인도를 걷고 있던 사람들이 혼비백산하며 차를 피해 몸을 날렸다. 소형 승용차도 재빠르게 유턴을 해 광수의 차를 추격하기 시작했다. 강수는 인도에서 내려와 국제호텔로 이어지는 일방통행로를 역방향으로 질주했다. 도로 왼쪽으로는 차량들이 주차되어 있었고, 오른쪽으로는 자동차 1대 정도만 겨우 다닐 수 있는 길이었다.

바로 그 순간, 일방통행로의 입구로 자동차 한 대가 진입해 들어왔다. 서로 피할 길 없는 도로 위에서 두 차가 마주 보며 달리게 된 것이었다. 강수는 눈앞이 캄캄해졌다. 잠시 흔들리던 강수의 눈빛이 순간 번뜩이더니 그의 발이 액셀을 힘껏 밟았다. 그러자 마주 보고 달려오던 차가 넘어질 듯이 핸들을 꺾더니 좁은 인도 위로 튀어 올랐다.

그와 동시에 강수의 차는 왼쪽에 주차되어 있던 차와 인도에 걸쳐진 차 사이를 강하게 들이받으면서 정지해 버렸다. 에어백이 터지며 강수의 얼굴에 충격이 전해졌다. 정신을 차린 강수는 거의 반사적으로 잭나이프를 꺼내 에어백을 찢었다. 백미러를 통해 대여섯 명의 사내들이 강수의 차로 달려드는 게 보였다. 다행히 큰 충격에도 꿀꿀이와 제비는 정신을 추스르고 있었다. 크게 다친 곳은 없어 보였다.

강수는 자동차 키를 돌려 다시 시동을 걸었다. 다행히 거친 엔진음을 내며 시동이 걸렸다. 앞으로 갈 수 있는 방법은 없었다. 강수는 후진기어를 넣고서는 힘차게 액셀을 밟았다. 쇠파이프와 야구방망이를 들고 달려오던 사내들이 갑작스러운 후진에 놀라 몸을 굴려 피했다. 하지만 뒤편에는 형사들이 타고 왔던 소형 승용차가 절대 비키지 않겠다는 듯 버티고 있었다. 앞에는 몸을 날려 달려드는 차를 피했던 형사들이 몸을 털고 일어나 웃으며 강수의 차를 향해 걸어오고 있었다.

강수는 후진하던 차를 세우고 다시 전진기어를 넣었다. 그리고 전속력으로 돌진했다. 갑작스러운 발진에 사내들이 다시 몸을 날려 양쪽으로 피했다.

강수는 길을 막고 있던 두 승용차의 중앙을 향해 뛰어들었다. 주차되어 있던 차가 찌그러지면서 밀렸고, 인도로 뛰어들면서 길을 막고 있던 차의 후미가 튕겨져 나가면서 길이 열렸다. 하지만 뒤편의 소형 승용차는 앞쪽에 널브러져 있는 형사들 때문에 추격을 할 수가 없었다. 강수의 승용차를 쫓던 형사들이 몸을 추스르며 일어섰지만 이미 강수의 차는 사라지고 없었다.

"에이, 씨팔. 미꾸라지 같은 새끼. 개새끼, 어디 한번 두고 보자. 저 새끼 잡으모 콩밥 안 맥이고 내 손으로 지기뿐다, 저 새끼."

재환은 자신의 책상 앞에 앉아 서류철의 사진을 유심히 바라보다가 연신 고개를 갸웃거렸다.

재환의 오른쪽에는 대한민국 지도가 놓여 있었고, 그의 손에 들린 A4 크기의 서류철에는 북한의 신의주를 비롯해 의주, 용천 군사기지가 세밀하게 그려져 있었고 또 일부는 사진으로 붙어 있었다. 재환이 서류철을 한참 동안 뚫어져라 바라보고 있을 때 누군가 재환의 어깨를 뒤에서 감싸쥐었다.

"도대체 뭐가 그렇게 자네를 괴롭히고 있는 거야?"

"응, 왔어?"

재환의 친구이자 동료인 호석이었다.

재환은 아버지의 손에 이끌려 형제복지원을 나온 후 계속 집안에 갇혀 지냈다. 학교도 그만둔 상태인지라 무엇을 할까 고민하다가 우연히 동사무소에서 나누어 주는 전단지를 보게 되었다. 전단지에는 국가정보기관에서 함께 근무할 의로운 청년을 모집한다는 글이 실려 있었고 조건도 좋아 보였다. 근무 기간에는 가족생계비를 지원해 주고, 전역 후에는 정착금을 지급한다고 되어 있었다. 아버지는 몸이 좋지 않아 집에서 쉬고 계신 지 오래였고, 하나밖에 없는 여동생의 학비는 어머니가 식당에서 일하고 받는 푼돈으로 빠듯하게 감당하고 있었다. 재환에게는 선택의 여지가 없었다. 전단지의 하단부에는 무술 유단자에 한해서 모집한다는 단서가 달려 있었다. 재환은 바로 동사무소에 전화를 걸어 전단지의 내용이 맞는지 확인했다. 입대가 확정되면 자신의 집에 큰돈이 건네지고 나머지는 매달 가족에게 지급된다고 했다.

재환은 신청서에 도장을 찍고 신체검사 시간에 맞춰 검사장을 찾아갔다. 모집 인원은 30명이었는데 200명이 넘는 청년들이 테스트를 받기 위해 모여 있었다. 나이가 어린데 뽑아 줄까 하는 생각에 그냥 돌아갈까도 했지만, 그래도 기왕 온 길이니 한번 해 보자고 자신을 다독였다. 운이 좋았는지 재환은 탁월한 성적으로 체력 테스트를 통과해 합격통지서를 받았다.

재환은 서둘러 집으로 돌아가 이 사실을 알리고, 광민을 보기 위해 버스를 타고 의령으로 내려갔지만 광민은 이미 자원해서 입대한 뒤였다. 하는 수 없이 광민의 어머니 곁에서 하룻밤을 보내며 광민 대신 어머니를 안심시켜 드렸다. 이렇게 해서 재환은 강원도 속초의 어느 깊은 산속에 있는 막사에서 거의 3년의 세월을 보냈다. 그리고 당당하게 대한민국 최고의 정보기관인 국가안전기획부에 차출되어 대북정보요원으로 일하고 있었다. HID 시절 재환의 주특기는 수중폭파였다. 하지만 주특기 외에도 수없이 반복되는 지옥훈련을 통해 재환의 몸은 강철처럼 단련되어 있었다.

"친구, 밥 먹으러 가자고."

"응, 그래. 조금만 기다려."

재환은 보고 있던 서류철을 덮어 서랍 속에 넣고 호석을 따라나섰다. 호석과 재환이 사무실 밖으로 나서자 동료들의 부러움 섞인 항의가 쏟아졌다.

"와! 회사에서 이러지 마세요. 그렇게 둘이 같이 다니면 우리 같은 사람은 누가 쳐다나 보겠습니까?"

"아이고, 무슨 말씀을요."

이들은 자신들이 근무하는 안기부를 회사라고 불렀다.

재환과 호석은 키도 똑같이 178cm에 얼굴도 모두 주위에서 부러워할 만한 미남형이었다.

"어제 부산에서 김강수 검거에 실패했다지?"

구내식당 테이블에 마주 앉자 호석이 재환에게 물었다.

"에휴, 병신 새끼들. 차려준 밥도 못 처먹냐."

재환의 말투가 평소와 달리 거친 것으로 보아 화가 많이 나 있는 것 같았다.

재환의 임무는 대북정보원들의 동향을 보고하는 일이었는데, 최근에는 북한군 내의 고위 정보원인 이승철을 쫓고 있는 중이었다. 그러던 중 이승철이 신의주와 용천 부근의 군부대에 자주 모습을 드러내고, 중국의 심양과 대련을 오간다는 정보를 입수했다. 신의주와 용천에서는 가끔씩 지독한 냄새가 난다는 첩보가 있었는데, 정밀 분석은 아직이었지만 그쪽 정보원을 통해 마약을 제조하거나 아니면 위조지폐를 만들고 있을 것이라는 정보를 얻었다.

최근 중국에서 이승철과 자주 접촉하는 사람이 있었다. 외사과에 의뢰해서 비밀리에 조사를 해 보았더니 한국에서 선박업을 하는 사람이었다. 그가 가끔씩 김강수와 접선을 하고 있다는 제보를 받고, 김강수를 체포하기 위해 정보원인 충환을 앞세워 서울지검 마약 담당 검사에게 정보를 넘겨주었던 것이다. 기소권은 오직 검사에게만 있기 때문에 자신들이 검거한다고 해도 결국 검사에게 넘기고 검사의 지시를 받아야 하는 사안이었다. 그러니 굳이 자신이 나설 이유가 없었던 것이다.

김강수를 이용해 그를 체포하면 이승철의 업무 파악에 성과가 있을 만한 사안이었음에도, 그만 검찰이 김강수 검거에 실패해 버린 것이었다. 결정적인 한 번의 실패로 그동안 공들이며 준비했던 모든 작전이 수포로 돌아가 버리자 재환은 화가 나는 것을 넘어 오히려 허탈해져 버렸다.

재환은 대북정보분과 제1팀에 근무하고 있었고 1팀에는 20여 명의 요원이 있었다. 호석은 국내정보요원으로 제3팀에 근무했기 때문에 거물 정치인과 상공인들의 조사, 국내의 용공분자 색출과 동향보고를 주 업무로 하고 있었다.

재환은 호석과 점심을 먹고 온 후 책상에 앉아 잠시 생각에 잠겼다. 얼마 전 광민의 소식을 알고 싶어 시골집에 내려갔더니, 어머니께서는 광민이 제대를 한 뒤로 세 번밖에 다녀가지 않았다고 하셨다. 명절에도 오지 않는다고 걱정을 했다. 그러면서 광민이 급할 때 연락하라고 핸드폰 번호 하나를 남겨 두었다고 했다. 그래도 어머니는 광민을 두둔했다.

“마이 바쁜갑지. 얼매나 바빴으모 잠깐밖에 몬 있고 바로 떠났것노?”

재환은 지갑 속에 있는 광민의 전화번호를 꺼내 물끄러미 쳐다보았다. 그리고 잠시 후, 자신도 모르게 전화기에 손이

가고 있었다. 신호가 가더니 저쪽에서 전화를 받았다.

"예, 말씀하세요."

광민의 목소리였다. 분명히 광민의 목소리였다.

"……."

"여보세요? 말씀하세요."

재환은 아무 말도 없이 가만히 광민의 목소리를 듣고만 있었다.

"……."

"여보세요? 전화 끊겠습니다."

광민이 전화를 끊으려고 하자 재환이 재빨리 말을 꺼냈다.

"광민아!"

"누구세요?"

"나다, 나. 재환이."

"……."

"왜, 못 믿겠어?"

"너, 진짜 재환이야?"

"그래, 인마. 니 친구 재환이, 양재환이."

두 사람 사이에 잠시 정적이 흘렀다. 무척이나 좋아했고 보고 싶었던 친구였기에 갑자기 무슨 말을 해야 할지 말문이 막혔다.

재환은 자기보다 먼저 군대에 간 광민의 심정을 누구보다도 잘 알고 있었다. 자신은 광민보다 2개월 뒤에 갔고 어린 마음에 얼마나 많은 눈물을 흘렸는지 몰랐다. 그래서 재환은 광민이 친구라는 게 더 자랑스러웠고 마음이 아팠다.

정적을 깨고 재환이 말을 이었다.

"지금 어디야?"

"나? 지금 서울인데……."

재환이 부산에 있을 것이라는 생각에, 광민은 미안한 마음이 들어 말꼬리가 내려갔다. 하지만 광민의 대답에 재환의 얼굴이 환해졌다.

"너, 지금 어디에 있는지 그것만 말해라."

"나 지금 마포 홀리데이인서울 호텔에 있다."

"그래? 나 삼십 분 안에 갈게. 잠시만 기다려."

"여보세요? 여보세요? 재환아!"

광민이 전화기에 대고 재환을 불렀지만 전화는 이미 끊겨 있었다. 광민은 어이가 없었다. 잃어버린 줄 알았던 친구가 6년 몇 개월 만에 전화를 걸더니 30분만 기다리라고 하면서 전화를 끊은 것이었다. 광민은 귀신에라도 홀린 듯 어안이 벙벙해져서 잠시 동안 멍하니 앉아 있었다.

던지다시피 전화기를 내려놓은 재환은 팀장을 찾아가 머리를 조아렸다.

"저, 오늘 친구랑 약속이 좀 있습니다. 죄송하지만 먼저 좀 나가면 안 되겠습니까?"

재환은 평소에 친분이 두터웠던 팀장인지라 잘 안 되면 우겨서라도 나갈 수 있을 것이라고 생각했다.

"안 돼. 오늘은."

예상과 다르게 팀장은 단호하게 거절했다. 머쓱해진 재환은 머리만 긁적이고 있었다.

"너 같은 놈이 시내 돌아다니면 안 돼. 괜히 지나다니는 아가씨들 마음 흔들고 다니는 거, 그거 범죄다. 그럼, 완전 나쁜 범죄지. 안 돼. 허허허."

팀장은 기분 좋은 농을 던지고는 호탕하게 웃었다. 그제야 농담인 것을 알아챈 재환이 고맙다고 인사하며 같이 웃었다.

"다음에 소주나 한잔 사. 세게. 알았지?"

"예. 그렇게 하겠습니다."

"마포 홀리데이인서울 호텔로 가 주세요."

재환은 회사에서 나오자마자 택시를 잡아타고 홀리데이인서울 호텔로 달려갔다.

재환은 가난한 농사꾼의 아들로 태어나 배도 많이 곯았지만 그래도 순수한 마음과 정이 넘치던 그 조그마한 두메산골을 잊을 수가 없었다. 그곳은 언제나 마음의 기둥 같은 곳이었다. 힘들고 지칠 때마다 떠오르던 것은 언제나 시냇물 흐르는 고향 냇가에서 발가벗고 물장구를 치며 놀던 어린 시절이었다. 그런 소중한 기억과 추억이 둘을 하나로 묶고 있었기에 오늘 이렇게 반갑고 설레는 마음으로 친구를 만나러 달려가는 것이었다.

'광민이, 얼마나 변했을까? 자식, 그래도 싸움은 잘했는데…….'

혼자서 광민을 생각하며 실없이 웃다가 또 심각해지는 재환을 택시 기사가 이상한 사람 보듯 쳐다보았다.

얼마 전 광민의 어머니를 뵙고 온 뒤, 바로 전화를 하려고 했지만 회사에 비상사태가 생겨 이제야 연락을 한 것이었다. 마음은 벌써 도착해 있었지만, 택시는 자꾸만 신호에 걸려 속도를 내지 못하고 있었다.

광민은 재환의 말이 끝나자마자 호텔 밖으로 나와서 기다리고 있었다. 말은 못했지만 재환에 대한 광민의 그리움도 못지않은 것이었다. 광민은 재환이 부산에서 살던 집을 몰랐다. 시골집에 갔을 때 어머니를 통해, 재환이 군대 가기 전에 하룻밤 자고 갔다는 이야기를 들은 것 외에는 재환에 대해 어떤 소식도 듣지 못했다.

이윽고 눈앞에 택시 한 대가 저만치 지나가더니 한 사내가 내렸다. 광민은 사내의 뒷모습만 보고도 한눈에 그가 재환이란 것을 알 수 있었다. 광민은 고양이처럼 발을 세워 재환의 뒤로 다가가 재환의 옆구리를 주먹으로 툭하고 때렸다. 갑작스럽게 누군가가 옆구리를 치자 광민이라고 판단한 재환은 모른 척하고 갑자기 뒤돌아서며 '얏' 하고 고함을 질렀다. 광민이 깜짝 놀라 한 걸음 뒤로 물러서자 재환이 달려들어 어깨를 끌어안았다.

"이야! 이게 얼마 만이냐? 설마 꿈은 아니겠지?"

"그래, 인마. 근데 너 진짜 멋있어졌네. 근사하다, 인마."

광민은 재환을 보자 형제복지원 시절의 모습이 떠올랐다.

"너도 멋있는데 뭘. 옛날에는 우리 둘 다 진짜 촌놈이었는데……."

"자, 어디 가서 맥주라도 한잔하자."

"그래, 그러자."

두 사람은 두리번거리다 바로 눈앞에 카페가 보이자 그곳으로 향했다.

"여기는 내가 접수했으니까 내가 안내하……."

광민은 엉겁결에 튀어나온 말에 당황하며 말꼬리를 흐렸다.

"미친놈. 촌놈 주제에 접수는 무슨 접수?"

재환은 광민의 말을 농담으로 생각하고 맞장구를 쳤다.

두 사람은 서로의 잔을 가득 채워 주고는 건배를 외쳤다. 잔을 내려놓자 재환이 주머니에서 담배를 꺼내 물고 불을 붙였다.

"너 지금 무슨 일하냐?"

"어? 어……."

갑작스러운 재환의 질문에 광민은 어떻게 대답해야 할지 몰라 자신도 모르게 난감한 표정을 지었다.

"왜, 말 못할 일이라도 하나? 친구한테. 야, 호텔에서 지내는 거 보니까 돈 많이 벌었나 보네? 오늘 술은 니가 사라. 출세한 친구한테 술 좀 얻어먹어 보자."

"그래. 좋지."

광민은 재환의 질문에 선뜻 대답하지 못했던 게 자꾸만 머릿속에서 맴돌았다.

내가 지금 하고 있는 일은 정말 뭘까, 나는 무엇을 위해 전국을 누비면서 주먹을 휘두르며 살고 있는 것일까 하는 생각에 머릿속이 복잡해졌다. 그리고 가슴 한구석이 텅 비어 있는 느낌이 들었다.

"재환아, 너도 지금 서울에서 사냐?"

"응. 회사도 서울에 있고."

"어떤 회산데?"

"아……. 그냥 좀 특별한 회사야."

"왜, 나한테도 비밀 있나?"

"아니! 그냥 회사가 좀 그렇다. 우리 술이나 한잔 더 하자."

재환이 자신의 직장을 말하기 어려워하자 광민도 더는 캐묻지 않았다. 광민은 자신과 마찬가지로 재환에게도 말 못할 뭔가가 있는 것이라고 생각하고 넘어갔다. 잠시 대화가 중단되자, 두 사람은 말없이 또 한 잔씩을 마셨다. 두 사람이 그렇게 몇 잔을 비우는 사이에 가게 여종업원이 광민을 알아보고 아는 체를 하면서 끼어들었다.

"어머! 아저씨 주위에 계신 분들은 다 미남이시네요. 싸움도 잘하고. 호호호."

순간 재환의 눈에 반짝 불이 들어왔다. 여종업원을 쫓아 버릴 수도 없고 난처해진 광민이 당황스러운 표정을 짓고 있었다. 홀리데인서울 호텔 파친코 때문에 길거리에서 싸움이 벌어졌던 걸 여종업원이 보았던 모양이었다. 여종업원은 두 사람의 분위기 따위는 아랑곳없다는 듯 있는 수다 없는 수다를 다 떨고서는 다른 테이블로 자리를 옮겼다. 재환은 눈빛을 반짝이며 그녀의 수다를 한마디도 놓치지 않고 귀 기울여 듣고 있었다.

여종업원이 자리를 비우자 재환이 광민의 앞으로 바짝 다가들며 낮은 목소리로 속삭였다.

"너 깡패냐? 깡패가 된 거냐?"

"미친놈."

"그러면 저 아가씨가 하는 말은 다 뭐냐?"

"그런 일이 좀 있었다."

"뭐야, 인마. 거리에서 싸웠다고? 누구와 싸운 거니?"

"아, 글쎄! 그런 일이 좀 있었어. 자, 한 잔 받아라."

광민이 재환의 잔에 술을 따르며 말을 끊었다.

하늘에 떠 있던 밝은 만월 위로 검은 구름이 조금씩 차오르더니 마침내 만월 전체를 집어삼키듯이 가려 버렸다. 밤하늘은 조금의 빈틈도 없이 어둠으로 넘칠 듯이 채워졌다.

4.승자와 패자

유동수는 서울은행 본점이 영업을 시작하자마자 기다렸다는 듯이 안으로 들어갔다. 직원에게 VIP카드를 내보이자 창구 뒤쪽에 있던 대리가 일어나더니 깍듯이 인사하며 안내를 맡았다.

유동수는 매일 아침 은행에 들러 전날의 입금액을 확인하고 다시 입금자들과 기사들의 계좌에 정해진 금액을 입금했다. 가명 계좌가 가능해서 수사망을 피해 불법 자금을 관리하기에는 더없이 편한 구조였다.

유동수가 개설해 놓은 계좌에는 하루에 200명에서 많게는 300명의 이름으로 입금되고 있었고 그 금액 또한 상당했다. 150명의 조직원이 하루에 두 번씩 오락실에 가면 모두 300번이 된다. 300명이 100만 원씩 입금을 하면 3억이고, 이 중

50%는 그들에게 다시 입금되므로 하루에 1억 5천만 원이 순수익이 되는 셈이었다. 그리고 이 순수익 중 15%를 서광민의 계좌에 입금시키면 모든 일이 끝났다.

유동수는 은행 업무를 모두 마치고, 광민과 함께 부산으로 내려가기 위해 광민을 태우러 가고 있었다. 광민은 서울의 거의 모든 지역을 접수하고 얼마 전에는 제주도까지 직접 건너가 강석화의 거래처를 모두 빼앗았다. 또한 강석화를 따르던 조직원들도 대부분 유동수가 흡수하고 있었다. 광민 덕분에 갑작스럽게 불어난 업무와 재물에 신이 난 유동수는 광민이 하는 말에는 전혀 토를 달지 않고 따랐다.

광민은 아직까지 유동수에게 15% 외에 더 돈을 요구한 적이 없었다. 사업장을 넓히는 일을 거의 광민이 혼자서 진행하고 있었지만 약속한 금액 이외의 욕심을 부리지 않는 광민이 유동수로서는 어떻게 보면 신기하기도 했고 또 고맙기도 했다. 그래서 언제나 광민 앞에서는 고분고분하게 굴었다.

유동수는 광민을 태우고 경부고속도로로 올라섰다. 유동수가 운전하는 벤츠 승용차는 미끄러지듯 고속도로를 달렸다.

광민은 차창 밖의 넓은 들판을 바라보다가 갑자기 재환과의 만남이 떠올랐다. 기억 속에서는 어제 같은 일이었지만 벌써 재환을 만난 지 거의 3개월이 다 되어 가고 있었다.

그 만남 이후로는 누구도 먼저 연락을 하지 않게 되었다. 옛날과는 달리 재환에게서 다가갈 수 없는 벽 같은 것이 느껴졌었다. 재환은 자신이 어떻게 살아왔는지는 감추고, 광민에 대해서만 알고 싶어 했다. 뿐만 아니라 광민 자신도 재환에게 떳떳하게 모든 것을 말할 수 없었다. 오랜만의 만남에서 결국 서로를 믿지 못하는 불신의 벽만 만든 셈이었다. 너무도 많이 그리워하고 보고 싶어했었는데, 헤어지고 나니 도저히 다시 연락할 엄두가 나지 않았다. 생각이 깊어질수록 왠지 모를 우울함과 슬픔이 몰려왔다.

광민의 표정이 어두워 보이자 운전을 하던 유동수가 말문을 열었다.

"왜, 무슨 안 좋은 일이라도 있습니까?"

"……."

광민이 대답이 없자 유동수는 더 물어보지 않고 운전에만 집중했다. 괜히 광민의 심기를 건드려서 좋을 게 없다는 것을 유동수는 누구보다도 잘 알고 있었다.

지금 두 사람은 부산 지역의 오락실을 마저 자신들의 손아귀에 넣기 위해 내려가고 있었다. 아직도 몇 개의 오락실이 강석화와 거래를 하고 있었다.

광민은 재환에 대한 생각을 떨쳐 버리고 싶었다.

"차에 음악은 없습니까?"

지금까지 유동수와 함께 차를 타고 움직였던 시간이 3년이 넘었는데도 음악을 들으며 달린 적이 한 번도 없었다. 잠시 잠깐의 사업적인 대화 외에는 서로 거의 말을 하지 않았다. 예상치 못한 요구에 당황한 유동수는 자신이 보관하고 있던 CD를 모두 꺼냈다.

"어떤 음악을 좋아하십니까?"

"예. 저는 조용한 발라드가 듣기에 좋더군요."

"아! 그러면 어디 보자. 아, 여기 있네. 이걸 한번 보십시오."

유동수가 건네준 CD에는 남화용의 '홀로 가는 길', 안치환의 '내가 만일' 같은 노래들이 실려 있었다.

"예. 이걸로 좀 틀어 주세요."

CD를 받은 유동수가 CD를 넣고 시작 버튼을 눌렀다. 곧이어 첫 곡인 남화용의 '홀로 가는 길'이 흘러나왔다. 큰 파열음을 일으켰다가 잔잔한 물결이 쉼 없이 되풀이되더니 굵직한 목소리로 노래가 시작되었다.

나는 떠나고 싶다. 이름 모를 머나먼 곳에, 아무런 약속 없이 떠나고픈 마음 따라 나는 가고 싶다. 나는 떠나가야 해. 가슴에 그리움 갖고서 이제는 두 번 다시 가슴아픔 없을 곳에 나는 떠나야 해.

절규하듯 애절하게 가슴을 파고드는 선율과 가사가 광민의 마음을 사로잡았다. 광민은 가사를 들으며 자신의 마음과 같은 마음을 경험한 사람이 또 있구나 하고 생각했다. 음악이 흐르는 차 안의 분위기는 사뭇 진지했다.

유동수는 전망이 좋은 금강휴게소에 차를 주차시키더니 매점으로 뛰어가 커피 두 잔을 들고 돌아왔다. 그때서야 겨우 정신을 차린 광민이 서둘러 창을 열고 유동수가 건네는 커피를 받아들었다.

“아이구! 고맙습니다. 제가 다녀왔어야 하는데…….”

“아닙니다. 다 운동이죠, 뭐.”

유동수가 운전을 하면서 시선을 앞으로 둔 채 말을 건넸다. 잠깐의 휴식 때문인지 차 안의 공기는 많이 부드러워져 있었다.

“지금 대구경북 쪽에서는 영업이 장난 아니랍니다. 소문에 의하면 이곳 부산보다도 장사가 잘된다고 합니다. 이번에 부산을 완전히 정리하고 나면 그쪽도 가야 할 것 같습니다.”

유동수는 당연하다는 듯이 다음 계획까지 입에 올리며 광민의 대답을 기다렸다. 그러나 광민은 아무 말도 하지 않고 조용히 운전을 하고 있는 유동수의 옆모습을 바라보았다. 결국 양 볼에 볼록하게 나와 있던 살들이 욕심보가 맞았던 것일까, 도대체 이 사람은 어디까지 가야 만족할 수 있을까 하고 생각했다. 지금 그의 눈에는 사람은 보이지 않고 돈만 보일 것이라 생각하자 심한 역겨움이 올라왔다.

쥐도 도망갈 구멍을 만들어 놓고 쫓으라는 말이 있다. 대구경북은 강석화의 고향이었다. 그래서 광민도 차마 빼앗을 수가 없었던 것이다. 만일 강석화에게서 대구경북마저 빼앗으려 든다면, 뺏는 사람도 빼앗기는 사람도 사생결단을 내야만 하는 전쟁이 될 것이다. 이길 수 있더라도 너무 많은 피를 보아야 한다면 차라리 그대로 두는 게 낫다고 광민은 생각했다.

하지만 이미 승리에 도취해 있는 유동수에게는 그런 말이 통하지 않을 것이다. 사람들은 힘과 돈을 가지면 그것을 지키기 위해 잔인해진다. 다른 사람의 목숨보다 자신의 재물을 더 중하게 여기기 때문이다. 유동수의 지금 모습이 그러했다.

광민은 유동수에게서 더는 인간적인 정이나 의리를 기대하지 않았다. 유동수에게서 보이는 이 냉정함과 잔인함이 다음에는 누구에게로 향하게 될지 아무도 알 수 없는 것이었다.

광민이 천천히 입을 열었다.

"대구경북은 좀 있다가 가는 게 좋겠습니다."

"아니, 왜요? 지금 분위기가 완전히 우리 쪽으로 기울어 있습니다. 이럴 때 세를 몰아서 완전히 거둬들여야 후환이 없습니다. 지금이 아니면 이런 기회가 언제 또 올지 모릅니다. 지금이 기회 중의 기회입니다."

유동수는 확답을 해 달라고 광민에게 거듭 재촉하고 있었다. 하지만 그가 재촉할수록 광민의 표정은 점점 더 일그러지고 있었다.

"유 사장님, 만약에 누군가 유 사장님의 사업을 방해하고 모든 거래처를 빼앗아 버린다면, 유 사장님은 어떻게 하시겠습니까?"

"그거야, 그런 일이 일어날 리가 없죠. 저에게는 광민 씨가 있으니까요. 하하하."

"유 사장님, 강석화 고향이 경북 울진입니다. 고향에서라도 살 수 있게 우리가 좀 봐줍시다. 돈도 이제 벌 만큼 버셨지 않습니까?"

"……."

유동수는 그제야 광민의 마음을 알았는지 아무 말없이 운전대를 꽉 움켜쥐고 앞만 바라보고 있었다. 그의 양 볼에 붙어 있는 살들이 경련하듯 떨리고 있었다.

벤츠는 해운대 조선비치호텔 앞에 정차했다. 이미 어둠이 짙게 깔려 있었다. 유동수는 여행용 가방을 꺼내 호텔 안으로 들어갔고 광민은 운전석에 앉아 올라왔던 길로 되돌아나갔다.

광민이 운전하는 벤츠는 도시 고속도로를 질주하고 있었다. 그러곤 이내 시내 도로로 내려와 다시 국도로 접어들었다. 그런데 이상하게 조선비치호텔에서부터 누군가가 계속 뒤따라오고 있다는 느낌이 들었다. 하지만 광민은 자신이 예민해져 있어서 그런 느낌이 드는 것이라 생각했다. 헤드라이트 불빛으로 어둠을 가르며 광민은 왕복 2차선 국도를 질주했다.

차는 강수가 기거하고 있는 암자를 향해 빠르게 달렸다. 도피할 절을 찾는다고 광민의 고향에 한번 간 것이 2년 전이었다. 간혹 꿀꿀이와 제비를 통해 안부를 듣고는 있었다. 어쩌면 꿀꿀이와 제비가 전해 주는 소식을 들으며 안심하고 있는지도 몰랐다.

차는 국도를 벗어나 우측으로 나 있는 비포장도로를 향해 움직였다. 어두운 밤이었던 데다가 길까지 험해서 생각을 다른 곳으로 돌릴 여유가 없었다. 비포장도로로 진입하자 차가 춤을 추기 시작했다. 광민은 차가 흔들리는 대로 몸을 맡겨 둔 채 혹시 따라오는 차가 없는지 살폈다. 다행히 뒤따라 달려오던 승용차 두 대는 국도를 따라 계속 직진했다.

광민이 암자 앞마당에 차를 주차시키고 내리자 언제 나왔는지 강수가 차 옆으로 다가와 서 있었다.

"고생했다. 오래간만이다, 광민아."

"예. 형님. 잘 지내고 계셨습니까?"

강수가 웃음지으며 광민의 어깨를 토닥거렸다.

"보고 싶었다, 광민아. 근데 니가 하도 바쁘니까 말을 몬하겠드라. 자, 어여 드가자."

그제야 강수 옆에 서 있던 꿀꿀이와 제비가 허리를 숙여 인사를 했다.

"행님, 오랜만에 뵙십니다."

"그래, 반갑다. 잘 지냈제?"

"예, 행님."

강수는 광민의 손을 잡고 방으로 안내했다. 암자의 한 칸짜리 작은 방 안에 장정 네 사람이 들어가 앉자 빈 공간이 없었다.

먼저 제일 연장자인 강수가 말문을 열었다.

"모두들 내 때문에 고생이 말이 아이네. 곧 좋은 소식이 있을 기라고는 해도, 여기 있는 느그들 고생이 심해서 이 행님이 늘 미안케 생각하고 있다."

"아닙니다. 형님도 참 별말씀을 다 하십니다. 저는 그동안 형님 덕분에 서울이며 광주며 제주도며 좋은 곳 실컷 구경하고 다녔습니다. 뭐 힘들 것도 없었습니다."

"그래, 장하다. 나는 니가 잘 해낼 줄 진작에 알아봤다. 형제복지원에 있을 때 중대장이 니한테 권투하라고 한 말 기억나나? 그때 니는 중대장 말이 끝나기도 전에 '생각 없십니다.' 하면서 퇴짜를 놨었다 아이가. 그란데도 그 살벌했던 중대장이 아무 말도 안 하고 니 말을 인정했다는 기지. 나는 그때 딱 알아봤다. 니는 호랑이 새끼라는 걸 말이다. 근데 또 우째 인연이 돼가 우리가 이래 함께 있게 될 줄 누가 알았긋노?"

그랬다. 그때는 권투가 인기 스포츠 종목이어서 누구나 권투를 하고 싶어 했다. 그런데 체육관비가 없어서 못하거나 공부 때문에 못한 사람들이 많았다. 그런데 광민은 형제복지원에서 키워 주겠다고 약속해도 거절했던 것이다. 권투는 실력도 중요하지만 근성이 있어야 했다. 악바리 근성이 있어야만 상대를 제압할 수가 있는데, 광민은 두 가지 조건을 다 갖추고 있어서 중대장이 욕심을 냈던 것이다. 김천소년교도소에서도 권투부를 만들어 깡다구 있고 운동 실력이 있는 재소자를 권투 선수로 키워 세계챔피언을 배출시키기도 했다. 형제복지원에서도 정부의 지원을 받아 권투부를 만들고자 했지만 광민의 거절로 모두 물거품이 되고 말았던 것이다.

강수의 말에 광민의 마음 한구석이 찌르르해졌다. 자신의 가치를 이렇게 높이 평가해 준 사람은 세상에 아무도 없었다.

"근데 형님, 언제까지 여기 계실 겁니까? 많이 답답하실 텐데요?"

"그래, 인자 거의 다 된 것 같다. 구속된 사람들도 형 다 받았고, 조그만 사건이 하나 있었는데 그거는 수배 풀리고 나서 담당 검사랑 합의만 하면 된다. 인자 걱정하지 마라."

광민은 꿀꿀이와 제비에게서 마약을 판매하려다 실패한 이야기를 들은 적이 있었다. 그런데 강수는 지금 자기를 잡으려고 눈에 불을 켜고 있는 검사와 합의를 할 거라고 대수롭지 않게 이야기하고 있었다. 혹시나 싶어 광민이 궁금한 눈빛으로 강수를 쳐다보았다.

"검사랑 합의를 하신다는 게 무슨 말입니까?"

"아, 그래. 니는 잘 모르긋네. 요 있는 꿀꿀이하고 제비는 나랑 같이 많이 움직여서 잘 알고 있는데. 어차피 서로 공생 공존하는 기제. 검사도 살고 우리도 살고. 뭐 그냥 그래 적당히 흘러가는 기다. 이 세상은 말이다. 겉으로만 봐가꼬는 아무것도 알 수 읍다."

"형님, 검사랑 만나시면 형님은 바로 구속되는 거 아닙니까?"

광민이 계속해서 궁금한 부분을 물었다.

"그란께 담당 검사랑 사전에 조율을 해야 되는 기지. 내를 안 잡아가는 조건으로 나는 검사한테 선물을 한 개 앵기주모 되는 기라."

광민은 입을 다물지 못했다.

세상은 법에 따라 움직인다. 그런데 법을 집행하는 검사가 범죄를 저지른 범법자와 합의를 한다는 이야기를 듣고 나니, 도대체 뭐가 뭔지 혼란스러웠다. 또한 자신도 떳떳하지 않은 일을 하고는 있지만 그것은 마약 판매와는 전혀 다른 것이었다. 마약을 판매하는 범죄자와 그들을 잡아들여야 할 검사가 공생 공존을 한다면 도대체 누가 법을 믿고 따를까. 강수의 이야기는 광민에게 너무도 충격적이었다.

"내일도 바쁘게 움직여야 할 테니까 인자 눈 좀 붙이야 안 되긋나?"

"예, 그래 하겠습니다."

강수의 말에 모두들 옷을 벗어 벽에 걸고 바닥에 누웠다.

광민은 불 꺼진 방에서 조용히 천장을 바라보며 잠을 청했다.

문으로부터 제일 안쪽에는 강수, 다음에는 제비, 그 다음에는 광민, 그리고 꿀꿀이의 순으로 누워 있었다. 불은 꺼졌지만 누구도 먼저 잠들 수 없는 밤이었다.

남남으로 만나서 이렇게 한 방에서 자는 데도 아무렇지 않은 것이 이상했다. 광민이 반듯하게 누워 있자 오른쪽에 누워 있던 제비가 몸을 틀더니 광민의 배를 감싸안았다. 곧이어 꿀꿀이도 돌아눕더니 광민의 배를 감싸안으며 슬며시 웃음을 흘렸다. 광민도 두 팔에 힘을 꼭 주고 두 사람을 끌어안았다. 겉으로 표현은 하지 않지만 이미 작은 행동만으로도 그들은 서로 떨어질 수 없는 사이라는 것을 말하고 있는 것 같았다.

안쪽에 누워 있던 강수는 광민이 도착한 후부터 수상한 소리에 귀를 기울이고 있었다. 이곳 암자에서 2년을 보낸 강수의 귀에 산짐승들의 발자국 소리는 익숙한 것이었다. 처음 암자에 들어왔을 때는 머리가 쭈뼛해지기도 했지만, 지금은 아무렇지도 않았다. 하지만 지금 들리는 소리는 산짐승 소리가 아니었다. 일정한 보폭으로 여러 사람이 숲을 헤치며 걸어오는 소리가 틀림없었다. 강수는 각오를 단단히 다지면서 다가올 공격에 대비할 그림을 그리고 있었다.

그런데 마침 그때 광민이 일어서더니 문을 열고 나섰다.

"어데 갈라고?"

"예. 소피가 마려워서……."

"그라모 불 키고 가라. 어둡아서 길이 쉽지 않다. 그라고 그냥 마당가에서 해도 된다. 어차피 나무한테 거름 주는 긴데 뭐."

광민이 누워 있는 꿀꿀이와 제비가 깰까 봐 불을 켜지 않고 조심스럽게 문을 여는 데, 갑자기 꿀꿀이가 일어나 전등을 켜 버렸다.

"행님, 밝은께 편하게 댕기오이소."

"하하하. 그래, 알았다."

조심스럽게 걷고 있던 광민을 꿀꿀이는 앞이 보이지 않아서 더듬거리고 있는 것으로 알았던 것이다.

광민이 문을 닫고 마당으로 발을 내딛었다. 나오면서 문을 닫았지만 창호지를 발라 놓은 옛날 문짝이라 나무틀이 휘어져 힘을 주고 꽉 닫지 않으면 틈새가 벌어졌다.

강수는 그 틈새로 문밖을 노려보고 있었다. 그때 강수의 눈에 금속성 물체가 순간적으로 불빛을 받아 번쩍이는 게 보였다. 길이가 짧은 것으로 보아 분명 칼 종류였다. 이어서 광민이 신발을 신고 마당으로 내려서는 순간, 검은 물체가 튀어나와 광민을 향해 달려드는 게 보였다. 순간 강수는 몸을 벌떡 일으켜 문을 박차고 나가 그대로 몸을 날려 광민을 밀어붙였다. 너무나 순간적으로 일어난 일이라 꿀꿀이와 제비는 멀뚱멀뚱 바라만 보고 있었다. 하지만 그것도 잠시, 본능적으로 사태를 파악한 꿀꿀이와 제비가 마당으로 뛰쳐나갔다. 광민 또한 강수에게 떠밀려 정신이 없었지만 땅을 박차고 일어나 주위를 경계했다. 순간적으로 광민을 밀어낸 강수의 오른쪽 배꼽 옆 부분에는 칼이 그대로 박혀 있었다. 강수는 흐르는 피를 손으로 막으며 주저앉았다.

10명 남짓 되는 사내들은 광민을 에워싸고 있다가 꿀꿀이와 제비가 방에서 뛰어나오자 잠시 주춤하더니 이내 원을 넓혀 세 사람을 에워쌌다. 광민에게 꽂으려던 칼이 갑자기 나타난 강수의 몸에 박힌 것이었다. 강수의 몸에 칼을 꽂은 사내는 주머니에서 다른 칼을 꺼내 들었다. 아마도 칼을 많이 사용해 본 전문 칼잡이의 솜씨라고 볼 수밖에 없었다. 예삿놈들이 아니었다.

상대들은 모두 날카로운 회칼을 들고 있었기에 잠시만 빈틈을 보여도 지옥문이 열리는 절체절명의 싸움터였다. 방심하는 순간 이곳이 곧 무덤이 될 것이라는 것은 저들도 잘 알고 있었다. 방문이 열려 있어 마당은 생각보다 밝았다. 순간 광민의 머릿속에서는 빛을 이용해야 한다는 생각이 스쳤다. 어두운 곳에서 밝은 곳을 공격하기는 쉬워도, 밝은 곳에서 어두운 곳을 공격하기는 쉽지 않은 것이다. 광민은 재빨리 꿀꿀이에게 다가가 낮은 소리로 불빛이 없는 어두운 곳으로 몸을 옮기라고 말했다. 그리고 자신의 앞에 서 있는 놈에게로 몸을 날려서 상대의 명치를 향해 오른발을 뻗었다.

"어이쿠!"

광민에게 당한 한 명의 사내가 어둠 속으로 날아가 사라졌다. 이때다 싶어 세 사람은 쓰러진 상대를 끌고 어둠 속으로 달렸다. 그러다가 갑자기 뒤돌아서서 공격 자세를 취하자 뒤쫓아오던 무리들이 주춤하며 제자리에 섰다. 이제는 유리한 자리를 확보했다는 생각에 조금은 안심이 된 광민은, 상대가 어둠 속으로 들어오기를 조심스럽게 기다리고 있었다. 그들은 한 손으로 눈 위를 가리며 조심스럽게 어둠 속으로 칼을 휘둘렀다. 칼날이 공기를 가를 때마다 번뜩이는 반사광이 번개처럼 나타났다가 사라졌다.

광민은 세 사람의 중간에 서서 정면에 보이는 사내의 사타구니를 걷어찼다.

"악, 으윽."

그리고 자신의 오른쪽에서 칼을 휘두르고 있는 사내의 칼을 피하면서 깊게 파고들어 관자놀이를 오른 주먹으로 가격했다.

"큭."

광민이 자세를 바꿀 때마다 사내들 또한 경계 자세와 공격 자세를 오갔다. 순간 광민이 공격 자세를 취하며 달려들려고 하자 무리의 사내들이 한꺼번에 수비 자세를 취하며 흩어졌다. 이때를 놓치지 않고 꿀꿀이가 합세해서 한 사내를 들어 올리더니 끄응 하고는 머리 뒤로 집어던졌다. 제비는 누군가가 떨어뜨린 칼을 주워 들고 있었다.

다시 광민이 자신에게 달려드는 사내의 칼을 피하며 허벅지를 걷어찼다. 허벅지를 맞은 사내는 한쪽 무릎을 꿇고 칼을 작은 지팡이 삼아 버티고 있었다. 광민의 공격과 거의 동시에 제비가 칼날을 번뜩이며 앞에 서 있던 사내의 허벅지에 칼질을 한 후 광민 옆으로 돌아왔다.

"야! 이 새끼들아, 칼을 쓸라모 이 정도는 돼야지. 느그들 칼은 왜 들고 댕기노? 그냥 야구빠따나 갖고 댕기라, 이 새끼들아."

제비는 빠른 몸놀림과 칼부림으로 사내들의 접근을 막고 있었다. 이제 남아 있는 상대는 네 명뿐이었다.

그런데 갑자기 광민의 등 뒤에 있던 방의 문이 활짝 열렸다. 방에서 쏟아져 나온 밝은 불빛이 마당을 환하게 비추었다. 스님은 방에서 마루까지 한 걸음에 내려오더니 목탁을 두드렸다.

"마하반야 바라밀다 심경 관자제 행심반야 바라밀다……."

방문이 열리면서 사내들의 눈길이 그곳으로 향하는 순간 광민의 발이 앞에 있던 사내의 옆구리를 걷어올렸고, 바로 옆에 있던 사내의 울대에 손가락을 찔러 넣었다.

"컥."

"윽. 케켁."

꿀꿀이도 바로 앞에 있던 사내를 엎어치기로 날린 후 널브러진 사내의 얼굴을 발바닥으로 찍어 눌렀다. 제비는 웃으면서 앞 사내의 좌우를 뛰어다니더니 어느 순간 사내의 허벅지에 칼을 꽂아 넣었다. 스님의 목탁 소리와 마당에 쓰러진 사내들의 비명 소리가 어우러지면서 마치 한 편의 지옥도와 같은 장면이 펼쳐지고 있었다.

꿀꿀이와 제비가 전화를 걸어 지원을 요청했다. 이곳저곳에 널브러져 신음하는 사내들을 한곳으로 모이게 한 후, 광민은 강수에게 다가갔다.

“형님, 괜찮으십니까? 괜히 저 때문에…….”

“나는 괘안타. 니는? 꿀꿀이랑 제비는?”

“예. 다 괜찮습니다.”

자신이 나설 곳이 아니라고 판단했는지 목탁을 치던 스님도 이내 방 안으로 들어가고, 목탁 소리도 점차 잦아들기 시작했다.

“꿀꿀이랑 제비는 빨리 형님 모시고 병원으로 가라.”

광민이 단호하게 말했다.

“아니, 이놈들은 우짜고 말입니까?”

“이놈들은 나한테 맡기고 빨리 가라. 어서!”

꿀꿀이와 제비가 산에서 떠나고 난 뒤 광민이 마당에 꿇어앉아 있는 사내들에게 말했다.

“자, 아직 안 늦었다. 지금이라도 덤벼라, 어서. 괜찮다. 나 혼자 뿐인데 해 볼 만하지 않나?”

앉아 있던 사내들은 서로 눈치를 보았고, 그중 몇몇은 제비에게 칼을 맞아 움직이지 못하고 있었다. 앉아 있던 사내들이 한동안 말이 없더니 갑자기 소리를 지르면서 일어나 광민에게 달려들었다. 이들의 고함 소리에 방 안의 목탁 소리와 염불 소리가 다시 커졌다.

광민은 앞에서 일어서던 사내의 관자놀이를 발등으로 걷어차면서 몸을 돌려 다른 사내에게 붙는가 싶더니, 어느새 무릎으로 사내의 낭심을 쳐올리고 있었다. 동시에 두 명이 또 바닥에 누워 뒹굴었다. 다시 광민이 손바닥을 쫙 펴더니 '악' 하고 기합을 넣고서는 멀리 떨어진 사내 앞으로 몸을 굴렸다. 상대 발밑까지 굴러간 광민은 누운 채로 사내의 다리를 감아 뒤로 넘어뜨렸다. 그러곤 넘어진 사내의 울대를 손날을 세워 내려쳤다.

"크."

그 사이 다른 사내가 광민의 뒤에서 목을 감아 넘어뜨리려고 하자 광민의 고개가 숙여지면서 양쪽 팔꿈치가 사내의 옆구리로 춤을 추듯 파고들었다.

"윽, 으윽."

나머지 두 명의 사내는 멀찍이 피해 다리를 후들거리며 상황을 지켜보고 있었다. 광민이 조용히 말했다.

"거기 앉아라."

승합차 두 대가 암자 마당으로 올라오고 있었다. 광민은 꿀꿀이가 긴급하게 전화로 연락해서 호출한 강수파의 조직원들

일 것이라고 생각했다. 그러나 긴장을 늦출 수 없었기에 숨을 죽이며 가만히 불빛의 움직임만을 눈으로 좇고 있었다. 마당에는 잠깐 동안 무거운 침묵이 흘렀다. 앉아 있던 사내들은 혹시 지원군이 오는 게 아닐까 하고 실낱같은 희망의 끈을 놓지 못하고 있었다.

이윽고 승합차 두 대가 광민이 서 있는 마당가에서 정차하더니 사내들이 우르르 쏟아져 나왔다. 그러고는 광민의 앞에 나란히 서서 허리를 숙여 인사했다. 광민은 담배를 꺼내 불을 붙이고 깊게 한 모금 빨아들였다.

"행님, 몸은 괜찮으십니까?"

뚱뚱이였다. 광민과의 첫 만남을 싸움으로 시작한 뚱뚱한 사내가 바로 지금은 뚱뚱이로 불리며 광민과 한솥밥을 먹고 있었다. 사람 일이란 게 한 치 앞을 내다볼 수 없는 것이라고는 하지만 인연 치고는 참으로 희한한 인연이 아닐 수 없었다.

"그래, 괜찮다. 걱정해 줘서 고맙다."

"아입니다."

뚱뚱이는 두 손을 앞으로 모으고 예의바르게 광민의 다음 지시를 기다렸다.

"나무 판때기 하나랑 칼 하나 가져와라. 이놈들 한 줄로 앉히고."

"예, 행님. 들었제, 새끼들아? 빨리 한 줄로 앉아라. 빨리 빨리! 동작 봐라, 이 새끼들."

줄을 세우는 뚱뚱이의 매타작에 사내들은 비명을 지르며 한 줄로 얌전히 앉았다. 무슨 영문인지도 모르고 조용히 무릎을 꿇고 앉아 있는 사내들을 보니 패자의 모습이란 이런 것이구나 하는 생각이 들었다.

이윽고 나무판과 기다란 회칼 하나가 광민 앞에 놓였다. 광민은 두툼하고 빨래판 정도 크기인 나무판을 흙바닥에 툭 하고 내려놓았다. 이어서 광민의 낮은 목소리가 어두운 산속에 밤안개처럼 깔렸다.

"잘 들어라. 나한테는 나만의 법이 있다. 내 법을 안 지키면 느그는 싹 다 내 법대로 처리한다. 믿든 안 믿든 그건 느그 자유다. 내가 물을 때 바른 대로 말하면 풀어 준다. 근데 제대로 답하지 않으면 손가락을 하나씩 자를 것이다. 그리고 다시 물어도 또 대답하지 않으면 손목을 자를 것이다. 그리고 또 대답하지 않으면 그냥 편하게 저 세상으로 보내 준다. 자, 왼쪽부터 시작한다. 나와."

제일 왼쪽에 앉아 있던 사내가 광민의 말에 놀라 고개를 들더니 정신이 나간 것처럼 몸을 떨기 시작했다.

"예."

"누가 시켰냐?"

"......."

"뚱뚱아! 저놈 손가락 펴서 여기 얹어라."

"예."

뚱뚱이와 뒤에 있던 사내 다섯이 광민 앞에서 떨고 있는 사내에게 달려들더니 손가락을 꺾어 나무판 위에 올려놓았다. 광민이 칼끝을 판에 붙이고 작두처럼 손잡이 쪽을 하늘로 올렸다. 그러곤 일순간 칼 손잡이가 바닥으로 떨어졌다.

"아아악, 아아악!"

손가락 하나가 잘려 나가 마당에서 팔딱팔딱 뛰고 있었다.

"다음!"

왼쪽에서 두 번째 사내가 광민 앞으로 끌려나와 사시나무처럼 떨고 있었다.

"두 번 안 묻는다. 누가 시켰냐? 누구 작업하러 왔어?"

사내는 얼굴이 백지장처럼 하얘졌다. 사내는 뭔가를 말하려는 듯 입술이 달싹거렸지만 주위의 눈치를 살피고 있는 듯 보였다. 손가락을 잘린 사내는 옷을 벗어 손에 감았지만 피가 계속 배어 나오고 있었다.

"예에……. 저, 저……저는……."

"뚱뚱아!"

"예, 행님. 준비하겠십니다."

이번에도 뚱뚱이가 사내의 손가락을 나무판에 올려놓았다. 또 한 번 광민의 칼이 작두처럼 올려지자 갑자기 사내가 머리를 땅바닥에 붙이고 입을 열었다.

"강석화 사장님이 보냈십니다. 앞에 계신 분을 죽이라고 했십니다."

두 번째 사내가 드디어 실토를 했다. 광민은 칼을 거두었다. 그리고 세 번째 사내가 나왔다. 세 번째 사내는 나무판 앞에 채 오기도 전에 강석화가 지시했다고 소리쳤다. 그러자 앉아 있던 나머지 사내들도 동시에 입을 열었다.

광민의 얼굴에는 아무 표정도 없었다. 광민은 나무판을 들고 손가락이 잘린 처음의 사내 앞에 던지듯이 내려놓았다.

"누가 보냈냐? 누굴 죽이라고 했다고?"

"예. 강석화 사장님이 서광민 씨를 죽이라고 했십니다."

"알았다."

"어서 이놈을 병원에 데리고 가라. 저 손가락도 같이."

광민의 말이 떨어지자 승합차 한 대에 시동이 걸리더니 그와 손가락을 싣고 병원으로 달렸다. 광민은 약속했던 대로 사내들을 모두 그 자리에서 돌려보냈다.

광민은 강석화가 벌인 짓일 거라 짐작은 하고 있었지만 이렇게까지 비열하게 나올 줄은 미처 생각지 못하고 있었다.

강석화는 사업장이 초토화되다시피 하자, 자신의 모든 것을 걸고서라도 다시 되찾겠다는 작심을 하게 되었다. 그래서 평소 가깝게 지내던 대구 등촌동에 사는 김삼수라는 깡패에게 부탁을 했다.

삼수는 강석화가 내미는 거액을 받고서는 자신의 친구들을 소집했다. 그리고는 비밀리에 소집된 친구와 후배 몇 명을 데리고 광민을 미행하기 시작했다. 광민이 조선비치호텔에 내려갔다는 소식을 들은 이들은 조선비치호텔 앞에서 대기하고 있었다. 유동수 밑에서 일하던 누군가가 강석화에게 정보를 제공해서 광민의 일정이 새어 나간 것이었다. 그들은 몰래 광민의 뒤를 밟다가 광민이 비포장도로 산속으로 들어가자 차를 국도변에 세워 두고 걸어서 올라갔다. 처음에는 암자 내의 큰 건물에 있는 줄 알았지만 신발이 한 켤레밖에 보이지 않자 작은 채로 향했다. 작은 채의 마루 밑에 신발이 네 켤레 있는 것을 확인하고서는 작은 건물을 에워싸고 기회를 노리고 있었다. 안에 있는 사람들이 잠들면 순식간에 쳐들어가 해치우기로 계획하고 있었다. 그런데 예상치 않은 일이 벌어졌다. 불이 꺼지고 한참이 지난 뒤 다시 불이 켜지더니 목소리가 들려오기 시작한 것이었다. 밖에서 몇 시간을 기다리다 지친 사내들은 광민이 혼자 밖으로 나오자 칼을 들고 달려들었는데 그 순간 강수가 몸을 날려 광민을 보호했던 것이다.

이번 살해 계획도 수포로 돌아감으로써 강석화는 또 한 번 큰돈을 날린 셈이었다. 하지만 호락호락 포기할 강석화가 아니었다. 또다시 어떤 방법으로든 복수를 해 올 것이라 생각했다.

싸우지 않고 이길 수 있다면 그것이 최선이고, 피할 수 있는 싸움이라면 피하는 게 차선책이라고 생각하던 광민이었다. 하지만 피할 수 없는 싸움이라면 먼저 공격해서 기선을 제압하는 게 최선의 방어였다.

광민은 어두운 밤하늘을 밝히고 있는 별들을 올려다보았다. 수많은 별들이 각자 자신의 밝음을 자랑하고 있었다.

"행님, 담배 하나 태우십시오."

뚱뚱이가 광민의 곁으로 다가와 주머니에서 담배를 꺼내 광민에게 두 손으로 올렸다. 광민은 담배를 폐 속 깊이 빨아들였다가 밤하늘로 '후욱' 하고 내뿜었다. 그러고는 남아 있는 담배를 마저 피우지 않고 비벼 껐다. 담배를 피우며 여유를 부리고 있을 때가 아니었다.

"가자, 병원으로."

"예. 알겠십니다."

부산 백병원에 도착한 광민과 뚱뚱이가 응급실로 들어가려 하자 먼저 와서 기다리고 있던 꿀꿀이와 제비가 길을 막았다.

"지금 수술실에 계십니다. 조금만 기다리시면 곧 나오실 깁니다."

"수술실이 어디야?"

"예. 이층에 있십니다."

광민이 계단을 올라가자 십여 명의 조직원들이 뒤를 따랐다. 이들의 행동에, 주위에 있던 사람들이 웅성거리며 물러섰다. 광민은 혼자 올라가고 싶었지만 이 조직원들은 자신보다도 먼저 강수와 연을 맺은 사람들이었다. 하여 광민은 아무 말도 하지 않고 그들의 행동을 지켜보기만 했다. 2층 복도 정면에 자리 잡고 있는 수술실 출입문에는 '수술중' 이라는 불빛이 빨갛게 밝혀져 있었다.

광민은 수술실 앞 통로의 벽에 기대섰다. 강수는 그 급박하고 위험한 순간에 광민을 위해 자신의 몸을 날렸다. 누구도 쉽게 할 수 없는 행동이었다. 강수가 아니었다면 지금 저 수술실에 자신이 있었을 것이라고 생각하자 광민은 눈앞이 아득해졌다. 광민의 눈빛이 초조하게 흔들리고 있었다.

광민과 강수의 조직원들이 힘없이 벽에 기댄 채 얼마쯤 기다렸을까. 수술실 문이 열리더니 침대 하나가 밖으로 굴러 나왔다. 침대 위의 환자는 흰 가운이 가슴까지 덮여 있었고 높게 달린 링거가 흔들리고 있었다. 침대를 양옆에서 빠른 속도로 밀고 오며 간호사들이 소리쳤다.

"비켜 주세요, 아저씨. 비키세요."

광민은 통로를 따라 빠르게 움직이는 침대 위의 환자를 살폈다. 광민의 초조한 눈빛에 들어온 환자는 강수였다. 강수의 얼굴은 깊이 잠든 것처럼 편안해 보였다.

"형님, 괜찮으십니까?"

광민은 다급하게 침대를 따라 달리며 강수에게 물었다. 하지만 강수의 눈은 떠질 줄을 몰랐다. 광민은 뒤따라 나온 의사들을 바라보았다. 의사들이 잠시 주춤하더니 그 자리에 멈춰 섰다. 광민도 따라 멈춰 섰다.

"김강수 씨 보호자되십니까?"

"예."

"하마터면 큰일 날 뻔했습니다. 상처 부위가 깊었습니다. 출혈이 심해서 조금만 늦었어도 위험할 뻔했습니다. 다행히도 칼끝이 심장은 건드리지 않았지만 대장과 소장에 손상이 생겨서 수술을 했습니다. 수술은 잘되었습니다만 회복실에서 좀더 경과를 지켜봐야 할 것 같습니다."

"예. 고맙습니다."

광민은 의사들에게 머리를 숙여 감사의 뜻을 전하고 회복실로 향했다.

"보호자 한 분만 들어오세요. 여기 있는 가운 걸치고 들어오세요."

간호사의 제지에 광민 혼자 응급실로 들어갔다. 강수는 아직도 잠에서 깨어나지 않은 듯 편안하게 눈을 감고 있었다. 침대 밑에 빈 링거가 하나 놓여 있고 거기에 바늘이 꽂혀 있었다. 바늘을 따라 올라가자 강수의 옆구리에 연결되어 있었다.

광민이 간호사에게 궁금해하는 눈빛을 보내자 위쪽의 링거를 교체하고 있던 간호사가 설명을 해주었다.

"환자분께서 칼에 찔렸을 때 대장이 손상됐어요. 그래서 대장에 이물질이 고이지 않도록 조금씩 밖으로 빼내고 있어요."

"아, 예! 그렇군요. 고맙습니다."

바늘을 타고 흘러내리는 물방울은 깨끗해 보이지 않았다.

광민은 침대 곁에 앉아 강수의 손을 잡았다. 빈틈없이 군살이 박힌 강수의 손을 만지며 그가 얼마나 거칠게 살아왔는지 짐작할 수 있었다. 그때 강수의 입에서 나직한 신음 소리가 새나왔다. 광민이 놀라 간호사를 부르자, 간호사는 대수롭지 않다는 듯이 둘러보고는 다시 돌아갔다.

"환자분이 마취에서 깨고 있는 중입니다."

강수의 입에서는 계속해서 신음 소리가 흘러나오고 있었다.

"으음음, 으음음……."

"형님, 접니다. 광민입니다. 괜찮으십니까?"

"으음, 으으음……."

강수가 힘겹게 마취에서 깨어나고 있을 때 또 하나의 침대가 회복실로 들어왔다. 그리고 그 침대를 따라 뚱뚱이가 들어왔다. 뚱뚱이는 광민에게 허리를 숙여 인사를 하고서 손가락 봉합 수술이 잘되었다고 보고했다.

"다행히 손가락 신경이 살아 있었는데, 연결하느라 시간이 좀 마이 걸렸십니다. 의사 말로는 마취만 깨면 퇴원해도 된다카는데, 한 일주일 입원하면서 치료를 제대로 받고 나가는 게 좋겠다고 했십니다."

"그렇게 해라. 치료가 먼저니까."

광민은 침대에 누워 있는 사내의 얼굴을 물끄러미 쳐다보았다. 하지만 이내 시선을 거두고 강수의 얼굴을 살폈다.

그때 갑자기 강수가 고통스러운 신음 소리를 내며 눈을 떴다.

"으음, 으윽……."

"형님, 괜찮으십니까?"

"음……. 그래, 니는 괜찮나?"

목이 잠겨 제대로 알아듣기도 힘든 목소리로 강수가 대답했다. 하지만 그 순간에도 강수는 오히려 광민의 안위를 물으며 걱정스러워하는 눈빛이었다.

"예. 저는 괜찮습니다. 형님 덕분에 살았습니다."

"후후후. 으윽……. 다 내 팔자다. 가라. 난 괘안으니까 가서 일 봐라."

"일은 무슨 일입니까? 형님께서 이렇게 누워 계신데……."

"니가 옆에 있으면 내가 부담스러버서 안 그라나. 그란께 어여 나가서 일 봐라."

강수는 누구에게도, 그게 설령 광민일지라도 자신의 약한 모습을 보이고 싶지 않은 것이었다. 그것은 어쩌면 한 남자로서의 자존심이기도 한 것이었다. 그런 마음을 누구보다도 잘 알고 있던 광민은 강수의 말을 따르기로 했다.

광민은 주차장에 세워 둔 벤츠에 올라 주차장을 빠져나왔다. 그런데 그때 왼쪽의 병원 출입구 쪽에 낯익은 얼굴이 눈에 띄었다. 광민은 차를 세우고 고개를 돌렸다. 주희가 어머니와 함께 병원 안으로 들어가고 있었다.

광민이 운전하는 벤츠 승용차는 소리 없이 경부고속도로 위를 질주하고 있었다. 운전을 하고 있는 광민의 표정이 사뭇 진지했다. 지금 자신이 하고 있는 일을 계속해야 하는 것인지 깊은 고민에 빠져 있었다. 강석화가 무서워서가 아니라 자신이 하고 있는 일로 인해 주위 사람들이 다치고 힘들어질 바에는 차라리 하지 않는 게 좋을지도 모른다고 생각했다. 자신으로 인해 많은 싸움이 벌어졌고, 결국에는 강수가 칼에 맞는 사태까지 벌어진 것이었다. 일을 빨리 마무리짓거나 그만두지 않으면 강석화의 마수가 어디까지 뻗치게 될지 알 수 없었다.

광민의 무거운 마음과 달리 차는 빠르게 달려 경주 톨게이트를 벗어났다. 광민은 경주 톨게이트를 지나 곧장 직진해서 콩코드호텔 1층 주차장에 차를 세웠다. 광민은 차에서 내려 조수석에 있던 등산용 배낭을 둘러메고 바로 오락실로 들어갔다. 안으로 들어서자 오락기계 돌아가는 소리가 요란하게 귓가를 때렸다.

"어서 오십시오."

광민이 들어선 것을 본 종업원 10여 명이 일제히 목소리를 높여 인사했다. 종업원들은 광민을 손님으로 생각하고 빈 기계가 있는 곳으로 안내했다.

"여기 기사한테 볼일이 있어서 온 사람이오. 기사를 만나게 해주시오."

종업원은 그제야 무슨 말인지 알아듣고서는 자리를 피했고, 잠시 후 덩치가 산만 한 사내가 광민 앞에 나타났다.

"우리 기사를 찾는다고? 뭐 때문에 그랍니까?"

그가 영업장에 들어오자 종업원들이 구십 도로 인사하며 지배인이라는 호칭을 사용했다. 광민은 앞에 서 있는 사람이 기사가 아니라 지배인이라는 것을 알고는 속이 뒤틀렸다.

"왜 말을 두 번 하게 만들까? 기사 만나러 왔다고 했잖아."

"우리 업장에 온 이상 내한테 먼저 보고를 하는 게 맞지. 안 그렇소?"

광민은 더는 말 섞기 귀찮다는 듯이 어깨 위로 손을 꺾어 배낭에서 페트병 하나를 꺼내 들었다. 지배인과 종업원들이 그의 행동에 의아한 표정을 짓는 사이, 광민은 페트병 뚜껑을 열고 안에 있는 것을 지배인과 종업원들의 얼굴과 몸에 휘젓듯이 뿌렸다. 순간 휘발유 냄새가 진동하자 당황한 지배인과 직원들의 눈이 커졌다. 눈치를 살피고 있던 손님들이 슬금슬금 오락실 밖으로 나갔다.

어느 순간 광민의 왼손에는 라이터가 쥐어 있었다.

"기사 만나러 왔다고 했어 안 했어? 내 말 무시하면 어떻게 되는지 한번 보여 줄까? 응? 한 번 말하면 좀 들어라. 어때?

이제 좀 알아들을 것 같나?"

광민이 소리치며 라이터를 켜려 하자 지배인이 털썩 무릎을 꿇으며 머리를 조아렸다.

"사, 살려 주이소. 제가 선생님을 몰라 뵈었십니다. 기사 나오라 하겠십니다."

"십 초 준다."

"예, 알겠십니다. 야, 빨리 데려온나."

종업원 하나가 영업장 안쪽으로 뛰어 들어가더니 한 남자를 데리고 나타났다.

"당신이 여기 기사요?"

"예. 그렇습니다만……."

기사는 눈앞에 펼쳐진 광경에 어안이 벙벙해져서 어찌할 바를 모르고 있었다. 호랑이 같던 지배인이 어떤 남자 앞에서 무릎을 꿇고 순한 양처럼 굴고 있었던 것이다.

"당신은 나하고 앞에 있는 주차장에 가서 얘기 좀 합시다."

광민이 주위를 의식하지 않고 먼저 밖으로 나가자 기사도 종종걸음으로 따라나섰다. 광민은 뒤따르던 기사를 조수석에 앉히고 앞으로 돌아 운전석에 앉았다. 두 사람이 차 안으로 들어가자 지배인과 종업원들이 고개를 내밀고 문밖의 움직임을 살피고 있었다. 차 안의 공기는 그 어느 때보다도 차갑고 무거웠다.

"길게 말하지 않겠습니다. 또 그렇게 너그럽지도 못한 사람입니다. 당신이 강석화와 손을 잡든 말든 나하고는 상관없습니다."

순간 기사가 움찔하며 눈길을 돌렸다.

"나는 강석화만 만나면 됩니다. 강석화한테 전화해서 지금 여기에 개업할 호텔로 갈 기사가 있으니까 이 사람 좀 데리고 가라고 하시오. 강석화랑 만날 약속만 잡으면 그 뒤로는 나를 볼일이 없을 거요."

광민은 자신의 차에 설치된 카폰을 들어 기사에게 건네주었다. 떨리는 손으로 카폰을 건네받은 기사는 순순히 전화기의 버튼을 눌렀다. 기사는 이미 자신이 이 상황에서 벗어날 수 있는 방법이 없음을 파악하고, 고분고분 광민이 시키는 대로 따르고 있었다. 신호음이 세 번 울리자 남자 목소리가 수화기를 타고 흘러나왔다.

"여보세요?"

"예, 사장님. 저 경주 콩코드 김 기삽니다."

"아! 예, 김 기사님. 근데 우짠 일이십니까? 오늘 입금은 했을 긴데예?"

"아, 아니, 그게 아니라예, 다음 주에 경북 점촌에 있는 호텔이 오픈을 하거든예. 그쪽에서 일하게 될 기사가 지금 요와가 있십니다. 그래가 사장님께 소개해 드릴라고 연락드렸십니다."

"아, 그래예? 잘됐네예. 제가 지금 포항에 있으니까 바로 출발하겠십니다. 보는 눈도 있고 하니까 주차장에서 만납시다.”

“예, 알겠십니다.”

전화를 끊고 난 기사는 카폰을 광민에게 건네며 눈치를 살피고 있었다. 이제 자신은 차에서 나가도 되는지 묻는 눈빛이었다.

“포항이면 삼십 분이면 도착할 겁니다. 지루하시더라도 그때까지만 나랑 같이 좀 있읍시다.”

광민의 말에 기사는 조용하게 앉아 있었다. 광민이 재차 전화기를 꺼내더니 어디론가 전화를 걸었다

“어, 나다. 형님은 어떠시냐?”

“예. 이제 막 가스가 나왔십니다. 인자 죽 무도 된답니다.”

꿀꿀이였다. 강수가 이제 죽을 먹을 수 있게 되었다는 말에 광민은 나직이 안도의 한숨을 내쉬었다. 워낙에 강한 사람이라 쉽게 쓰러지지 않을 거라는 믿음은 있었지만 예상 외로 빠르게 회복되고 있었다.

“그래, 고생했다.”

“행님, 지금 어디 계십니까?”

“나 지금 시외다. 나중에 전화할 테니까, 올 때 삽 두 자루만 가지고 와라.”

“예, 알겠십니다.”

전화 통화를 듣고 있던 기사가 화들짝 놀라며 토끼눈이 되

었다. 설마 생매장이라도 하겠다는 것일까 하는 마음에 심장이 쿵쾅거렸다. 강석화에게 무슨 변이라도 일어난다면 그와 손잡고 일했던 기사의 신변에도 문제가 생길 수밖에 없었다. 당장에 오락실 돈을 빼돌린 것만으로도 무사치 못할 터였다. 오락실 업주와 손잡고 있는 조직폭력배가 그런 사실을 알고도 가만 내버려 둘 리가 없었다. 기사는 싸늘한 표정으로 생각에 잠겨 있는 광민의 모습에 기가 죽어 발만 동동 구르고 있었다.

잠시 후 주차장 입구로 검정색 승용차 한 대가 들어오더니 비상 깜빡이를 넣고 주차장 가장자리에 주차했다. 광민은 차를 몰아 그쪽으로 서서히 움직였다. 깜빡이를 넣고 서 있는 차의 뒷부분에 자신의 차를 가까이 붙이고서는 고개를 까딱거려 기사를 내리게 했다. 광민의 차에서 내린 기사는 다급한 걸음으로 앞차의 운전석으로 달려가 뭔가 이야기를 나누었다.

이내 강석화가 차에서 내려 광민의 차로 다가왔다. 강석화가 걸어오는 것을 보고 있던 광민은 유유히 차에서 내려 다가오고 있던 강석화를 노려보았다. 강석화는 갑자기 눈앞에 광민이 나타나자 순간 주춤하더니 얼굴이 하얗게 변했다. 광민은 한 걸음 앞으로 다가가 오른발을 뻗어 앞차기로 강석화의 가슴을 차올렸다.

“어이쿠.”

고함 소리와 함께 강석화의 몸이 밀려 차 트렁크와 부딪치더니 다시 바닥으로 쓰러졌다. 광민은 땅바닥에 쓰러져 있는 강석화의 몸에, 들고 있던 페트병 뚜껑을 열고 휘발유를 골고루 뿌렸다. 그러곤 바지 주머니에서 라이터를 꺼내 들고서는 강석화의 눈앞으로 가져갔다. 사람들이 몰려들었지만 광민의 기세에 질려 누구 하나 말리는 사람이 없었다.

"살리 주이소, 살리 주이소! 잘몬했십니다! 제가 죽을죄를 지었십니다!"

강석화는 죽음을 앞둔 사형수처럼 절규하고 있었다. 광민은 그런 강석화를 한참 동안 말없이 바라보고 있었다. 그러고는 잠시 후 조용히 입을 열었다.

"일단 차에 타라. 같이 갈 데가 있다."

광민은 라이터를 거두고 강석화를 조수석에 태웠다. 강석화의 옷에 젖어 있던 휘발유가 몸을 타고 계속 흘러내리고 있었다. 조수석에 강석화를 태운 광민은 천천히 주차장을 빠져나가 속도를 높이기 시작했다.

부우우웅.

차는 굉음을 내면서 질주하고 있었다. 광민이 무심코 담배를 꺼내 물고서 자신의 주머니에 있는 라이터를 꺼내려 하자 옆에 있던 강석화가 자지러지며 소리를 질렀다.

"저, 저기, 저 담배는……."

그제야 광민은 정신을 차리고 창밖으로 담배를 집어던졌

다.

경주 톨게이트를 지나자 광민이 강석화에게 지시했다.

“내려라. 내려서 내 옷으로 갈아입어라.”

“저기……. 차가 이리 마이 댕기는데…….”

“차가 많이 댕겨서, 안 되겠다는 거야? 니 옷 갈아입는 거하고 차 다니는 거하고 무슨 상관인데?”

광민이 먼저 내려 트렁크에 있는 자신의 옷을 한 벌 꺼냈다. 강석화는 하는 수 없이 주섬주섬 휘발유에 젖은 옷을 벗기 시작했다.

“속옷도 다 벗어라.”

“예, 예. 알겠십니다.”

그곳은 부산 방향으로 가는 차에서는 잘 볼 수 없었지만 서울 방향으로 가는 차에서는 훤히 보이는 곳이었다. 하지만 강석화는 자신의 목숨이 왔다 갔다 하는 판국에 창피함 같은 것을 신경 쓸 겨를이 없었다. 차 뒤쪽에 서 있는 광민이 언제 어떻게 돌변할지 알 수 없었기 때문이었다. 강석화가 몸에 실오라기 하나 없이 다 벗어던지자 광민이 들고 있던 옷을 던졌다.

광민은 거의 매일 지방으로 출장을 다녔기 때문에 트렁크에는 언제나 여벌의 옷을 갖춰 두고 있었다. 하지만 여름옷 다섯 벌 정도를 제외하고는 세 벌 이상의 옷을 가진 적이 없었다. 그래서 광민과 자주 만나는 사람들은 광민을 단벌신사라고 불렀다. 옷은 다 입고 버릴 때 보충하면 된다는 생각을 가지고 있었고 구두도 한 켤레 이상은 가지고 있지 않았다. 구두를 신고 외출할 때는 언제나 직접 손질했다. 그것은 제대한 지 3년이 넘었지만 아직도 군대에서 만들어진 습관이 몸에 붙어서 남아 있는 것이었다.

강석화가 옷을 다 갈아입자, 광민은 차를 움직여 부산으로 향했다. 강석화는 여전히 불안에 떨며 광민의 눈치만 곁눈질로 살피고 있었다.

광민이 기다리고 있던 꿀꿀이와 제비를 태우고 부산의 당감동을 향해 출발했다. 꿀꿀이와 제비는 가져온 삽을 차 트렁크에 싣고 뒷자리에 나란히 앉았다. 야차 같은 표정의 두 남자가 뒷자리에 타자 강석화의 입술이 타 들어가기 시작했다. 강석화는 그들이 삽을 준비한 것으로 보아 분명 자신을 산 채로 묻을 것이라고 생각했다. 강석화는 파르르 떨리는 입술을 깨물면서 애써 태연한 척 달리는 차 앞의 풍경에 시선을 집중했다.

광민은 당감동 뒷산에 있는 선암사를 향해 달리더니 어느 한적한 공터에 차를 세웠다. 그곳은 사람들의 발길이 전혀 없는 곳이었다.

"저기가 좋겠다. 저기다 구덩이 파고 묻어라."

"예, 행님"

말이 떨어지기 무섭게 꿀꿀이와 제비는 차에서 내려 광민이 가리킨 곳으로 뛰어가 구덩이를 파기 시작했다.

강석화는 자신에게 마지막이 찾아왔음을 예감하고 눈물을 흘리며 광민에게 매달렸다.

"잘몬했십니다, 살리 주이소! 고향에 처자식이 있는데 이래 객사를 해뿌모 우째 되것십니까? 제발 살리만 주이소! 무슨 일이든지 간에 시키는 대로 다하겠십니다! 예? 사장님예!"

"당신이 뭘 잘못했는데?"

"예, 사장님을 없앨라고 했십니다. 제가 잠시 눈이 뒤집히가 그랬십니다. 진짜 죽을죄를 지았십니다."

"잘 아네. 죽을죄를 지었으면 죽어야지?"

"제발 한 번만 살리 주십시오. 다시는 이런 일이 읎도록 하겠십니다."

"당신 입장, 이해하지. 근데 당신이 너무 멀리 갔어. 나는 그래도 최소한 당신 목숨까지 거둘 생각은 없었거든. 당신이 처음부터 솔직하게 이야기하고 사정했으면 일이 이래까지는 안 됐을 긴데 말이야. 근데 말이지. 이제는 너무 늦었어. 당신 때문에 나 대신 지금 병원에 누워 있는 사람이 있는데, 당신이 그 사람 건드린 순간 당신도 끝났어."

"제발 살리 주십시오! 제가 진짜 잘몬했십니다. 예? 사장님예, 사장님예……."

"나한테 빌어 봐야 소용없어. 당신 목숨은 그 사람 거야. 그 사람이 용서 못하겠다고 하면 여기가 당신 무덤이야. 가족들한테는 알려 줄 테니까 걱정하지 말고."

꿀꿀이와 제비가 땀을 흘리며 숲에서 걸어 나왔다.

"행님, 저 정도면 될 것 같십니다."

광민은 차에서 내려 숲으로 들어가 꿀꿀이와 제비가 파 놓은 구덩이를 직접 확인했다. 사람의 키 높이 정도는 되어 보였다.

"그래. 그 정도면 됐다."

"형님, 몸은 좀 괜찮으십니까?"

광민이 701호 독실에 누워 있는 강수에게 큰 소리로 인사를 했다.

"아니! 바쁜 사람이 뭐 볼 게 있다고 자꾸 오고 그라노?"

"이제는 형님이 다 나으시면 그때 오겠습니다."

광민의 뒤에 서 있는 낯선 사내에게 눈길을 주고 있던 강수가 광민을 보며 물었다.

"누구시지?"

꿀꿀이와 제비는 병실 문 앞에서 부동자세를 취하고 서 있었다. 광민이 강석화에게 나직한 목소리로 다그쳤다.

"무릎 꿇어라."

강석화는 무릎을 꿇고 침대 위에 누워 있는 강수를 향해 엎드려 용서를 빌었다.

"죄송합니다. 제가 그만 눈이 뒤집히가 몹쓸 짓을 하고 말았십니다. 정말 죄송합니다.”

강수는 두 눈을 질끈 감았다. 그러고는 한참 동안 아무 말도 없었다. 그렇게 한참을 미동도 없던 강수가 이윽고 입을 열었다.

“저기 있는 동생들한테서 당신 이야기를 들었십니다.”

꿀꿀이와 제비를 두고 하는 말이었다.

“내가 아니라 내 동생을 표적으로 삼았다고 들었십니다만, 내 동생이 무사해서 얼매나 다행스러운지 모르겠십니다. 혹시 당신 사업에 대해서 이 동생하고 한 번이라도 상의를 해 보셨십니까?”

“…….”

“아마도 안 했을 깁니다. 사업은 사업으로 풀어야 됩니다. 사람 목숨을 사업 수단으로 삼으면 안 되지예. 그라고 정 피할 수 없는 싸움을 벌일 때라도 정면으로 부딪치야 그기 남자 아니겠십니까?”

“죽을죄를 지었십니다. 용서해 주십시오. 흐흐흑…….”

“내 동생 광민이가 괜찮으니 난 됐십니다. 내 동생한테 다 맡기겠십니다. 이만 돌아가이소.”

“사장님, 고맙십니다. 고맙십니다, 사장님.”

강수는 광민에게 알아서 처리하라는 눈짓을 보냈다.

“형님, 그럼 시간 나면 또 찾아뵙겠습니다.”

“괜히 내한테 신경 쓰지 마라. 좀 조용히 지내고 싶다.”

"예. 알겠습니다."

광민은 강수에게 인사를 하고 병실 문을 나섰다. 꿀꿀이와 제비가 강석화를 좌우에서 견제하며 광민의 뒤를 따랐다.

"손가락 끊어신 놈은 어디 있냐?"

"예, 바로 옆방입니다."

"가 보자."

"예."

꿀꿀이와 제비는 702호실 문을 열고 광민을 안내했다. 침대에 누워 있던 사내가 광민이 들어오는 것을 보고 재빨리 일어나 인사했다.

"어서 오십시오."

"음. 몸은 좀 괜찮고?"

"예. 다행히 병원에 빨리 와서 수술이 잘됐십니다. 곧 괜찮아질 깁니다."

대답을 하던 사내가 광민의 뒤에 서 있는 강석화를 발견하고는 광민에게 의아한 눈길을 보냈다. 그는 강석화의 등장에 적잖이 당황하고 있었다.

"강석화 씨, 여기 있는 이 사람만 당신 이름을 불지 않았고 나머지는 다 당신 이름을 불었습니다."

"……."

"어떻게 생각하십니까?"

"예? 예! 저야 뭐라 할 말이 있겠십니까?"

"내가 이야기할까요?"

"……."

"이 사람은 당신한테 많은 돈을 받고 나를 죽이려고 했습니다. 당신도 나쁜 사람이지만 이 사람들도 나쁜 사람들입니다. 근데 여기 이 사람은 최소한 돈값은 한 셈 아니겠습니까. 나머지 놈들은 양심도 자존심도 없고, 상종할 가치도 없는 놈들입니다. 당신은 그런 놈들을 돈으로 샀습니다. 당신은 돈을 많이 벌었다고 들었는데, 사람 마음을 돈으로 얻을 수는 없습니다. 그래서 당신을 여기까지 데리고 온 겁니다. 이 사람 얼굴을 기억하라고 말입니다."

"……."

광민은 차를 움직여 다시 당감동으로 향했다. 강석화는 이미 자포자기의 심정이 되어 말없이 눈물만 흘리고 있었다.

광민은 구덩이를 파 놓은 야산에 차를 세우고 내렸다. 잠시 주위를 둘러보던 광민이 강석화에게 내리라고 손짓을 했다. 내리면 이대로 죽는다는 생각에 강석화는 눈물을 흘리며 애처롭게 두 손을 싹싹 빌며 사정했다.

"살, 살리 주이소, 살리 주이소……."

"내려요. 두 번 말하는 거 안 좋아하는 거 알지요. 빨리 안 내려요."

광민의 말에 강석화는 행여나 비위라도 거슬리게 될까 봐 조심스럽게 차 문을 열고 내렸다. 광민은 강석화의 어깨를 잡고 구덩이 앞으로 데리고 갔다.

"형님께서는 당신을 용서하셨소. 하지만 오늘, 당신은 여기에 묻혔소. 이 구덩이를 잘 봐 두시오. 당신의 부산 거래처는 모두 내가 접수할 거요. 하지만 대구경북만은 남겨 두겠소."

"고맙십니다. 예, 그래 하겠십니다. 정말 고맙십니다."

강석화는 광민의 발 아래 엎드려 눈물을 흘리며 머리를 조아렸다.

집으로 돌아오자 우체통에 편지 한 통이 꽂혀 있었다. 그런데 보낸 사람의 주소도 이름도 없었다. 광민은 광안리에 있는 24평짜리 아파트를 전세로 얻었다.

유동수가 아파트를 구입해 주려고 했지만 광민은 그의 제안을 한사코 거절했다. 대부분의 시간을 다른 지역에서 보내는 터라 딱히 집이 필요하다는 생각을 하지 않았던 것이다. 광민의 거절에 유동수는 아파트 구입을 뒤로 미루고 바다가 보이는 전망 좋은 아파트를 월세로 구해 주었다. 가끔 오는 집이라 늘 허전하던 차에 편지를 발견한 광민은 계단을 걸어 올라가며 편지를 열었다.

주소와 전화번호를 알려 줄 수 없다는 단호한 태도에 이렇게 편지라도 좀 전해 달라고 부탁드리면서 몇 자 글로 인사드려 봅니다. 처음 만난 저에게 그렇게 큰 은혜를 베풀어 주시고, 지금까지도 이렇게 계속 병원비를 보내 주셔서 뭐라고 감사의 말씀을 올려야 할지 모르겠습니다. 지금까지 살아오면서 엄마에게 받았던 사랑이 조건 없는 사랑이었다면, 오빠에게 받은 이 사랑은 어떻게 표현해야 할까요? 제가 지금 살아가고 있는 하루하루는 모두 다 오빠께서 주신 생명입니다. 오빠 덕분에 우리 모녀 큰 힘이 되어서 그 은혜에 감사의 인사라도 드리려고 매번 찾아 나섰지만 두꺼운 벽이 가로막고 있어 이 또한 쉽지 않네요. 부디 감사의 말 한마디만이라도 전할 수 있는 기회를 주십사 이렇게 두서없는 글을 올립니다. 항상 건강하시고 걸음하시는 곳마다 행운이 함께하길 빌겠습니다. 사랑합니다. 그리고 보고 싶습니다.

- 주희

주희의 편지였다. 편지를 전해 달라는 부탁을 받았지만, 광민이 한사코 거절했던 터라 꿀꿀이도 직접 건네지는 못하고 이렇게 우편함에 넣고 간 것이었다. 간절하게 부탁하는 주희의 마음을 차마 거절하지 못했던 것이다.

광민은 편지를 손에 쥐고 집 안에 들어와 소파에 몸을 던졌다. 병원에서 우연히 보게 된 데다가 이렇게 편지까지 받고 보니 어찌해야 할지 난감해졌다. 광안리 해변에서 반사되는 불빛이 아파트의 천정을 밝혀 주고 있었다.

광민은 리모컨을 들어 TV를 켰다. 실내가 밝아지자 고개를 돌려 주위를 둘러보았다. 모든 것이 허전하게 느껴졌다. 오랜만에 찾아온 집이라 그런지 왠지 낯설기도 했다. 광민은 소파에 있는 편지를 들어 다시 천천히 읽었다.

품 안에서 아기 새처럼 안겨 잠들던 주희의 모습이 떠올랐다. 이렇게까지 마음을 쓸 줄은 몰랐기 때문에 어쩐지 미안한 마음이 들었다. 하지만 주희는 다른 세계의 사람이라고 광민은 생각하고 있었다. 그저 잘 지내기를 바랄 뿐, 더 이상은 주희에게 좋을 게 없다는 생각이었다.

그렇게 한참 동안을 주희 생각에 빠져 있을 때 핸드폰에서 신호음이 울렸다.

삐리리리리, 삐리리리리.

광민은 조심스럽게 전화기를 귀에 대고 전화를 받았다.

"여보세요?"

"예, 저 유동수입니다."

"아, 예. 이 늦은 시간에 어쩐 일이십니까?"

"예. 큰일났습니다."

유동수의 목소리가 다급했다. 유동수의 목소리에 광민도 긴장하며 소파에서 일어났다.

"최규식이가 하단의 리베르관광호텔에서 붙잡혔습니다."

"아니! 어떻게요?"

"아직까지는 수사관들이 호텔 안에 잠복해 있었다는 말밖에 못 들었습니다. 제가 가 보기도 그렇고 해서 일단 연락을 드립니다."

"예. 알겠습니다. 제가 가 보죠."

최규식은 유동수의 조직원이었다.

리베르관광호텔은 거의 개점 휴업 상태일 정도로 장사가 안 돼 이미 포기한 상태였다. 그런데 그곳 기사와 최규식이 합세해서 작업을 한 것이었다. 첫날에는 손님도 없는데 시상금이 100만 원이나 지출되자 사장은 기사를 의심하고 있었다. 업소에서도 이런 방법으로 움직이는 조직이 있다는 것은 알고 있었지만, 워낙 교묘해서 눈앞에 두고도 속수무책으로 당할 수밖에 없었다.

그런데 자신의 업소에 생전 처음 온 손님이 그것도 20분도 채 되지 않아 100만 원을 받아가자 의심을 하지 않을 수가 없었다. 그런데 최규식은 그것도 모르고 다음 날 또 그곳에 가서 작업을 한 것이었다.

신고를 받고 미리 대기하고 있던 형사들이 손님으로 가장해 앉아 있었다. 그런데 또다시 최규식이 앉은 기계에서 100만 원이 쏟아지자, 형사들은 최규식과 기사를 체포했다. 형사들은 핸드폰을 압수해서 조사한 통화내역서와 기사의 주머니에서 나온 리모컨으로 두 사람을 추궁했다. 오락실 업주들로부터 이와 같은 범죄조직이 전국적으로 움직인다는 정보가 있었지만 실제로 자신들의 관할에서 성과를 올리게 되자 분위기가 한껏 고무되어 있었다.

기사와 최규식은 강하경찰서 강력반으로 넘겨져 강도 높은 조사를 받고 있었다. 최규식은 유동수와 처음부터 이런 일을 해 온 사이였고 누구보다도 이 바닥의 심리를 잘 알고 있었으며, 또한 서광민이 유동수 옆에 버티고 있었기 때문에 모진 고초에도 끝까지 입을 열지 않았다.

"불어라, 이 새끼야. 다 알고 있다. 느그 오야붕이 누고?"

"모립니다. 저 혼자 한 일이라예. 정말입니다. 오야붕 같은 거 읍심다."

"이 새끼가, 이거 아주 독종이구만. 김 형사, 거기 주전자 좀 갖고 온나."

형사는 팔다리가 결박당한 채 의자에 앉아 있는 최규식의 목을 뒤로 꺾었다. 그러고는 주전자의 물을 최규식의 얼굴에 들이붓기 시작했다. 최규식은 비명도 제대로 지르지 못하고 사지에 경련을 일으켰다.

"컥, 커억, 푸억."

"시간 지나면 다 불게 돼 있다. 사서 고생하지 마라."

"모립니다! 진짜 모립니다!"

"야, 이 새끼야. 니 요가 어딘 줄 모르나? 부산에서도 제일로 센 강하경찰서 강력반이다, 이 새끼야."

형사는 다시 한 번 주전자를 들어 최규식의 얼굴에 쏟아부었다. 주전자의 물에는 고춧가루와 겨자가 섞여 있어 지독한 냄새가 나는 독극물과 다름없었다.

“아아아아아! 사람 살려! 아아악! 진짜 모릅니다!”

최규식이 비명을 지르다 기절하고 다시 비명을 지르다 기절하기를 몇 번이나 반복되었다. 마침내 녹초가 되어 버리자 형사들은 최규식을 유치장에 가두고 모든 면회를 금지시켰다.

형사들은 기사 또한 같은 방법으로 취조했지만 공범 관계가 나오지 않자 조급해지기 시작했다. 사실 리베르관광호텔의 기사는 실제로 아는 정보가 거의 없었다. 때문에 아무리 강하게 취조해도 그에게서 얻을 수 있는 정보는 없었다.

최규식은 유치장에 혼자 격리 수용되어 누워 있었다. 머릿속에는 오로지 입을 다물어야 한다는 생각으로 가득 차 있었다. 자신의 실수로 조직 전체가 위험해질 수도 있다는 생각에 미안한 마음뿐이었다.

광민은 유동수의 전화를 받고 바로 강하경찰서로 달려갔지만 야간 근무자로부터 저녁이라 면회가 되지 않는다는 말밖에 들을 수 없었다. 광민은 밖으로 나와 담배를 물고 불을 붙였다. 광민은 최규식이 이곳에 갇혀 있긴 하지만 결코 배신하지 않으리라는 것을 알고 있었다. 그런 확신이 있었기에 호랑이굴로 스스로 걸어 들어갈 수 있었던 것이다. 광민이 내뿜은 담배 연기가 바람에 실려 하늘로 떠오르고 있었다.

광민은 차를 몰아 낙동강 하구로 갔다. 그곳에서 차를 세우고 차에서 잠을 잤다. 광민은 지나가는 차 소리에 놀라 잠에서 깨어 일어났다. 붉은 아침 해가 강물 위로 떠오르며 부챗살처럼 빛을 퍼뜨리고 있었다.

광민은 다시 차를 몰아 강하경찰서로 향했다. 경찰서 주차장에 차를 대고 내려 경찰서 입구에 있는 자판기에 동전을 넣고서는 커피를 뽑아 두리번거리다가 '형사과' 라고 적힌 사무실 안을 들여다보았다. 이제 막 출근한 직원 몇 명만 보였다.

광민은 다시 차 안으로 들어가 앉았다. 평소에는 웬만해선 차 안에서 라디오나 음악을 잘 듣지 않는 광민이었지만, 무심코 라디오로 손이 갔다. 라디오에서는 남자 아나운서가 딱딱 끊어지는 말투로 뉴스를 시작하고 있었다. 뉴스가 시작되자 아나운서가 격앙된 듯한 목소리로 속보를 전했다.

"이 시대의 황태자로 불리던 고위 정치인과 오락실 업계의 대부 정재훈 사이에 거금이 오간 로비가 있어 검찰이 수사에 착수하여 상당 부분 증거를 확보했다고 합니다. 검찰은 조만간 황태자라고 불리는 신동헌 의원을 소환 조사할 수도 있다고 발표했습니다."

광민은 순간 자신의 귀를 의심할 수밖에 없었다.

광민은 재빨리 카폰을 들어 유동수에게 전화를 걸었다. 신호음이 계속되었지만 전화를 받지 않았다. 순간 광민의 표정이 일그러졌지만 잠시 후 평소의 표정으로 돌아왔다. 유동수와 전화 통화가 되지 않는 것을 확대 해석할 필요가 없다는 생각에서였다. 어차피 지금까지의 수입은 유동수가 입금시켰으므로 언제든 위험해지면 발을 빼면 그만이라는 생각이 들었다. 하지만 이내 고개를 흔들면서 그런 생각을 한 자신을 책망했다.

광민이 형사실로 들어서자 제일 앞쪽에 앉아 있던 형사가 광민을 위아래로 훑어보며 물었다.

"어떻게 오셨십니까?"

"예. 최규식 씨 면회 왔습니다."

"아, 그래예? 그러면 저기 강력반으로 가 보이소."

광민은 형사가 가리키는 방향으로 가서 그곳의 형사에게 물었다.

"저, 최규식 씨를 면회하러 왔습니다."

"아! 그렇십니까? 우째 되는 사입니까?"

형사는 의심스러운 눈빛으로 광민을 위아래로 훑어보았다.

"예. 친구입니다."

"아, 그래예? 근데 최규식 씨는 당분간 면회가 안 됩니다. 중요한 사건을 조사 중이라서 그라니까 다음에 면회가 될 때 그때 다시 와 보이소. 지금은 안 되니 돌아가이소."

광민은 허탈했다. 면회도 못하고 사태가 어떻게 돌아가는지도 알 수 없어 유동수에게 해줄 말이 없었다. 광민은 할 수 없이 경찰서 문을 나설 수밖에 없었다. 광민은 카폰을 들어 다시 유동수에게 전화를 걸었다. 여전히 신호는 계속 가는 데 아무도 전화를 받지 않았다.

"전화기를 놔두고 어디 가셨나?"

혼잣말로 중얼거리며 광민은 차를 몰았다. 광민이 도착한 곳은 법원 부근의 변호사 사무실이었다. 변호사는 안쪽에 있는 사무실에서 사무장과 뭔가 상의를 하고 있었다. 광민은 변호사라도 면회를 해서 일이 돌아가는 사정을 살펴보고 후속 조치를 부탁하러 온 것이었다. 잠시 후 사무실에서 나온 변호사가 광민의 의뢰를 맡기로 결정했다.

"음, 그렇다면 저희가 한번 맡아 보겠습니다."

"예. 그럼 그렇게 해주십시오."

상의할 사람도 없고 최규식도 면회가 안 되고 있어, 믿을 곳은 오직 변호사 사무실뿐이었다. 변호사 사무실에 앉아 사무장과 얘기를 하고 있는 동안 경리 아가씨가 커피를 가져왔다.

"고맙습니다."

광민이 예의바르게 인사하고서 벽면에 있는 TV 쪽으로 시선을 옮겼다. TV에서는 시민들의 인터뷰가 방송되고 있었는데, 이 시대 최고의 권력자, 황태자라 불리던 사람이 불법 카지노 자금을 수수했다는 사건에 대해 경악을 금치 못하고 있었다.

광민이 방송 내용을 주의 깊게 지켜보고 있자, 사무장이 별일 아닌 듯이 통명스럽게 말을 내뱉었다.

"뭐, 저런 일이 어제오늘 일이겠십니까? 다 그놈이 그놈이지, 뭐. 재수 없이 들킨 놈들만 저렇게 도마에 올라 난도질당하는 거 아니겠십니까? 안 해 먹은 놈이 어디 있겠십니까? 더러워서 원."

최규식의 일을 변호사에게 맡겨 두고 차를 몰아 집으로 향하는 광민의 머릿속은 혼란스러워졌다. 어린 나이에 군대에 지원해서 사춘기 시절을 오롯이 군대에서 받은 교육으로 생각하고 행동해 온 광민이었다. 국민의 생명과 재산을 보호해야 할 사람들이 불법자금을 받고 범죄인을 돌봐 주었다는 게 도저히 이해가 되지 않았다. 더구나 그런 사람이 장관에다 집권여당의 최고위원까지 오르면서 국정을 운영했다고 생각하니 속이 메스꺼웠다.

광민이 집 앞에 도착하자 꿀꿀이와 제비가 아파트 입구에서 있었다. 광민의 차가 들어오자 꿀꿀이와 제비가 허리를 숙여 인사하고는 광민의 기색을 유심히 살폈다.

광민이 최규식 사건을 꿀꿀이에게 미리 알려 둔 터였다.

"들어가자. 들어가서 얘기하자."

"예."

광민이 앞장서고 뒤에서 꿀꿀이가 따라갔다. 아파트에 엘리베이터가 설치되어 있었지만 광민은 항상 계단을 이용했다. 물론 3층이라는 낮은 층이기도 했지만 운동도 할 겸 그렇게 걸어다니고 있었다. 집뿐만 아니라 다른 곳에서도 광민은 대부분 계단을 고집했다. 꿀꿀이와 제비는 늘 불만이었지만 그렇다고 내색을 할 수는 없었다.

문을 열고 거실로 들어서던 광민이 무엇엔가 놀란 듯 주춤거렸다. 거실 가운데 007가방이 놓여 있었던 것이다. 순간 광민의 뇌리를 스치고 지나가는 것이 있었다.

"행님, 이게 뭡니까?"

꿀꿀이와 제비가 몸을 앞으로 내밀며 궁금한 표정을 지었다.

"글쎄다. 열어 보면 알겠지, 뭐."

광민은 소파에 앉아 가방을 테이블 위에 눕혔다. 꿀꿀이와 제비도 덩달아 광민 옆으로 몸을 붙이며 눈을 떼지 못하고 있었다. 광민의 손이 가만히 가방을 어루만지더니 곧 가방의 윗부분을 들어올렸다. 가방 안에는 만 원권이 다발로 가득 차 있었다. 그리고 그 위에 메모지가 놓여 있었다.

"아니, 이게 뭡니까, 행님? 설마 이 돈으로 끝낼라는 건 아니겠지예?"

"어디 보자, 뭐라고 썼는지……."

광민이 메모지를 손에 쥐고 글을 읽어 내려갔다.

광민 씨, 최규식 씨가 잡혀간 후 이제는 끝이구나 하고 생각했습니다. 게다가 경찰에서 호텔 오락실을 불법으로 단속한다고 하니 여기서 모든 것을 끝내는 게 좋겠습니다. 이 바닥

생리를 아시겠지만 결코 혼자 죽지 않습니다. 광민 씨는 다 좋은데 사람을 너무 잘 믿는 것이 한 가지 흠인 것 같습니다. 광민 씨! 사람과 사람의 관계는 영원하지 않습니다. 자기에게 손해가 되면 손바닥 뒤집듯이 바뀌는 게 사람의 마음이고 의리이고 우정입니다. 그러니 광민 씨도 조속히 신변정리를 하시기 바랍니다. 뉴스 보셨겠지만 이제 오락실업도 끝났습니다. 그동안 광민 씨 덕분에 돈을 좀 만졌습니다. 이제 저는 멀리 떠납니다. 약소하지만 마지막 선물이라고 생각하시고 받아 주십시오.

- 유동수가

광민이 메모지를 바닥에 내던졌다. 광민의 눈에 핏발이 서더니 주먹을 불끈 쥐고 탁자를 거세게 내려쳤다. 꿀꿀이와 제비가 허겁지겁 주워서 읽어 보더니 온몸을 파르르 떨었다.

"이 개새끼가 하루 벌이밖에 안 되는 돈을 놔두고 배신을 해? 이 개새끼 당장 잡아오겠십니다, 행님."

"……."

"행님, 저한테 맥겨 주십시오. 서울에도 제 친구들 많십니다. 바로 달려 가서 잡아오겠십니다."

광민은 아무 대답도 하지 않고 일어나 창가에 기대 담배를 꺼내 물었다. 제비가 재빨리 라이터를 켜서 불을 붙였다. 광안리 백사장을 한가롭게 거닐며 데이트하는 연인들의 모습이 즐거워 보였다. 아이들은 모이를 먹기 위해 모여 있는 비둘기들을 잡으려고 두 팔을 들어 팔짝거리며 뛰어다녔다. 광민의 눈에 비친 바닷가의 모습은 마치 자신이 사는 세계와는 완전히 다른 세계인 듯 평화롭고 행복해 보였다. 광민이 바닷가를 바라보는 사이 담배는 필터까지 타 들어가고 있었다.

"행님, 우째 하시겠십니까? 이 사업 싹 다 행님이 했다 아입니까? 지가 한 게 뭐 있다고 인자 와서 이 따위로 배신을 한답니까? 이 새끼 이거 지기야 됩니다, 행님!"

꿀꿀이는 흥분해서 말이 총알같이 튀어나왔다. 유동수가 광민에게 남겨준 돈이 기껏 하루치 수입밖에 안 된다는 것을 꿀꿀이는 잘 알고 있었다. 꿀꿀이와 제비는 분하고 억울한 마음을 주체하지 못해 거의 숨이 넘어갈 지경이었다.

이윽고 침묵을 지키던 광민이 두 사람을 쳐다보며 입을 열었다.

"돈이란 건 주인이 없다. 잠시 동안 내 손 안에 있다가 다시 누군가의 손으로 옮겨 갈 뿐이다. 더는 마음 쓰지 마라."

"아니, 행님! 지금 무슨 말씀하시는 겁니까? 우리 같이 몸뚱아리 하나로 사는 놈들한테 하루 일억이 장난입니까? 행님, 지금 당장 유동수 잡아오겠십니다."

"꿀꿀아, 제비야. 내가, 그 사람이 돈을 조금만 남겨줬다고 화가 나는 게 아니다. 내가 화가 나는 것은, 유동수가 사람이 아니라 돈을 선택했기 때문이다. 3년 몇 개월이면 적은 세월이 아닌데, 자기를 위해 일해 준 사람에 대한 믿음이 고작 이 정도였다는 게 화가 날 뿐이다. 난 이런 돈에는 욕심 없으니까 이번 일은 그냥 훌훌 털어 버리자."

꿀꿀이와 제비가 더는 말을 못하고 시무룩하게 소파에 걸터앉았다. 광민이 창가에 서서 다시 담배를 입에 가져가자 제비가 일어나 불을 붙였다. 아직 저물지 않은 바다 위로 갈매기들이 날아가고 있었다.

아파트에 불이 꺼지고 세 사람은 거실에 누워 잠을 청했다. 그러더니 이내 장난 섞인 목소리와 껄껄대며 웃는 소리가 창밖으로 울려 나갔다.

광민은 재환이 무슨 일을 하고 있느냐고 물었을 때 당황스러워했던 기억이 떠올랐다. 그래서 어쩌면 오히려 잘된 일이 아닐까 하고 생각했다.

5.거래

재환이 근무하는 국가안전기획부의 대북정보과 1팀에서는 팀장이 주재하는 긴급회의가 열리고 있었다. 어두운 회의실에 슬라이드가 한 컷 한 컷 넘어갈 때마다, 팀장은 지시봉을 들고 열심히 팀원들에게 뭔가를 설명하고 있었다. 화면에는 북한의 신의주와 용천, 철산, 신천 일대의 군사시설과 북한 정보요원의 출입 횟수가 비춰지고 있었다.

"최근 들어 북한 고위 정보원 이승철의 부하들이 신의주에 자주 드나들고 있다. 이들은 방콕과 필리핀, 마카오, 일본 등지로의 출입도 빈번해졌다. 정보를 분석한 결과, 신의주의 군사시설 내에서 마약과 위조지폐가 만들어지고 있을 가능성이 매우 크다. 며칠 전 방콕에서 미화 백 달러짜리 위조지폐 한 묶음이 발견됐다. 역추적해 보니 북한 정보원의 소행이었다. 이런 일들이 제3국을 통해 우리나라에 유입될 가능성이 높은 만큼 우리 팀에서는 이러한 상황이 발생되지 않도록 만전을 기해야 할 것이다. 이승철이 거느리고 있는 조직원들은 고도로 훈련된 정보원들이다. 그들 또한 만만치 않은 만큼 그들의 동태를 면밀하게 파악해야 할 것이다. 특히 양재환 주임은 당장 부산으로 내려가서 이승철과 접촉하고 있는 박철호의 주위를 더 강도 높게 수사해라. 반드시 뭔가 나올 거다."

"예. 알겠습니다."

"그럼 회의를 마치겠다."

"수고하셨습니다."

"음."

요원들은 회의를 마치자 자신의 책상으로 돌아갔다. 재환은 서둘러서 007가방에 서류들을 챙겨 넣기 시작했다.

"좋으시겠습니다. 바다 구경도 하시고요."

앞자리에 앉아 있던 동료가 재환의 출장을 부러워했다. 답답한 도시에서 잠시 벗어나 있다는 것만으로도 충분히 부러워할 만한데, 부산 출장이라니 더 부러운 모양이었다.

재환이 가방을 들고 팀장에게 가서 인사를 했다.

"다녀오겠습니다, 팀장님."

"음. 잘 다녀와. 이번에는 빈손으로 오지 말고 월척 한 마리 낚아서 회식이나 하자고."

"예, 알겠습니다."

재환은 팀장을 뒤로하고 자신의 고물 승용차에 올라 부산을 향해 출발했다. 재환이 운전하는 승용차는 고속도로를 달리기에는 어딘가 모르게 불안해 보였다. 어릴 때부터 가난하게 살았던 자신의 처지에 고생고생해서 2년 전에 처음 구입했던 중고차였다.

재환은 고속도로를 달리면서 핸드폰을 꺼내 부산지방검찰청 특수부에 전화를 걸었다.

"예, 특수부 김기수 계장입니다."

"예, 서울 안기부 양재환 주임입니다."

"아, 예. 안녕하십니까?"

"영감님 계십니까?"

"예, 잠시만 기다리십시오."

잠시 대기음이 들리더니 굵직하고 낮은 목소리가 들려왔다.

"예, 전화 바꿨습니다."

"예, 고생이 많으십니다. 양재환입니다."

"예. 안 그래도 연락을 받았습니다. 어디쯤 오고 계십니까?"

"예, 곧 도착할 것 같습니다."

"예, 알겠습니다."

재환이 통화하는 사람은 부산지방검찰청 특수부 윤정범 검사였다. 윤정범 검사에게 부탁해 김강수를 검거해서 이승철과 접촉 중인 박철호를 붙잡기 위해서였다. 박철호만 잡아들이면 이승철과의 접촉 목적을 알 수 있기 때문이었다.

경주를 지날 즈음 재환은 고향에 대한 향수에 빠져들었다. 문득 광민의 얼굴이 떠올랐다. 광민이 결국 자신의 직업과 그동안 살아왔던 일들에 대해 끝까지 함구했기 때문에 재환은 아직까지도 서운한 마음이 가시지 않은 상태였다. 물론 자신도 직업 특성상 광민에게 하고 있는 일을 이야기할 수 없었지만 그건 어쩔 수 없는 것이라고 생각하고 있었다. 한때는 광민이 깡패가 되었을지도 모른다고 생각했지만, 어릴 때부터 지켜봐 온 광민은 절대 깡패가 될 수 없는 사람이었다.

재환에게는 고향에서 같이 자란 여자 친구가 있었다. 그 친구는 양로원, 고아원, 정신병원 3곳이 함께 있는 고향의 종합복지관에서 경리로 일하고 있었다. 그런데 근무하던 부서로, 자신이 알고 있는 이름으로 후원금과 물품이 정기적으로 오기에 혹시 맞나 하고 핸드폰 번호를 알아내 전화를 해 보았다고 한다. 그녀는 자신의 이름을 밝히지 않고 전화를 걸었다.

"저…… 혹시 고향이 경남 의령군 ○○면 ○○리 아니신가요?"

"예. 맞습니다만 누구십니까?"

광민이 반문하자 그녀는 전화를 끊고 곧 재환에게 이런 사실을 알려 주었다.

재환은 잠시라도 광민이 깡패가 되지 않았을까 하고 생각한 자신이 부끄러웠다. 나중에 일 마치고 함께 소주나 한잔해야겠다고 생각하면서 부산지방검찰청 주차장에 차를 세웠다.

"어이쿠! 어서 오십시오."

재환이 특수부 검사실에 들어섰을 때 윤정범 검사는 자신의 책상 옆에 서서 누군가와 이야기를 나누고 있었다. 안경 너머로 재환을 본 윤정범 검사는 반가워하며 인사를 건넸다.

"그동안 잘 지내셨습니까? 얼굴이 좋아 보이십니다."

"예, 고맙습니다."

재환은 자신의 등장이 윤 검사의 대화를 끊은 것 같아 난처한 표정을 지었다.

"자, 이쪽으로 앉으세요. 미스 리, 여기 차 좀 부탁해요."

"네."

"아참! 인사하세요. 이쪽은 평소에 저를 많이 도와주고 계시는 심상구 사장입니다. 양 주임 이야기는 도착하시기 전에 다 해 놨습니다."

"반갑습니다."

"아, 예! 반갑십니다."

심상구와 양재환은 처음 만남이라 어색했지만 악수를 나누었다.

심상구는 부산 지역 야당 정보원으로 악명이 높은 인물이었다. 심상구는 부산에서 태어나 지금껏 40년 넘게 부산에서 살아온 토박이였다. 때문에 지역에서 활동하는 웬만한 깡패들과는 안면을 트는 사이였다. 하지만 자신과 친분이 있는 사람은 불법이 눈에 보여도 눈감아 주었지만 이해관계가 없는 사람들의 불법은 모두 윤 검사에게 제공했다. 뿐만 아니라 마약 판매는 물론이고 온갖 불법에 다 손을 뻗치고 있는 거물이었다. 하지만 윤 검사로서는 이런 심상구를 지켜줄 수밖에 없었다. 심상구가 전해 주는 정보로 윤 검사는 계속해서 성과를 올리고 있었던 것이다. 이렇게 해서 심상구는 범죄자들에게 있어서, 검사보다 더 높은 검사로 군림하고 있었다.

심상구를 이 자리에 참석시킨 것은 윤정범 검사의 요구에 의한 것이었다. 부산에서 김강수를 검거하자면 심상구의 도움이 꼭 필요했던 것이다. 재환은 심상구에 대해 이미 잘 알고 있었기 때문에 그를 보는 눈빛이 곱지만은 않았다.

재환이 먼저 말문을 열었다.

"분명 김강수에게 필로폰을 공급해 주는 자는 박철호일 겁니다. 박철호는 중국에서 우리가 쫓고 있는 북한 정보원과 자주 접촉하고 있습니다. 그러니 김강수를 잡아들여서 김강수 입으로 박철호를 불게 만들어야 합니다. 가능하겠습니까?"

"예. 힘들긋지만 제가 해 보겠십니다."

"감사합니다."

재환이 심상구에게 고맙다는 인사를 했다.

"그럼, 심 사장님은 나가서 일 보세요. 김강수와 접촉이 되면 시간과 장소를 알려 주십시오."

윤 검사가 심상구를 밖으로 내보냈다. 둘이서만 은밀하게 나누어야 하는 이야기가 있었던 것이다. 심상구가 나가고 문이 닫히자 윤 검사가 재환을 바라보며 입을 열었다.

"김강수란 놈, 보통 놈이 아닙니다. 범죄와의 전쟁 때도 검거를 하려고 수십 번 출동했는데 다 허탕을 쳤습니다. 지금 김강수는 주민등록이 말소된 상태라 수배도 해제됐습니다. 또 그 이후로는 딱히 사건이라고 할 만한 일도 없었습니다. 분명 오야붕인데, 잡아들일 만한 증거가 없습니다. 아시다시피 범죄단체 구성 요건에는 자금책과 고문 등 역할이 뚜렷하게 나와야 하는데 김강수는 그런 게 없습니다. 얼마 전 서울에서 내려왔을 때도 검거에 실패했는데 수배도 못 내렸습니다. 현물 없이 기소했다가 나중에 무죄라도 받으면 문책을 받을 것인데 어떻게 수배를 때리겠습니까? 하여간 만만한 놈이 아닙니다."

"예."

재환은 윤 검사의 이야기를 듣고는 공감한다는 의미로 머리를 끄덕였다. 전체적인 이야기가 마무리되자 재환이 자리에서 일어섰다.

"그러면 들어가십시오."

"예. 그럼 연락 기다리겠습니다."

재환이 검찰청 문을 나서자 도시에는 이미 어둠이 내려 있었다. 재환은 광민과 만나기로 약속한 장소로 가기 위해 광안리 방향으로 차를 몰았다.

광안리 해변가 끝에 자리 잡고 있는 신라횟집 1층 홀에는 이미 광민이 먼저 와서 재환이 나타나기를 기다리고 있었다.

한편, 강수는 골프연습장에서 골프 연습에 땀을 흘리고 있었다. 강수는 정권 말기가 되자 암자 생활을 마감하고 다시 제자리로 돌아왔다. 오랜만에 골프채를 다시 잡으니 예전의 샷이 나오지 않았다. 특히 드라이브가 계속해서 슬라이스가 나고 있었다.

"사장님, 지금 자세를 가만히 보십시오. 어딘가 모르게 중심이 허물어져 있지예? 그러니까 다리에 중심을 고정시키시고, 머리가 너무 일찍 오픈되고 있으니까 머리를 아예 고정하고 쳐 보세요."

강수는 프로 골퍼의 조언대로 자세를 잡고 다시 한 번 드라이브를 날렸다.

"샷이 이제 좀 나아졌지예?"

"참, 에럽십니다. 계란보다도 작은 기 우찌 이리 속을 쌕이는지 그냥 팍 밟아 뿌고 싶습니다만 체면상 참십니다."

"그게 원래 그런 깁니다. 쉽고도 어려운 게 골프 아입니까?"

드라이브를 연속해서 몇 개 날리자 제법 타구 방향이 일정하게 자리를 잡고 날아갔다. 이제 자세를 잡았다는 자신감에 드라이브샷을 머리 뒤로 힘껏 감아올렸을 때 전화벨이 울렸다. 강수는 뒤쪽의 의자에 앉아 전화를 받았다.

“여보세요?”

“어, 내 상구 형이다.”

“아, 예! 상구 행님. 그동안 잘 지내싯십니까?”

“그래, 잘 지냈는가?”

“예, 행님.”

“지금 어데 있노? 내 좀 봐야겠는데.”

“예. 지금 시외에서 부산으로 가고 있는 중입니다.”

강수는 거짓말을 하고 있었다. 자신과 이해관계는 없지만 검찰의 앞잡이 노릇을 한다는 소문이 파다해 만나기 껄끄러운 인물이었다.

“아, 글나? 내가 좀 급하게 필요한 양이 있어서 전화했는데 우짜노? 내 좀 도와도.”

“시간이 좀 걸리겠십니다.”

“괜찮네. 오늘 안으로만 주모 되긋는데.”

그러나 자신에게는 감히 나쁜 마음을 먹지 못한다는 것을 알고 있었기 때문에 피할 이유도 없었다.

“양은 얼매나 있어야 됩니까?”

“음. 한 오백 그람만 있으모 되긋다.”

“알겠십니다. 저녁 아홉 시에 조방 앞 문화병원 앞에서 뵙지예.”

"그래, 고맙다이."

강수는 담배를 하나 꺼내 물었다. 금연 지역이었지만 옆 라인에 사람이 없는 것을 확인하고는 불을 붙였다. 심상구라는 인물과 거래를 하는 게 왠지 찜찜했지만 김강수를 쉽게 보는 사람은 부산 지역 그 어디에도 없었다.

드라이브샷을 날렸지만 조금 전과 같은 샷이 나오지 않고 다시 슬라이스가 났다.

"아이고, 오늘은 안 되긋네. 고마해야긋다."

강수는 계속해서 슬라이스가 나자 골프채를 가방에 꽂았다. 강수는 꿀꿀이에게 전화해서 물건을 준비하라고 지시한 다음, 옆에 있는 라커룸에 골프백을 넣고 샤워실로 향했다. 알몸으로 샤워실에 들어간 강수는 온몸에 비누칠을 했다. 머리에서 발끝까지 비누 거품으로 덮이자 강수는 일어나 샤워기 앞의 거울을 보면서 비누 거품을 씻어 내렸다. 한참 동안 비누 거품을 씻어 내리던 강수의 눈이 거울 속 자신의 눈과 마주쳤다. 순간적으로 거울 속 강수의 눈빛에서 불길한 예감이 번개처럼 스쳐 지나갔다. 강수는 분명 자신이 너무 예민해져 있어 그런 것일 거라고 대수롭지 않게 넘겼지만, 그 찜찜한 느낌은 사라지지 않고 있었다.

강수는 3년이 넘게 고생하며 쌓아올린 것을 파친코 사건이 터지고 호텔 오락실을 경찰이 불법으로 단속하면서 모두 잃어버리고도 태평하게 지내는 광민을 볼 때마다 마음이 무거웠다. 강수는 광민의 마음이 더 힘들 것이라고 생각되어서 아무 이야기도 하지 않고 옆에서 지켜보고만 있었다. 그런데 오늘 또 부산에서 제일 야당이라고 하는 심상구에게서 연락이 온 것이었다.

마음이 심란해서 생기는 불길한 예감이라 여기고 강수는 비누 거품과 함께 안 좋은 생각들을 애써 머릿속에서 지워 버렸다.

부산지방검찰청 특수부에 비상이 걸리고 윤정범 검사는 퇴근도 미룬 채 직접 진두지휘하고 있었다.

"모두 어깨 밴드에 권총을 착용한다. 각 방송사에는 취재를 허락하고 시간과 장소를 세밀하게 알려라. 그리고 기자들한테는 범인들에게 노출되지 않도록 가급적이면 적외선 카메라를 사용할 것을 당부해라."

지시가 내려지자 직원들이 분주하게 움직였고, 윤 검사는 재환에게 전화를 걸었다.

'전화기가 꺼져 있어 통화를 할 수 없습니다. 잠시 후에 다시 걸어 주십시오.'

"이 새끼, 이거. 언제는 지가 급하다고 설치더니 이럴 땐 연락도 안 되고 전화기는 뭐 하러 가지고 다니는 거야!"

"출동 준비 다 되었습니다."

윤 검사는 권총을 뽑아 실탄 장전을 확인하고 다시 집어넣었다.

"자! 출동!"

윤 검사의 지시에 따라 수사관들은 일사불란하게 움직였다.

재환은 광안리 신라횟집에서 광민을 만나 소주잔을 기울이고 있었다. 오랜만의 만남이라 누구의 방해도 받고 싶지 않아 핸드폰을 꺼 두고 이렇게 마음 편하게 잔을 나누고 있었다.

"자, 한잔하자."

"응, 그래"

짠.

잔 부딪치는 소리와 함께 두 사람의 얼굴이 쓴 소주로 잠시 찌푸려지는 듯하더니 이내 젓가락을 들어 먹음직스럽게 썰어 놓은 회를 서로에게 권했다.

"야, 이 집 회 진짜 괜찮은데!"

"그렇지? 이 집이 광안리에서는 제일 유명한 집이야. 회가 진짜 싱싱하다고 하더라. 요거 봐라, 군기가 바짝 들었다. 허허허."

두 사람은 싱싱한 회를 오물거리며 서로에 대해 여전히 마음이 열려 있음을 확인하고 있었다. 그렇게 주변 이야기를 하면서 둘은 잔을 기울였다. 그렇게 몇 번을 더 소주잔을 비웠을 때 재환이 조용하게 말을 건넸다.

"광민아, 많이 서운했지? 미안하다. 지금 사과하는 거다."
"아니야. 내가 더 미안하지. 하하하."
어설픈 사과와 함께 두 사람이 참으로 오랜만에 마주 보며 웃었다.
"재환아, 내가 뭐 하는 사람인지 한번 물어봐 줄래?"
"그래. 너 뭐 하는 사람이냐?"
"나, 백수다. 히히히."
"야, 인마. 백수가 무슨 돈이 있다고 후원금을 보내?"
"그게 무슨 말이야?"
"아차, 미안 미안. 이 이야긴 안 하기로 했는데……."
"말해 봐. 괜찮아. 그거 어떻게 알았냐?"
"어, 그게……. 영미 있잖아, 공영미. 어렸을 때 친구. 기억나냐? 걔가 그 복지관에 있어."
"아! 그랬었구나. 어떤 여자가 전화해서 이것저것 물어보더니 그게 그 전화였구나!"
광민은 그제야 전화를 받았던 기억이 떠올랐다.
"오늘은 내가 쏜다. 친정 온 기분으로 말이다."
"그래, 인마. 난 백수니까 당연히 니가 쏴야지."
"하하하, 하하하."
광민과 재환이 시간 가는 줄 모르고 소주잔을 기울이고 있을 때, 현장으로 나가 있던 윤 검사는 기자들의 빗발치는 문의 전화에 몸이 두 개라도 모자랄 지경이었다.

"검찰의 기획 수사라는데, 맞습니까?"

"지금은 그냥 지켜만 보고 계십시오. 나중에 다 말씀드리겠습니다."

언론사의 집요한 인터뷰는 끝이 없었다. 윤 검사는 휴대폰의 배터리를 뽑아 버렸다. 자칫 김강수 검거에 지장을 줄 수도 있다는 판단에서였다.

이미 조방 앞 문화병원 부근에는 검찰 수사관들과 경찰 지원 병력들이 몸을 감춘 채 흩어져 있었고, 각 방송사에서 나온 기자들도 숨죽이며 촬영에 임하고 있었다.

강수는 꿀꿀이와 제비를 뒤에 태우고 약속 장소로 향했다. 심상구를 믿지 못하는 마음은 여전했지만, 자신에게 대적할 만한 인물은 아니었기에 거래를 진행하기로 한 것이었다. 보통은 거래를 할 때 현장으로 바로 가지 않고 미리 들러 주변 분위기부터 파악하는 게 일의 순서였다. 하지만 지금 가는 곳은 지금껏 이루어 놓은 기반이 있는 지역이었고, 주변 지형 또한 손바닥 들여다보듯 훤하게 알고 있는 곳이었다. 강수는 사전 답사가 필요 없다고 생각되어 바로 현장으로 달려가고 있었다.

강수는 소방서를 지나치자마자 인도에 서 있는 심상구를 발견했다. 심상구의 손에는 손가방이 하나 들려 있었다. 강수는 차를 심상구 옆에 붙여 세우고 조수석 창문을 열어 심상구를 불렀다.

"행님, 타시지예."

거래는 보통 달리는 차 안에서 이루어지기 때문에 강수는 심상구를 불러 조수석에 태웠다.

"으응."

"아니, 행님께서 저한테 부탁을 다 하시고 참 별일도 다 있십니다."

"으응, 그래 됐네."

조수석에 앉은 심상구의 표정이 왠지 불편해 보였다. 순간 강수는 본능적으로 차 주위를 살폈다. 아니나 다를까, 뒤쪽에 주차되어 있던 소형차 몇 대가 갑자기 튀어나오더니 돌진해 왔다.

"이 새끼가 내한테 장난을 쳐?"

"미, 미안하게 됐네."

강수는 주머니에서 잭나이프를 꺼내 심상구의 허벅지에 박았다.

"아아악, 아악."

심상구의 비명이 차 안에 울려 퍼졌다.

강수의 앞으로 소형차 한 대가 바짝 붙어 진로를 막았고, 뒤쪽에도 소형차 한 대가 바짝 붙어 퇴로를 차단했다.

"내리라, 이 새끼야."

강수가 들고 있던 잭나이프를 얼굴에 들이대자 심상구는 문을 열고서는 차에서 굴러떨어졌다. 조수석 문이 채 닫히기도 전에 강수는 액셀을 힘껏 밟았다. 강수의 BMW는 앞에 있던 소형차를 들이받고 이어서 후진기어를 넣었다. 후진을 하면서 뒤쪽의 소형차를 강하게 들이받자 소형차의 보닛이 튀어오르며 뒤쪽으로 밀렸다. 강수는 다시 전진기어를 넣고 조금 전에 밀어붙였던 소형차의 옆구리를 강하게 들이받았다. 그 충돌로 생긴 틈을 찾아 핸들을 왼쪽으로 돌리며 튕기듯이 빠져나갔다.

그 순간 주위에 있던 수사관과 형사들이 일제히 권총을 발사하기 시작했다. 그들은 자동차의 바퀴와 하체 부분을 노려 일제히 사격을 가했다. 전쟁이라도 난 듯 조용하던 도심 한복판이 갑자기 총탄 소리로 요란해졌다.

그 한쪽에서는 취재 나온 기자들이 이 영화 같은 장면을 한 장면이라도 놓치지 않으려고 서로 몸싸움을 벌이며 신경전을 벌이고 있었다.

탕. 탕탕. 탕. 탕탕탕.

쨍그랑. 퍽퍽.

"에이, 씨팔! 뒈져라, 이 개새끼들아."

"으으윽. 아악."

부우웅.

순식간에 강수의 차는 그곳을 빠져나갔지만 강수는 왼쪽 허벅지에 타는 듯한 통증을 느끼고 있었다. 총알이 박힌 강수의 다리에서는 피가 흘러내리고 있었다.

"으으으악."

"행님, 괜찮십니까?"

꿀꿀이가 뒤에서 다급하게 소리쳤다.

"괜찮다. 죽기야 하긋나. 심상구 저놈 내 꼭 죽이고 만다."

"저 차를 뒤쫓아라. 멀리 가지는 못할 것이다. 빨리빨리 움직여라."

윤정범은 길 한가운데 서서 권총을 손에 쥐고 수사관들을 다그쳤다.

수사관들은 재빨리 승용차에 탑승해 강수의 차를 뒤쫓았다. 강수의 차가 진행 중인 방향을 서로 무전으로 전하면서도 시민의 안전을 생각해 무리한 추격전은 자제하고 있었다. 무리한 추격 때문에 만에 하나 대형 참사라도 발생한다면 그 책임을 고스란히 떠맡아야 했기 때문이었다.

강수가 운전하는 BMW는 유리창이 다 깨지고 운전석과 조수석 문짝에는 총알로 파인 자국과 뚫린 자국이 곳곳에 나 있었다. 강수는 계속해서 직진만 고집하며 달리다 5부도로로 향하는 큰 도로의 가장자리에서 갑자기 급브레이크를 잡으며 차를 세웠다.

"느그는 요서 내리라, 빨리!"

"괘안십니다. 인자 제가 운전하겠십니다."

꿀꿀이가 운전석으로 가기 위해 차 문을 열려고 했지만 문은 단단하게 잠긴 것처럼 꼼짝도 하지 않았다. 그 모습을 보고 옆에 있던 제비도 문을 열려고 손잡이를 당겼지만 소용이 없었다. 충돌 과정에서의 충격으로 차체가 밀렸던 것이다. 그 틈을 타고 어느새 수사관들의 승용차가 BMW를 앞과 뒤, 옆에서 에워싸고 있었다. 뒤따라온 승합차와 승용차 안에서는 카메라를 어깨에 멘 기자들이 뛰어내리고 있어 주위가 일대 혼잡에 빠져들었다.

강수는 핸들을 두 주먹으로 내리쳤다. 꿀꿀이와 제비만큼은 어떻게 해서든 피할 수 있게 해주고 싶었지만 헛수고가 되어 버린 것에 대한 자책이었다.

윤정범 검사가 천천히 수사관들 사이를 비집고 걸어 나오더니 강수의 운전석 창문 앞에 권총을 들이대며 희미하게 웃었다.

"김강수, 점잖게 나오시지. 이제 다 끝났다."

"문이 열려야 나가지, 이 개새끼야."

윤 검사는 기가 막혔다. 마지막 순간까지도 고분고분하지 않고 오히려 대차게 나오는 강수의 행동이 믿기지 않는다는 표정이었다. 하지만 많은 기자들이 촬영을 하고 있었기 때문에 강수의 얼굴을 향해 억지웃음을 지어 보였다.

기자들은 이들의 작은 움직임, 말 한마디도 놓치지 않으려고 서로 몸싸움을 벌이며 취재에 열을 올리고 있었다.

"김강수, 이제 니 인생도 이걸로 끝이다. 미꾸라지같이 잘도 피해 다녔지만 나한테는 안 통한다."

"아이쿠, 인물 하나 나싯십니다."

"빨리 끌고 가!"

수사관들은 김강수, 꿀꿀이, 제비에게 수갑을 채운 후 승합차에 태웠다.

강수는 왼쪽 다리에 총상을 입어 병원으로 이송되었다. 조수석 창문을 뚫고 들어온 총알이 강수의 왼쪽 허벅지에 박혀 버렸던 것이다. 뼈를 비껴간 것만으로도 천만다행이었다.

"아아아악!"

"잠깐만 참으시면 됩니다."

의사는 마취도 없이 메스로 강수의 허벅지를 찢고 안에 박혀 있던 총알을 핀셋으로 끄집어냈다.

"이제 됐습니다. 조금 아프지만 이렇게 하는 게 회복이 빠릅니다."

출혈이 심했던 데다 총알을 꺼낼 때 너무 악을 쓴 탓에 강수의 몸은 진한 땀 냄새와 피 냄새로 진동하고 있었다. 강수는 병원 침대에 누워 죽은 듯 잠들어 있었다. 머리 위에 걸린 링거 병만이 조용히 방울방울 강수의 몸속으로 수액을 흘려 넣고 있었다.

광민과 재환은 새벽까지 술을 마시고 광안리에 있는 광민의 아파트 거실에서 팬티만 입은 채 뒤엉켜 누워 있었다.

잠시 후 아침 햇살이 창문을 통해 비집고 들어오자 재환이 부스스한 얼굴로 일어나 냉장고 문을 열고 생수를 꺼내 벌컥거리며 마셨다. 그제야 갈증이 조금 가시는지 재환의 눈이 또렷해졌다.

광민도 재환의 인기척에 눈을 비비며 일어났다.

“잘 잤냐?”

몸을 일으키고 있는 광민을 보며 재환이 먼저 인사를 했다.

“응. 너도?”

“어제 우리 몇 차까지 갔었지?”

“3차까지 갔잖아, 인마.”

재환은 어제의 일들이 기억나지 않는 모양이었다. 오랜만에 부산에 내려오니 좋기도 했지만 광민과 이야기를 나누다 보니 그만 과음을 한 모양이었다.

재환은 자신의 평소 습관대로 리모컨을 찾아서 TV를 켰다. 광민이 일어나 냉장고 문을 열고 재환이 마시고 남은 생수를 마저 비웠다.

“어제 저녁 부산지방검찰청 특수부 윤정범 검사가 이끄는 특수부 수사관들은 부산 지역의 조직폭력배 보스인 김강수를 마약 판매 현장에서 검거했습니다. 그 과정에서 김강수는 다리에 총상을 입어 현재 인근 병원에서 치료 중이며 다행히 생명에는 지장이 없는 것 같습니다. 윤정범 검사는 이번 사건을 기획 수사라고 발표하면서 이번 수사에 대한 강한 자부심을 내비쳤습니다. 그럼 여기서 윤정범 검사의 인터뷰 내용을 들어 보겠습니다."

"예. 이번 사건의 주범인 김강수는 부산 지역의 폭력배로서 그동안 온갖 불법에 관여하면서 이득을 챙겨 왔습니다. 특히 전국에 유통되는 마약의 공급책으로 활동해 우리 검찰은 김강수를 체포하기 위해 기획 수사를 벌이게 되었습니다. 그리고 어제 저녁 열시, 김강수를 체포하는 데 성공했습니다. 국민 여러분께서는 우리 검찰을 믿어 주시고 격려해 주시면 고맙겠습니다."

뉴스에서는 김강수의 도주에서부터 검거되기까지의 과정이 자세히 방송되고 있었다. 그 과정에서 권총을 발사하는 수사관들의 움직임과 도주하는 김강수의 비장한 얼굴도 선명하게 보였다. 재환과 광민은 TV 화면을 응시한 채 넋이 나간 사람들처럼 앉아 있었다.

"재환아! 나 먼저 나가봐야겠다."

광민이 잽싸게 일어나서 문을 박차고 뛰어나갔다.

"야, 광민아. 나도 나가야 돼. 야아, 야아, 야. 거기 서 봐."

재환의 외침에도 광민의 몸은 벌써 주차장까지 뛰어내려가서는 자동차에 올라 주차장을 빠져나가고 있었다.

광민은 조금 전 뉴스를 보고서야 어제의 일들이 떠올랐다. 광민은 술을 마시던 중에 재환에게 소개해 주고 싶어서 꿀꿀이와 제비에게 전화를 걸었다. 하지만 누구도 전화를 받지 않았다. 자고 있겠지 하고 무심히 넘겨 버렸지만 뉴스에서는 꿀꿀이와 제비의 얼굴도 보여 주고 있었던 것이다.

광민은 벤츠를 몰아 부산지방검찰청 정문으로 진입했다. 정문 근무자가 광민을 제지하며 물었다.

"어떻게 오셨습니까?"

"예. 윤정범 검사실에 볼일이 있습니다."

"들어가시죠."

광민이 검찰청 민원인 주차장에 주차를 하고 있을 때 요란한 소리를 내며 카폰이 울렸다.

삐리리릭. 삐리리릭. 삐리리릭.

"여보세요?"

광민은 전화를 받으며 다른 한 손으로는 차를 움직여 주차장에 자리를 잡았다.

"행님, 접니다. 꿀꿀입니다, 행님."

광민이 놀라 급하게 브레이크를 밟으며 소리쳤다.

"너 지금 어디서 전화하는 거냐?"

"예. 지금 제비랑 같이 검찰청 입구에 있십니다."

"뭐? 그럼 아침 뉴스는 뭐야?"

"그게, 저……."

"거기 꼼짝 말고 있어라."

광민은 카폰을 제자리에 놓고 차에서 내려 검찰청 입구로 달려갔다. 꿀꿀이와 제비는 검찰청을 등지고 서서 맞은편 차도를 바라보고 있었다. 광민이 이미 도착해 있다는 것을 모르고 있었기 때문에 광민의 차가 나타나기를 기다리고 있었던 것이다.

"꿀꿀아! 제비야!"

그제야 뒤를 돌아보고서는 광민을 향해 날듯이 뛰어왔다.

"도대체 이게 무슨 일이야?"

"예. 저희들은 일단 무혐의로 나왔십니다."

"그래, 잘됐네. 형님은 어디 계시냐?"

"지금 병원에 계신데 면회가 안 됩니다. 사건이 사건인만큼 면회를 금지시킷십니다."

"느그들 몸은 괜찮냐?"

광민은 TV에서 이들을 향해 권총을 쏘던 수사관들의 모습을 보았기에 꿀꿀이와 제비의 몸을 훑어보며 물었다.

"도대체 어떻게 된 일이고? 이야기 좀 해 봐라."

꿀꿀이는 광민에게 어제부터 지금까지 일어났던 모든 일들을 소상하게 이야기했다.

"여기서 이럴 게 아니라 담당 검사를 만나 봐야겠다."

"행님, 지금은 때가 아닌 것 같십니다. 분위기가 이래 험악하게 돌아가고 있는데 무슨 대화가 되겠십니까?"

"분위기는 무슨 분위기! 그런 것에 신경 쓸 시간이 없다. 빨리 앞장서라."

꿀꿀이와 제비는 광민의 성격을 잘 알고 있었기 때문에 더 이상 만류하지 않고 광민의 말에 따랐다.

광민은 큰 건물에 들어가면 방향감각을 잃어버리곤 했다. 이상하게도 건물 안으로 들어가면 밖으로 나가는 길을 알 수가 없었다. 한 번은 대형 백화점 지하주차장에 차를 주차시키고서는 찾지 못해 한참 동안 헤맸던 적도 있었다. 그래서 큰 건물에 차를 가지고 갈 때는 언제나 외부 주차장을 이용했다.

그런 이유로 광민은 꿀꿀이와 제비에게 앞장서라고 이야기하고 있었다.

꿀꿀이와 제비는 엘리베이터 입구에서 초조하게 엘리베이터가 내려오기를 기다렸다. 이윽고 엘리베이터가 정지하는 신호가 울리더니 텅 소리를 내며 문이 열렸다.

"타시죠, 행님."

"그래, 타자."

꿀꿀이는 광민이 엘리베이터에 오르자 잽싸게 따라 들어가 9층을 눌렀다. 광민은 눈을 지그시 감고 숨을 들이마시더니 크게 한 번 내뱉었다. 꿀꿀이와 제비는 광민의 심기가 매우 불편함을 알기에 계속 광민의 눈치만 살피고 있었다. 이윽고 9층에 도착한 엘리베이터의 문이 열리자 꿀꿀이와 제비가 먼저 내려 광민을 안내했다.

잠시 후 광민의 눈앞에 '특수부 검사실'이라고 쓰인 팻말이 나타났다. 광민은 멈춰 서서 팻말을 한 번 쳐다보고는 꿀꿀이에게 눈짓을 했다. 꿀꿀이는 알았다는 듯이 노크를 하고는 이내 문을 열고 안으로 들어섰다. 여러 명의 수사관들이 분주하게 움직이고 있었고 또 몇 명의 수사관들은 컴퓨터 앞에 앉아 열심히 자판을 두드리고 있었다.

"느그 왜 아직 안 갔노?"

수사관 중 하나가 꿀꿀이와 제비를 보고는 의아하다는 듯이 물었다. 그때 뒤에 서 있던 광민이 앞으로 나서며 말을 건넸다.

"검사님 좀 뵙고 싶습니다만."

"무슨 일로 그라십니까?"

"예, 김강수 씨 사건으로 드릴 말씀이 있습니다."

수사관은 광민을 위아래로 한 번 훑어보더니 기다리라고 해 놓고는 사무실 안쪽에 있는 문을 열고 들어갔다. 검사에게 허락을 받으러 가는 것 같았다. 한참 후 다시 돌아온 수사관이 광민을 의심스러운 눈으로 쳐다보며 말했다.

"안으로 들어가이소."

"느그는 여기에 좀 있어라."

"예. 알겠습니다."

광민의 어깨에는 잔뜩 힘이 들어가 있었다. 광민이 문을 두드리자 안에서 "네." 하고 굵직한 목소리가 들려왔다.

광민이 문을 열고 들어가자 정면 책상 위 명패에 '특수부 검사 윤정범'이라고 적혀 있었다. 왼쪽으로는 여직원이 앉아 있었고 앞에는 소파가 놓여 있었다.

윤정범은 회전의자에 몸을 기대고 앉아 있다가 몸을 일으켜 광민을 맞았다.

"어서 오세요. 윤정범입니다. 방금 수사관한테 이야기 들었습니다. 그쪽으로 앉으세요."

"예. 처음 뵙겠습니다."

"김강수 씨 동생 되신다고요? 친동생은 아닐 것이고……."

"예. 제가 은혜를 입은 동생입니다."

광민이 주저 없이 대답하자 윤 검사는 소파 옆 팔걸이를 손바닥으로 툭툭 치면서 말을 이었다.

"좋습니다! 그러니까…… 지금 김강수를 돕겠다고 오신 거지요, 그렇지요?"

"맞습니다. 다른 사람들이 어떻게 생각하든 제게는 김강수 형님이 생명의 은인입니다. 해서 좋은 해결 방법이 있지 않을까 싶어 이렇게 찾아뵈었습니다."

"하하하! 그래도 김강수가 의리는 있는 모양이네요."

여직원이 두 사람 앞에 커피를 가져다 놓고 다시 제자리로 돌아갔다.

"자, 들어요. 들면서 이야기합시다."

두 사람 사이에는 눈에 보이지 않는 기 싸움이 벌어지고 있었다. 윤정범은 광민이 어느 정도의 크기를 가진 인간인지 찔러 보고 있었고, 광민은 검사의 입에서 뭔가 거래할 만한 것이 나오기를 재촉하고 있었다.

서로의 눈빛이 교차하자 윤정범이 입을 열었다.

"보아하니 아주 거칠 것 없이 당당하시네요. 저 또한 상황 시작부터 지금까지 계속 뜬눈으로 보내고 있습니다. 그러니 바로 본론으로 들어가입시다. 김강수를 설득해서 상선을 불라고 하세요. 그 방법밖에 없습니다. 아니면 이제 압수된 물건이 오백 그램이니 오 킬로를 밀반입해 오시든지."

윤정범은 명료하게 거래 조건 두 가지를 한꺼번에 제시했다. 5kg 밀반입은 도저히 광민이 받을 수 없는 조건이었고, 실제로 원하는 바는 김강수의 상선을 밝히는 것이었다. 상부에서의 압력이 거세지고 있기도 했고, 안기부에서까지 직원을 파견시켜 압박하고 있었기 때문이었다.

"상선이라면……."

"상선 모릅니까? 상선도 모르면서 무슨 일을 하겠다고 그래요?"

갑자기 윤정범이 무시하는 말투로 광민에게 짜증을 냈다. 윤 검사는 광민의 생김새에서 범상치 않은 기운을 느끼고 내심 거래를 기대하고 있었던 것이다.

"가르쳐 주십시오. 할 수 있습니다."

"누가 김강수한테 마약을 공급해 줬는지 불라고 하세요. 그러면 됩니다."

"그러니깐, 그 사람이 누구인지만 불면 된다, 이런 말씀이시죠?"

"이제야 말이 좀 통하네요. 맞습니다, 바로 그게 지금 우리한테 필요한 겁니다."

"그게 안 되면 필로폰 오 킬로를 밀반입하든가?"

"하하하! 그래요. 그런데 그게 어디 쉬운 일이겠습니까?"

"한번 해 보겠습니다. 성공하면 김강수 씨 석방되는 거죠?"

"약속하겠습니다, 내 검사직을 걸고. 하지만 제가 드릴 수 있는 시간은 지금부터 딱 삼십 일뿐입니다. 더는 저로서도 미루기가 어렵습니다."

윤 검사는 자신 있게 말하며 자신의 명패를 손가락으로 가리켰다. 광민의 눈이 그의 손가락을 따라 명패로 향했다.

광민과의 거래는 윤 검사 입장에서는 손해 볼 게 하나도 없는 꽃놀이패나 다름없었다. 이미 이번 사건을 계기로 자신의 이름이 전국에서 유명세를 타고 있었고 상부 기관으로부터도 격려의 전화가 수시로 쏟아지고 있었다. 거기에 상선인 박철호를 잡아들이는 성과까지 더해지게 되면 앞으로의 검사 생활이 탄탄대로에 놓이는 셈이었다.

광민의 입장에서도 기회가 전혀 없는 것은 아니었기에 다행스러운 생각이 들었다. 생명의 은인이자 모진 인연의 끈을 이어 온 강수를 남의 일처럼 모른 척하고 넘어갈 수는 없었다. 세상 사람 모두가 강수에게 손가락질을 해도 광민은 그럴 수 없다고, 그래선 안 된다고 생각하고 있었다. 오히려 세상 사람들이 던진 돌을 대신 맞을 각오까지 서 있었다. 어쨌든 윤 검사는 두 가지를 제안했고, 광민은 그중에서 선택을 하면 되는 것이었다.

"일단 면회를 풀어 주십시오."

"당연하지요, 그렇게 하겠습니다."

윤 검사는 테이블 옆에 놓인 전화기를 들더니 누군가에게 전화를 걸었다. 그러고선 광민의 면회를 지시하더니 전화기를 내려놓았다.

"이야기해 놓았으니까 가시면 됩니다."

"그럼 저는 이만 일어나겠습니다."

"악수나 한번 합시다. 이것도 인연인데 우리 좋은 일 한번 같이 해 봅시다. 하하하!"

윤정범의 웃음소리를 뒤로하고 밖으로 나오자, 윤 검사를 인터뷰하기 위해 몰려든 기자들로 북적이고 있었다. 한쪽 구석에 서 있던 꿀꿀이와 제비가 광민을 발견하고는 재빨리 다가왔다. 광민은 잔뜩 궁금해하는 꿀꿀이와 제비를 이끌고 서둘러 움직였다.

"일단 밖으로 나가자. 여긴 너무 시끄럽네."

광민은 특수부 사무실 문을 열고 복도를 두어 걸음 걷다가 누군가를 발견하고는 멈춰 서서 뚫어지게 바라보았다. 자신의 앞으로 걸어오고 있는 사람은 재환이었다. 재환도 급하게 걸어오다 앞에 서 있는 광민을 보고는 깜짝 놀라는 표정이었다. 전혀 예상치 못한 곳에서 그렇게 둘은 서로 마주 보고 있었다.

"광민아! 여긴 무슨 일로……?"

"어어, 잠깐 볼일이 있어서. 너는?"

"나도 누굴 좀 만나려고."

"그래, 일 보고 나중에 전화하자."

광민은 재환이 어떤 일을 하는지 대충 알고 있었다. 재환은 술자리에서 나랏일을 하고 있어 자신의 신분을 밝히지 못하니 이해해 달라고 말했었다. 광민은 그제야 재환이 뭔가 비밀스러운 일을 하고 있을 것이라고 생각했다. 게다가 아침에는 뉴스를 보며 자신의 일인 것처럼 관심을 보였다.

재환 또한 김강수 검거 화면을 본 광민이 부리나케 달려 나가는 모습을 보며 김강수와 연관되어 있을 것이라고 생각했다.

돌아서는 광민을 재환이 붙잡았다.

"광민아, 너 혹시 김강수라는 사람하고 아는 사이냐?"

"재환아, 나랑 커피 한잔하자."

"그래, 그러자."

두 사람은 구내매점에서 꿀꿀이가 뽑아 준 자판기 커피를 들고 마주 앉았다. 광민이 깊게 숨을 들이마시더니 말문을 열었다.

"재환아, 형제복지원 기억나냐?"

"그럼, 지금도 생생하지. 너 그때 두 놈을 한꺼번에 때려눕

혔잖아. 중대장이 권투하라고 권유도 했었고.”

“너 그때 우리 소대장이었던 사람 이름 기억하나? 신입1소대 소대장 말이야.”

“아, 그래! 맞다! 그 사람 이름이 김강수였다! 우리한테 형님이라고 부르라고 했었지?”

“그래, 어제 체포된 사람이 바로 그 사람이다. 나한테는 친형이나 다름없는 분이다.”

“너, 너 진짜 그놈들하고 한 패인 거냐?”

“그렇게 말하지 마라. 그 사람이 어디가 어때서?”

“어디가 어때서? 그 사람 조직폭력배에다가 마약까지 파는 사람이야.”

“그래도 나한테는 소중한 사람이다. 나를 사람으로 보고 내 가치를 인정해 주는, 세상에 하나밖에 없는 사람이란 말이다.”

“니가 안 보는 곳에서 그 사람이 무슨 짓을 하고 다닐 것 같냐? 정신 좀 차려라, 인마. 저 사람 악질 범죄자란 말이다.”

“그만해라. 아무리 이야기해 줘도 너는 모른다. 나한테는 내 목숨도 아깝지 않은 사람이다.”

“그래, 그 사람하고 너하고 어떤 사인지는 모르겠다. 하지만 이제부터라도 니 인생 챙겨라. 그 사람이 니 인생 책임져 줄 것 같냐?”

“미안하다. 니 마음은 알겠는데, 내 인생 저 사람한테 맡긴

지 오래다. 이건 옳고 그르고 하는 그런 문제가 아니다."

"어쩌다 이렇게 된 거냐, 광민아! 어쩌다 이렇게 된 거냐고?"

"나, 저 사람 그냥 저렇게 못 둔다. 저 사람 꼭 빼내고 말 거야. 그러니 이제 그만하자."

재환은 길게 한숨을 내쉬었다. 도대체 어디서부터 잘못된 것일까 하고 생각했다. 오랜만에 만난, 세상에서 제일 친한 친구가 전혀 생각지도 못했던 세상에서 살고 있었다.

"광민아! 정말 안 되겠냐? 지금이라도 니 인생 새로 시작하면 정말 안 되겠냐?"

"미안하다, 부끄러운 모습 보여서. 그런데 말이다, 너도 알잖아. 내가 지금 어디로 갈지."

"……."

"바쁜 시간 빼앗아서 미안하다. 간다. 잘 지내라."

"……."

광민이 일어나 건물 밖으로 나가자 재환은 멍하니 앉아 광민의 뒷모습을 바라보고 있었다. 머릿속에서는 수백 번도 더 광민을 붙잡고 있었지만 실제로는 그럴 수가 없었다. 왜냐하면 재환은 세상 누구보다도 광민에 대해 잘 알고 있는 친구이기 때문이었다.

잠시 후 재환은 특수부 검사실 문을 두드렸다.

"예, 들어오세요."

재환이 문을 열고 들어서자 윤 검사가 눈을 치켜뜨고 재환을 노려보았다.

"아니, 밤잠 설쳐 가며 일해 놨더니 정작 당사자는 연락도 안 되고 이래도 되는 겁니까? 어제 뭐 좋은 일이라도 있었습니까?"

"죄송합니다. 오랜만에 고향 친구랑 소주 한잔하느라 그랬습니다."

"하하하! 그럴 수도 있죠. 뉴스는 보셨습니까?"

윤 검사는 큰 소리로 웃으며 어깨를 우쭐거렸다.

"김강수 쪽에서는 무슨 움직임이 있습니까?"

재환은 박철호에 대한 수사가 먼저였기에 김강수의 다음 행보에 주목하고 있었다.

"내 이럴 줄 알았어요. 젊은 사람이 어찌나 일 욕심이 많은지, 원! 조금 전에 김강수 동생이라는 사람이 다녀갔어요. 이름이 뭐더라…… 아! 서광민이라는 친구가 김강수를 설득하든지 아니면 필로폰 오 킬로를 밀반입해 주겠다고 약속하고 갔어요. 역시 김강수 잡아들이기를 잘했습니다. 하하하!"

"……."

재환은 그제야 모든 것을 알 수 있을 것 같았다. 그래서 광민이 이곳에 왔다 갔구나 하는 생각에 머리가 지끈거렸다. 광민이라면 마음먹은 일은 무엇이든지 할 것이다. 어릴 때부터 지켜봐 온 그 광민이 맞다면 그렇게 하고도 남을 친구였다.

재환은 광민이가 제발 발을 깊게 담그지 않기를 바랄 뿐이었다. 박철호가 상선이라고 김강수가 입만 열면 모든 게 끝난다. 재환은 제발 그렇게 되기를 빌었다.

광민은 꿀꿀이와 제비를 태우고 강수가 있는 병원으로 가고 있었다. 재환과 만난 뒤부터 광민은 아무 말도 하지 않았다. 꿀꿀이가 조심스럽게 광민의 눈치를 살피며 물었다.

"행님, 검사님하고는 이야기 잘됐십니까?"

"음. 방법이 없는 것은 아니니까 노력해 보자."

"죄송하지만 행님, 그 방법이……?"

"강수 형님이 마약을 공급받는 상선을 이야기하면 된단다. 그러면 즉시 풀어 주기로 약속을 받았다."

"아, 그란데 큰행님께서 그래 하시겠십니까? 평생을 남자로 살아오신 큰행님이신데예."

"그래, 쉽진 않겠지. 일단 형님을 만나 뵙고 이야기해 봐야지."

광민이 강수가 입원한 병원에 도착하자 병원 입구에는 전경대원들이 두 명씩 조를 지어 근무를 서고 있었다. 계단 중간에도 두 명이 서 있었고 병실 입구에는 네 명이나 서서 지키고 있었다. 혹시라도 누군가가 강수를 탈출시키는 일이 발생할까 싶어 경계에 만전을 기하고 있었다.

광민이 강수의 병실 문 앞에 서 있는 사복형사에게 신분증을 제시하자 형사는 문을 직접 열어 주었고 광민이 들어가자 다시 직접 문을 닫았다.

강수는 정신없이 잠에 취해 있었고 사복형사 두 명이 침대 옆에 붙어 서서 지키고 있었다. 강수의 한 손에 채워진 수갑이 침대 옆의 봉에 연결되어 있었다. 총을 맞은 왼쪽 다리에는 붕대가 감겨 있었지만 다행히 얼굴은 생각했던 것보다 혈색이 많이 돌아와 있었다.

광민은 주삿바늘이 고정돼 있는 손을 잡고 강수의 얼굴을 내려다보았다. 꼭 감은 두 눈이 모든 것을 체념한 사람처럼 편안해 보였다. 딱딱한 손에서 전해지는 남자만의 느낌이 무겁게 광민의 가슴을 파고들었다.

광민이 열일곱 살일 때 강수는 이 손으로 광민의 손을 꼭 잡고 밤을 지새웠었다. 그리고 이제는 광민이 강수의 손을 꼭 잡고 있었다. 광민은 도대체 이 남자의 앞날에 얼마나 더 가혹한 운명이 기다리고 있을까 하고 생각했다. 그렇게 말없이 강수의 손을 잡고서 깊은 연민에 빠져들었다.

잠시 후 손에 힘이 들어오는가 싶더니 강수가 가늘게 눈을 떴다. 얼굴은 다시 찾아든 통증 때문에 찡그려져 있었다. 눈앞에 광민이 있다는 것을 확인하자 갑자기 강수의 눈이 크게 떠졌다. 이내 자리에서 일어나 앉으려고 했지만 몸이 말을 듣지 않았다. 강수는 손목에 채워진 수갑과 붕대로 둘러진 다리를 살펴보고는 체념한 듯 몸을 다시 눕혔다.

"그냥 누워 계십시오. 몸도 불편하신데……."

"아이다. 이 정도 가지고 뭘. 그래, 니는 요 우짠 일이고?"

강수는 눈치가 빠른 사람이었다. 면회가 금지되었다는 것을 알고 있었는데 눈앞에 광민이 나타나자 분명 무슨 일이 있었을 거라고 생각했다. 그러나 시치미를 떼고 아무것도 모른 척 광민의 대답을 기다리고 있었다.

"형님, 지금부터 제 말 잘 들으셔야 합니다. 이게 마지막 면회가 될지도 모릅니다. 그러니 용건만 말하겠습니다. 여기서 나가시려면 상선을 대야 합니다. 상선을 대지 않으면 여기서 다 끝입니다. 제발 상선을 대십시오. 그래야 삽니다. 상선을 불고 나오십시오."

"……."

강수는 아무 말도 없었다.

"형님, 제발 그렇게 하시겠다고 말씀 좀 해주십시오."

광민이 울듯이 소리치며 강수에게 매달렸다. 강수는 숨을 크게 한 번 몰아쉬더니 옆에 있는 수사관에게 담배 하나만 피우게 해 달라고 부탁했다.

"빨리 피우세요. 간호사나 의사가 보면 곤란해집니다."

강수의 입에서 뿜어져 나온 담배 연기가 창밖에서 불어오는 바람에 실려 허공으로 흩어졌다. 그렇게 담배를 몇 모금 피우더니 나지막한 목소리로 입을 열었다.

"광민아, 니는 이 바닥을 잘 모린다. 그래서 니한테만은 이런 모습 안 보일라고 했다. 내 니한테 부탁 하나 하자. 니는 절대로 이번 일에 나서지 마라. 이 바닥은 철저하게 약육강식이 지배하는 곳이다. 먹고 먹히고, 잡고 잡히고, 오늘의 친구가 내일은 적이 되는 그런 곳이다. 그란께 니는 뒤로 물러나 있어라. 이 일에 끼어들모 나도 니를 더는 안 볼란다."

"형님, 형님이 계신 곳이니 저도 한 번 뛰어들어 볼랍니다. 그래서 형님처럼 꼭대기까지 한번 올라가 볼랍니다."

"광민아! 나는 죄를 많이 지은 사람이다. 내랑 같이 있어 봤자 니한테 좋을 기 하나도 읍다. 내 인생은 내가 알아서 하면 되니까 인자 그만 니도 니 인생 찾아가그라."

"형님, 칼 들고 있으면 나쁜 놈이고 꽃 들고 있으면 좋은 사람입니까? 말 안 하셔도 형님이 어떤 분인지 잘 압니다. 그러니 너무 내치려고만 하지는 말아 주십시오."

"잠이 온다. 인자 그만 나가 봐라."

"형님, 박철호는 어디 있습니까? 제가 한번 만나 보겠습니다. 형님께서 박철호를 대지 않으신다면 제가 만나서 설득해 보겠습니다."

광민의 말에 강수의 미간이 찌푸려졌다. 강수가 이렇게까지 자신의 감정을 드러내는 일은 처음이었다.

"광민아, 이 형을 두 번 죽이고 싶은 기가? 내가 힘들고 어려울 때 그분이 도와주시가 지금까지 살 수 있었다. 나는 절대로 그분 배신 몬한다. 모두 다 내를 위해 그분이 해주신 일이다. 근데 지금 내보고 그 사람을 불라고? 사람된 도리로 그랄 수는 읎는 기다. 이만 끝내자."

강수가 이렇게까지 강하게 나올 줄 몰랐던 광민은 허탈한 마음으로 병실 문을 나섰다. 어깨가 축 늘어진 광민을 보고서 꿀꿀이와 제비가 달려가 광민을 부축했다.

"행님, 괘안십니까? 우째 된 일입니까? 행님께서 이래 무너지시모 저희는 우짭니까? 행님, 힘을 내시이소."

꿀꿀이와 제비는 광민을 부축해서 대기실 의자에 앉혔다. 그 사이에도 간호사들이 바쁘게 뛰어다녔고 여기저기서 환자들이 실려 들어왔다.

"꿀꿀아! 제비야!"

"예, 행님."

광민이 나직하게 두 사람을 부르자 두 사람은 그제야 안도의 한숨을 내쉬며 광민의 목소리에 귀를 기울였다.

"느그들, 박철호란 사람 알고 있냐?"

"예. 따로 인사드린 적은 없지만 큰행님 옆에서 몇 번 인사드린 적이 있십니다."

"그럼 그 사람 사는 곳이나 그 사람에 대해 아는 게 없겠구나."

"예. 잘은 모르겠는데 선박업을 하고 있는 걸로 알고 있십니다. 경남 거제시 장승포에 어선도 몇 척 있고 무역 사업도 같이하고 있다고 들었십니다."

"음. 그러면 그 사람을 만날 수 있는 방법이 없을까?"

"예. 저희들은 연락처를 전혀 모릅니다, 행님."

"그래, 알았다."

광민은 겨우겨우 정신을 차려 주차장에 세워 둔 차에 올랐다. 광민은 운전을 하는 중에도 온통 강수에 대한 생각에 빠져 있었다. 강수가 그렇게 화를 내는 것을 지금까지 단 한 번도 본 적이 없었다. 하지만 어쩌면 강수가 그렇게 화를 낸 이유를 알 것도 같았다. 사람된 도리로 그럴 수는 없다던 강수의 말이 떠올랐다. 누군가 광민에게 똑같은 요구를 하더라도 광민은 강수를 배신하는 일 같은 건 상상도 할 수 없을 것이다.

광민은 차선책을 택할 수밖에 없었다. 중국으로 가서 필로폰 5kg을 들여오는 것이었다. 하지만 광민에게 중국이라는 나라는 너무도 생소한 곳이었다. 이리저리 궁리를 해 보았지만 꽉 막힌 벽처럼 막막하기만 했다. 그렇게 며칠의 시간이 허망하게 흘러가고 있었다.

"서 이사님, 저 최규식입니다."

강하경찰서에 구속되었을 때 변호사만 선임해 주고서는 유동수의 잠적으로 잊고 있었던 최규식의 전화였다.

"아니! 최 부장님, 어떻게 된 겁니까? 이렇게 빨리 목소리를 들을 수 있으니 말입니다."

"예, 이사님 덕분에 변호사가 금보석 신청을 해서 나왔십니다. 그동안 정신이 없어가 전화도 몬 드리고 인자 겨우 전화 올리게 됐십니다. 변호사 비용까지 대 주시고 진짜 감사했십니다."

"아, 아닙니다! 지금 전화 주신 것만도 고맙지요. 그래, 몸 상하신 데는 없습니까?"

"예, 인자 괘안십니다."

비록 자신과 개인적인 친분이 있는 사람은 아니었지만, 자신이 하는 일에 몸담고 있다는 사실만으로도 그냥 넘길 수는 없는 일이었다. 모진 고문을 당하면서도 끝까지 자기 혼자서 저지른 범행이라고 버틴 덕분에 모두 무사할 수 있었다. 유동수는 최규식을 믿지 못해 그렇게 줄행랑을 쳤던 것이다. 최규식을 만나 어떻게든 고마운 마음을 전해야 했다.

해안가의 신라횟집 입구에는 먼저 도착한 최규식이 가게 앞을 서성이고 있었다. 광민은 뛰다시피 하며 최규식에게 다가가 늦게 도착한 것에 미안함을 표했다.

"어이구, 늦어서 죄송합니다!"

"아입니다. 제가 할 일이 없어가 좀 일찍 나왔십니다."

"고생 많았습니다. 어디 편찮으신 데는 없으십니까?"

광민이 최규식의 몸을 이리저리 살펴보았다.

"보시다시피 이래 건강합니다!"

최규식이 두 팔을 들어 보이며 괜찮다고 말했다.

"자! 들어가시죠. 회를 좋아하신다길래 여기로 정했습니다만, 괜찮으실지 모르겠습니다."

"저도 바닷가 놈이라 회 좀 먹을 줄 압니다. 요도 제가 가끔 오는 집입니다."

"그러시다면 다행입니다."

두 사람이 앞서고 꿀꿀이와 제비가 뒤따라 올라갔다. 최규식은 2층에 자그마한 방 하나를 잡고 회를 주문했다. 광민은 소주병을 들어 먼저 최규식에게 권했다.

"정말 고생하셨습니다. 이 소주 한잔하시고 그간 힘들었던 일들 다 날려 버리십시오. 그저 도와 드리지 못해서 늘 죄송할 뿐입니다."

"아입니다. 아무도 신경도 안 써줏는데 이사님께서 변호사도 선임해 주시고 경찰서에도 여러 번 다녀가셨다는 이야기 들었십니다. 고맙십니다."

이윽고 주문한 회가 나오자 이번에도 먼저 광민이 최규식에게 권했다.

"자, 좀 드십시오."

"예, 이사님도 드시이소. 저는 바닷가에서 태어나고 자란기 근 삼십 년이라 회를 무진장 묵고 살았십니다. 자, 이것 좀 드셔 보이소. 이게 제일입니다."

최규식이 회 접시에 조금씩 담긴 뱃살을 집어서 광민의 앞

접시 위에 올려 주었다.

"하하! 저도 뱃살 좋아합니다."

"예. 뱃살에 영양분이 많답니다. 그래서 그란지 뱃살 안주로 술을 마시모 취하지도 안는다카데예. 하하하하!"

"근데 고향이 어디신데 그렇게 고향 얘기를 자꾸 꺼내십니까?"

"하하하하! 이번에 갇혀 있다 본께 얼매나 고향 생각이 나던지예, 아주 죽을 뻔했다 아입니까. 경상도 거제 장승포인데 아버지가 오징어잡이 배를 하나 가지고 계십니다. 뭐, 지금은 연세가 많아서 부리도 몬하지만 말입니다. 이번에 내리가모 제가 부모님을 모시고 살아 볼까 합니다."

순간 광민의 눈이 커졌다. 최규식이 분명히 장승포라고 했던 것이다. 기회를 놓치지 않고 광민이 최규식에게 바짝 다가들며 물었다.

"그러시면 혹시 박철호 사장이라고 아십니까?"

"연세가 많으신 분이지예?"

"예. 칠십이 조금 넘었든지 아니면 조금 모자라든지 아마 그럴 겁니다."

"혹시 무역 사업을 하시는 선주 아입니까?"

"아, 예. 맞습니다. 고기잡이배도 가지고 있다고 들었습니다."

"그 사람, 우리 지역 유지입니다. 그란데 그분을 우째 아십니까?"

"예. 좀 뵙고 상의드릴 일이 있는데 뵙기가 쉽지 않습니다."

"그러시모 마침 저도 고향으로 내려갈 예정인께 길을 안내하겠십니다. 저희 집에서 십 분 남짓 떨어진 곳에 있십니다. 찾기도 억쑤로 쉽십니다. 바닷가에 작은 동산이 하나 있는데 그 동산 중턱에 좋은 집이 한 채 있거덩예, 바로 그 집입니다."

"좋은 분이시죠?"

"아이고! 그라모예. 돈도 많이 벌었고 좋은 일도 많이 하시는 분입니다. 그서는 덕을 많이 쌓고 계신 분으로 소문 나 있십니다."

광민은 그제야 자욱한 안개가 걷히면서 흐릿하게나마 길이 보이는 듯했다. 박철호를 만나기만 한다면 강수를 구할 방법이 생길 것 같았다. 광민은 최규식이 마치 하늘에서 보내 준 사람처럼 느껴졌다.

"자, 한잔하시지요."

우연히 박철호의 집을 알아낸 광민 일행이 최규식의 안내를 받으며 거제시 장승포로 달리고 있을 무렵, 병원에서는 수사관들이 강수의 환자복을 갈아입히고 있었다.

"이제 퇴원해도 된답니다. 소독은 유치장에서 해도 된다고 해서 호송하러 왔습니다."

"그라입시다. 저도 답답해가 죽을 지경이었십니다."

강수를 태운 승합차는 시내 도로를 질주해 부산지검 주차장에서 정지했다. 강수의 두 손에 수갑을 채우고도 두 사람의 수사관이 강수의 팔을 양쪽에서 잡고 특수부 검사실의 문을 두드렸다.

강수가 검사실 안으로 모습을 드러내자 윤 검사가 기다렸다는 듯이 일어나 웃으며 강수를 맞았다.

"자, 여기로 좀 앉으시지요. 뼈에는 이상이 없다고 하니 얼마나 다행한 일입니까? 운이 좋은 것 같네요, 김강수 씨는."

"용건만 말하시오."

강수는 앞자리에 앉아 있는 윤 검사를 노려보며 단호한 어조로 응대했다.

"아아아! 화내지 마세요. 당신한테 개인적인 감정은 없습니다. 오히려 지금은 방법만 있다면 당신을 돕고 싶은 사람이오. 하하하!"

"내 분명히 말하는데, 도움 같은 거 필요 없으이 빨리 재판이나 받게 해주시오."

"하하하! 원, 급하시기는. 그게 어디 제 맘대로 됩니까? 절차라는 게 있는데 당연히 시간이 걸리지요. 다만 나는 그 사이에 김강수 씨를 도울 수 있는 일이 있는지 그게 알고 싶은 것뿐입니다."

강수는 윤 검사가 자신에게 무엇을 원하는지 잘 알고 있었다. 때문에 윤 검사와 이야기를 더 진행해 봐야 아무런 의미가 없었다. 만일 강수가 상선을 대면 윤 검사는 분명히 또 다른 사건을 만들어 강수를 다시 압박할 것이라는 걸 너무도 잘 알고 있었다.

서로의 수를 이미 읽고 있는 두 사람 사이에는 냉랭한 적대감만 흐르고 있었다.

"분명히 말하겠십니다. 저는 이 일에 다른 사람 끌어들이지 않을 깁니다. 동생이 철없는 의리를 내세워가 내한테 왔다 갔지만 저는 단호하게 거절했십니다. 어서 기소나 붙치이소."

"역시 대단하시네! 김강수 씨, 참 대단합니다! 근데 너무 강하면 부러지는 법 아닙니까. 자기가 너무 강하다고 생각해 본 적 없습니까?"

"뿌사지야 할 때는 뿌사지야지예. 그라니 빨리 기소하이소."

"하하하! 그렇게 원하시니 해 드려야지요. 이번에는 꽤 오랫동안 있어야 할 텐데, 어떻습니까? 각오는 돼 있습니까?"

"내 분명하게 말하지만, 내 동생한테 조금이라도 문제가 생기모 가마이 안 둘 깁니다. 내 말 명심하이소."

"하하하! 이거 어디 깡패 무서워서 검사짓 해 먹겠습니까? 그러면 어디 한번 해 보십시다. 누가 부러지나. 하하하!"

강수와 윤 검사는 잡아먹을 듯한 눈빛으로 서로를 노려보았다.

구치소에 수감되어 병사에서 생활하게 된 강수는, 광민이 이번 일에 뛰어들기 전에 재판을 마무리하려고 마음먹고 있었다. 한 번 작심하면 물불 가리지 않는 광민의 성격을 아는 터라 자칫 큰 화를 당할까 두려웠다. 괜히 자신을 빼낼 생각으로 광민이 해를 입을까 봐 두꺼운 쇠창살 속에서도 강수는 오로지 광민에 대한 걱정으로 노심초사하고 있었다.

광민은 장승포항의 매립지 한 켠에 있는 넓은 공터에 차를 세우고 밖으로 나와 담배를 물었다. 광민의 기다림은 벌써 열흘 이상 계속되고 있었다. 광민은 장승포항에 도착하자마자 박철호의 집을 찾아갔지만 박철호는 계속 집을 비운 상태였다. 그저 기다리는 것밖에는 할 수 있는 일이 없었다. 만남을 기약할 수 없는 오랜 기다림과 촉박한 시간에 대한 초조함으로 광민과 꿀꿀이, 제비는 지쳐 가고 있었다. 하늘 가득 붉게 물든 노을이 수평선 너머까지 펼쳐져 있었다. 어차피 이젠 되돌릴 수도 없고 돌아갈 곳도 없었다. 이게 운명이라면 그저 운명에 따르는 수밖에 없었다. 생각에 잠겨 있던 광민이 담배꽁초를 바닥에 던지고는 발로 비볐다.

장승포항 여객선터미널에서 방금 도착한 사람들이 쏟아져 나왔다. 터미널을 빠져나온 사람들은 각자 갈 길로 빠르게 흩어졌고, 이어서 배에 실려 온 차량들이 줄지어 나오고 있었다. 그중 대형 승용차 한 대가 빠르게 달려 산 중턱에 있는 박철호의 집 앞에 서는 게 보였다. 광민은 재빨리 차에 올라 박철호의 집 앞으로 달렸다. 조수석에 앉아 있던 최규식이 차에서 내려 인터폰으로 무어라 말을 하는 것 같더니 이내 차고의 문이 열렸다. 광민이 차고 안으로 승용차를 밀어 넣고서는 최규식에게 다가갔다.

"어떻게 된 겁니까?"

"예, 인자 막 중국에서 돌아오시는 길이랍니다. 들어가 보시지예."

최규식은 광민 일행이 장승포에서 지내는 데 불편함이 없도록 여러 모로 마음을 쓰며 도와주고 있었다. 기다리는 시간이 많이 길어졌지만 전혀 불편한 내색 없이 세심하게 배려해주고 있었다.

"꿀꿀이와 제비는 여기서 기다려라."

"예. 다녀오십시오."

박철호의 집은 산비탈 위에 자리 잡고 있어서 고개를 들어 올려다봐야 했다. 게다가 2층집이라 더 높게 보였다. 광민이 최규식과 함께 계단을 올라가자 현관 입구에 서 있던, 머리가 하얗게 센 노인이 두 사람을 맞았다.

"지한테 용건이 있으시다고예?"

노인이 광민과 최규식에게 점잖게 말을 건넸다.

"예. 처음 뵙겠습니다. 저는 김강수 형님 동생되는 서광민이라고 합니다. 갑작스럽게 찾아뵙게 되서 정말 죄송합니다. 상황이 급하다 보니 이렇게 되었습니다. 무례를 용서하십시오."

"음, 그렇십니까. 자, 일단 안으로 드입시다."

노인은 점잖은 말투로 광민을 거실로 안내했다. 광민과 규식이 거실에 들어서자 분재와 수석이 거실을 둘러싸고 있는 모습이 눈에 들어왔다. 거실에 있는 창문으로는 장승포 앞바다가 한눈에 내려다보여 전망이 무척이나 아름다웠다.

"정말 좋은 곳에 사십니다. 취미도 고상하시고요."

광민이 애써 분위기를 부드럽게 하기 위해 덕담을 건넸다.

"예. 은자 뭔 낙이 있것십니까. 요래 분재나 쳐다보면서 사는 게 낙이지예."

거실 주방에서는 가정부로 보이는 여자가 그릇 소리를 달그락거리며 음식을 준비하고 있었다. 이내 작은 소반에 과일을 올려 앞에 놓고는 조용히 자리를 피했다.

"요것 좀 들면서 이야기하입시다. 열흘도 넘게 기다렸다고예. 식사는 하싯는지……?"

"예. 조금 전에 먹었습니다. 걱정하지 마십시오."

"지를 오랫동안 기다리싯다고 하니 분맹히 뭐언 이유가 있을 깁니다. 그라지예? 개의치 마시고 하실 말씀 있으시모 허물없이 하이소."

"예. 이렇게 편하게 대해 주시니 단도직입적으로 말씀 올리겠습니다. 아시다시피 강수 형님이 지금 검찰에 붙잡혀 있습니다. 검찰에서는 강수 형님이 사장님에게 물건을 받았다는 것만 실토하면 바로 석방시켜 주겠다고 합니다. 하지만 강수 형님은 절대 그럴 수 없다고 버티고 계십니다. 그래서 드리는 말씀인데, 사장님께서 저한테 중국의 거래처를 소개해 주십시오. 제가 중국으로 건너가야겠습니다."

박철호는 긴 한숨을 토해 냈다. 그러고는 눈을 지그시 감더니 말을 꺼냈다.

"한 십 년쯤 전일 깁니다. 제가 고기잡이배를 사가 돈을 좀 벌었십니다. 그래가 무역업에도 손을 댔지예. 주로 미국하고 일본을 상대로 거래를 했는데, 중국캉 수교를 하고 난 뒤부터는 모든 거래를 중국으로 돌렸십니다. 자연히 저는 중국 현지에서 지내는 날이 요 있는 날보다 많아짓십니다. 처음 거래할 때만 해도 중국이라는 나라는 아직 혼란스러브가 그곳 깡패들한테 납치를 당하기도 하고 테러도 당하고 그랬십니다. 그랄 때마다 돈을 주고 풀리나곤 했십니다. 그라던 중에 누군가한테 김강수 씨를 소개받았지예. 김강수 씨는 저한테 인간적으로 많은 도움을 줏십니다. 강수 씨는 제가 중국에 갈 때마다 동생 몇 명을 저랑 동행하도록 했십니다. 체구도 크고 한눈에 봐도 깡패 같은께 중국의 조직들도 그때부터는 저를 몬 괴롭히고 동등하게 대하면서 거래를 할 때 도와주기도 하고 그랬십니다. 그래 해가 중국에 있는 조직들을 알게 됐고 김강수 씨 부탁으로 마약을 지금까지 공급해 주고 있었십니다. 그란데 메칠 전에 뉴스를 보고는 얼매나 괴로벗는가 모럽니다. 인자 살 만큼 살았으이 제 발로 찾아갈까도 생각했었십니다. 하지만서도 김강수 씨가 저래 잡히가 있으면서도 버티고 있는데 제 발로 찾아가 자수하는 것도 옳지 않은 것 같았십니다. 어쨌든 제가 해 드릴 수 있는 게 있으모 기꺼이 도와 드리겠십니다. 그쪽에서도 김강수 씨 일이라모 벌써 알고 있십니다. 저도 그래서 앞으로는 거래를 안 할 끼라고 이야기를 해 놨십니다. 그라는데 인자 와가 다시 거래를 하자고 얘기하모 아마도 저를 죽일라고 들 깁니다. 그쪽 입장에는 당연히 함정일 거라고 생각할 테니까예."

"예. 그런 일이 있었군요."

광민은 그제야 강수와 박철호 사이를 묶고 있는 끈을 풀 수 없다는 것을 느낄 수 있었다. 단지 범죄를 위해 만난 사이가 아니라 서로 신뢰할 수 있는 정으로 엮여 있었기에 강수가 그렇게 화를 냈던 것도 어쩌면 당연한 일이라 여겨졌다.

대화가 끊기며 두 사람 사이에 침묵이 흘렀다.

"이제 저로서도 우째할 방법이 없다는 걸 아시겠십니까?"

박철호가 먼저 침묵을 깨뜨렸다.

"중국에 가서 누구를 만나면 되겠습니까?"

순간 박철호의 눈이 날카롭게 광민을 쏘아보았다. 박철호의 눈에도 광민이 예사롭지 않아 보였지만, 상대는 중국 삼합회와 북한의 사복 군인이 함께 손잡고 있는 무서운 범죄조직이었다. 그들은 사람 죽이기를 마치 파리 죽이듯 할 수 있는 잔혹한 조직이었으며, 중국의 공안마저도 함부로 할 수 없는 조직이었다. 중국의 경찰을 공안이라고 하는데, 공안과 조직 사이에는 서로 넘지 않는, 보이지 않는 선이 있었다. 공안은 범죄조직으로부터 월급보다 많은 돈을 받아 쓰고 있었기 때문에 조직을 보호해 줄 수밖에 없었다. 또한 범죄조직에서는 그들의 몫까지 벌어야 하기 때문에 무자비하게 벌어들여야만 했다.

그런 곳으로 자신의 눈앞에 있는 청년이 가고자 하고 있었다. 박철호의 입장에서는 놀라지 않을 수 없었다.

"김강수 씨를 빼낼라카는 젊은이의 의리는 잘 알겠소. 하지만 거는 우리나라처럼 좁은 곳이 아니고 대륙입니다. 끝도 안 보이는 대륙이란 말이오. 우리나라 사람이 가모 사람으로도 안 보고 단지 돈으로만 볼 뿐이란 말입니다. 제가 이라고 사정합니다. 젊은이가 가모 더 큰일이 벌어질 수도 있십니다."

"무슨 말씀인지는 잘 알겠습니다만 꼭 해야만 하는 일입니다. 지금 포기하면 평생 동안 형님한테 고개를 못 들고 살 겁니다. 그러니 저한테 어디로 가야 하는지만 알려 주십시오. 그렇게만 해주시면 지금 이 길로 일어나서 다시는 어르신을 귀찮게 해 드리지 않겠습니다."

"참 대책 없는 친구로구만! 좋소. 죽든 살든 그거는 인자 당신 운맹입니다. 중국 심양에 가시모 심양호텔이라고 있십니다. 그 호텔 커피숍에 가시가 카운터 아가씨한테 이승철을 찾는 메모를 남기이소. 짧으모 당일에도 만날 수 있고, 길어지모 한 일주일 만에 찾아오기도 합니다. 보통은 삼 일 정도라고 생각하시모 됩니다. 그라고 절대로 내 이름은 입에 올리모 안 됩니다. 내 이름이 거론되는 순간, 글마들은 함정이라고 생각할 끼고 그래 되모 당신 목숨도 그서 끝입니다. 내가 해줄 수 있는 말은 요게 전붑니다. 아이고, 내가 괜한 짓하고 있는 건 아인가 모르것소."

"아닙니다. 사장님, 이 은혜 잊지 않겠습니다. 그럼 저희들은 이만 일어나겠습니다."

광민이 수확을 거둔 사람처럼 뿌듯한 마음으로 곁에 앉아 있던 최규식과 함께 일어났다.

광민은 박철호와 헤어진 뒤 고속도로를 질주하고 있었다.

"행님, 너무 과속하시는 것 같십니다."

"음, 그래. 미안하다."

고속도로 갓길에는 가로등이 일정한 간격으로 줄지어 서서 밤길을 초병처럼 지키고 있었다. 광민의 머릿속에는 벌써 중국에 대한 생각들로 가득 차 있었다. 서둘러야 했다. 벌써 검사와 약속한 시간 가운데 14일이 지나가 버렸을 뿐만 아니라, 중국에 간다고 해도 또 그곳에서 어느 정도의 시간이 걸릴지 알 수 없었다.

"행님, 진짜로 중국에 가실 깁니까?"

"그럼 가짜로 가는 것도 있냐?"

꿀꿀이의 질문에 광민이 퉁명스럽게 대꾸했다.

"그라모 저희들은 우짭니까?"

"당분간 여기에 좀 있어라. 형님도 좀 돌봐 드리고."

"……."

혼자 가겠다는 말에 꿀꿀이와 제비의 입이 툭 튀어나오며 뾰로통해졌다. 평소에는 말이 별로 없던 제비가 입을 열었다.

"행님, 저는 고아원에서 자랐십니다. 강수 행님은 저한테는 친행님 같은 분입니다. 근데 이런 일에 저를 빼고 행님 혼자서 가신다 하모 저도 혼자서 따로 중국에 갈랍니다. 아까 최규식 씨한테서 이야기 들었십니다. 이번에는 행님이 좀 져 주이소."

제비의 말에 광민은 말문이 막혔다. 제비는 소매치기 패들과 어울리며 칼장난을 하고 다닐 때 강수의 눈에 들어 지금까지 함께 지내고 있었다. 강수 덕분에 그나마 마음 붙이고 살고 있었는데 덜컥 강수가 감옥에 들어간 것이었다. 광민은 미처 그 생각까지는 하지 못했다. 광민은 너무도 큰 위험이 따르는 일이라 혼자서만 감당하려고 했었던 것이다.

"그래, 제비야. 니 마음도 모르고 미안하다. 같이 가자."

그러자 옆에 있던 꿀꿀이가 슬며시 끼어들었다.

"행님, 저도 같이 갈랍니다."

"알았다, 알았어. 대신에 죽어도 저승에서 내 원망하지는 마라."

"이왕지사 한 번 죽는 긴데 뭣이 두렵겠십니까? 하하하!"

6.필로폰 로드

광민과 꿀꿀이, 그리고 제비를 태운 대한한공 보잉747기가 서서히 활주로를 박차고 중국을 향해 날아오르기 시작했다. 꿀꿀이는 먹먹해진 귀를 손으로 감싸쥐고 얼굴을 찌푸렸다. 광민과 제비가 이 모습을 보고 웃음을 흘렸다. 체구에 어울리지 않는 행동이 장난꾸러기 같았다. 기체가 중심을 잡고 구름 위로 떠오르자 구름 아래로 푸른 서해 바다가 펼쳐졌다.

구름 속에서 갑자기 어머니 얼굴이 떠올랐다. 광민은 고개를 돌리며 눈을 감고 애써 외면했다. 평생을 설움과 눈물로 보낸 어머니였지만 광민에게만큼은 언제나 헌신적이었다. 그 어머니를 이제 다시 볼 수 없을지도 모른다는 생각에 목이 메었다. 어느새 광민의 눈가가 축축하게 젖어들고 있었다. 다시 돌아올 수 있을지 장담할 수 없는 곳으로 떠나야만 하는 심정을 광민은 담담하게 받아들이려고 노력했다. 광민은 부딪히다 보면 길은 언제나 있다는 자신감 하나만 믿고 드넓은 대륙으로 향하고 있었다.

도착을 알리는 안내 방송과 함께 비행기 바퀴를 내리는 소리가 둔탁하게 나더니 이내 바람을 가르는 소리와 함께 비행기가 급하강했다. 잠시 후에 비행기가 멈추자 광민 일행은 낯선 곳에 대한 두려움과 설렘을 동시에 지닌 채 공항을 빠져나왔다.

광민 일행을 태운 택시는 시내를 질주했다. 심양은 규모는 크지만 어딘가 모르게 낙후된 도시라는 느낌이 들었다. 택시에는 먼지가 뽀얗게 내려앉아 있었다. 닦아도 닦아도 계속 쌓이는 모양이었다. 택시 기사의 핸들 앞에 새까맣게 때에 찌든 걸레 두 개가 보였다. 의자도 지저분하기는 마찬가지였다. 그러나 그런 것으로 불평을 할 만큼 광민 일행은 여유롭지 못했다. 큰 빌딩이라고 해 봐야 몇 개 되지도 않는 도시였지만 작은 건물들은 끝이 보이지 않을 정도로 이어져 있었다.

이윽고 택시는 심양호텔 앞에 광민 일행을 내려놓고는 휑하니 사라졌다. 광민은 호텔 건물을 눈으로 한 번 훑어보았다. 건물은 그렇게 크지 않았지만 시내 중심가에 자리 잡고 있었다.

"자, 들어가자."

광민의 말에 주위를 둘러보고 있던 꿀꿀이와 제비가 얼른 광민의 뒤를 따랐다. 프런트에서 열쇠를 받아 쥔 광민은 곧장 커피숍으로 향했다. 꿀꿀이와 제비가 따라가려고 하자 광민이 손짓으로 만류했다.

광민은 거침없이 커피숍 카운터로 가서 명함만한 크기의 메모지를 여종업원에게 건네주었다. 여종업원은 무슨 뜻인지 알겠다는 투로 메모지를 받아 쥐며 눈인사를 했다. 그제야 광민은 방으로 향했다. 광민이 묵을 방은 7층이라서 엘리베이터를 타고 가야 했다. 엘리베이터를 타기 위해 서 있던 광민은 누군가 자신을 쳐다보는 것 같은 느낌이 들어 뒤를 돌아보았다. 두 명의 젊은 사내가 커피숍 입구에서 광민 일행을 지켜보다가 눈길이 마주치자 슬며시 자리를 떠났다. 한눈에 보기에도 점잖은 사람들 같지는 않아 보였다.

광민 일행이 7층에 도착해 엘리베이터에서 내려 복도를 걸어가는 데 복도 끝 비상계단 쪽에서 공안이 지켜보고 있었다. 광민 일행은 애써 공안의 눈길을 무시하고 방으로 들어갔다. 방 안으로 들어서자 꿀꿀이가 재빨리 문을 닫았다.

"우째 된 깁니까? 공안이 우리를 감시하는 깁니까?"

"글쎄. 나도 잘 모르겠다."

광민이 수화기를 들고 프런트에 전화를 걸었다. 여종업원은 중국말로 인사를 하다가 광민이 한국말을 하자 이내 한국말로 응대했다.

"아가씨, 우리 방 쪽에 있는 공안은 무엇 때문에 있는 겁니까?"

광민은 기분 나쁜 내색을 하지 않고 차분한 목소리로 물었다.

"아! 손님. 그것은 손님의 안전을 위해서 근무 서는 것이니 신경 쓰지 마시라요. 불륜 관계인 사람들을 단속하는 공안입네다. 손님께서는 신경 쓰지 않으셔도 됩네다."

광민은 수화기를 내려놓고 자신이 지나치게 예민해져 있다는 것을 느꼈다. 이럴 때일수록 평상심을 유지해야만 판단 능력이 흐려지지 않는다는 것을 잘 알고 있었지만, 사람의 심리라는 것이 마음먹은 대로만 되는 게 아니었다. 판단 능력이 떨어져 작은 것을 부풀려 해석하거나 큰 것을 무시해 버리는 오류를 범한다면 필경 살아서 돌아가지 못할 것이라고 생각했다. 광민은 정신을 가다듬고 냉철해져야만 했다.

호텔이라고는 하지만 한국의 모텔보다도 깨끗하지가 않았다. 화장대며 문틀에는 낡고 깨진 곳이 수없이 많았다. 광민은 옷을 벗고 샤워실로 향했다. 쏟아지는 물줄기 속에 자신의 몸뚱이를 고스란히 던졌다. 샤워기에서 쏟아지는 물줄기로 인해 피로가 풀리는 듯했다.

샤워를 마친 광민은 방으로 들어가 창틀에 기댄 채 창밖 풍경을 바라보았다. 어둠 속에 묻힌 잔잔한 검은 도시는 희미한 빛들로 가득 차 있었다. 담배 한 개비를 다 피우고 잠자리에 누웠지만 쉽게 잠들 수 없는 밤이었다. 세 사람은 그렇게 새벽까지 뒤척이면서 각자의 고요 속으로 빠져 들어갔다.

더디게 올라온 아침 해가 광민 일행의 눈 속으로 파고들었다. 창을 통해 스며드는 아침 햇살에 눈이 부셔서 이들은 거의 동시에 몸을 뒤척이며 눈을 떴다. 광민은 시계를 보더니 잽싸게 일어나 세수만 하고는 1층에 있는 커피숍으로 향했다.

커피숍에는 조용하게 앉아서 모닝커피를 마시는 사람이 두어 명 있을 뿐 자신을 찾아온 사람은 없는 것 같았다. 테이블에 앉아 커피를 마시고 있는 사람 또한 관광객인 것처럼 보였는데, 표정이 무척이나 여유롭고 평화로워 보였다. 광민은 여종업원에게 눈인사를 하고 카운터 가까운 곳에 자리를 잡고 앉았다. 광민이 중국말을 할 줄 몰라 손짓 눈짓을 보내자 여종업원이 테이블로 다가왔다.

"커피 드시겠습까?"

광민이 화들짝 놀라 올려다보자, 여종업원은 상냥하게 웃으면서 조선족이라고 자신을 소개했다.

"예. 그러시군요. 말이 안 통해서 답답해 죽는 줄 알았습니다."

"어제 주신 메모지는 잘 전달해 드렸습다."

"예. 감사합니다."

여종업원이 광민의 테이블에 커피 한 잔을 올렸다. 진한 커피향이 아침 기분을 상쾌하게 해주는 것 같았다. 광민은 커피

향기에 취해 잠시 동안 잔을 들어 향을 음미했다. 창밖에서 이 모습을 지켜보는 사람이 있다는 것을 알고 있었지만 일부러 모른 척 딴청을 부리고 있었다.

꿀꿀이와 제비에게는 방에서 대기하라고 지시해 두었기 때문에 여기서 어떤 상황이 벌어진다면 혼자서 판단하고 움직여야만 했다. 광민은 다시 호텔 밖을 살폈다. 창밖에는 주차장이 있었고 그 앞에는 차도가 있었다. 그 차도 건너편에는 상가가 줄지어 늘어서 있었고 그 앞 인도 위를 걷는 사람들이 점점 늘어나고 있었다.

메모지가 건네졌음에도 경계의 눈길만 커피숍 안을 더듬고 있을 뿐 박철호의 말처럼 이승철은 쉽사리 모습을 드러내지 않았다. 길게 잡았던 3일이 어느새 지나가고 있었다. 초조한 기다림으로 속은 타 들어갔지만 김강수를 구할 수 있는 유일한 방법이었기에 빨리 나타나 주기를 기도할 수밖에 없었다.

다음 날에도 광민은 여전히 아침 일찍 커피숍으로 내려와 커피를 주문하고 창밖으로 지나다니는 사람들의 모습을 지켜보고 있었다. 카운터의 여종업원은 변함없이 친절한 미소로 광민을 맞아 주었다. 그런데 창문 밖에 서서 한참 동안 광민을 지켜보던 사내가 있어, 광민도 그 사내의 움직임을 예의 주시하고 있었다. 잠시 후 그 사내는 주차장에 세워 둔 오토바이를 타더니 어디론가 사라졌다.

바로 그때 누군가 광민의 앞에 떡하니 버티고 섰다. 사내는 떡 벌어진 어깨에 나이는 30대 초반 정도로 보였다.

눈을 들어 올려다본 광민은 그가 보통 사람이 아니라는 것을 바로 느낄 수 있었다. 눈에서 뿜어져 나오는 광채가 한 줄기 섬뜩한 살기를 품고 있었다. 광민도 피하지 않고 사내의 눈빛을 맞받았다. 허공에서 두 사람의 눈빛이 부딪치며 칼바람을 일으켰다.

그때 카운터의 여종업원이 두 사람 사이로 끼어들었다.

"조기, 앞에 앉아 계신 손님께서 찾으셨습다."

서 있는 사내에게 여종업원이 조심스럽게 얘기하더니 다시 카운터로 돌아갔다. 탐색전이 끝났는지 사내가 말문을 열었다.

"나를 찾으셨다고? 내가 이승철이라는 사람이오. 무슨 일이시오?"

"서광민입니다. 일단 좀 앉으세요."

이승철이 광민의 앞에 털썩 앉았다.

"누구를 통해서 알게 되었는지는 말 못할 사정이 있습니다. 바쁘신 것 같아 용건만 말씀드리겠습니다. 저를 좀 도와주십시오."

이승철은 뜬금없는 광민의 통사정에 의아했지만, 여전히 경계의 눈빛을 풀지 않고 있었다. 분명 광민의 눈빛은 예사롭지가 않았다. 오랜 실전에서 쌓인 그만의 감각이었다. 이승철은 상대가 의도하는 냄새까지도 맡을 수 있는 그런 감각을 가진 사내였다.

"흐음. 처음 보는 사람한테 다짜고짜 도와 달라? 그래, 내가 뭐기를 도와주면 되겠습네까?"

"예. 필로폰 오 킬로만 구해 주십시오."

순간 이승철의 어깨가 들썩였다. 처음 보는 사람에게 들을 수 있는 얘기가 아니었다. 도대체 자신의 신분이 어느 정도까지 노출된 것인지 놀란 이승철은 온몸에 소름이 돋았다. 뿐만 아니라 이 사내, 당돌해도 너무 당돌했다. 이승철은 가만히 광민의 얼굴을 바라보았다. 조금의 주저함도, 일말의 흔들림도 없는 눈빛이 인상적이었다.

"음. 당신이 뭐기를 믿고 이래 당돌한 부탁을 하는지 내레 모르겠지만서도 일단 그 용기는 마음에 듭네다. 좋습네다! 내일 여기서 다시 만나이기요. 그때 구체적으로 얘기합세다. 난 바빠서 이만 가 보겠습네다."

이승철이 손을 내밀어 악수를 청하며 일어서자 광민도 손을 내밀었다. 이승철은 손바닥의 딱딱한 느낌과 몸에서 전해지는 기가 더해져 마치 강철 같은 느낌을 주는 사내였다. 그의 어디에서도 빈틈을 찾을 수 없었다.

광민은 이제야 뭔가 실마리가 풀리는 것 같은 느낌에 마음이 한결 가벼워졌다. 이렇게 강한 사내는 상대의 뒤통수를 치지 않는다는 것을 경험으로 알고 있었다. 그래서 광민이 오히려 처음부터 직선적으로 나갔는지도 몰랐다.

이승철과 헤어진 광민은 방으로 돌아와 꿀꿀이와 제비를 데리고 외출 준비를 했다. 시내를 한 바퀴 돌아볼 만한 여유는 찾은 셈이었다.

서울에 있던 재환은 구내식당에서 점심을 먹고 나른한 몸으로 의자에 앉아 컴퓨터를 켰다. 그러고는 자판을 몇 번 두드리더니 갑자기 눈이 커졌다.

"이게 뭐지! 이게 무슨 일이야?"

재환은 혼잣말을 중얼거리며 모니터를 뚫어져라 쳐다보았다. 그러고는 이내 주위를 한 바퀴 둘러보고서는 화면을 내렸다. 화면은 이승철과 서광민이 심양호텔에서 만나 얘기하는 장면이었다. 광민이 부하 두 사람을 데리고 호텔에서 외출하는 장면까지 세세하게 찍혀 있었다.

한눈에 봐도 광민이라는 것을 알아볼 수 있었다. 같이 있던 일행 또한 검사실을 나와 커피를 마실 때 광민의 뒤에 서 있던 사람들이었다. 재환은 눈을 지그시 감고서 입술을 깨물었다. 그러다 곧 일어나 사무실 문을 열고 어디론가 바쁘게 걸어갔다.

재환이 도착한 곳은 건물 밖에 있는 한적한 휴게실이었다. 재환이 근무하는 공간 중 담배를 피울 수 있는 몇 안 되는 장소였다. 재환은 휴게실에 있던 사람들이 모두 빠져나가자 휴대폰을 꺼내 번호를 눌렀다.

"예, 부산지검 특수부 검사실입니다."

여직원의 목소리가 들렸다.

"검사님 좀 바꿔 주세요."

"지금 식사하러 가셨습니다. 들어오시면 전화 드리라고 하겠습니다."

"알겠습니다. 양재환이라고 전해 주십시오."

재환은 도무지 이게 어떻게 돌아가고 있는 사정인지 감을 잡을 수가 없었다. 얼마 전 윤 검사가 했던 말이 떠올랐다.

'김강수를 설득하든지 아니면 필로폰 오 킬로를 밀반입해 주기로 서광민이라는 자와 약속했소.'

분명 광민이 이번 사건을 해결하기 위해 무모한 일을 벌이고 있는 게 틀림없었다. 광민이라면 충분히 그러고도 남았다. 재환이 담배를 꺼내 입에 물었다. 그때 핸드폰 울리는 소리가 들렸다.

"예, 말씀하세요."

"아니! 양 주임님은 식사도 안 하고 일하십니까?"

윤 검사였다. 윤 검사는 점심을 먹고 사무실에 돌아와 메모지를 보고선 바로 재환에게 전화를 걸었다. 재환은 순간 화가 치밀어올라 이를 악물고 취조하듯 윤 검사를 다그쳤다. 아마도 눈앞에 있었다면 주먹부터 나갔을지도 몰랐다.

"윤 검사님, 잘 들으세요. 서광민이란 사람한테 무슨 짓을 시켰습니까?"

"아니, 양 주임. 내가 뭘 시켰단 말입니까? 갑자기 정색을 하고 나오니까 이해가 잘 안 되네요. 뭔가 오해가 있는 것 같은데 차분하게 말씀해 보십시오."

"지금 서광민이가 중국에 있습니다. 아주 위험한 놈을 만나고 있단 말이오."

"아니! 그게 저하고 무슨 관계라도 있다는 겁니까?"

"당신이 서광민을 중국으로 떠밀었잖아!"

"내가 서광민을 중국에 보냈다고? 이봐! 당신 지금 너무 오버하는 거 아니야?"

"그러면 누가 서광민을 중국으로 보냈을까? 관광이라도 하려고 갔다는 건가?"

"이런 염병할! 지가 가고 싶으니 갔겠지. 그러면 내가 강제로 보내기라도 했단 말이오? 당신, 지금 제정신이야? 보자보자 하니까 이제 아주 막 나오네, 이 양반이."

"만약에 서광민한테 무슨 일 생기면 내가 당신 가만 안 둬. 두고 봐."

"지금 검사한테 협박하는 건가? 이젠 아주 눈에 뵈는 게 없구먼. 그래, 한번 해 봐! 해 보라고!"

"검사고 나발이고 나한테 걸리면 재미없어. 나 그렇게 훈련받은 사람이야. 당신도 알고 있잖아. 내 성질 건드리면 어떻게 되는지."

"……."

윤 검사는 재환의 출신을 잘 알고 있었다. 그렇게 얌전하던 사람이 갑자기 불같이 달려들자 윤 검사는 일단 한 발 물러섰다. 시간이 지나면 오해가 풀릴 것이라고 생각했기 때문이었다. 하지만 윤 검사는 재환의 전화가 섭섭할 수밖에 없었다. 그깟 마약 판매나 일삼는 놈들 편에 서서 자신을 몰아붙이는 행동을 이해할 수 없었다. 사실 중국에 가서 마약을 가지고 오라고 한 것도 아니었다. 그건 당연히 광민이 스스로 결정한 것일 뿐이었다.

"에이, 씨팔! 밥 먹었던 거 소화도 안 되겠네. 씨팔!"

수화기를 내려놓은 윤 검사는 혼자서 화풀이를 하고 있었다.

하긴 박철호를 잡아들이기 위해 그렇게 애를 썼는데 김강수가 입을 열지 않으니 재환에게 돌아갈 공이 아무것도 없었다. 정작 재환의 정보를 받고 움직인 윤 검사는 김강수를 검거하는 큰 성과를 올렸고, 김강수의 석방을 조건으로 또 큰 건수가 물위로 떠오르고 있는 상태였다. 윤 검사는 재환이 화가 날 만도 하겠구나 생각하고 이해해 주기로 마음을 고쳐먹었다. 용서는 원래 큰사람이 하는 것이라고 스스로를 위로하며 불쾌했던 감정을 지워 버리려고 애썼다.

윤 검사와 통화를 끝낸 재환의 마음이 요동치고 있었다. 이승철의 동향을 일주일에 한 번씩 의무적으로 팀장에게 보고하게 되어 있었다. 더욱이 이승철의 움직임이 예사롭지 않을 때는 즉시 보고해야 했다. 그러나 지금의 상황을 어떻게 해야 할지 쉽게 판단이 서지 않았다. 정보원은 어떠한 일에도 사사로운 감정을 개입시켜서는 안 된다는 게 조직의 불문율이었다. 그런데 지금 자신은 그러한 규정을 지켜야 할지를 망설이고 있는 것이었다.

중국 현지에도 많은 수의 안기부 직원들이 활동하고 있었다. 중국과의 수교 이후 더욱 많은 정보원이 상주하면서 안기부에 정보를 제공해 주고 있었다. 재환이 맡은 대북정보과 요원 4명도 이승철의 행방을 감시하던 중 심양호텔에서 처음 등장한 인물과 접촉하는 것을 보고 이렇게 정보를 보내왔던 것이다.

심양호텔 맞은편 2층 건물에는 조그마한 무역 사무실이 하나 있는데 그곳이 바로 정보원들의 아지트였다. 무역 오퍼상을 하는 것처럼 사무실을 꾸미고 간판도 걸어서 겉으로 보기에는 평범한 사무실로 보였다. 하지만 그곳에서 심양호텔의 움직임을 빈틈없이 지켜보고 있었다.

재환은 사무실로 돌아와 쓰러지듯 의자에 걸터앉았다. 피로가 몰려오는지 온몸이 쑤시고 열이 오르기 시작했다. 재환은 곧바로 자세를 바로 하더니 컴퓨터에 저장된 사진을 재차 확인했다. 또렷하게, 그리고 선명하게 광민의 사진이 화면으로 떠올랐다. 그때 누군가가 재환에게 다가와 어깨를 쳤다.

"뭘 그렇게 넋을 놓고 봐?"

"으응. 왔어?"

옆자리에 앉은 호석이 모니터에 눈길을 주려고 하자 재환은 재빨리 화면을 바꾸었다.

"야, 뭐 재미있는 게 있는 모양인데, 같이 보자!"

"아냐. 뭐 좀 확인할 게 있어서 그래."

"그래? 그럼 나도 일하러 가련다. 대꾸도 안 해주는 친구랑은 못 놀겠네."

"응. 나중에 내가 연락할게."

"아이고. 따분해 죽겠네! 퇴근 시간 다 돼 가는 데 오라는 데는 없고, 장가는 가고 싶은 데 한 여자에게 매달리기는 싫고……."

호석이 혼잣말로 신세한탄을 늘어놓더니 그제야 자신의 자리로 돌아갔다.

"휴우."

재환은 마치 죄지은 사람처럼 심장이 콩닥거렸다. 무엇에 쫓기는 사람처럼 그렇게 계속 마음 한구석이 불안했다. 광민이 중국으로 간 것을 확인한 후부터는 단 1초도 마음이 편치 않았다.

재환은 의자 깊숙이 몸을 파묻었다. 얼마 전에 TV에서 보았던 김강수의 얼굴이 떠올랐다. 그 얼굴에서 형제복지원 시절 김강수의 얼굴을 떠올려 보려고 했지만 기억이 전혀 되살아나지 않았다. 다만, 첫날밤에 광민과 함께 누워 자신의 손을 꼭 잡아 주던 단단한 손의 느낌과 중대장이 권투를 권유했을 때 광민이 거절하자 무척 아쉬워하던 표정만 남아 있을 뿐이었다.

도대체 어떻게 된 인연이기에 이렇게 복잡하게 얽히는지 답답한 마음뿐이었다. 재환의 머릿속에서는 오만 가지 상상이 혼란스럽게 돌아가고 있었다.

중국의 심양호텔에 있던 광민은 이승철과의 약속 시간이 다가오자 분주하게 준비 중이었다.

광민은 샤워를 끝낸 뒤 화장대 앞에서 외모를 점검하고, 마지막으로 머리카락을 단정하게 정리했다. 거울 속의 꿀꿀이와 제비가 걱정스러운 눈빛으로 광민을 올려다보고 있었다.

"내가 죽으러 가기라도 하냐?"

"행님, 괜찮으시겠십니까? 저희도 같이 동행하겠십니다."

"괜찮다. 혼자 가는 게 편하다. 갔다 오마."

광민이 꿀꿀이와 제비의 간곡한 동행 요청을 뿌리치고 커피숍으로 내려가자 이승철이 먼저 와서 기다리고 있었다.

"일찍 나와 계셨군요. 저는 시간을 맞추느라……."

"괜찮습네다. 남는 게 시간이디요."

광민이 앞에 놓인 의자에 앉으려 하자 이승철이 자리에서 일어섰다.

"가면서 얘기하디요. 괜찮겠디요?"

광민이 자리에 앉으려다 다시 몸을 세웠다.

"그렇게 합시다."

광민은 이승철의 뒤를 따라 커피숍을 나섰다. 이승철은 커피숍 밖의 주차장을 지나 길가에 세워진 승합차 안으로 들어갔다. 승합차에 올라탄 이승철이 어서 타라고 손짓을 했다. 차 안에는 여러 명의 사내들이 먼저 탑승하고 있었다. 광민은 호흡을 가다듬고 차에 올랐다. 광민이 차에 오르자 기다렸다는 듯이 승합차가 출발했다. 승합차는 도로로 접어들면서 속도를 내기 시작했다.

광민은 앞만 바라보며 말없이 앉아 있었다. 그때 광민의 옆자리에 있던 사내가 양복 안주머니에서 무언가를 꺼내 광민을 향해 겨누더니 소리를 질렀다.

"움직이지 말라우."

사내가 꺼내 든 것은 권총이었다.

광민이 뒤에 앉아 있던 이승철을 바라보자 이승철이 야비한 웃음을 짓고 있었다. 광민이 믿기지 않는다는 듯 멍하니 앉아 있자 옆에 있던 다른 사내가 미리 준비한 로프로 광민의 몸을 묶었다. 팔을 뒤로 묶고 다시 팔과 가슴을 결박하자 꼼짝할 수가 없었다.

"엎드리라우, 새끼야!"

광민이 이마를 바닥에 붙이고 엎드리자 두 사내가 광민의 등을 짓밟아 의자 밑의 좁은 공간으로 구겨 넣었다. 광민이 목에 힘을 주면서 고개를 치켜들자 왼쪽의 사내가 검정색 수건을 꺼내 광민의 눈을 가렸다.

광민을 태운 승합차는 잠시 후 시내를 벗어나 산길을 타고 달리기 시작했다. 승합차가 비틀거리며 빠른 속도로 산길을 달리자 흙먼지가 자욱하게 날리며 하늘로 날아올랐다. 승합차의 덜컹거림으로 광민의 몸이 바닥과 의자 기둥에 연신 부딪쳤다. 하지만 결박을 당한 상태라 광민은 이를 악물고 고통을 견뎌 낼 수밖에 다른 도리가 없었다. 눈까지 보이지 않는 상태라 고통과 불안감이 한층 더 크게 느껴졌다.

차창 밖은 높고 낮은 산들로 둘러쳐져 있었고 산 밑 경사지에서는 땀을 훔쳐 내며 남자들이 밭을 갈고 있었다. 이 산중에도 봄기운은 완연했고 산 아래의 개울에서는 아지랑이가 아스라하게 피어오르고 있었다. 승합차가 달리는 비포장길은 차 한 대가 겨우 달릴 수 있을 정도로 좁은 길이었고, 중간중간 마주치는 차들이 비껴갈 수 있도록 좁은 공터가 만들어져 있었다.

그렇게 40분 정도 달렸을까, 승합차의 속도가 줄어들더니 사내들이 차에서 뛰어내리는 소리가 들렸다. 그러고는 누군가가 의자를 젖혀 광민의 어깨를 잡고 일으켰다.

"일어나라우."

광민이 앞이 보이지 않아 주춤거리자 사내가 눈을 가리고 있던 수건을 벗겨 냈다.

"휴우."

광민은 자신도 모르게 긴 한숨을 토해 냈다. 눈이 보이니 심리적인 부담감도 줄어들었다. 광민의 눈에 들어온 것은 온통 사방을 막고 서 있는 산들이었다. 그야말로 첩첩산중이었다. 차에서 내리자 흔해 보이는 시골집 한 채가 서 있었다. 광민의 어깨를 잡고 걸어가는 사내는 한국말을 잘하는 조선족인 것 같았다. 외모에서 풍기는 느낌도 조선족의 느낌이 강했다.

"날래 걸으라우."

사내는 광민이 주위를 두리번거리며 살피자 신경질적으로 어깨를 거세게 밀었다. 입구에는 금방이라도 부스러질 것처럼 벌겋게 녹슨 철 대문이 그나마 대문의 형태를 유지하고 있었고, 대문 안으로 들어가자 본채로 보이는 건물의 슬레이트 지붕과 마루가 보였다. 본채의 왼쪽에는 본채보다 크기가 작은 창고처럼 보이는 건물이 있었다. 본채나 창고 모두 낡아서 금방이라도 무너져 내릴 것처럼 약해 보였다.

사내는 철제 의자가 하나 놓여 있는 큰 방으로 광민을 끌고 들어갔다. 다른 사내들은 집 안팎으로 주위를 삼엄하게 경계하면서 긴장한 눈빛을 하고 있었다. 이들은 이승철을 포함해 모두 여섯 명이었다.

두 명의 사내가 광민을 철제 의자에 앉히더니 몸을 의자에 결박했다. 이승철의 양옆에는 두 명의 사내가 서 있었다. 한눈에 보아도 이승철의 부하라는 것을 알 수 있었다. 이승철은 온몸을 결박당한 광민의 얼굴을 자세히 보더니 오른손으로 광민의 턱을 치켜들었다. 순간 광민의 얼굴이 일그러지면서 이승철의 얼굴에 침을 뱉었다.

"이 새끼가 죽을라고 환장을 했기만. 이 간나 새끼!"

짝. 퍽퍽퍽퍽.

이승철이 얼굴에 묻은 침을 손으로 닦고는 광민의 뺨을 때리더니 이어서 샌드백 치듯 광민의 얼굴에 주먹을 내리꽂았다.

"어억. 억! 욱, 욱!"

애써 참아 보려고 했지만 자신도 모르게 비명이 새어 나왔다. 이승철의 주먹은 도저히 참을 수 없을 정도로 강했다.

광민이 비명을 지르면서도 참아 내려는 모습을 보이자 이승철의 발이 광민의 가슴팍으로 날아들었다.

쿵.

광민은 의자와 함께 뒤로 날아 바닥으로 패대기쳐졌다. 광민은 고통을 참고서 일어나려고 버둥거렸지만 의자에 묶인 몸은 계속 허우적대기만 했다. 이승철이 옆에 있던 두 사내에게 눈짓을 하자 재빨리 광민을 일으켜세우고 제자리로 돌아갔다.

"이 간나 새끼야! 내가 누군디 알고 겁도 없이 마약을 달라는 기야?"

"……."

"좋아. 돈은 좀 있겠구만."

"……."

광민은 이승철의 말에 아무런 대꾸도 하지 않고 조용히 앉아 있었다. 입안이 터져서 입안 가득 핏물이 고였다. 광민은 뱉지도 삼키지도 않고 고이는 핏물을 입안에 머금고 있었다.

"이 새끼야. 돈을 보여 줘야 마약을 주든지 할 거 아이겠네? 이 간나 새끼야."

광민의 묵묵부답에 화가 난 이승철이 다시 광민의 머리를 한 움큼 움켜쥐더니 머리를 뒤로 젖혔다. 그때 광민이 입에 머금고 있던 핏물이 이승철의 얼굴에 뿌려졌다. 이승철의 얼굴과 온몸에 피가 튀어 벌겋게 물들었다. 광민의 눈에서 살기가 뿜어져 나오자 이승철이 주머니에서 권총을 꺼내 광민의 관자놀이에 갖다 댔다.

"이 새끼야. 니가 얼마나 독종인지는 몰라도 여기서 죽어 나간 새끼가 열 놈도 넘어. 그 죽은 새끼들, 밖에서는 죽었는지 살았는지 알지도 못하디."

"니들은 거래를 이런 식으로 하나 보지?"

"이 새끼 이거 간뎅이가 보통이 아니구만. 하하하!"

이승철이 들고 있던 총을 광민의 입안에 쑤셔 넣고 말했다.

"내레 돈만 있으면 돼. 그러니까 니 일행이든 누구한테든 전화해서 이억 입금하라고 하라우. 혹시 알아, 그럼 내가 살려 줄지?"

이승철이 뒤에 서 있던 사내에게 손을 내밀자 그 사내가 핸드폰을 내밀었다. 이승철이 핸드폰을 광민의 눈앞에서 흔들어 보이며 전화번호 누를 준비를 했다.

"전화번호! 입금되면 바로 보내 주갔어."

광민은 눈을 지그시 감았다. 몸만 자유롭다면 총을 가지고 있든 없든 싸워 볼 수도 있겠지만 지금으로서는 할 수 있는 게 없었다. 분명 저들은 하나를 주면 또 둘을 달라고 요구할 것이 너무도 뻔했다. 처음부터 광민을 납치할 생각으로 접근했던 게 틀림없었다.

광민은 자신의 실수를 뼈저리게 후회하고 있었다. 그러나 어차피 이런 상황까지도 각오를 하고 있었기 때문에, 그나마 혼자만 잡혀 온 게 다행이라고 생각하고 있었다.

광민이 눈을 감고 아무런 반응을 보이지 않자 오히려 이승철이 초조한 모습을 보였다.

"지금부터 다섯 시간 주갔어. 다섯 시간 뒤에는 은행이 문을 닫는다. 그때까지 입금되지 않으면 니 목숨도 그때까지야. 내레 이래 봬도 거짓말은 안 하디. 생각이 바뀌면 언제든지 이야기하라우. 다시 말하지만 지금부터 다섯 시간이야."

"지금도, 다섯 시간 뒤에도 너 같은 놈하고는 거래 안 한다. 죽는다 해도 어쩔 수 없다."

"그래? 그럼 두고 보기요. 시간이 누구 편인지."

이승철은 묘한 말을 남기고는 방문을 열고 밖으로 나가 버렸다.

서울에 있는 재환은 안절부절못하고 사무실과 화장실을 들락거리더니, 이내 휴게실로 내려가 줄담배를 물었다. 조금 전, 중국으로부터 광민이 승합차로 납치되는 사진이 전송되어 온 것이다. 이승철이 승합차에서 내려 심양호텔로 들어가자 정보원들이 맞은편 건물 2층에서 연속적으로 촬영한 사진이었다. 광민이 심양호텔 커피숍에서 이승철의 뒤를 따라 걸어 나온 것을 시작으로, 승합차에 탑승하자마자 권총을 광민의 머리에 겨누는 장면과 의자 밑에 처박는 장면들이 선명하게 촬영되어 있었다. 정보 자료에는 이 모든 사진들이 시간대별로 정리되어 있었다.

위험할 것이라는 것은 알고 있었지만 이렇게 급박하게 일이 진행될 줄은 전혀 예상치 못하고 있었다. 재환은 입술이 마르고 머리가 터질 것 같았다. 어제 받은 정보도 팀장에게 보고하지 않았는데 오늘 자료마저 보고하지 않는다면 최악의 선택까지도 고려를 해야 하는 상황이었다.

그렇다고 재환이 개인적으로 해결할 수 있는 사안도 아니었다. 일이 워낙 급박하게 돌아가고 있기 때문에 직접 중국으로 간다 하더라도 가고 있는 동안 어떤 변수가 생길지 알 수 없을 뿐만 아니라, 중국에 도착하더라도 혼자서 해결할 수 있는 일은 아니었다.

하지만 보고를 한다 해도 광민을 구할 수 있을지는 미지수였다. 정부가 나서서 해결하기에는 외교적인 문제로 비화될 가능성이 커, 잘 해결되기를 손 놓고 보고만 있을 수밖에 없는 사안이었다. 우리나라 중소 상인들이 납치되어 곤욕을 치를 때도 개입하지 않았던 게 한두 번이 아니었던 터라 재환으로서는 쉽게 판단을 내릴 수가 없었다.

재환은 마치 자신이 잘못해서 일이 이 지경이 된 것 같아, 광민에 대해 심한 죄책감에 사로잡혔다. 광민이 납치되었다는 것을 알면서도 손 놓고 앉아 구경만 해야 하는 자신이 초라하게 느껴졌다.

그렇게 줄담배만 물고 있던 재환이 무슨 생각이 들었는지 사무실로 돌아와 키보드를 두드렸다.

한편 심양호텔에 있던 꿀꿀이와 제비는 한참 시간이 지나도 광민이 돌아오지 않자 직접 커피숍으로 내려갔다. 하지만 커피숍을 아무리 둘러보아도 광민의 모습은 보이지 않았다. 꿀꿀이가 카운터에 있던 여종업원에게 다가가 소리지르며 손짓 몸짓으로 광민의 행방을 묻자 여종업원이 빙그레 웃으며 대답했다.

"말씀을 하시디요. 저, 귀 안 먹었습다."

여종업원이 한국말로 대답하자 꿀꿀이가 깜짝 놀라 눈을 동그랗게 뜨고서는 겸연쩍게 머리를 긁었다.

"그러니깐, 호텔에 저희하고 같이 왔다가 아침에 여기 내려온 손님이 아직 연락이 없어서 왔십니다."

"아, 예! 그분은 아까 다른 손님하고 같치 나가셨습다."

"아, 그래예? 어디로 가던가예?"

"그것까지는 잘 모르겠습다. 하여튼 어제 메모지로 찾던 분과 함께 나가셨습다."

"그 사람 이름은 압니까?"

"이승철 씨라고 적혀 있었던 것 같습다. 무슨 일이라도 생긴 겁네까?"

"아입니다. 걱정이 좀 돼서예."

여종업원과 이야기를 마친 꿀꿀이와 제비가 출입문을 막 나설 때 두 명의 사내가 앞을 막아섰다. 선글라스를 쓴 두 사람은 깔끔한 양복 차림에 어깨가 떡 벌어진 건장한 사내들이었다.

"이 사람 찾고 계십니까?"

두 사람은 복도에 선 채 승합차 안에서 권총으로 머리를 겨누고 있는 낯선 사내의 사진과 광민이 결박당하고 있는 사진을 보여 주었다. 사진을 본 꿀꿀이와 제비의 몸이 순간 돌처럼 굳어졌다. 아무리 중국이라지만 대낮에 사람을 이렇게 납치할 수 있을까 하는 생각에 머릿속이 하얘졌다. 꿀꿀이와 제비는 멍한 눈으로 두 사내를 바라보았다.

사내들은 앞장서서 두 사람을 큰길가에 세워 둔 승용차로 안내했다.

"타시지요. 궁금한 것은 가면서 말씀드리겠습니다."

조수석에 앉은 사내가 양복 안주머니에서 신분증을 꺼내 뒤에 앉은 꿀꿀이와 제비에게 보여 주었다.

"두 분께서는 이번 일을 무덤까지 비밀로 하셔야 됩니다. 그러실 수 있겠습니까?"

"예. 그래 하겠십니다."

"우리는 한국에서 파견 나온 정보 요원입니다. 오늘 오전에 우리가 쫓고 있던 사람과 당신들 일행 중 한 명이 함께 승합차에 탑승하는 걸 보고 감시에 들어갔습니다. 그런데 아니나 다를까 당신들 일행분은 납치를 당하셨습니다. 그러나 우리는 명령 없이는 전면에 나설 수 없는 몸입니다. 그래서 본부에 보고를 하고 대기하던 중 당신들을 찾아서 납치된 사람을 구하게 하라는 비공식적인 지시가 내려왔습니다. 여러분들 중 누군가가 우리 요원과 친분이 있는 모양입니다. 지금 저희가 갈 곳은 납치한 자들의 아지트입니다. 산 밑에 있는 민가인데 그곳에서 적지 않은 사람이 사라진 것으로 알고 있습니다. 그들의 목적은 돈이기 때문에 바로 해치지는 않을 겁니다. 들키지 않도록 커브에서 세워 드릴 테니 거기서부터는 산을 타고 들어가셔야 합니다. 이게 부근의 약도와 집 안의 구조입니다. 참고하십시오."

사내는 A4 크기의 종이 한 장을 꿀꿀이와 제비에게 건네주었다. 기습적으로 공격하기 위해서는 주변의 지형지물을 미리 숙지하는 게 필수적인 요소였다. 사전 준비 없는 기습은 곧 자멸이라는 것을 요원들은 잘 알고 있었던 것이다.

요원들은 그곳을 잘 알고 있었다. 삼합회의 조직원들이 자주 사용하는 곳으로 주위에 민가가 없고 깊은 산중이라 은밀한 범죄를 벌이기에는 최적의 장소였다. 그래서 그들이 그곳에 갈 때는 뭔가 일을 저지르는 날이었다. 요원들은 비밀리에 승합차를 미행하다 산길을 돌아 올라가자 그곳으로 가는 것이라 확신하고 미행을 중지했다. 그리고 사무실에 돌아가서 본사인 서울에 이 사실을 보고한 것이었다. 그런데 두 시간이 채 되지도 않아 자신들의 사무실로 재환이 보낸 메시지를 받아 보게 되었다.

납치된 사람은 제 둘도 없는 친구입니다. 직접 살릴 수 있다면 그렇게 해주시고, 아니라면 심양호텔에 있는 일행을 찾아서 전면에 세우시고 후방 지원이라도 부탁드립니다. 비공식적인 일이니만큼 제가 책임을 지겠습니다.

재환의 메시지를 받은 중국의 지부장은 재환과 같은 HID 출신이었다. 그는 재환의 메시지를 받자마자 즉시 삭제하고 부하 직원에게 재환의 말대로 따라 줄 것을 지시했다. 이런 연유로 두 명의 정보원이 급하게 심양호텔에 모습을 드러내 꿀꿀이와 제비를 광민이 있는 곳으로 안내하고 있었다.

꿀꿀이와 제비를 태운 승용차는 길가의 넓은 공터에서 차를 돌려놓았다. 그러고는 시동을 끄고 모두 차에서 내렸다. 조수석에 있던 사내가 차에서 내리자마자 산 중턱을 손으로 가리키며 위치를 설명해 주었다.

"저기 중간쯤에서 계속 오른쪽으로 가십시오. 그러다 보면 오른쪽 아래로 민가가 하나 보일 겁니다. 바로 그 집입니다. 해낼 수 있겠습니까?"

"죽기밖에 더 하겠십니까? 우리는 걱정하지 마시이소. 어릴 때부터 싸움으로 단련돼 있십니다. 잘됐십니다. 오랜만에 몸 좀 풀고 가겠십니다."

자신감 넘치는 꿀꿀이와 제비를 보자 안심이 되었는지, 정보원들이 미소를 지었다.

"자, 이건 혹시 모르니 지니고 있으시오."

조수석의 사내가 단검을 꿀꿀이와 제비에게 하나씩 건네주었다. 손잡이가 있는 단검은 제법 묵직했고 길이는 15cm 가량 되었다. 칼날은 잘 손질되어 있어 날카롭게 날이 서 있었다.

"이것만 있으모 아무 문제없십니다."

제비는 자신의 주 무기인 칼이 손에 들어오자 입가에 미소를 지었다.

"그럼 출발하시죠. 건투를 빕니다."

조수석의 사내와 악수를 나누고 돌아선 꿀꿀이와 제비의 몸은 어느새 숲 속으로 사라지고 있었다. 서서히 해는 서쪽 하늘로 기울어지고 있었다.

꿀꿀이와 제비가 산속으로 숨어들었을 때, 광민은 그 자리에서 꼼짝도 하지 못하고 꽁꽁 묶인 채 4시간이 넘도록 앉아 있었다. 이승철이 옆방에서 누군가와 이야기를 나누는 소리가 들렸고 앞에 있는 두 명의 사내도 지쳤는지 자세가 흐트러져 있었다.

그때 밖에서 누군가 방문을 벌컥 열고 들어오자 두 사람이 깜짝 놀라며 자세를 바로잡았다.

"이거라도 먹이라우."

문을 열고 들어온 사내가 빵과 우유를 건네고는 다시 밖으로 나갔다. 광민을 지키던 사내 하나가 빵을 꺼내서 광민의 입으로 가져갔다.

"자, 먹으라우."

광민이 먹기 싫다는 듯 고개를 가로젓자, 사내는 빵을 내려놓고는 우유를 따서 광민의 입에 부어 주려고 했다.

"안 먹는다! 느그나 많이 먹어!"

광민이 화가 나서 소리를 지르자 두 사내가 움찔하며 뒤로 물러섰다. 그 소리에 옆방에서 이야기를 나누고 있던 이승철이 방으로 들어왔다. 그는 광민을 조롱하듯 내뱉었다.

"이제 삼십 분 남았디."

이승철이 또 핸드폰을 꺼내서 광민의 얼굴 앞으로 내밀었다.

"아직 시간은 충분하디. 손에 피 묻히기 싫으니 알아서 하라우. 전화하고 살든가, 버티다가 죽든가."

"나를 못 죽이면 니가 내 손에 죽을 것이다. 내가 오래 산 건 아니지만 이렇게 고약한 경우는 처음이다. 북한 사람들은 다 니놈 같은가 보지?"

"하하하! 이젠 공화국까지 모욕하는 기야? 죽을 때가 다 되었는데 무슨 말을 못하갔냐만, 니놈은 아주 특별히 고통스럽게 죽게 해 주갔어. 그때도 니놈 입에서 그런 말이 나오나 보자우, 이 간나 새끼야."

이승철이 입술을 깨물며 독사 같은 눈으로 광민을 쳐다보다가 손목시계를 들여다보았다.

광민은 한 번 제대로 싸워 보지도 못하고 일방적으로 당하고만 있어야 하는 자신의 신세가 너무도 한심했다. 감옥에 갇혀 있는 강수를 꺼내 주기 위해 중국까지 왔는데 오히려 납치를 당해서 인질이 되어 있으니 비참하기 이를 데 없었다. 이들은 오로지 돈에 죽고 돈에 사는, 피도 눈물도 없는 놈들이었다. 이놈들을 믿고 속내를 털어놓았던 자신의 행동이 너무도 경솔하게 느껴졌고 그래서 더욱 속이 부글부글 끓어올랐다. 하지만 아무리 머리를 굴려 보아도 이곳에서 살아 나갈 묘안이 떠오르지 않았다. 꿀꿀이와 제비 또한 중국은 초행길인 데다 중국말도 전혀 하지 못했기 때문에, 이곳을 찾아올 거라고는 아예 기대조차 할 수 없었다. 기적처럼 이곳을 찾아온다고 해도 총을 가진 놈들과 싸웠다가는 허무하게 목숨만 잃게 될 가능성이 더 컸다. 광민은 자신의 운명이 여기까지구나 하고 생각하면서 모든 희망을 버리기로 결심했다.

이런 광민의 생각을 눈치라도 챈 듯 이승철이 손목시계를 다시 한 번 쳐다보았다.

"이제 갈 때가 되았어. 시간은 충분히 주었으니, 날 원망하진 말라우. 약속한 대로 세상에서 가장 고통스럽게 보내 주갔어. 나를 무시하고 공화국을 무시한 대가다. 이 간나 새끼 발까지 묶어 버리라우."

"예."

이승철의 뒤에 있던 사내 둘이 재빨리 로프를 가지고 광민의 발목을 단단히 묶었다.

꿀꿀이와 제비는 어느새 집 밖의 담장 밑에 숨어서 집 주위를 살펴보고 있었다. 대문 안에 있는 두 명은 총이 없는지 쇠파이프 두 개만 대문에 비스듬히 기대 놓은 채 마주 보고 잡담을 나누고 있었다. 창고 건물 앞에 있는 한 명은 오른손에 권총을 쥐고 건물 앞을 왔다 갔다 하며 지키고 있었다. 꿀꿀이가 제비에게 눈짓으로 신호를 보내며 손가락으로 그들을 가리켰다. 제비도 알았다는 듯 고개를 끄덕이며 다음 행동을 준비했다.

꿀꿀이와 제비는 담장을 따라 허리를 숙이고서는 소리 죽여 움직였다. 꿀꿀이는 바로 대문 밖으로 달렸고, 제비는 집 뒤쪽의 담장 밖에 몸을 숨겼다. 잠시 후 제비는 꿀꿀이가 대문 밖에 도착한 것을 확인하고 담장 위로 몸을 날렸다. 제비는 날렵한 몸놀림으로 담장 위에서 뛰어내리며 창고 앞에 있던 사내의 몸을 향해 단검을 내질렀다. 갑작스러운 기습에 사내는 비명도 지르지 못하고 바닥으로 꼬꾸라졌다. 제비는 쓰러진 사내의 손에서 권총을 빼앗아 들었지만 다룰 줄을 몰라 숲 속으로 던져 버렸다. 그리고 쓰러져 낮은 신음 소리를 토해 내고 있는 사내의 목에 단검을 들이대고 손가락을 입술로 가져가 입을 다물라는 경고를 보냈다.

제비가 창고 앞의 사내에게로 몸을 날리는 것과 동시에 꿀꿀이는 썩은 대문을 박차고 마당으로 뛰어들어가 대문가에 서 있던 사내를 번쩍 들어 한 바퀴 돌리더니 맞은편 사내에게 던져 버렸다.

"어이쿠!"

쿵, 쿠웅.

밖에서 요란한 소리가 들리자 방 안에서 이승철이 부리나케 뛰어나왔다. 그러고선 꿀꿀이를 향해 권총을 발사했다.

탕, 탕, 탕.

총알은 아슬아슬하게 꿀꿀이의 어깨를 스치듯 날아가서 요란한 소리를 내며 철문에 구멍을 뚫어 놓았다. 꿀꿀이는 일단 피하고 보자는 생각에 다시 대문 밖으로 뛰어나가 담장 밑에 붙어 엎드렸다. 이승철은 창고 앞에서 자신의 부하에게 단검을 겨누고 있는 제비를 발견하고는 그곳으로 달려갔다. 하지만 제비는 민첩한 몸놀림으로 담장을 뛰어넘어 사라졌다. 그때 꿀꿀이가 들고 나온 쇠파이프를 마당 안으로 던져 넣었다. 그러자 다시 총소리가 고막을 찢듯 울려 퍼졌다.

탕, 탕, 탕.

광민은 이승철이 문을 박차고 뛰어나가자 분명 누군가가 자신을 구하러 왔을 것이라는 직감이 들었다. 누구인지는 모르지만 그를 도와야 했다. 광민이 방 안에서 고함을 질렀다.

"총알이 없다. 지금 공격해야 한다. 빨리 공격해라."

그러자 광민의 앞에 서 있던 두 사내가 광민을 무차별적으로 두들기기 시작했다. 의자와 함께 넘어진 광민의 몸으로 두 사내의 발길질이 사정없이 파고들었다.

광민의 고함 소리는 제비에게도 크게 들렸다. 제비는 신속하게 담장을 다시 뛰어넘어 이승철에게로 달려들었다. 하지만 그 순간에도 이승철은 침착하게 총알을 장전하고 있었다. 대문 앞에서는 꿀꿀이가 쇠파이프를 들고 넘어진 사내들의 허벅지를 강타하고 있었다.

퍽. 퍽.

"윽, 으윽."

쇠파이프에 맞은 사내들은 담장 밑에서 초주검이 되어 널브러져 있었다. 제비는 이승철과 맞서서 단검을 휘두르고 있었다. 이승철은 이리저리 몸을 피하면서도 감각만으로 총알을 장전하고 있었다. 꿀꿀이가 가세해서 제비와 함께 에워싸자 이승철이 그제야 총알이 다 장전되었는지 탄창 끼우는 소리가 철커덕 하고 들렸다. 그 순간 누가 먼저라고 할 것도 없이 꿀꿀이와 제비가 동시에 몸을 날렸다. 제비의 칼을 피하기 위해 뒤로 한 걸음 물러서는 순간 꿀꿀이의 쇠파이프가 크게 원을 그리며 이승철의 오른쪽 어깨로 날아들었다. 이승철이 권총을 떨어뜨리며 오른쪽 어깨를 왼손으로 감싸자 이번에는 제비의 단검이 이승철의 허벅지에 꽂혔다.

"크억."

이승철의 입에서 비명이 터져 나왔다. 제비는 이승철의 권총도 주워서 숲 속으로 던져 버렸다. 그런데 그 순간 뒷산의 큰 소나무 뒤로 사람의 움직임이 보이는 듯했다. 제비는 잘못 보았겠지 생각하고 광민을 구하기 위해 방 안으로 뛰어들어갔다.

방 안에서는 광민의 고통스러운 비명 소리가 터져 나오고 있었다. 꿀꿀이가 핏발 선 눈으로 닫혀 있는 방문을 향해 온

몸을 집어던졌다.

쾅. 뿌직.

부서진 방문이 안으로 떨어지면서 꿀꿀이의 몸이 쓰러져 있던 광민의 몸을 덮쳤다. 광민을 향해 발길질을 하던 사내들이 갑작스러운 침입자를 향해 또다시 발길질을 시작했다. 다행히 방 안에 있던 사내들은 총을 갖고 있지 않았다. 이내 뒤따라 들어온 제비의 시퍼렇게 날이 선 단검이 순식간에 두 사내의 허벅지를 그었다. 움직임이 너무 빨라 칼에 맞은 줄도 모르고 발길질을 하던 사내들의 허벅지에서 피가 터져 나왔다. 그제야 칼을 맞은 줄 알고 두 사내가 뒤로 나자빠졌다.

제비는 재빨리 광민의 몸에 묶여 있는 로프를 끊었다.

비로소 몸이 자유로워지자 광민은 팔과 다리를 한 번씩 뻗어 보고, 목과 허리를 돌려보며 몸 상태를 확인했다. 몸에 이상이 없는 것을 확인한 광민은 꿀꿀이와 제비의 어깨를 싸안고 품으로 당겼다. 하지만 감격도 잠시, 광민의 지시가 시작되었다.

"이놈들도 밖으로 끌어내라."

광민은 마당으로 내려서서 누워 있는 이승철과 부하들을 천천히 훑어보았다. 광민은 쇠파이프를 들고 이승철을 내려다보며 말했다.

"너는 내 손에 죽는다고 했지?"

퍽, 퍽, 퍽, 퍽.

"아악! 아악! 악!"

광민의 인정사정없는 매타작에 이승철이 고통을 이기지 못하고 곧 혼절하고 말았다.

신음 소리를 내며 고통스러워하고 있는 모습을 물끄러미 내려다보는 광민에게 꿀꿀이가 담배를 건넸다. 해는 이미 지고 서쪽 하늘에는 붉은 노을 한 조각이 하루의 마지막을 불태우고 있었다. 그 붉은 노을 사이로 광민이 내뿜은 담배 연기가 피어오르다 흩어지기를 반복했다.

"살려 주시라요. 죽을죄를 지었습네다. 제발 살려 주시라요."

곳곳에서 살려 달라고 애원하는 소리가 들려왔다. 정신이 돌아온 이승철은 오른쪽 어깨를 왼손으로 감싸쥐고 주저앉아 있었다. 허벅지에서는 피가 계속해서 배어 나오고 있어 출혈이 생각보다 심하다는 것을 짐작할 수 있었다.

"꿀꿀아! 이놈들 병원에 데리고 가야겠다. 살 놈은 살 것이고 죽을 놈은 죽을 것이다."

서울에 있던 재환은 사무실 컴퓨터 앞에 앉아서 모니터를 뚫어져라 쳐다보고 있었다. 조금 전에 들어온 메일을 보고 또 보고 있었다.

중국지사에서 보내온 메일에는 '전원 무사함'이라고만 간략하게 적혀 있었다. 재환이 안도의 한숨을 내쉬며 컴퓨터를 끄려고 하자 호석이 다가와 재환의 어깨를 잡았다.

"퇴근 안 해?"

"으응. 해야지."

"그래? 나가자. 내가 소주 한잔 사마."

"미안. 나 오늘 바쁜 약속이 있어. 다음에 한잔하자. 미안해."

재환은 호석의 제의를 거절하고 사무실 문을 나섰다. 침울한 표정으로 나가는 재환의 뒷모습을 호석이 고개를 갸우뚱거리며 보고 있었다.

재환은 차를 운전해서 경부고속도로로 진입했다. 인터체인지를 지나 톨게이트에서 잠시 속도를 늦추었다가 톨게이트를 빠져나오자 바로 가속페달을 밟아 속도를 높였다. 차는 둔탁한 엔진음을 내면서 고속도로 위를 질주했다.

재환은 광민이 무사히 구출되었다는 소식을 듣고, 부산지검의 윤 검사에게 달려가는 길이었다. 지금 가 봐야 퇴근하고 없겠지만 이렇게라도 하지 않으면 심장이 터져 버릴 것만 같았다.

중국지사의 정보 요원들은 꿀꿀이와 제비를 먼저 보내고 나서 자신들은 망원렌즈가 부착된 조립식 저격용 소총을 조립해서 산 중턱의 나무 뒤에 자리를 잡고 숨어 있었다. 꿀꿀이와 제비가 제압을 하지 못하고 위급한 상황이 되면 지원해주기 위해서였다. 다행히 자신들의 지원 없이도 해결이 잘된 것을 눈으로 확인하고서는 재빨리 그곳을 빠져나와 재환에게 이 사실을 통보해 주었다.

재환은 광민이 살았다는 것에 안도하면서도 한편으로는 자신이 하고 있는 행동에 대해 심한 자괴감이 들었다. 동료들에 대한 미안함 때문에라도 이제는 결단을 할 때라고 생각했다. 미리 써 놓은 사직서도 책상 서랍에 넣어 둔 상태였다. 어쩌면 지금 가고 있는 이 길이 공인으로서의 마지막 공무 수행일지도 모른다는 생각이 들었다.

재환의 고물 차가 대전을 지나 달리고 있을 때 갑자기 엔진에서 이상한 소리가 들리더니 보닛 사이로 연기가 뿜어져 나왔다. 재환은 비상 깜빡이를 켜고 조심스럽게 차를 갓길에 세웠다.

"내 언젠가는 이럴 줄 알았지. 아, 씨. 여기서 이러면 어쩌라고!"

재환은 손바닥으로 핸들을 내리치며 화풀이를 했다. 그러고는 차에서 내려 운전석 앞 타이어를 발로 걷어찼다.

보닛 위로 치솟던 연기가 조금 가라앉자 재환은 보닛을 열었다. 오일 타는 냄새가 진동하고 있었다. 하지만 복잡하게 얽혀 있는 기계들을 보고는 고개를 가로저었다. 재환은 핸드폰을 꺼내 보험회사에 신고한 다음 레카차에게 차의 위치를 알려 주고는 망연자실하게 서 있었다.

재환은 차를 정비소에 우선 보냈다. 나중에 부산에서 올라오면서 들러 찾을 생각이었다.

길가에 서서 오른손을 높이 들어 지나가는 차들에게 도움을 청했다. 하지만 고속도로에서 속도를 높여 질주하던 차들이 세워줄 리 만무했다. 재환은 제자리에서 펄쩍펄쩍 뛰면서 좀 더 잘 보일 수 있도록 손을 크게 흔들었다. 한참 동안 그렇게 차를 얻어 타기 위해 도움을 요청했지만 고속도로 위로 헤드라이트를 밝힌 차들이 줄지어 달릴 뿐이었다.

그때였다. 소형차 한 대가 비상 깜빡이를 넣고서는 재환 앞에 정지했다. 반가운 마음에 재환이 조수석 창 쪽에 서서 운전자에게 인사를 했다.

"고맙습니다, 아주머니. 어디까지 가십니까?"

"예. 부산까지 가는데예."

"실례지만 부산 어디까지 가십니까? 갑자기 차가 고장이 나는 바람에……. 어떻게 신세 좀 질 수 없겠습니까?"

"예, 그래 하이소."

선선히 허락을 받아 낸 재환은 차 문을 열고 뒷자리로 올라탔다. 앞자리의 조수석에는 딸처럼 보이는 아가씨가 그 와중에도 다소곳이 잠들어 있었다. 재환이 문을 닫자 차는 천천히 가속하더니 이내 부산으로 달리기 시작했다.

운전을 하고 있는 사람 좋아 보이는 아주머니는 50대 중반 정도 되어 보였다.

"댁이 부산이십니까?"

재환이 어색한 분위기를 풀어 보고자 말을 걸었다.

"예. 부산에 삽니다. 우리 아아가 아파서, 서울에 유맹하신 박사님이 계시다카길래 그 갔다가 오는 중입니다."

"아니! 얼마나 아프길래 그러십니까? 얼굴도 미인이시던데."

"……."

순간 재환은 괜한 질문을 했다 싶어 미안한 마음이 들었다. 아주머니는 잠시 말이 없다가 크게 한숨을 내쉬고는 입을 열었다.

"제가예, 아들 하나는 먼저 하늘나라로 보내고 인자 요 있는 딸래미 하나밖에 없어예. 그란데, 야가 걸린 병이 로렌조 오일 병이라 카는데 아직 치료제가 없답니다. 부산서 댕기던 병원 의사 선생님이, 미국에서 공부하고 오신 박사님 한 분을 추천해 주시가 서울에 댕기오는 길입니다."

"아이고, 이런. 죄송합니다. 제가 괜히……."

"아입니다, 괘안십니다. 로렌조 오일을 먹으면서 진행을 늦추고는 있는데, 이게 아주 정지는 안 되는 모양입니다. 우짜겠십니까. 사람 힘으로는 안 되는 거를예."

"만나고 오신 박사님은 뭐라고 하시던가요?"

"……."

아마도 긍정적인 이야기를 듣고 오는 길은 아닌 것 같았다.

"야가 몇 해 전부터 어떤 분한테 치료비 후원을 받고 있거든예. 그분이 안 도와주셨으모 그동안 치료받기도 힘들었을 깁니다. 그래가 야가 그분을 만나서 고맙다는 말이라도 전할라 카는데, 도통 연락이 안 닿는 모양이더라고예. 한 번은 꼭 직접 만나야 한다고 저래 애를 태우고 있십니다."

"요즘 세상에도 그렇게 훌륭한 분이 계시네요. 정말 하늘이 맺어 준 인연인가 봅니다. 그분 꼭 만나셨으면 좋겠네요."

"제 딸래미도 딸래미지만 저도 꼭 한 번 뵙고 인사드리고 싶어예. 도대체 어떤 분인지 궁금키도 하고예."

"그러려면 따님도 그렇고 아주머니도 그렇고 건강하셔야죠. 그렇게 좋은 분이 도와주시는 데 따님도 금방 나으실 겁니다."

아픈 마음을 누구에게라도 하소연하고 싶었던 것일까, 처음 보는 재환에게 구구절절 사연을 털어놓는 모습에 재환은 가슴이 저렸다.

조수석에 잠들어 있던 아가씨가 이야기를 다 듣고 있었던 것인지 엄마를 쳐다보면서 손을 꼭 잡았다.

"의학이 계속 발전하고 있으니 좋은 날이 꼭 올 겁니다. 그때까지는 이겨 내고 있어야 하지 않겠습니까. 너무 상심하지 마십시오."

"예, 고맙십니다."

재환은 마음은 아프지만 딱히 더 위로할 수 있는 말이 떠오르지 않았다. 오히려 괜한 말로 가슴속 상처를 건드린 것 같아 미안한 마음에 말을 아꼈다.

좋은 사람들 덕분에 무사히 부산에 도착한 재환은 택시를 타고 광안리로 향했다. 도시는 이미 불빛에 둘러싸여 있었고 네온사인 불빛 아래로는 벌써부터 술에 취해 비틀거리는 사람들도 눈에 띄었다. 택시는 재환을 내려 주고 또 어디론가 손님을 찾아 도시의 불빛 속으로 사라졌다.

캄캄한 수평선 자락에서 고기잡이배들의 집어등이 별처럼 빛나고 있었다. 백사장에서 삼삼오오 모여 장난을 치거나 다정하게 데이트를 즐기는 연인들의 모습이 즐거워 보였다.

재환은 바다에서 밀려오는 짠 냄새 나는 공기를 폐 속 깊이 들이마셨다가 '후' 하고 한꺼번에 내뱉었다. 바다를 바라보고 있으면 뭔가 마음이 넉넉해지는 느낌이었지만 그렇게 넉넉한 품으로 세상을 사는 일은 쉽지 않았다.

광민에 대한 걱정과 윤 검사에 대한 분노로 심란해진 재환의 눈에 신라횟집 간판이 들어왔다. 특별한 장식 없이 불만 환하게 밝혀 놓은 간판이었지만 광민과 만나 즐거웠던 곳이라 마음이 끌렸다. 재환은 자신도 모르게 이끌리듯 가게 안으로 들어섰다.

"어서 오이소. 혼자 오셨십니까?"

"예."

"아이구, 전에 한 번 오셨던 손님이시네예! 맞지예?"

재환이 고개를 들어 여주인을 올려다보자 그녀는 넉살 좋게 웃으며 자리로 안내했다.

“아이구. 전에 손님이랑 친구분이랑 같이 오셨잖아예! 두 분 다 인물이 우찌나 좋든지 손님들이 다 한 번씩 쳐다보고 갔다 아입니꺼. 호호호호!”

그제야 재환은 기억이 났다. 광민과 술을 마시고 있을 때 자꾸만 다른 테이블의 손님들이 흘낏거리며 쳐다보곤 자기들끼리 소곤거렸었다. 그날 서비스도 푸짐했던 기억을 떠올리며 재환은 멋쩍은 웃음을 흘렸다.

재환이 앞에 놓인 소주잔을 들어 재빨리 한 잔을 비웠다. 배 속을 찌릿찌릿 타고 내려가는 독한 술이 잠시나마 복잡한 머릿속까지 씻어 주는 것 같았다. 재환은 안주에는 거의 손도 대지 않은 채 연신 빈 잔만 채우고 있었다.

그렇게 한참 동안을 마시고 있을 때 갑자기 광민이 슬픈 눈으로 재환을 바라보고 있었다.

“재환아, 이 또한 내 운명이다. 내가 짊어지고 살아가야만 하는 내 운명. 그러니 너는 니 운명대로 살아라. 내 운명에 얽히지 말고, 제발.”

“운명 같은 소리 집어치워라. 너는 어떻게 너만 생각하냐? 너 주위에 있는 사람들은 안 보이냐? 제발 주위도 좀 둘러보고 그렇게 살아 주라. 응?”

“정말 나는 아무렇지도 않다. 내가 사는 방식은 이미 정해져 있다. 그러니 너도 니 방식대로 니 인생 살아라. 그래야

나도 마음이 좀 편해지지 않겠냐?"

재환은 더 할 말이 없었다. 광민의 고집이 어느 정도인지는 재환이 제일 잘 알고 있었다.

"어이구, 손님! 혼자서 뭔 술을 이래 많이 마셨십니꺼? 더 마시면 안 되긋네. 이제 그만 일어나이소. 자, 자!"

재환은 머리가 지끈거리고 속이 울렁거려서 눈을 떴다. TV와 화장대가 눈에 들어왔다. 희미한 기억으로는 소주를 거의 네 병째 마셨을 때 여사장이 자신을 부축해서 아마도 근처의 모텔로 들어왔던 것 같았다. 횟집 여사장에게 고마운 마음이 들었다.

일어나 창문의 커튼을 젖히니 시원하게 펼쳐진 해변의 백사장이 한눈에 들어왔다. 백사장에서는 조깅을 하는 사람들과 운동을 하는 사람들이 부지런히 아침을 시작하고 있었다. 시계를 보니 아침 7시 10분을 가리키고 있었다.

재환은 샤워를 마치고 옷을 입고서는 거울 앞에 섰다. 마음 한구석이 뻥 뚫린 것처럼 아프기도 하고 아리기도 했지만 애써 태연하게 넘겼다. 이제 그 자리에는 누구도 들어오지 못할 것이라는 것을 재환은 잘 알고 있었다. 그 자리는 평생 광민 한 사람만을 위해 남겨 둘 것이었다.

재환이 택시를 타고 도착한 곳은 부산지방검찰청 앞이었다. 팀장에게는 갑작스러운 부산 출장이라고만 간단하게 보고했고, 다시 서울에 도착하는 대로 자세한 보고를 하겠다고 통보해 놓았다.

재환이 특수부 검사실로 들어가려고 할 때 안에서 고성이 오가고 있었다. 재환은 문을 열려다 멈추고 안에서 새어 나오는 소리에 귀를 기울였다.

"아니, 검사님. 제가 죄를 인정을 안 하는 것도 아이고 다 인정하겠다 안 합니까. 근데 와 기소를 안 붙입니까? 지금 이라는 거는 검사님 월권행위 아입니까?"

"월권행위? 당신 월권행위가 뭔 줄이나 알고 하는 말이야? 다 생각이 있어서 그러는 거니까 기다려."

"2차 조사, 3차 조사까지 다 인정했십니다. 근데도 와 빨리 기소를 안 붙이는 깁니까?"

"당신, 지금 검사를 협박하는 거야? 대한민국 검사를 뭘로 보고 함부로 말해. 그리고 당신이 뭘 잘했다고 큰 소리야, 큰 소리가!"

"그래, 지금 협박하고 있다, 이 새끼야. 니가 지금 무슨 짓을 꾸미고 있는지 다 알고 있단 말이다! 니 같은 기 검사면 내라도 검사하겠다, 개새끼야. 광민이한테 무슨 일 생기모 다 당신 책임이다. 옷 벗을 각오 정도는 하고 이런 일 벌인 거겠제? 어디 두고 보자고."

김강수는 열이 올라 윤정범에게 격한 말투로 항의하고 있었다. 아니, 항의라기보다는 거의 협박에 가까웠다. 윤정범의 얼굴이 벌겋게 달아올라 있었다. 김강수는 소파에 앉아 머리를 감싸쥐고 있었고, 윤 검사는 자신의 책상 사이로 난 통로를 왔다 갔다 하면서 씩씩거리고 있었다.

문밖에서 두 사람의 말싸움을 듣고 있던 재환이 벌컥 문을 열고 들어가 두 사람 사이에 끼어들었다.

"윤 검사님은 빨리 기소를 붙여서 사건을 마무리짓는 게 좋겠습니다."

"뭐야, 양 주임! 당신이 뭘 안다고 나서, 나서기는?"

난데없이 나타난 재환의 한마디에 윤 검사는 길길이 날뛰었다.

"서광민이 중국에서 납치되었다가 구사일생으로 살아났습니다. 또 언제 어디서 어떤 사고가 발생할지 아무도 알 수 없습니다. 그러니 빨리 사건을 종결시키시고 중국에 있는 서광민이를 불러들이십시오. 그것만이 지금으로서는 최선책입니다."

"아니, 양 주임! 그 친구를 내가 중국으로 보냈소? 무슨 말을 그렇게 합니까?"

"당신이 감강수를 풀어 준다는 조건으로 꾸민 일 아닙니까? 그게 어디 검사가 할 일입니까?"

"내가 무슨 법이라도 어긴 것처럼 들립니다? 내가 하는 일은 다 법대로 하는 거요. 그나마 이렇게 고생을 하고 있으니까 우리나라가 마약 없는 청정국이 된 것 아니오? 근데 뭐?

당신이 뭘 안다고 나서 나서긴!"

"그런 놈의 법이 어디에 있습니까? 검사라는 사람이 범죄자와 거래를 해 놓고도 참으로 당당하시군요. 이 나라 법 어디에 자신의 영달을 위해서 범죄자와 거래를 해도 된다고 되어 있단 말이오?"

"이것 봐요, 양 주임. 당신 잘 생각해야 돼. 당신 지금 범죄자를 두둔하고 있는 거요. 혹시 김강수나 서광민한테 뭐 받아먹은 거라도 있소?"

"윤 검사님!"

윤정범의 당당한 태도에 분통이 터진 재환은 더는 싸워 봤자 의미가 없다는 판단이 서자, 정수기에서 냉수를 받아 벌컥벌컥 마셨다. 그런데 그때 김강수의 손등이 눈에 들어왔다. 전갈 문신이었다. 재환은 김강수의 얼굴을 보려고 했지만 두 손으로 머리를 감싸쥐고 있어서 자세히 볼 수가 없었다.

형제복지원에서 보았던 김강수는 체구가 크고 카리스마가 넘치는 사람이었다. 그래서 재환에게 김강수는 도저히 뛰어넘을 수 없는 거대한 산처럼 느껴졌었다. 그러나 지금 눈앞에 앉아 있는 남자는 그저 보통의 평범한 사람의 느낌이었다. 그토록 많은 시간이 흘렀음에도 인연은 참으로 묘하게 얽히고 뒤틀려서 세 사람을 다시 엮어 놓은 것이다.

재환은 아직도 분이 풀리지 않아 씩씩거리고 있는 윤 검사의 책상 앞에 섰다. 윤 검사는 의자를 뒤로 젖혀 기댄 채 벽을 향해 돌아앉아 있었다.

"윤 검사님, 빨리 일을 마무리해 주십시오. 한 사람의 생명이 걸린 일입니다."

"아무 말도 하지 말고 다들 나가십시오. 지금은 아무 말도 하고 싶지 않습니다."

김강수는 갑자기 나타나 광민을 구하려고 하는 사내의 정체가 궁금했지만 직접 물어볼 분위기가 아니어서 그저 지켜만 보고 있었다.

마침표를 찍는 듯한 윤 검사의 말에 재환은 벽이 울리도록 큰 소리로 문을 닫고 나가 버렸고, 이어서 김강수는 교도관에게 이끌려 검사실 밖으로 나갔다.

모두 다 떠나고 난 조용한 사무실에서 윤 검사는 깊은 고민에 빠져들었다. 김강수가 저렇게 목숨 걸고 기소를 붙여 달라고 애원하고 있고, 안기부 소속인 재환까지도 자신에게 광민에 대한 모든 책임을 떠맡기고 있었다. 윤 검사는 혹시라도 중국에 있는 광민에게 무슨 일이라도 생기면 정말로 자신이 모든 것을 책임져야 한다는 데까지 생각이 이르자 등골이 오싹해졌다. 또한 이 모든 일의 진행 과정을 안기부 직원인 재환과 김강수가 세세한 부분들까지 다 알고 있다는 것이 부담스러웠다. 괜히 작은 공 하나 세울 욕심에 자칫 지금까지 쌓은 모든 것을 잃을 수도 있었다.

윤 검사는 수사관을 불러 김강수에 대한 기소를 당장 붙이라고 명령했다.

부상당한 이승철 일행을 심양의 종합병원에 입원시킨 광민은 그들이 치료받는 모습을 처음부터 유심히 지켜보고 있었다. 제비에게 첫 번째로 칼을 맞은 사내는 소장과 대장을 연결하는 수술을 받아야 했고, 대문 앞에서 꿀꿀이의 쇠파이프에 맞은 사내 둘은 어깨와 다리가 부러진 상태였다. 이승철은 어깨뼈가 부러진 데다 칼에 찔린 허벅지의 상처가 꽤 깊었다. 방에서 광민을 지켜보고 있던 사내 둘은 제비의 칼에 베인 허벅지를 꿰매고 입원실로 옮겨졌다. 한숨을 돌린 광민은 이승철이 누워 있는 침대로 다가갔다.

"죽을 놈은 없는 것 같소만, 상처가 심해서 낫는 데 시간이 좀 걸린답니다. 치료 잘 받으십시오. 갑니다."

"……."

광민도 온몸에 타박상이 심했지만 한사코 치료받기를 거부했다. 속 편하게 병원에 누워 있을 정도의 상황이 아니었던 것이다. 꿀꿀이와 제비는 그림자처럼 광민에게 붙어서 한 발짝도 거리를 두지 않았다. 마치 자신들 때문에 벌어진 일인 듯 둘은 표정이 굳은 채 광민에게서 한시도 눈을 떼지 않고 경계하고 있었다.

광민은 꿀꿀이와 제비를 이끌고 호텔 숙소로 돌아가 곳곳에 덕지덕지 묻어 있는 피를 씻어 내기 위해 샤워실로 향했다. 광민은 쏟아지는 물줄기를 받으며 멍하니 거울을 들여다보았다. 뿌옇게 얼룩진 표정의 남자가 거울 속에서 바라보고 있었다.

온몸에 상처를 입고 죽음의 문턱까지 넘나들었지만 얻은 게 하나도 없었다. 허탈한 마음에 물줄기를 더 강하게 틀었지만 아무리 생각해도 앞이 보이지 않았다. 강수를 구하기 위해 비장한 마음을 먹고 시작한 일이었지만 더는 어떻게 해야 할지 막막했다.

광민은 꿀꿀이와 제비에게 납치된 현장을 알려 준 것이 재환이라는 것을 눈치채고 있었다. 어렴풋이 재환이 매우 비밀스럽고 거대한 기관의 정보 요원이라는 것을 대충 짐작하고 있었던 것이다. 재환 외에 그런 일을 할 수 있는 사람은 주위에 아무도 없었다. 광민은 재환으로부터 큰 빚을 졌다는 생각에 가슴이 답답해졌다.

광민은 샤워를 마치자마자 바로 잠자리에 들어 시체처럼 곯아떨어졌다. 꿀꿀이와 제비도 광민이 잠든 것을 확인하고는 바로 쓰러지듯 잠들었다. 세 사람에게는 참으로 긴 하루였다. 그리고 그렇게 서로를 지켜 가며 죽음의 문턱을 넘어 다시 돌아온 것이다. 밤하늘에 떠 있는 수많은 별들이 이들을 내려다보고 있었지만 세 사람은 여전히 잠 속을 헤매고 있었다.

죽음의 문턱에서 살아온 뒤 또다시 일주일이라는 시간이

허무하게 흘러가고 있었다. 이승철과의 거래가 틀어진 이후 광민은 다른 선을 넣어 보려고 백방으로 수소문했지만, 어느 곳에서도 길을 찾을 수가 없었다. 하지만 그렇다고 포기해 버리기엔 너무도 허망하고 아쉬움이 컸다. 충분하진 않지만 아직 시간은 있었다. 어떻게 해서든 돌아가지 않고 길을 열어 보려고 기를 쓰고 있었지만, 광민도 꿀꿀이도 제비도 점점 힘이 빠지고 있었다.

어김없이 창문을 비집고 들어온 햇살에 눈이 부셔 광민이 기지개를 켜고 일어났다. 꿀꿀이와 제비는 여전히 안쓰러운 모습으로 죽은 듯이 자고 있었다. 광민은 잠든 두 사내의 얼굴을 잠시 동안 유심히 들여다보았다. 그들을 바라보는 광민의 눈빛이 애잔했다. 오로지 강수를 구하겠다는 생각과 광민에 대한 믿음 하나로 이 먼 곳까지 함께 와 준 고마운 동생들이었다. 광민은 잠들어 있는 꿀꿀이와 제비를 깨우지 않기 위해 조심조심 움직여 냉장고에서 생수를 꺼내 마셨다.

그때 누군가가 문을 두드리는 소리가 들렸다.

"누구십니까?"

"……."

"누구세요?"

"예. 저 이승철입니다."

이승철의 예상치 못한 방문에 광민은 재빨리 꿀꿀이와 제비를 흔들어 깨웠다.

"야, 일어나라. 빨리."

영문을 모르는 둘은 연신 하품을 해대며 눈을 비볐다.

"이승철이다."

광민의 말에 두 사람은 눈이 커지면서 벌떡 일어나 경계 자세를 취했다.

"어데 있십니까?"

"어. 지금 밖에 와 있다."

"제가 문을 열겠십니다. 행님은 제 뒤에 서 계시이소."

"아니다. 내가 알아서 하마."

광민이 꿀꿀이를 뒤로 보내고 문을 열었다. 이승철이 처음 보는 두 사내의 도움을 받으며 휠체어에 앉아 있었다.

"좀, 들어가도 되겠습네까?"

"들어오십시오. 여기까지 왔는데."

광민이 퉁명스럽게 말을 던지자 이승철의 좌측에 서 있는 사내가 휠체어를 밀고 들어왔다. 이승철의 부드러운 태도에 광민도 경계를 풀고 휠체어를 따라 돌아섰다. 이승철이 광민의 얼굴을 올려다보며 흐뭇한 미소를 지었다.

"내레 이렇게 온 것은 사장님을 돕기 위해서 온 것이니 오해는 마시라요."

"……."

온화한 표정을 짓고 있는 이승철은 그때의 기억을 떠올리기가 쉽지 않을 정도로 다른 사람이 되어 있었다.

"내레, 쭉 사장님을 지켜봤습네다. 그때 우리를 어떻게 할 수도 있었는데도 모두 다 병원으로 옮겨서 치료까지 시켜 주시니 저도 사람인데 어찌 마음이 동하지 않겠습네까? 이 먼 곳까지 제 이름 석 자만 믿고 오셨는데 그냥 가시게 할 수는 없지 않겠습네까?"

이승철은 왼손으로 메모지를 꺼내 광민에게 내밀었다.

"여기 계좌로 오만 달러 입금시키시라요. 입금이 확인되는 즉시 모든 문제를 해결해 드리겠습네다. 이거 거저 드리는 거나 다름없습네다."

광민은 이승철이 내민 메모지를 받아 쥐고서는 잠시 망설이더니 이내 이승철의 눈을 바라보았다. 이승철은 광민과 눈이 마주치자 믿어 달라는 뜻으로 눈을 살짝 깜빡이더니 고개를 끄덕여 보였다. 광민은 옆에 있던 꿀꿀이에게 메모지를 건넸다.

"전화해서 십만 달러 입금시키라고 해라."

"잠깐만! 저는 오만 달러라고 했습니다."

"꿀꿀아, 빨리 움직……."

"잠깐."

이승철이 갑자기 뭔가 생각난 듯 말을 끊었다.

"처음이시니 말씀드리겠습니다만, 환율 계산해서 한국 돈으로 그냥 5천만원 입금하시면 됩네다."

"예? 그럼 어떻게 송금을……."

꿀꿀이가 의아한 표정으로 되물었다.

"1억 입금시키라고 해."

광민이 천원 내외인 환율을 생각하고 한 말이었다.

"한국 계좌에 한국 돈으로 입금하시면 제 손이 닿는 나라에서는 달러로도, 그 나라 돈으로도 다 찾을 수 있습네다. 내레 그 정도 능력은 됩네다."

광민은 이승철이라는 사람의 영향력이 도대체 어느 정도까지인지 가늠조차 할 수 없었다.

"꿀꿀아, 서둘러라."

광민이 다시 지시를 내리자 꿀꿀이가 서둘러 전화를 걸었다. 그 모습을 본 이승철이 뒤에 있는 사내에게 손을 내밀어 전화기를 받아 쥐고 어디론가 전화를 걸었다.

윤 검사와 약속한 시일은 4일밖에 남지 않았다. 광민은 그제야 뭔가 일이 풀릴 것 같다는 생각이 들었다. 앞에 있는 이승철을 믿어도 되겠다는 확신이 서자 성공에 대한 자신감이 생겼다.

꿀꿀이는 계속해서 한국과 통화를 하더니 입금되었다고 했다. 잠시 후 이승철이 입금을 확인하고서는 자신의 옆에 있는 사내에게 눈짓을 보냈다. 그러자 이승철의 부하가 휠체어를 밀며 앞장서서 광민 일행을 안내했다. 호텔 밖으로 나오자 주차장에 승합차 한 대가 대기하고 있었다. 이승철이 모습을 보이자 승합차 안에서 대여섯 명의 사내들이 뛰어나와 허리를 깊이 숙여 인사를 하더니 승합차에 오를 수 있도록 길을 열어 주었다. 그러자 이승철이 뒤따라오던 광민을 향해 고개를 돌리더니 먼저 탈 것을 권했다.

"먼저 타시디요."

"아닙니다. 몸도 불편하신데 먼저 타십시오."

광민이 직접 휠체어 손잡이를 잡고 뒤에서 밀자 이승철은 순순히 광민에게 몸을 맡겼다.

이승철 일행과 광민 일행 모두를 태운 승합차는 도시의 한복판을 가로질러 어디론가 쏜살같이 달려갔다. 차 안에는 무거운 침묵이 흘렀고, 창밖으로는 붉은 태양이 도시를 눈부시게 비추고 있었다.

시내 도로를 벗어난 승합차는 이내 비포장길로 접어들더니 차체를 요란하게 덜컹거리며 흙먼지를 일으켰다. 산기슭으로 접어들어서도 꽤 오랜 시간을 달리자, 창밖을 보고 있던 광민이 이승철의 뒷모습을 바라보았다.

이승철도 의자에 앉아 창밖을 바라보며 입을 굳게 다물고 있었다.

광민이 먼저 입을 열었다.

"아직도 많이 가야 합니까?"

광민의 목소리에서 불안감을 느낀 이승철이 고개를 뒤로 돌려 광민을 쳐다보았다.

"거의 다 왔습네다. 혹시나 해서 안전 때문에 조금 둘러가는 것이니 걱정하지 않으셔도 됩네다."

그제야 광민이 고개를 끄덕이며 긴장을 풀었다.

"예에. 그렇군요!"

이승철의 활동 범위는 중국 전역으로 넓었지만 모든 일 처리가 이루어지는 중심지는 바로 심양이었다. 그중에서도 지금 가고 있는 곳은 조직의 실제적인 일들이 이루어지고 있는 곳이었기 때문에 이승철에게 있어서 그곳을 외부인에게 노출시킨다는 것은 자살행위나 다름없는 일이었다. 그래서 언제나 그곳으로 향할 때는 한참을 옆길로 돌아 미행이 붙지 않았는지 확인했다.

잠시 후 승합차가 정지함과 동시에 차 문이 열렸다. 창밖을 보고 있던 광민의 눈에 허름하게 기울어진 가옥 두 채가 들어왔다. 승합차 안에서도 안이 환히 보일 정도로 담이 낮았다. 사람이 살고 있을 것 같지 않은 집 안에서는 젊은 사내 몇이 분주하게 움직이고 있었다.

용접기가 동원되어 불꽃을 튀기면서 용접을 하는 모습도 보였고 대문 옆에서는 두 명의 사내가 잔뜩 긴장한 눈빛으로 주위를 경계하고 있었다.

"다 왔습네다. 내리시라요."

이승철이 광민을 돌아보며 도착했음을 알렸다.

"아, 예. 고맙습니다."

광민은 긴장의 끈을 놓지 않고 꿀꿀이와 제비가 뒤따라 내리는 것을 확인하고서 이승철을 따라 집 안으로 들어섰다.

이승철이 휠체어에 앉은 채 대문으로 들어서자 건장한 사내 둘이 한 걸음 앞으로 나와 고개를 숙였다. 이승철은 두 사내의 인사에 가볍게 답하고는 곧바로 불꽃을 튀기며 용접이 이루어지고 있는 작은 건물로 향했다.

이승철이 선두에 서고 광민이 그 뒤를 따랐으며, 그 뒤로 꿀꿀이와 제비가, 마지막으로 이승철의 부하들이 한 무리가 되어서 걸었다.

이승철이 용접기에서 나오는 불꽃을 주의 깊게 바라보고 있었다. 용접을 하던 남자들이 일손을 잠시 놓고 일어서서는 이승철에게 인사를 건넸다.

"다 되어 갑네다."

"빈틈없이 잘해야 됩네다. 이번엔 특별히 중요한 물건이니끼니. 자, 계속하시라요."

이승철이 짧은 말로 인사에 답하자 인부들이 다시 용접기에 불을 붙이고 LPG 가스통 밑부분을 절단했다.

"자, 이렇게 해서 가디고 가시면 귀신도 모를 겁네다."

광민이 그제야 이해가 되었는지 고개를 크게 끄덕였다.

치지직, 추욱, 치지직.

불꽃을 튀기며 LPG 가스통을 자르는 소리가 마당을 가득 채웠지만 사람들은 모두 무덤덤한 표정으로 지켜보고 있었다. 이윽고 LPG 가스통의 밑부분이 절단되자 강철을 자르던 뜨거운 불꽃이 천천히 사그라졌다.

인부 중 하나가 잽싸게 일어나더니 비닐에 칭칭 감긴 물건을 건물 안에서 가져오더니 이승철에게 건넸다.

"자, 확인해 보시라요."

이승철이 광민에게 확인해 보라며 물건을 건넸다.

"괜찮습니다. 그대로 진행하십시오."

"행님, 그래도 확인을 한번 해 보는 기……."

"기왕이면 확실하게 하는 것이 서로 좋지 않겠십니까?"

꿀꿀이와 제비가 나서 보았지만, 광민은 확인할 필요가 없다는 말로 이승철을 믿고 있는 듯했다.

"고맙기도 하고 죄송스럽기도 해서 여기다 조그마한 선물도 같이 넣었습네다. 그리 아시라요."

이승철이 눈짓을 하자 인부들이 다시 분주하게 움직이기 시작했다. 텅 빈 가스통 안에 비닐로 포장한 물건을 넣고서는 잘라 냈던 밑부분을 다시 용접기로 이어 붙였다. 용접봉에 불꽃이 튀면서 가스통은 조금씩 원래의 모습을 되찾아 가고 있었다.

꿀꿀이와 제비는 잠시도 눈을 떼지 않고 작업 현장을 지켜보고 있었다. 비닐에 싸인 물건을 뜯어서 확인해 보고 싶은 마음이 간절했지만 광민의 결정에 자신들의 생각을 접어야 했다. 아쉬움이 남았지만 다른 도리가 없었다. 다만 일이 잘 되기를 바랄 뿐이었다.

열심히 불꽃을 튀기면서 타 들어가던 용접봉에서 불꽃이 사라지자 용접을 하던 사내가 용접기를 땅바닥에 내려놓고서는 허리를 펴고 일어났다. 그러고선 LPG 가스통을 세워도 보고 옆으로 돌려도 보고 거꾸로 뒤집어도 보더니 혼자서 고개를 끄덕였다. 흡족한 표정으로 보아 작업이 매우 잘된 듯 보였다. 이어서 귀를 찢는 듯한 굉음을 내며 그라인더가 돌았다. 잠깐 동안의 작업으로 가스통의 용접 부분이 매끄럽게 다듬어져 있었다.

인부 중 한 명이 장갑 낀 손으로 용접된 부분을 슬슬 문질러 보더니 이내 오른손을 들어올렸다. 그러자 옆에 서 있던 다른 인부가 잽싸게 일회용 래커를 가지고 와 손에 쥐어 주었다. 휴대용 소형 래커를 손에 쥔 용접공은 이내 힘차게 좌우로 흔들더니 땅바닥에 뿌려 보았다.

칙. 치이익.

땅바닥에 뿌려진 모양을 살피던 용접공은 또다시 고개를 끄덕이더니 용접한 부위에다 래커 칠을 하기 시작했다.

칙. 치이익. 치칙. 칙.

가스가 뿜어져 나오는 소리와 함께 용접을 하면서 벗겨졌던 부분이 다른 부분과 같은 색으로 변했다.

칙 치치직. 탈깍 탈깍. 치치익. 칙.

순식간에 절단되었던 가스통이 새 옷으로 갈아입고 원래의 모습으로 복원되어 있었다. 광민 일행은 처음 보는 신기한 기술에 놀라 넋이 나간 사람처럼 쳐다보고 있었다.

이제 이 가스통을 윤정범 검사에게 무사히 전달만 하면 강수가 자유의 몸이 될 수 있다고 생각하니 가슴이 벅차올랐다. 그렇게만 된다면 마음속에 무겁게 자리 잡고 있는 짐을 조금은 내려놓을 수 있을 것 같았다.

"됐습네다. 이만하면 귀신도 모를 겁네다."

이승철이 앞에 놓인 LPG 가스통의 윗부분을 왼손으로 잡고 한 바퀴 굴려 보더니 광민에게 만족스러운 눈길을 보냈다.

"예. 이만하면 된 것 같습니다."

광민이 이승철이 잡고 있던 가스통을 눈으로 따라가며 확인하고 대답했다.

"자, 빨리! 시간이 없으니 빨리 차에 실어 옮기라요."

작업을 끝낸 인부들에게 이승철이 지시하자, 멀뚱하게 서 있던 인부 두 명이 가스통을 마주 들고 마당을 가로질러 나갔다.

가스통이 실리자 이승철의 부하 두 명이 달려와 휠체어에 앉아 있던 이승철을 먼저 승합차에 태웠다. 올 때와 마찬가지로 승합차 안에는 똑같은 인원이 탑승해 있었다. 단지 늘어난 것이 있다면 LPG 가스통과 그 안에 들어 있는 내용물뿐이었다.

일행을 태운 승합차는 이내 산길을 벗어나 포장도로를 달리기 시작했다. 검은 어둠이 서서히 도로 위로 내려앉고 있었다.

모두들 무거운 마음으로 침묵을 지키고 있었지만, 눈빛만큼은 강렬하게 창밖을 주시하고 있었다. 이런 분위기와 상관없이 승합차는 곧 심양 시내로 접어들기 직전이었다. 심양 시내가 목전으로 다가서자 이승철이 차를 세우라고 지시했다.

"차를 세우고 잠시만 기다리고 있으시라요."

이승철의 말이 떨어지자 심양 시내를 눈앞에 두고 승합차가 갓길에 멈춰 섰다.

"나를 내려 주고 사장님만 좀 내리시라요. 내레 긴히 할 말이 있습네다."

광민이 의아한 표정으로 이승철을 바라보자 이승철이 양해를 구하는 눈빛을 보였다. 이승철의 부하 두 명이 이승철의 휠체어를 들어 차 문밖으로 내려놓고는 다시 잽싸게 차에 올랐다. 광민이 차에서 내리자 뒤쪽으로 문 닫히는 소리가 들렸다. 꿀꿀이와 제비는 행여나 무슨 일이 생기는 것은 아닌가 싶어 경계의 눈빛으로 주위를 둘러보았다. 그 모습을 본 이승철의 부하들 중 하나가 안심을 시켰다.

"두 분께서만 나눌 이야기입네다. 안심하시고 가만히 계시라요."

그 말을 듣고서도 긴장을 늦추지 않고 온몸에 힘이 잔뜩 들어가 있는 꿀꿀이와 제비를 보고서는 이승철의 부하들이 고개를 돌렸다.

이승철은 휠체어에 앉아 있었고 그 옆으로 광민이 장승처럼 꼿꼿하게 서 있었다. 이승철이 먼 산을 보며 광민에게 말을 건넸다.

"사장님은 처음이라 운반 과정을 잘 모르실 겁네다. 우리가 사장님이 계신 곳까지 안전하게 보내 드릴 테니 안심하시고 한국으로 가시면 됩네다. 저 물건은 난징항까지 가서 그곳에 있는 우리 배를 이용해 NLL(북방한계선) 부근으로 조업하러 나온 한국 배에 옮겨 싣고 거제 장승포항까지 갈 겁네다. 사장님은 그 배를 타고 들어가실 수 없으니 저희를 믿고 장승포항으로 가시라요. 아니면 이곳에서 네 시간 걸리는 난징항까지 동행하시겠습네까?"

"지금까지 당신을 믿었는데 끝까지 믿어야지요. 그렇게 하겠습니다."

광민이 대답하자 이승철이 만족스러운 표정을 지으며 상의 안주머니에서 가로 5센티, 세로 10센티가량 되는 팻말을 꺼냈다. 플라스틱 같으면서도 옥같이 반질거리는 팻말을 두 손으로 분지르더니 다시 한 번 부러진 부분을 서로 맞대어 보았다. 팻말에는 '성공' 이라는 글자가 선명하게 새겨져 있었는데 부러진 부분을 맞추니 빈틈 하나 없이 원래의 모양으로 맞추어졌다.

이승철은 두 손에 쥐고 있던 반토막 난 팻말 중 하나를 광민에게 건넸다. 광민이 받아 쥔 팻말은 '공' 자가 새겨진 부분이었다.

"이것이 물건의 임자라는 증표입네다. 장승포항까지 운반하는 선장에게도 내가 가지고 있는 증표를 보낼 테니 나중에 증표를 제시하면 물건을 건네줄 겁네다."

"예, 그렇군요!"

광민은 그제야 이유를 알 것 같았다. 처음 만나는 사람이 진짜인지 확인할 길이 없으니 이렇게 팻말을 나누어서 서로를 확인하는 것이었다. 광민은 이토록 한 치의 빈틈도 없이 일을 처리하는 이승철에게서 깊은 신뢰를 느낄 수 있었다.

"옛날에는 공해상에서 주로 접촉했지만 요즘에는 레이더 감시가 너무 심해 빈틈을 찾을 수가 없어졌시요. 그래서 우리와 접촉하는 소형 어선들하고 같이 사업을 하고 있습네다. 아마 장승포항에는 삼 일 후 저녁 늦게 들어가게 될 겁네다. 사장님께서는 다음 날, 그러니까 사 일 후 오전에 장승포항에 가셔서 동양호 선장을 찾으시라요. 그리고 조금 전에 건넨 증표를 보여 주시면 LPG 가스통을 사장님께 건네줄 겁네다."

"예. 잘 알겠습니다! 이렇게 세심하게 신경을 써 주시니 어떻게 보답을 해야 할지 모르겠습니다. 그저 감사할 따름입니다."

광민이 예의를 갖춰 인사를 하자 이승철이 광민의 오른손을 자신의 왼손으로 꼭 쥐었다.

"부디 성공하시라요. 그래서 증표를 성공이라고 적었습네다. 우리가 인연이 있다면 또 만나게 되겠디요. 다음에는 만나고 싶을 때는 언제나 만날 수 있는 그런 사이가 되길 희망합네다."

"저도 마찬가지입니다. 많이 보고 싶을 겁니다."

광민이 두 손으로 이승철의 손을 힘차게 감싸쥐었다.

광민은 귀국하기 위해 택시를 타고 심양공항으로 향했고 뒷일은 이승철에게 모두 맡겨 두었다. 광민은 강수를 위해 이곳까지 오게 되었지만 조금의 후회나 원망도 없었다. 달리는 택시 안에서 잠시 지친 몸을 뒤로 눕히고 눈을 감았다. 꿀꿀이와 제비는 피로에 지친 광민의 모습에 미안함을 느끼며 사나이로서의 의리를 다시 실감했다.

이들을 태운 택시는 가로등 불빛을 받으며 심양 시내를 질주했다. 길가에 세워진 이정표에 심양공항이라고 적힌 글자가 또렷하게 불빛을 받으며 반짝였다.

강수는 기소되어 검사 구형 8년에 1심 선고 6년을 선고받자 항소를 포기했다. 형이 확정되자 곧바로 안동교도소로 이감되었다. 세간의 이목을 집중시킨 사건이라 기소에서 공판까지 일사천리로 진행되었던 것이다. 주위의 만류에도 불구하고 항소를 포기한 강수에게는 마치 하루가 1년 같았다. 오직 광민이 무사히 돌아오기만을 기다리며 노심초사 광민의 안전만을 기원하며 보내고 있었다. 강수가 항소를 했다면 최소한 1년은 감형받을 수 있었을지도 몰랐다. 마약 판매자의 형량은 3년 이상의 중형이 거의 없었기 때문이었다.

강수는 조직폭력배 두목으로 분류되어 있었기 때문에 독방에서 생활했지만 안동교도소로 이감되자 자진해서 공장에 출역했다. 공장에 출역해야 일반 재소자들과 같이 지낼 수 있기 때문이었다.

"니기미 씨팔! 이 짓을 언제까지 해야 되는 거야? 난 이번에 나가게 되면 어마어마한 사건을 터트리고 말 거야. 내 인생이 억울해서라도 이대로 끝낼 수는 없어."

"너는 그런데 죽을 때까지 징역만 살 거냐?"

"아, 그게 내 신세라면 받아들여야지 어쩔 수가 있나, 뭐. 다 운명인데."

"하긴 그래. 세상을 발칵 뒤집어 놓은 사건을 저지른 놈들한테는 무료 변론하겠다고 자청하는 변호사가 있질 않나, 수시로 교화시키겠다고 접견 오는 사람도 줄을 섰다는데."

"니기미 씨팔것. 우리는 거기에 비하면 범죄도 아닌 걸 가지고 이렇게 사람을 가두고 있으니. 참, 세상 더러워서……. 내가 돈이 있었으면 여기서 징역을 살 정도의 죄는 아니잖아?"

모두들 공평하지 못한 세상에 대한 증오로 가득 차 있는 것 같았다. 강수는 광민에 대한 걱정으로 뒤척거리다가 동료들의 이야기가 듣기 싫지만은 않아서 귀와 눈을 그들 쪽으로 열어 두고 있었다.

강수가 살고 있는 방에는 모두 6명이 생활하고 있었다. 그런데 두세 명만 벽을 기대고 앉아서 대화를 나누고 나머지 두 명은 무슨 걱정이 있는지 말 한마디 못하고 눈만 멀뚱거리고 있었다. 이제 갓 어린 티를 벗은 것처럼 보이는 두 녀석은 주눅이 든 채로 주위의 눈치만 살피고 있었다.

"니는 이름이 뭐고?"

고등학생처럼 보이는 그에게 강수가 처음으로 말을 건넸다.

"예. 권동호입니다."

그는 잽싸게 일어나 자세를 바로 하고 앉더니 또렷하게 대답했다.

이들과 생활한 지 이틀밖에 되지 않아 이참에 관심을 가지고 같이 잘 지내보고자 하는 마음에 말을 건넸다.

"앳띠 뵈는 데 몇 살이고?"

"예. 스무 살입니다."

강수의 말에 실내가 조용해졌다.

"무슨 죄로 왔노? 착하게 생겼구만."

"예. 절도죄입니다."

"뭔 절도했는데?"

"저어……."

권동호는 머리를 긁적거리며 대답하기가 부끄러운지 입장

이 난처한지 말문을 열지 못하고 있었다. 그때 옆에서 누군가가 권동호에 대해 이야기를 하기 시작했다.

“권동호 인마는예, 아부지가 청송교도소에서 징역 살고 있는 중입니다. 어무이도 안 계시고 할머니하고 살았는데 생활이 말이 아이라가, 구멍가게에서 빵 몇 개 훔치가 달아나다가 고마 붙잡히서 들어왔십니다.”

“아니, 우째 그런 일로 구속까지 되노?”

“처음이 아니었십니다. 저번에는 주인아지매가 용서를 해줏는데 이번에는 아저씨가 용서를 몬 해주겠다 해가 징역 팔 개월받았십니다.”

“그라모 느그 할무이는?”

할머니 얘기가 나오자 그제야 권동호가 말문을 열었다. 말도 또박또박 잘하고 볼수록 똘망똘망해 보였다.

“예. 지금은 동사무소에서 보조금이 조금 나와서 생활은 하고 계실 깁니다. 그란데 겨우 입에 풀칠만 하는 정도라서 접견 한 번 다녀가실 수도 없는 형편입니다.”

“음. 그것 참 안됐네! 인자 요서 나가게 되모 할무이를 위해서라도 꼭 잘 살아야 한다이. 열심히만 하모 언젠가는 세상이 니를 안 알아주겄나?”

“예. 고맙십니다.”

“구석에 앉아 있는 니! 니는 죄목이 뭐고?”

아까부터 구석에 앉아 눈치만 보고 있는 젊은이에게 한 말이었다. 권동호보다 한두 살 많아 보였지만 어리기는 마찬가지였다.

"예. 저도 절도죄입니다."

"이 새끼는 절도라도 보통 절도가 아입니다."

누군가 이야기에 끼어들면서 자기 말을 덧붙였다.

"보통 절도가 아이모 무슨 절돈데?"

"예. 진짜 지능적인 절돕니다. 야, 니가 얘기해라."

중간에 끼어들었던 친구가 본격적인 이야기는 다시 본인에게 넘겼다.

"예. 저는 전자제품을 좀 팔아묵고 있었는데예. 한 날은, 시내 전자대리점에 비디오를 하나 사러 갔는데 제 옆에서 누가 냉장고를 하나 주문하더라고예. 근데 그 손님이 집에 도착하면 돈을 주겠다고 하면서 냉장고를 실은 트럭에 같이 타고 갔어예. 순간 제 머릿속에서 뭔가가 번쩍 하고 스치더란 말입니다! 그래가 저도 냉장고 한 대 하고 사러 갔던 비디오 한 대를 주문했지예. 그라고 집에 도착하면 돈을 주겠다고 하고, 화물차에 냉장고랑 비디오를 싣고 저도 같이 타서 출발했어예. 근데 제가 사는 집 근처로 가모 안 되겠다 싶어가 사는 곳 반대 방향으로 차를 돌렸지예. 시내를 벗어나니까 운전기사가 아직 멀었냐고 자꾸만 묻는 거라예. 저는 조금만 더 가면 된다고 말하고 화물차를 계속 변두리로 달리게 했어예. 그런데 화물차의 넓은 앞 유리창으로 산비탈에 있는 교회가 보이는 거라예. 집들이 하도 다닥다닥 붙어 있어가 딱 봐도 차가 교회까지 몬 올라가겠데예. 그래가 기사 아저씨한테 '아저씨, 조 보이는 교회 앞이 집인데예, 죄송한데 차는 요따가 세우고 걸어서 올라가야 됩니다.' 이래가 기사 아저씨는 냉장고 짊어지고, 저는 비디오 들고 비탈길을 걸어 올라갔지예. 근데 어떤 골목길로 올라가다 보이, 삼거리가 딱 나오데예. 아저씨는 계속 교회만 쳐다보면서 올라가고 있었은께 저는 비디오만 들고 아저씨랑 다른 방향으로 발소리 죽이고 냅다 안 튀었십니까. 그래 몇 번 성공해가 재미를 좀 봤지예. 그때 그만둣어야 했는데, 돈 떨어진께 딱 한 번만 더 하자 싶더라고예. 근데 그때는 벌써 각 대리점마다 조심하라는 공문이 내리가 있었더라고예. 저는 그것도 모르고 똑같은 방법으로 또 했지예. 대리점에서는 미리 눈치채고 경찰서에 신고해가, 제 뒤에는 사복 경찰관이 몰래 따라오고 있었더라고예. 그래가 현장에서 잡히고 지금은 요래 좋은 데서 안 살고 있십니까."

"흐흐흐흐, 참 재미있는 놈이구나! 니는 미련스럽구로 한 가지만 고집하다 그래 돼뿟네! 그래도 머리는 똑똑한 놈이구마. 똑똑한데 미련한 놈이라니. 흐흐흐흐!"

강수는 매일같이 광민에 대한 걱정으로 얼굴에 구름 걷힐 날이 없었는데, 방에서 함께 지내는 동료들 얘기를 들으며 참으로 오랜만에 웃음을 흘리고 있었다.

그때 복도에서 교도관의 발자국 소리가 들리더니 강수의 방 앞에서 걸음을 멈추었다.

"자, 이제 좀 잡시다. 옆방도 자야 되니까요."

교도관이 철창 사이로 안을 보며 취침하라는 지시를 내리자 모두들 이불을 덮고 몸을 뉘었다.

강수는 눈을 감고 깊은 생각에 잠겼다. 접견이나 편지에서도 광민의 소식을 알려 주는 이는 아무도 없었다. 모두들 연락이 끊겼다는 소식밖에 없었다.

자신 때문에 중국으로 간 광민을 생각하면 가슴이 먹먹해졌다. 그 먹먹함은 쓰라린 아픔이었다. 산속에 묻혀 있는 안동교도소의 밤은 더욱 어두웠고 간간이 바람 소리만이 을씨년스럽게 담벼락을 긁어 대고 있었다.

7.폭주

재환이 근무하던 사무실은 아무런 말없이 연락 두절된 재환의 일로 며칠째 무겁게 가라앉아 있었다. 팀장은 재환의 무단결근이 며칠째 계속되자 전 요원들에게 재환의 행방을 파악하라고 특별 지시를 내려놓고 있었다.

호석이 재환의 자리에 앉아서 책상 위의 컴퓨터를 보다가 문득 무슨 생각이 들었는지 컴퓨터의 전원을 올렸다. 본체에 불이 들어오고 모니터에 화면이 뜨자 호석은 재환이 컴퓨터를 사용했던 흔적들을 뒤지기 시작했다. 한참을 모니터를 보며 마우스를 클릭하던 호석의 눈이 갑자기 커졌다.

"이게 무슨 일이야? 아니, 이런!"

재환이 사용했던 컴퓨터에는 중국에 있는 요원들과 주고받았던 메일이 고스란히 저장되어 있었다. 그 메일 중 하나가 호석의 관심을 끌었다.

전원 무사함

다섯 글자의 짧은 메일에 시선을 고정한 채 호석이 입술을 깨물었다. 중국 요원과의 연락은 모두 팀장에게 보고하게 되어 있는 규정을 무시하고 단독으로 일을 처리한 흔적이 뚜렷했다. 호석은 주위를 둘러본 후 서둘러 컴퓨터의 전원을 내렸다. 멍하니 앉아 있던 호석이 이번에는 책상 서랍을 모두 열어젖히기 시작했다. 서랍들은 모두 깨끗하게 비워져 있었고 흰 편지 봉투 하나만 남겨져 있었다. 호석은 조심스럽게 편지 봉투 속에 들어 있는 종이를 꺼냈다. 접힌 종이를 펼치자 '사직서' 라고 적혀 있었다. 대체 재환에게 무슨 일이 있었기에 이 지경이 된 것일까? 호석은 재환과 관련된 모든 기억들을 끄집어내기 시작했다. 하지만 아무리 기억을 더듬어도 재환에게서 특별한 낌새를 느낀 적은 없었다. 단지 자주 하던 술자리를 거절하는 일이 잦아졌다는 것과 호석 자신도 여자 친구가 생기면서 재환에게 조금은 무심했던 것 외에는 없었다.

자신의 힘으로 지켜 줄 수 있는 일이라면 어떤 수단 방법도 가리지 않고 도와주겠지만, 지금 재환이 벌이고 있는 일은 완전히 다른 차원의 사안이었다. 호석은 흰 봉투를 집어 들고 재환의 일로 부쩍 예민해져 있는 팀장의 책상 앞으로 걸어갔다. 팀장은 누구와 통화를 하는지 몰라도 계속 목소리를 높여 다그치고 있었다. 호석은 팀장이 전화를 끊기를 기다리며 다시 고민에 빠졌다. 재환과 호석은 군대 시절부터 지금까지 함께 지내 온 둘도 없는 친구였다. 하지만 이내 고개를 흔들었다.

"왜, 무슨 일이야? 그건 뭐고?"

팀장은 언제 전화를 끊었는지 호석을 노려보며 무슨 일인지 물었다. 화들짝 놀라 정신을 차린 호석은 잠시 멍한 얼굴로 팀장을 바라보았다. 팀장은 눈짓으로 무슨 일이냐고 계속 묻고 있었다.

"저어……. 이게 양 주임 책상에서 나왔습니다."

"뭔데? 이리 줘 봐."

팀장은 호석이 내민 봉투를 낚아채듯 받아서 안에 들어 있는 종이를 꺼냈다.

"이런 개자식이 있나! 왜 직접 말 안 하고 이런 짓을 하고 다녀! 여기가 지네 집 안방인 줄 알아! 지 마음대로 왔다가 지 마음대로 나가게. 나라에서 지놈에게 들인 돈과 시간이 얼만데. 이런 새끼가 우리 요원이었어?"

일신상의 이유로 임무를 수행할 수 없어 부득이 사직서를 제출한다는 내용이었다. 사직서를 읽던 팀장이 사직서를 책상 위에 팽개치듯 던져 버렸다.

호석이 이리저리 눈길을 돌리며 팀장과 눈을 마주치지 않으려고 피하고 있을 때 팀장의 책상 위에 있던 긴급 전화기에서 벨 소리가 요란하게 울렸다. 팀장의 책상 위에는 일반 전화와 긴급 전화가 있었는데 긴급 전화 벨 소리가 울리면 사무실 요원 전체가 초긴장 상태가 되었다.

팀장의 전화받는 표정을 보며 호석의 머릿속에 직감적으로 스치는 것이 있었다. 양재환이 중국에 있는 요원들과 비밀리에 접촉한 사실과 지금 걸려 온 긴급 전화가 연관이 있을 것이라는 추측이었다. 소속 팀원 전체가 잠시 업무를 중단하고 팀장에게로 시선을 고정했다.

"예. 알겠습니다."

이윽고 팀장이 재빨리 수화기를 내려놓으며 큰 소리로 외쳤다.

"전원 출동 준비 완료하고, 옥상에 헬기 두 대 출동 대기시켜."

팀장의 말이 끝나기가 무섭게 요원들은 무기고로 뛰어가 권총과 실탄을 지급받고 방탄조끼를 수령해서 신속하게 착용했다. 요원들은 훈련받은 대로 일사불란하게 출동 태세를 갖추고 다음 명령을 기다렸다.

"전원 무전기 주파수를 42채널에 맞추고 옥상에 집결한다."

호석도 어느새 완전무장을 하고 옥상으로 향했다. 그 뒤로 바로 팀장이 뒤따르고 있었다. 헬기의 프로펠러 소리는 이미 귀를 찢을 듯 요란했다. 팀장과 호석이 앞쪽에 있는 헬기에 탑승하자 순식간에 하늘을 향해 힘차게 날아올랐다. 서울 상공으로 날아오른 헬기는 곧 팀장의 지시에 따라 방향을 잡았다.

"목적지는 경남 거제 장승포항이다. 조금 전 우리 위성에서 판독해 보내온 정보에 의하면 북한의 이승철이 부하들을 거느리고 중국의 난징항에 나타났다고 한다. 이승철의 지시에 의해 난징항에서 출발한 중국 어선 팔십 톤급 철선이 우리 남해 해협까지 건너와서 오십 톤급 목선 동양호와 삼 분간 접촉이 있었다. 중국 어선은 되돌아가고 동양호는 현재 장승포항으로 항해 중으로, 통영 해경에서 이 배를 뒤쫓고 있다. 작전 수행 중 요원들의 안전에 이상이 없도록 각별히 신경 쓰기 바란다. 이상."

무전기로 전해져 오는 팀장의 목소리에는 칼날 같은 냉엄함이 배어 있었다.

북한의 이승철은 북한 군부의 계급장 없는 장군이었다. 그가 움직이는 곳에는 언제나 대형 사건이 줄을 이었다. 국방위원장을 독대하고자 한다면 언제든지 독대할 수 있을 정도의 위치에 있는 인물이었기에, 안기부에서는 그의 움직임을 시시각각 예의 주시하고 있었다. 베트남, 태국, 캄보디아 등 동남아 지역에도 이승철의 마수가 거미줄처럼 뻗어 있었다. 그러나 국가 간의 외교적인 마찰을 피하기 위해 서로 한 발씩

양보하면서 물리적 충돌만은 피하고 있었다. 특히 이승철은 마약, 위조지폐, 군수물자 등에 깊이 관여하고 있었기 때문에 동양호와의 접촉도 무엇인가 큰 게 있다는 게 팀장의 직감이었다. 이승철이 직접 난징항에 나타난 것으로 보아 분명 경미하게 넘길 수 있는 사안이 아니었다.

팀장이 사무실에서 나오기 직전에 통영 해양경찰서에 상황을 전달해 놓았기에 지금쯤이면 동양호를 수색하고도 남을 시간이었지만 아무런 연락도 없는 상태였다. 헬기는 프로펠러를 힘차게 돌리면서 기수를 남으로 돌렸다. 헬기 소리가 요란하게 서울 상공을 뒤흔들었다.

통영 해양경찰서는 남해안을 순찰 중인 100톤급 쾌속정과 1,000톤급 경비정을 이미 긴급 출동시킨 상태였다. 쾌속정과 경비정이 파도를 가르며 달려가 동양호를 발견한 곳은 장승포항에서 50리 떨어진 남해안이었다. 느리게 느리게 엔진 소음을 죽이며 회항하던 동양호는 오징어잡이 배로, 배 위에는 오징어잡이 집어등이 셀 수 없이 많이 달려 있었다.

경비정의 선장인 경정이 마이크를 손에 쥐고 동양호를 제지했다.

"동양호는 즉시 운항을 중단하고 경찰의 검문에 응하라. 만약 불응할 시에는 즉각 사격을 가할 것이다. 다시 한 번 알린다. 동양호는 즉시 운항을 중단하고 검문에 응하라. 불응

시에는 즉시 사격을 가할 것이다."

경비정에서 들려오는 확성기 소리를 듣고 동양호는 엔진을 정지시켰다. 동양호가 멈추자 경비정에 탑승해 있던 해양경찰이 건너갈 수 있도록 경비정의 몸체를 동양호에 붙였다. 쾌속정은 동양호의 주변을 감시하면서 원을 그리며 돌고 있었다. 불법 거래한 물건을 바다에 던져 버릴 수도 있기 때문이었다.

동양호의 선장은 갑판 위로 올라오며 어리둥절한 표정을 짓고 있었고, 나머지 선원 5명은 물끄러미 경찰들의 행동을 지켜보고 있었다. 로프를 이용해 경비정과 동양호를 나란히 붙이자 경비정에 탑승해 있던 무장 경찰이 경계의 진을 짜고 동양호에 올랐다.

경비정의 최고 책임자는 계급이 경정으로 경비정을 맡은 지 올해로 7년째인 베테랑이었다. 그는 최근 들어 동양호에 대한 여러 가지 소문들을 익히 들어 알고 있었다. 동양호가 마약 밀반입이나 돼지몰이 같은 불법적인 일을 한다는 정보는 있었지만 현장에서 증거물을 찾지 못하면 처벌할 수 없기 때문에 검거하기가 쉽지 않았다. 밀수나 범죄행위를 하다가 적발되면 범죄에 이용된 배를 압수하기 때문에 범죄에 사용되는 배들은 거의 모두 동양호처럼 폐선 직전의 낡은 목선들이었다.

최근 몇 년 간 돼지몰이가 성행해서 경비정에서 근무하는 해경들은 매일같이 비상근무 상태였다. 돼지몰이란 중국에서 불법으로 밀입국을 시도하는 행위를 가리키는 말이었다. 주로 공해상에서 중국 배와 한국 배가 만나 한 번에 70명에서 100명씩 옮겨 태우고 경찰의 감시망을 피해 육지에 내려 주는 불법행위였다. 수없이 적발하고 단속했음에도 불구하고 단속보다 밀입국한 사례가 더 많을 정도로 성행하고 있었다. 하지만 최근 공해상에 대한 레이더 감시가 강화되자 그 빈도가 줄어들고 있는 추세였다.

경비정에 있던 무장 경찰 10여 명이 동양호에 올라 검문을 시작했다. 경비정에 남아 있던 무장 경찰들은 총구를 동양호로 향한 채 거총 자세를 취해 만일의 사태에 대비하고 있었다. 경비정의 선실에서는 현장 상황을 지켜보며 쉴새없이 현재 상태를 무전으로 보고하고 있었다.

"모두들 갑판 위로 올라와서 저쪽 보고 서 보이소."

10여 명의 무장 경찰 중 한 명이 동양호에 탑승한 선원들을 갑판 위에 세워 놓고 먼 바다를 바라보고 서도록 지시했다. 그리고 무장 경찰들이 선원들의 몸을 수색하기 시작했다.

"와들 이라는 깁니까? 도대체 내가 뭘 잘못했다고 이라는 긴데? 당신들 이라고도 경찰이야? 아무 죄 없는 어민한테 이래도 되는 깁니까, 엉?"

선장은 고함을 지르며 무장 경찰들에게 거세게 항의했다.

"자, 자. 조금만 기다리시면 됩니다. 우리도 신고가 접수된 이상 이렇게 할 수밖에 없습니다. 이해해 주십시오."

무장 경찰 두 명은 선원들의 옷 속에 든 소지품까지 철저하게 수색했다. 다섯 명의 선원들에 대한 몸수색이 끝나고 선장의 차례가 되었다.

"보소, 당신들 압수수색영장 가지고 왔어?"

"이것 보이소. 우리가 아무 근거도 없이 이라고 수색하겠십니까? 우리도 바쁜께 협조 좀 해주시고 억울한 부분이 있으시모 나중에 형사고발을 하시든가 법적으로 해결하십시오."

무장 경찰 중 하나가 나서서 선장의 말을 끊자 선장이 한 걸음 뒤로 물러섰다.

"순순히 응해 주시면 최대한 빨리 수색을 마무리하겠습니다."

"마음대로 해 보소. 나 원! 고기도 몬 잡고 배까지 털리고. 참 오늘 재수 더럽구만!"

선장은 스스로 두 팔을 벌리고 몸수색에 응했다. 선장의 주머니에서는 출항 신고서와 지갑, 담배, 라이터 등이 나왔는데, 거의 일상적인 물건들일 뿐 특이하게 의심되는 물건은 보이지 않았다. 선장의 상의 조끼를 수색하던 경찰이 뭔가를 들고 지휘자로 보이는 사람에게 건넸다.

"선장! 이게 뭡니까?"

책임자로 보이는 해경의 손에는 '성'이라고 적힌 팻말 조각이 들려 있었다.

"아! 우리 마누라가 배에다 붙이라고 비싼 돈 주고 산 부적이오. 근데 어떤 새낀지 그걸 고마 팍 깨 무뿟십니다. 그기라도 마누라한테 갖다 주야 될 거 아이요? 내 원 어떤 새낀지. 무슨 문제 있소?"

"아, 아입니다! 처음 보는 물건이라서 물어본 깁니다."

선원들의 몸수색에서 아무것도 찾아내지 못하자 두 명의 대원만 선원들을 감시하고 나머지 대원들 모두가 선장실과 갑판 곳곳을 수색하기 시작했다.

동양호는 폐선 직전의 목선이었기 때문에 여기저기 파이고 긁힌 흔적이 많았다. 선장실은 배의 앞부분에 위치해 있었고, 그 뒤쪽으로 식사와 간단한 음식을 조리할 수 있는 주방이 위치해 있었다. 주방을 수색하던 경찰들이 LPG 가스통 두 개가 보이자 가스통의 위아래를 훑어보고서는 윗부분을 잡고 좌우로 흔들어 보았다. 하나는 비어 있었고 다른 하나는 가득 차 있었다. 그들은 이상한 점을 발견할 수 없자 수색을 마치고 갑판 위의 동료들에게로 돌아갔다.

갑판 아래에는 고기를 잡아 가두는 수족관이 있었지만 고기라고 해 봐야 겨우 오징어 몇 마리가 전부였다. 오징어잡이 배는 조업을 마치고 회항할 때 대부분 만선이었지만 동양호의 수족관은 조업을 한 배처럼 보이지 않았다. 뿐만 아니라 집어등의 전구를 살펴보아도, 그물을 보아도 조업을 한 흔적이 보이지 않았다. 의심스러운 구석이 많았지만 증거물을 확보하지 못한 이상 더 머물러 있을 이유가 없었다. 소형 선박이라 물건을 숨기거나 은폐할 곳이 더는 없다는 결론에 이르자 대원들의 철수를 지시했다.

"수색에 협조해 주셔서 대단히 고맙습니다. 실례가 되었다면 죄송합니다."

"할 수 없지예, 뭐. 다 우리 안전을 위해서 하는 일이니까 이해를 해야지 뭐 우짜겠십니까? 허허허."

통영 해양경찰서 상황실에서는 서울에서 헬기로 날아온 안기부 요원들이 경비정에서 무전으로 전해 오는 소식을 듣고 있었다. 이승철이 직접 움직였다면 분명 뭔가가 있을 텐데 아무런 단서도 찾아내지 못하자 모두들 어깨에 힘이 쭉 빠졌다. 물론 상부에 보고를 하면 되겠지만 이렇게 많은 요원들을 출동시키고서도 아무런 성과 없이 빈손으로 돌아간다는 게 모두들 개운치가 않았다. 그 시각 호석과 호석의 부하 직원은 동양호 선장의 집 주변 감시를 시작하고 있었다.

창원지방검찰청 특수부 마약수사과와 부산지방검찰청 특수부 마약수사과에서도 안기부의 제보로 비상이 걸려 있었다. 수사관들을 급히 현장에 파견해 성과를 올리려고 혈안이 되어 있었지만 모든 게 수포로 돌아가자 허탈해지기는 마찬가지였다.

창원지검 특수부 검사는 큰 기대를 하고 있었던 반면, 부산지검 특수부 윤정범 검사는 혹시나 서광민과 관련된 일일지도 모른다는 생각에 촉각을 곤두세우고 있었다. 김강수는 이미 기결수가 되어 형을 살고 있기 때문에 광민이 일을 성공적으로 마친다고 해도 윤정범으로서는 해줄 수 있는 게 아무것도 없었다. 그래서 더욱 마음을 졸이며 사태의 추이를 지켜보고 있었던 것이다. 오히려 광민과 연결지을 만한 증거가 없기를 내심 바라고 있었다.

한편 광민은 꿀꿀이와 제비를 동행하고 장승포항에 도착해 최규식을 만나고 있었다.

"아이고! 오랜만입니다. 그동안 잘 계싯십니까?"

"예. 덕분에요. 얼굴이 좋아 보이십니다. 고향이 이래서 좋은가 봅니다. 하하하하!"

장승포 앞바다가 훤히 바라보이는 항구에서 오랜만에 만난 최규식과 광민은 반가운 마음에 웃음이 사라지질 않았다.

장승포 앞바다에는 크고 작은 배들이 드나들면서 바닷길을 열고 있었다. 해는 이미 중천에 떠 있었고 멀리서 갈매기 울음소리가 들렸다.

광민이 윤 검사와 약속한 30일의 시간은 이제 겨우 다섯 시간 남짓밖에 남아 있지 않았다. 어떻게 해서든 저녁 6시 윤 검사의 퇴근 시간 전에 가지고 온 물건을 윤 검사의 눈앞에 내놓아야 했다. 광민으로서는 약속 시간을 지키지 않았다는 말만큼은 듣기가 싫었다.

"제가 부탁드린 것은 어떻게 좀 알아보셨습니까?"

"예, 당연하지예. 요는 제 손바닥 안이다 아입니까. 하하하하!"

"제가 좀 바빠서 그러는데 위치만 알려 주십시오. 제가 가보겠습니다."

"아입니다, 아입니다. 제가 직접 안내해 드리겠십니다. 저 따라오십시오."

"안 됩니다. 저 때문에 피해를 드릴 수는 없습니다. 이해해 주십시오."

최규식이 직접 광민을 동양호 선장의 집에 데려다 주려고 했지만 광민이 고집을 부렸다. 결국 최규식은 광민의 고집을 꺾을 수 없다는 것을 알고는 광민의 뜻에 따르기로 했다. 꿀꿀이와 제비는 방파제 가에서 주위의 동태를 예의 주시하며 살피고 서 있었다.

"그라모 적어 드리겠십니다."

최규식이 주머니에서 작은 수첩과 볼펜을 꺼내더니 약도와 주소를 알려 주었다.

"아이고! 이렇게 상세하게 가르쳐 주시니 장님이라도 금방 찾아가겠습니다. 하여간 여러 모로 신세 많이 졌습니다. 고맙습니다."

"아이구! 아입니다. 제가 입은 은혜에 비하모 이까짓 게 비교나 되긋십니까?"

"그럼 바빠서 이만 움직여야 할 것 같습니다. 안녕히 계십시오."

"예. 살펴 가이소."

최규식이 그려 준 약도에 의하면, 동양호 선장의 집은 고현 방향으로 가다 왼쪽에 있는 아파트였다. 무사히 입항했다면 당연히 집에서 기다리고 있을 것이다. 광민은 직접 운전을 하며 장승포항을 벗어나고 있었다.

장승포를 벗어나서 언덕길을 지나자 고현으로 들어가는 이정표가 보였다. 이제는 시간과의 싸움이었다. 5분 정도 더 달리자 선장의 아파트가 눈에 들어왔다. 광민은 아파트 앞의 주차장에 차를 세우고 혼자서 안으로 들어갔다. 고층 아파트가 아니기에 엘리베이터가 없어 단숨에 3층까지 계단으로 뛰어올라가 초인종을 눌렀다. 안에서 인기척이 나더니 50대로 보이는 남자가 나와 광민을 위아래로 훑어보았다.

"혹시 동양호 선장님되십니까?"

광민이 먼저 말문을 열었다.

"그렇습니다만, 누구신지……."

"아, 예! 뭐 좀 드릴 게 있어서 이렇게 왔습니다."

광민이 주머니에서 증표를 꺼내 선장에게 내밀었다. 선장은 팻말에 적힌 '공' 자를 확인하고는 주위를 한 번 둘러본 다음 광민을 집 안으로 안내했다.

"좀 들어가시지예."

"예, 고맙습니다."

광민이 현관으로 들어서자 선장은 재빨리 잠금장치를 모두 걸었다. 그러고는 바로 자신이 가지고 있던 증표와 맞물려 보더니 안심하고서 말문을 열었다.

"아시는가 모르겠지만서도 회항해 오다가 근해에서 무장 경찰한테 검색을 받았십니다."

순간 광민의 가슴이 쿵 하고 내려앉았다. 선장의 말이 계속 이어졌다.

"다행히 우리가 가지고 온 물건은 무사합니다. 그놈들도 거 있을 기라고는 상상도 몬했을 깁니다. 그라지만 항상 조심해야 될 깁니다."

"지금 어디에 있습니까?"

"예. 제 동생이 근처에서 가스 집을 하고 있십니다. 제가 표시해 놓은 가스통을 빈 가스통하고 섞어서 보관해 달라고 부탁해 놓았십니다."

"고맙습니다! 자칫 큰일 날 뻔했습니다."

광민은 주머니에서 봉투 하나를 꺼내 선장에게 내밀었다. 선장은 봉투 안의 돈을 확인하더니 고개를 끄덕였다.

"인자 이 짓도 몬해 묵겠십니다. 워낙에 경비가 삼엄해가 말입니다.”

선장은 마치 자선사업이라도 하는 것처럼 광민에게 생색을 내고 있었다.

“그렇지요. 제가 바빠서 이만 일어나야겠습니다. 가스 집 위치를 가르쳐 주시면 제가 직접 가지고 가겠습니다.”

“예. 제가 전화를 해 놓겠십니다.”

광민은 가스 집의 위치를 확인하고 아파트 문을 나섰다. 올라갈 때처럼 다시 급하게 계단을 뛰어내려갔다.

광민이 차에 도착해 시동을 걸고 주차장을 빠져나가자 한 대의 차량이 광민의 차를 뒤따르기 시작했다. 동양호 선장의 집을 감시하던 호석의 차였다. 광민이 운전하는 승용차는 어느새 가스 집 앞에 정차했다. 광민이 가스 집 주인과 몇 마디 주고받더니 주인으로 보이는 사내가 손가락질하는 가스통을 들고 와 트렁크에 집어넣었다. 트렁크에는 가스통이 흔들리지 않게 미리 스티로폼과 박스로 준비를 해 놓은 상태였다. 가스통이 트렁크에 실리자 차는 바로 시동을 걸고 속도를 높였다. 광민은 마산 방향으로 질주하며 핸드폰을 꺼내 어디론가 전화를 걸었다.

부산지방검찰청 특수부 윤정범 검사는 점심 식사를 마치고 사무실에 들어와서 막 담배를 꺼내 입에 물고 있었다. 그때 핸드폰이 울리며 낯익은 목소리가 들려왔다.

"나, 서광민입니다."

"오랜만입니다. 안 그래도 주위에서 걱정을 많이 하고 있던데 귀국은 잘하셨습니까?"

"약속 시간이 촉박해서 많이 서둘렀습니다. 두 시간이면 됩니다. 어디로 가면 되겠습니까?"

"대체 무슨 말을 하는 거요?"

"저와 검사님이 약속했던 걸 이야기하고 있는 겁니다. 지금 제 차에 싣고 가고 있으니 장소만 말씀해 주십시오."

"아, 아. 이봐요. 이미 김강수 씨는 재판이 끝났습니다. 아마 안동교도소로 이감된 게 그제였을 겁니다. 이제 와서 그딴 약속이 무슨 소용이 있겠소? 잘못하면 당신만 다칠 수가 있으니까 알아서 하시오."

"그게 무슨 말입니까? 명색이 검사라는 양반이 이렇게 일방적으로 약속을 깨도 되는 겁니까?"

"아니, 이 사람이 지금 누가 약속을 어겼다고 이러는 거야, 응? 약속을 어긴 건 내가 아니라 김강수라고, 김강수! 알아듣겠소, 내 말?"

"당신이 뭐라고 하든 나는 당신하고 약속했어. 당신 사무실 앞마당에다 내려놓을 테니 당신이 지켜야 할 약속이 무엇인지나 잊지 말고 기다리시오."

윤 검사와의 전화 통화 후 광민은 어이가 없었다. 지금 이 순간을 위해 모든 것을 바쳤는데 이제 필요 없게 되었다니 어처구니가 없었다. 검사직을 걸고서라도 약속을 지키겠다고 한 윤 검사였다. 뿐만 아니라 강수의 재판이 끝났다니 도대체 일이 어떻게 돌아가고 있는 것인지 혼란스러웠다.

전화 통화 후 광민의 얼굴에 불편한 심기가 가득하자 제비와 꿀꿀이는 뭔가 일이 심상치 않게 돌아간다는 느낌이 들었다.

"행님, 무슨 일이 있으신 깁니까? 일이 와 잘못됐십니까?"

꿀꿀이가 걱정스러운 표정으로 광민에게 물었다.

"아니다. 아무것도 아니다. 설마 검사가 그럴 리가 없지. 가서 만나 보면 알겠지."

광민의 승용차가 마산을 통과할 즈음, 부산지검 특수부 윤정범 검사에게도 무전이 들어왔다.

"여기는 통영 해양경찰서, 마약 밀매 용의자가 탑승한 것으로 보이는 승용차가 마산을 벗어나 부산으로 향하고 있다. 트렁크에 LPG 가스통이 실려 있다. 물건도 LPG 가스통 안에 있는 것으로 추정된다. 부산지검에서 용의자를 뒤쫓아 검거에 나서기 바란다. 승용차 번호는 4177번이며 검정색 중형 세단이다. 탑승 인원은 세 명이다. 이상."

무전을 받은 윤정범의 온몸에 소름이 돋았다. 어떻게 해야 될지 결정을 내리지 못하고 머뭇거리자 지켜보고 있던 수사관들이 지휘를 재촉했다.

"어떻게 작전을 펴실 겁니까?"

수사관의 질문에 윤 검사는 정신을 가다듬고 지시를 내렸다.

"고속도로 순찰대에 연락해서 검문을 철저히 하라고 지시하고 부산지방경찰청에 연락해서 지원을 받아 검거에 들어갑시다."

"예. 알겠습니다."

윤 검사의 말이 끝나자 수사관들이 일제히 상황을 점검하고 지시를 내리느라 바쁘게 움직였다.

고속도로 순찰대는 부산으로 들어오는 서부산 톨게이트와 북부산 톨게이트에 인원을 증파해 검문검색을 강화했다. 또한 바리게이트를 설치하고 실탄을 지급받은 무장 인원을 배치했다. 부산지방경찰청 마약수사과에서는 무장 경찰을 탑승시킨 헬기를 띄워 용의 차량 추적에 들어갔다. 한편으로는 만일의 사태에 대비해 형사기동대를 톨게이트에 배치해 물샐틈없는 검거 작전을 착착 준비하고 있었다.

부산경남의 언론사들도 어떻게 냄새를 맡았는지 용의자 검거 장면을 실시간으로 생생하게 내보내기 위해 헬기까지 동원해 가며 취재에 열을 올리고 있었다.

한편 통영 해양경찰서 상황실에 있던 안기부 제1팀장 및 요원들은 실시간으로 전해지는 호석의 무전을 들으며 부산지검 특수부로 이동하기 위해 헬기장으로 이동 중이었다.

"부산지검으로 이동한다. 전 요원은 긴장하고 실시간으로 들어오는 무전에 집중하라. 자, 탑승."

팀장의 말이 끝나자 요원들은 신속하게 허리를 숙이고 헬기 안으로 뛰어들어갔다.

광민은 아무것도 모른 채 부산지검을 향해 고속도로를 질주하고 있었다. 광민은 가스통을 트렁크에 싣고 나서부터 계속 백미러를 주의 깊게 쳐다보고 있었다. 광민이 속력을 내면 뒷차도 속력을 내고, 속도를 줄이면 같이 속도를 줄이면서 광민의 차 뒤에 바짝 붙어 있었다. 그때 진영터널 4km 전방이라고 적힌 이정표가 나타났다. 광민은 꿀꿀이와 제비에게 뒷차가 수상하니 바짝 긴장하라고 일러두었다. 바로 그때 광민의 머리 위에서 헬기 소리가 요란하게 울렸다. 그와 동시에 경찰차의 사이렌 소리가 광민의 차를 뒤쫓아왔다.

투투투투투투, 투투투투투.

애애애앵. 애애애앵.

갑자기 나타난 헬기에는 부산지방경찰청이라는 글자가 선명히 박혀 있었고, 광민의 차와 비슷한 속도를 유지하며 날고 있었다. 뒤따라오는 경찰차는 소방차와 동행하며 광민의 차를 추격해 왔다. 직감적으로 자신을 쫓고 있다는 생각이 든 광민은 액셀에 힘을 가해 차의 속도를 최고로 높였다.

"4177, 4177, 갓길에 정지하라, 갓길에 정지하라. 4177,

갓길에 정지하라. 불응 시에는 사격하겠다, 불응 시에는 사격하겠다."

헬기는 광민의 차량 번호를 부르며 정지할 것을 명령했다. 확실하게 자신이 추적당하고 있다고 판단한 광민은 왕복 8차선의 넓은 고속도로 위를 질주하며 앞에 있는 차들을 지그재그로 추월했다. 경찰차는 잠시 따돌린 듯싶었지만 여전히 헬기는 광민의 머리 위에서 감시 중이었다.

그때 광민의 머리 위로 또 한 대의 헬기가 나타났다. 방송국 로고가 박힌 헬기의 창 쪽으로 카메라를 든 기자가 광민의 움직임을 촬영하고 있었다.

이렇게 죽거나 잡혀갈 수는 없었다. 어떻게든 윤 검사와는 끝장을 봐야만 했다. 하지만 이렇게 포위되어 버린 상황에서 할 수 있는 게 있기나 한 것인지 절망스러웠다. 순간 광민의 머릿속에 조금 전 보았던 이정표가 떠올랐다. 이정표에는 분명 진영터널 4km라고 크게 적혀 있었다.

"꿀꿀이, 제비. 느그는 지금부터 내가 하는 말에 아무 질문도 하지 말고 그대로 움직여라. 알겠나?"

"예, 행님. 저희들은 행님이랑 함께라모 은제든지 죽을 각오가 되가 있십니다."

"그래, 고맙다! 저 앞에 달리는 일 톤 화물차를 터널 안에서 세울 거야. 그러고 저 화물차에 가스통을 옮겨 싣고 북부산 톨게이트를 통과해서 곧장 윤 검사한테 갈 생각이다. 내가 화물차에 올라 출발하면 느그도 이 차를 몰고 무조건 서부산 톨게이트로 가라. 머리 위에 헬기가 있지만 발포하지는 못할 거야. 자칫하면 대형 사고로 이어질 수 있기 때문에 최대한 자제할 거다. 그러니 느그는 이 차를 지그재그로 운전하되 가급적이면 큰 차 옆에 붙어서 속도를 같이 유지하면서 유인해라. 만약에 갓길로 접어들면 발포할 수도 있으니 절대 고속도로에서 벗어나지 말고 서부산 톨게이트까지만 가라. 느그가 할 일은 거기까지다. 그 다음엔 저들이 시키는 대로 따라라."

"예, 행님. 잘 알겠십니다. 걱정하지 마이소. 시키는 대로 하겠십니다."

제비와 꿀꿀이의 다부진 대답에 광민은 마음이 조금은 놓이는 것 같았다. 광민은 어떠한 경우에도 제비와 꿀꿀이만큼은 지켜 주고 싶었다. 궁여지책이지만 자신이 생각해도 꽤 괜찮은 작전 같았다. 최소한 꿀꿀이와 제비는 안전하게 지켜 줄 수 있는 작전이기 때문이었다.

광민은 진영터널로 진입하자마자 힘껏 액셀을 밟아 추월선에 차를 진입시킨 다음 핸들을 오른쪽으로 꺾어 화물차를 가로막았다. 그 순간 터널 밖에서 엄청난 폭발음과 함께 거대한 불기둥이 솟아올랐다. 동시에 터널 안의 조명이 일시에 모두 꺼지며 암흑으로 변했다.

진영터널 입구까지 광민의 승용차에서 눈을 떼지 못하고

비행하던 부산경찰청 소속의 헬기 조종사가 갑자기 터널 위로 높은 산이 나타나자, 급히 기수를 좌측으로 꺾다가 고압전선에 프로펠러의 끝 부분이 닿아 버렸던 것이다. 순식간에 부산경찰청 소속의 헬기가 공중폭발하면서 기장을 포함한 무장경찰 4명이 불길에 휩싸여 즉사하고 말았다.

고압전선이 끊어지자 터널 안으로 연결된 전선도 끊어져 터널 안은 순식간에 어둠에 휩싸였다. 일부 운전자들은 순발력 있게 라이트를 켰지만 여기저기에서 크고 작은 접촉 사고가 이어졌다. 광민을 뒤따라오던 경찰차와 소방차도 추격을 멈추고 폭발한 헬기 쪽으로 몰려갔다.

터널 위로 검은 연기가 하늘을 뒤덮었고 터널로 진입하려던 차들이 급브레이크를 밟으며 정지했다. 방송국의 헬기에서는 추격이 시작되던 시점에서부터 이 모든 장면을 카메라에 담아 전국에 생중계하고 있었다.

재환은 며칠째인지도 모르고 계속 호텔에서 묵고 있었다. 지난밤에도 재환은 술의 힘으로 잠을 청했다. 이제 술을 마시지 않고는 하루도 제대로 잠들 수가 없었다. 재환은 눈을 비비며 일어나 창문의 커튼을 걷었다. 벌써 태양은 서쪽 하늘로 기울고 있었다. 날씨는 맑고 하늘은 푸르렀다.

재환은 습관적으로 담배를 찾아 입에 물고 리모컨을 눌러 TV를 켰다. 라이터를 찾아 담배에 막 불을 붙이려고 할 때

TV에서 긴급 속보가 전해졌다.

"긴급 속보입니다. 마약 밀매 차량을 뒤쫓던 부산 시경의 헬기가 진영터널 입구에서 폭발하는 사고가 발생했습니다. 현장에 나가 취재를 하고 있는 기자에 의하면 헬기에 탑승했던 경찰들의 생존 가능성은 희박하다고 합니다. 마약 밀매범의 차량이 터널 안으로 들어간 뒤에 발생한 사고여서 이들의 검거에는 시간이 더 걸릴 것으로 보입니다."

TV 화면에서는 용의자를 쫓는 전 과정이 생생하게 방송되고 있었다. TV를 지켜보던 재환이 시선을 고정한 채 두 눈을 부릅뜨고 한곳을 바라보았다. 자신의 눈을 의심하며 두 손으로 눈을 비벼도 보았지만 TV 속에 보이는 범인의 얼굴은 분명 광민이었다. 재환은 재빨리 일어나 세수도 하지 않은 채 옷을 입고 호텔 문을 박차고 뛰어나갔다.

재환이 승용차를 타고 도착한 곳은 부산지검 주차장이었다. 재환은 부산지검 특수부 검사실에 도착하자 잠시 숨을 고른 뒤 곧바로 문을 열고 윤정범 검사실로 들어갔다. 그런데 그곳에는 재환의 팀장이 소파에 앉아 TV를 지켜보고 있었다. 뿐만 아니라 팀 요원들 전체가 그곳에 설치된 TV를 보며 긴급 뉴스를 보고 있었다. 재환은 팀장과 눈이 마주치자 조용히 고개를 숙였다. 윤정범 검사는 아무 말 없이 두 사람을 지켜보고 서 있었다.

"양재환 주임, 살아 있었구먼! 난 자네가 죽은 줄로만 알았네. 이렇게 살아 있으니 지금 이 상황을 설명해 보게. 어떻게 이런 일이 일어날 수 있는지 말이야."

재환은 쉽게 말문을 열지 못하고 윤 검사를 노려보았다. 윤 검사는 재환의 눈을 피해 TV로 시선을 돌렸다.

팀장은 재환이 무단결근한 다음 날 컴퓨터의 사용 기록을 추적해서 중국에 있는 요원과 접촉한 사실을 알고 있었다. 책상 서랍 속에 놓여 있던 사직서 또한 다 읽어 보고는 제자리에 그대로 놓아두고 모른 척했던 것이었다. 팀장은 재환의 성품을 잘 알고 있었다. 자신의 밑에서 누구보다도 성실하게 일했던 친구였다. 그런 재환이 중국에 파견되어 있는 요원과 비밀리에 접촉했다면 분명 그럴 만한 이유가 있을 것이라고 생각했다.

"왜 말이 없나? 자네가 이 사건에 대해 누구보다도 잘 알고 있을 것이라고 나는 믿고 있네만."

팀장은 윤 검사를 노려보고 있는 재환을 재차 추궁했다. 재환은 윤 검사에게 다가가 물었다.

"윤 검사! 당신이 말해 보십시오. 이게 어떤 상황인지, 왜 이런 상황이 만들어졌는지 말입니다."

재환의 서릿발같이 차가운 눈초리와 분노 섞인 말투에 윤 검사가 고개를 돌려 재환을 노려보며 대답했다.

"뭘 말이요? 나한테 뭘 말하라는 거요? 내가 저렇게 하라고 시키기라도 했단 말이오?"

"당신이 범죄자와 합의를 해서 이런 일이 벌어진 것 아닙니까? 왜 당신은 비겁하게 당신의 직책 뒤에 숨어서 변명이나 하고 있는 겁니까?"

팀장과 요원들 모두 두 사람의 대화를 듣기만 할 뿐 누구도 나서서 말리려고 하지 않았다.

"그럼 내가 직무 유기라도 했다는 거요? 당신이 왜 나한테 이래라 저래라 간섭이야, 간섭이!"

"당신에게는 한낱 흔한 범죄자로만 보이는 저 사람 때문에 나는 지금껏 하루도 마음 편한 날이 없었소. 저 사람을 살리기 위해 절대로 해서는 안 되는 일도 해 버렸소. 왜 그런 줄 아시오? 오늘 같은 일이, 지금 당신이 여기 앉아서 보고 있는 저런 일이 일어날까 봐, 그럴까 봐 그랬던 거요. 아시겠소? 저기 저 사람이 왜, 누구 때문에 저런 무모한 일을 벌이고 있는지 아는 사람이 당신뿐이잖소."

재환의 눈은 당장에라도 눈물이 쏟아질 것처럼 충혈되어 있었다.

"나는 내 할 일을 했을 뿐이오. 저깟 마약 사범이 뭐라고 그렇게 감싸고도는 거요? 당신, 당신 혹시 저놈한테 돈이라도 받아먹은 거요?"

"당신 눈에는 그냥 범죄자로 보일지 몰라도 저 친구는 내 둘도 없는 친구요. 은인에게 보답하려고 저렇게까지 노력하는 인간을 당신은 본 적이 있소? 당신과의 약속, 당신이 윤정범이기 때문이 아니라 당신이 검사이기 때문에 믿은 거요, 저 친구는!"

"오호라! 어쩐지 둘이 무슨 관계가 있을 거라고 생각했지. 저 자식과 친구라서 그렇게 천지분간 못하고 날뛰었구먼. 잘 들으시오, 양 주임. 나는 법을 집행하는 사람으로서 단 한 치도 양심을 속인 적이 없고 어떤 법도 어긴 적이 없소. '폴리바게닝'은 이미 공인된 수사 기법이오. 죄를 뉘우치는 자에게는 관대한 선처를, 범죄를 은닉하고 뉘우치지 않는 자들에게는 엄한 형벌을. 이제 알겠소?"

윤 검사는 광민 때문에 그동안 마음 졸였던 것을 생각하자 화가 나 재환을 몰아붙였다.

"김강수를 검거한 후 서광민이 찾아왔을 때 당신이 약속했죠? 중국에서 마약 오 킬로를 들여오면 김강수를 석방시켜 주겠다고."

"그랬소. 그게 뭐가 잘못되었다는 거요?"

"그래서 저 친구는 당신 약속을 철석같이 믿고 중국으로 갔던 거요. 납치돼서 죽을 고비를 넘기면서도 저렇게 마약을 들여오게 되었단 말이오."

"저 친구는 조방 앞 일대를 무대로 형성되어 있는 조직폭력배 두목 김강수와 한 집에서 생활했던 친구요. 그런데 당신 친구라고 해서, 국가의 중요한 업무를 맡고 있는 사람이 사적인 감정을 개입시켜서 감싸고도는 것이 온당하다고 생각하는 거요? 혹시 당신의 직업의식에 문제가 있는 것은 아닌지 묻고 싶소만."

"저 사건 외에도 범죄행위가 있었다는 말처럼 들립니다만, 어디 파일 좀 보여 주실 수 있습니까? 제가 조사한 바로는 깨끗하던데 말입니다."

재환이 자신의 점퍼 주머니에서 서류 뭉치를 꺼내 윤 검사의 책상 위에 집어던졌다.

"거기에는 불치병으로 죽음을 앞두고 있던 어느 여자 이야기도 있소. 물론 당신이 보기에는 매우 하찮은 일로 여겨지겠지만. 그리고 조직폭력배하고 함께 생활했다고 해서 저 친구도 조직폭력배면, 당신과 함께 살고 있으니 당신 부인도 검사란 말입니까?"

"지금 나하고 말장난하자는 거요, 뭐요? 왜 사사건건 당신이 내 업무에 간섭을 하느냔 말이오? 그렇게 말하려거든 당장 나가시오. 내 방에서 썩 꺼지란 말이야!"

두 사람의 거친 다툼을 지켜보던 팀장이 팔짱을 끼고 있던 두 팔을 풀고 두 사람 사이에 끼어들었다.

"이쯤에서 그만두게. 지금 누구의 잘잘못을 따져서 될 일은 아닌 것 같은데 왜 그래?"

그러고는 상의 주머니에서 흰 봉투를 꺼내 들고 재환을 노려보았다.

"난 자네를 믿네. 자네의 그 정의감도 믿고. 그래서 내게는 자네가 꼭 필요해. 이 봉투 속에 뭐가 들어 있는지는 모르겠지만 자네한테도 필요 없고 나한테도 필요가 없을 것 같으니 그냥 버리겠네."

팀장은 재환의 사직서를 잘게 찢어 휴지통에 버리더니 재환에게 한마디 덧붙였다.

"처음부터 자네가 맡은 사건이니 마무리도 자네가 하게."

"예. 알겠습니다."

재환은 윤 검사의 얼굴을 노려보며 대답했다.

광민의 승용차가 화물차를 가로막고 정지하자 뒷문과 운전석 문이 동시에 열리더니 세 명의 건장한 청년이 어둠 속에서 일사불란하게 움직였다. 뒷좌석에서 내린 꿀꿀이는 트렁크에서 가스통을 꺼내 들고서 정지해 있던 1톤 화물차의 조수석 문을 열고 조수석 밑의 공간에 집어넣었다.

1톤 화물차의 운전자는 50대 정도의 나이에 허름한 옷차림을 하고 있어 한눈에 보기에도 평범한 사람으로 보였다. 자신의 차에서 벌어지고 있는 갑작스러운 돌발 사태에 놀란 남자는 두 눈을 크게 뜨고 의아한 표정으로 지켜만 볼 뿐 아무런 저항도 하지 못하고 있었다.

제비는 운전석 문을 열고 핸들을 잡고 있는 남자에게 낮은 소리로 겁을 주었다.

“지금 아저씨 차가 필요하니 잔말 말고 조수석으로 앉으시오. 빨리!”

날카로운 눈빛에서 뿜어져 나오는 카리스마에 눌려 그는 자신의 자리에서 재빠르게 일어나 허리를 숙이고 조수석으로 옮겨 앉았다. 제비의 등 뒤에서 지켜보고 있던 광민이 제비가 뒤돌아보며 눈짓을 하자 재빨리 운전석으로 뛰어올랐다.

“자, 당신은 지금부터 나와 함께 여행을 하는 겁니다. 나는 지금 당신 말을 들어 줄 여유가 없으니까 괜한 짓했다가 나중에 나를 원망하지 마시오. 하지만 내 말만 잘 따라 주면 아무 문제 없을 겁니다. 약속할 수 있습니다.”

잔뜩 겁을 먹은 화물차 운전자는 알겠다는 표정을 지으며 고개를 크게 끄덕였다.

꿀꿀이와 제비는 앞에 정차된 광민의 승용차로 가기 위해 발걸음을 옮기다 돌아서서 광민을 바라보았다. 그러고는 크게 허리를 숙여 인사했다.

“행님, 꼭 성공하시길 빌겠십니다.”

“그래. 느그도 무사하길 빈다.”

광민이 화물차에서 뿜어져 나오는 헤드라이트 불빛 속의 두 사람을 지그지 바라보았다. 언제 보아도 믿음직한 동생들이었기에 그들에 대한 마음은 언제나 각별했었다. 온갖 어려움 속에서도 그들은 서로를 의지하고 서로를 위하며 지내 왔었다. 그러나 어쩌면 지금 이 순간이 마지막이 될 수도 있다는 생각에 조금이라도 더 눈 속에 담아 두고 싶었다. 꿀꿀이와 제비도 자신들을 바라보는 광민의 눈빛이 무엇을 의미하는지 잘 알고 있었기에 광민에게로 향한 눈빛을 거둘 수가 없었다. 광민이 운전석에 앉은 채로 어서 가라고 조용히 손짓을 해 보였다. 광민의 손짓에 꿀꿀이와 제비도 떨어지지 않는 발걸음을 옮겨 승용차에 올라탔다.

터널을 통과하는 차들이 기듯이 움직이고 있었고 사고가 난 차들은 파손 정도를 알기 위해 터널 밖으로 빠져나가고 있었다.

꿀꿀이와 제비가 탄 승용차가 먼저 속도를 내며 그곳을 벗어났다. 터널을 빠져나오자 다시 눈부신 고속도로가 펼쳐져 있었다. 꿀꿀이가 핸들을 잡고 제비는 조수석에 앉아 주위를 열심히 살폈다. 고속도로의 갓길에는 터널에서 일어난 크고 작은 사고들로 차들이 줄지어 늘어서 있었고 어떤 이들은 멱살잡이를 하고 있었다.

꿀꿀이가 액셀에 힘을 가하자 속력이 빨라지면서 탄력이 붙었다. 옆에 있던 제비가 이리저리 고개를 돌리며 주위를 살피고 있을 때 가까이에서 또 다른 헬기가 나타나 추적하기 시작했다.

투투투투투, 타타타타타, 투투투투투. 타타타타타.

제비가 넓은 앞 유리창에 머리를 붙이다시피 해서 위를 쳐다보니 헬기는 바로 머리 위에 떠서 따라오고 있었다. 제비는 자신의 머리 위에 나타난 헬기를 향해, 한 손은 주먹을 쥐고 나머지 한 손은 펴서 주먹을 쥔 손을 감싸면서 헬기를 향해 밀어 버렸다. 말이 들리지 않는 헬기를 향해 무언의 욕을 날리며 자극했다.

"4177, 지금 즉시 갓길에 세워라. 여기는 부산경찰청 기동대다. 4177, 즉시 갓길에 세우고 검문에 응하라. 불응 시에는 발포하겠다."

확성기 소리가 들리자 꿀꿀이가 콧방귀를 뀌며 욕설을 퍼부었다.

"쏠라모 한번 쏴 봐라, 이 새끼들아! 쏘도 몬할 새끼들이 소리만 지르고 자빠졌구만. 야, 이 새끼들아! 눈 크게 뜨고 잘 따라온나! 내 눈에서 없어지모 느그는 다 죽는다, 이 새끼들아!"

꿀꿀이는 헬기에서 들려오는 확성기 소리를 비웃기라도 하듯 지그재그로 곡예 운전을 하며 광란의 질주를 벌였다. 그때 방송국 헬기가 다시 나타나 도주 장면을 계속 촬영하기 시작했다.

질주가 시작된 지 10여 분이 지났지만 공중에서 내려다보고 있는 헬기에서는 어떤 방법도 쓰지 못하고 계속해서 무전으로 상황만 보고하고 있었다. 흔들리는 헬기에서 정조준하기가 쉽지 않은 데다가 승용차가 계속 지그재그로 움직이고 있어 결국 저격용 소총들은 모두 거두어졌다. 꿀꿀이가 모는 승용차는 어느새 북부산과 서부산의 갈림길로 접어들었다.

애애애애애앵. 애애애애앵. 애애애애앵.

언제 나타났는지 경찰차들이 사이렌 소리를 요란하게 울리면서 추격을 해 오고 있었다. 꿀꿀이는 광민의 지시대로 서부산 쪽으로 방향을 잡고 곧장 질주했다. 공중에서 날고 있던 헬기도 꿀꿀이의 승용차를 따라 잠시도 떠나지 않고 추적해 왔다. 고속도로는 일순간 한편의 영화를 촬영하는 듯한 긴박감이 연출되었다.

꿀꿀이의 승용차가 서부산 쪽으로 방향을 잡고 질주하자 뒤따르던 경찰차와 헬기가 모두 꿀꿀이의 승용차를 따라갔다. 그 모습을 확인한 광민은 곧장 직진해서 북부산 톨게이트를 향해 달렸다. 화물차의 주인은 그제야 상황을 파악했다. 자신에게 위해를 가하려고 벌인 일이 아니라는 것을 알게 되자 그는 안도의 한숨을 내쉬었다. 도대체 무슨 사연들이 있어 이렇게 큰일을 벌이나 싶어 궁금했지만 차마 입 밖으로는 내지 못했다.

윤 검사와 약속한 시간이 한 시간도 채 남아 있지 않았다. 광민이 엑셀에 힘을 가해 속도를 높였다.

윤 검사의 사무실에 차려진 상황실은 급박하게 상황을 알리는 무전 소리와 전화 통화 등으로 귀가 따가울 지경이었다.

재환은 소파에 앉아 실시간으로 들어오는 정보를 취합하던 중 갑자기 일어나서 상황실 문을 박차고 나갔다.

"어이, 어디 가는 거야?"

팀장이 급하게 뛰어나가는 재환을 향해 고함을 질렀지만 이미 재환의 머릿속은 다른 곳에 가 있었다.

재환은 용의 차량이 서부산으로 진입하고 있다는 무전을 듣고 TV 화면을 유심히 지켜보았다. 분명 운전자는 광민이 아니었다. 아마도 일행 중 누군가가 운전을 하고 있었고 차량 뒷유리창으로 사람이 보이지 않는 것으로 보아 차에 탄 사람은 두 사람이었다. 재환은 직감적으로 지금 추격하고 있는 용의 차량에는 광민이 없다고 확신했다.

재환은 자신의 고물 차를 몰고 쏜살같이 시내 도로를 향해 달렸다. 재환은 분명 광민이 북부산 톨게이트를 통과할 것이라고 생각했다. 재환은 북부산 톨게이트를 향해 속도를 높였다. 고물 승용차는 마지막 발악을 하듯 온 힘을 쥐어짜 속도를 올리고 있었다.

광민은 추격하던 경찰들을 꿀꿀이가 모두 유인해서 가 버린 뒤라 북부산 톨게이트에는 검문이 없을 것이라고 생각하고 있었다. 하지만 막상 북부산 톨게이트에 도착하자 무장 경찰이 진입하는 전 차량을 철저하게 검문하고 있었다. 광민의 얼굴에 난감한 표정이 역력했다.

뒤쪽에 줄 선 차들 때문에 뒤로도 가지 못하고 옆에도 줄지어 서 있는 차들이 있어, 광민은 꼼짝없이 독 안에 갇힌 쥐 신세가 되어 버렸다.

톨게이트 창구마다 무장 경찰 세 명이 배치되어 있었다. 길 양쪽에는 방호벽을 설치해 두고 그 뒤에서 저격용 망원렌즈가 부착된 M16소총을 겨냥하고 있었다. 저격용 소총은 광민도 군대 시절에 다루어 보았기 때문에 그 위력을 익히 알고 있었다. 하지만 여기서 이대로 끝난다면 지금까지 자신이 목숨 걸고 해 온 모든 일들이 물거품이 될 수밖에 없었다. 광민이 이리저리 머리를 굴려 가며 골몰하고 있을 때 이미 톨게이트의 무장 경찰들이 차 앞에 다가와 있었다.

"잠시 검문이 있겠습니다. 신분증 좀 보여 주십시오."

무장 경찰 한 명이 운전석 창문 밖에서 거수경례를 하고서는 광민에게 신분증을 요구했다.

광민이 머뭇거리며 주머니 속에서 신분증을 꺼내는 척하다가 액셀을 강하게 밟으며 화물차를 돌진시켰다. 검문을 하는 경찰관이 순간적으로 주춤하더니 뒤로 물러서서 하늘을 향해 총을 발사했다.

탕, 탕, 탕.

"용의자다. 모두 사격!"

광민을 검문하던 경찰관들이 일제히 고함을 지르며 무전을 보내고 차량을 향해서 실탄을 발사했다. 광민은 잽싸게 옆에 있던 사내를 한 손으로 끌어당겨 자신의 몸을 가렸다. 광민의 우측에 있던 저격수들은 광민의 몸이 보이지 않고 인질로 보이는 사람의 몸만 조준기에 들어와 방아쇠를 당기지 못하고 정조준만 하고 있었다. 그때 광민의 좌측에 설치된 방호벽 앞에서 누군가 사격을 중지하라고 고함을 지르고 있었다.

"사격을 중지하십시오. 난 안기부의 양재환 주임입니다. 지금 사격을 하면 무고한 시민이 다칠 수 있습니다. 모든 책임은 내가 지겠습니다."

재환이 한 손으로 신분증을 높이 들어 저격수들에게 노출시켰다.

"우리는 이미 상부에서 서광민이 검문에 불응할 경우 사살해도 좋다는 명령을 받았습니다. 빨리 비키십시오. 놈을 놓치게 되면 그때야말로 무고한 시민들이 다치게 된단 말입니다."

"아닙니다. 저 친구는 지금 검찰청으로 가고 있습니다. 약속합니다. 아무도 다치는 사람은 없을 겁니다. 그러니 사격을 멈추십시오."

재환이 총구 앞까지 뛰어가서 몸으로 총구를 막아섰다.

순간 광민의 눈이 휘둥그레졌다. 분명 자신의 눈에 보이는 사람은 재환이었다. 멀리서 뒷모습만 보였지만 틀림없이 재환이 그곳에 서 있었다. 하지만 일단은 이곳을 벗어나는 게 급선무였다.

광민이 운전하는 화물차가 시야에서 사라지자 재환이 총구 앞에서 몸을 피하고는 긴 한숨을 토해 냈다.

"당신 도대체 뭐 하는 사람이야? 대낮에 마약을 밀반입하고 거기다가 인질까지 붙잡고 저렇게 도망가는 데 그걸 도와줘? 상부에 있는 그대로 보고할 테니 당신이 알아서 하시오."

"예. 좋습니다. 모두 다 제가 책임지겠습니다."

재환은 방호벽을 붙잡고는 머리를 땅바닥으로 향한 채 힘없이 서 있었다. 그러기를 잠시, 다시 고물 차에 오르더니 톨게이트 앞에 설치된 안전지대를 가로질러 광민의 차를 뒤쫓아가기 시작했다.

꿀꿀이와 제비는 마침내 서부산 톨게이트가 나타나자 더 이상 달리지 못하고 겹겹이 설치된 바리게이트 앞에서 정지할 수밖에 없었다.

"이쯤 되모 우리가 할 일은 다한 기제?"

"어, 그런 것 같다."

긴장이 풀려 긴 한숨을 몰아쉬던 꿀꿀이는 운전대에 머리를 얹고서 잠시 눈을 감았다. 헬기의 프로펠러 돌아가는 소리가 귓가에 들려왔다.

투투투투투, 타타타타타.

"4177 운전자는 손을 들고 차 밖으로 나와라. 너희들은 포위됐다. 손을 들고 나와라.”

머리 위에서 들리는 확성기 소리에 꿀꿀이가 고개를 들고는 실실 웃음을 흘리며 태연히 차에서 내렸다. 제비도 전혀 긴장한 기색 없이 꿀꿀이의 옆에 같이 섰다. 무장 경찰들이 일제히 몰려들어 꿀꿀이와 제비를 에워싸고 두 사람을 겨냥했다.

“당신들을 마약 밀매혐의 용의자로 긴급체포합니다. 변호사를 선임할 수 있고 묵비권을 행사할 수 있습니다.”

간부로 보이는 경찰관 한 명이 꿀꿀이와 제비 앞에서 자신의 신분증을 제시하고는 긴급체포영장을 보여 주었다. 그러곤 미란다 조항을 설명하더니 허리에 차고 있던 수갑을 꺼내서 두 사람의 손목에 채웠다. 나머지 무장 경찰들은 차 안을 수색하느라 분주했다.

꿀꿀이와 제비는 홀가분한 걸음으로 경찰차에 올랐다. 두 사람은 이미 이런 상황을 예상하고 있었던 터라 생각한 대로 이뤄진 게 오히려 신기할 정도였다. 꿀꿀이와 제비를 태운 경찰차는 사이렌 소리를 요란하게 울리며 쏜살같이 시내 도로를 향해 달렸다.

부산지검 윤정범 검사 사무실의 임시 상황실에서는 북부산 톨게이트에서 검문에 불응하고 달아난 1톤 화물차의 사고 소식과 서부산 톨게이트에서 꿀꿀이와 제비가 검거된 상황을 무전으로 타전받고서 술렁거리고 있었다. 서부산 톨게이트에서 검거된 인원이 두 사람밖에 없었다는 것과 차내에 있어야 할 LPG 가스통이 사라졌다는 보고에 따른 것이었다.

침통한 표정으로 앉아 있던 윤 검사는 책상을 손바닥으로 힘껏 내리치며 고함을 질렀다.

"도대체 경찰은 뭐 하는 거야! 그 많은 인원으로 그거 하날 못 잡아! 이러니 시민들이 불안해서 어디 잠이나 자겠어! 1톤 화물차 그놈이 주범이야, 그놈이! 고작 그런 놈한테 놀아나는 경찰을 보고 시민들이 뭐라고 하겠어, 응? 뭐라고 하겠냐고!"

윤 검사는 북부산 톨게이트에서 달아난 화물차의 검거 실패를 경찰의 실수로 단정하고선 분통을 터트렸다.

TV 화면에서는 꿀꿀이와 제비가 체포되는 과정과 LPG 가스통을 찾고 있는 경찰들의 모습이 전국으로 중계되고 있었다. 승용차 안에 있다던 LPG 가스통도 보이지 않고 검거된 두 사람의 표정이 너무도 태연해서 TV를 보던 사람들이 더 어리둥절해졌다. 두 사람은 검거되어 연행되는 순간에도 얼굴 가득 웃음을 짓고 있었다.

마침내 부산지검에 도착한 광민은 정문에 서 있는 근무자의 제지에도 불응하고 검찰청 내로 돌진해서 넓은 주차장 공간에 정차했다. 어디에서 몰려왔는지 순식간에 많은 사람들이 광민을 에워싸고 곳곳에서 플래시가 터졌다.

"부산신문의 공임석 기자입니다. 경찰의 검문에는 불응하시고 자신의 발로 검찰청까지 오게 된 이유가 무엇입니까?"

이곳저곳에서 수없이 많은 질문과 플래시가 터지는 것에 개의치 않고, 광민은 조수석에 앉아 있는 사내에게 고개를 숙이며 정중하게 고마움의 인사를 건넸다.

"지금까지의 일에 대해서는 정말이지 죄송합니다. 본의 아니게 사장님께서 피해를 보셨습니다. 용서해 주십시오. 저는 여기서 내릴 테니까 이 시간 이후부터는 사장님께서 알아서 하십시오."

"예. 예!"

광민의 단호하고 예의 있는 인사에 사내는 머뭇거리며 형식적인 답변을 건네고서는 물끄러미 광민의 행동을 지켜보았다.

광민은 주위의 시선에 아랑곳하지 않고 차에서 내려 조수석으로 돌아가더니 차 문을 열고 바닥에 눕혀져 있던 LPG 가스통을 끄집어냈다. 수많은 기자들이 몰려와 이러한 광민의 행동을 카메라에 담았다.

광민은 LPG 가스통을 어깨에 메고서는 검찰청 주차장 가운데에 던지듯이 거칠게 내려놓았다. 언제 왔는지 무리들 속에서 윤 검사가 모습을 보였다.

"서광민 씨, 이게 뭡니까?"

윤 검사가 광민의 앞에 나타나 처음으로 던진 말이었다. 광민은 윤 검사를 노려보며 말없이 서 있었다. 윤 검사를 죽일 듯이 노려보는 광민의 눈에는 핏발이 서 있었다. 광민은 시계를 한 번 쳐다본 후 윤 검사에게 말했다.

"이것으로 나는 당신과의 약속을 지켰소. 이제는 당신이 약속을 지킬 차례요."

광민은 윤 검사를 향해 핏발 선 눈으로 차근차근 또렷하게 이야기했다. 주위의 기자들이 둘의 대화에 관심을 가지고 가까이 모여들었다.

"여기 있는 LPG 가스통이 뭐냐고 내가 물었소."

"나도 모르겠소. 그 속에 뭐가 들어 있는지는 당신이 직접 보고 판단하시오. 내가 할 일은 다 마친 것 같소."

그러자 주위에서 당장 용접기로 절단해 보자는 이야기가 흘러나왔다. 윤 검사는 잠시 난감한 표정을 보이더니 기자들을 의식한 듯 옆에 있는 수사관에게 LPG 가스통을 절단할 수 있는 용접공을 부르라고 지시했다. 가스통에서 마약이 나와야 범죄가 성립될 수 있다는 생각이 들었기 때문이었다.

어디에서 나타났는지 재환이 광민의 등 뒤에 서 있었다. 지금까지의 모든 대화도 다 듣고 있었다. 재환은 광민의 행동을 모른 체하고 지켜만 보고 있었다. 그때 윤 검사가 곁에 있는 수사관에게 광민을 우선 특수공무집행방해죄로 긴급체포하도록 지시했다. 윤 검사의 지시에 따라 곁에 있던 수사관 10

여 명이 광민을 에워쌌다.

"서광민 씨를 특수공무집행방해 등의 혐의로 긴급체포합니다. 변호사를 선임할 수 있고 묵비권을 행사할 수 있습니다."

수사관 한 명이 수갑을 꺼내 들고 광민의 팔을 잡으려 하자 광민의 등 뒤에서 누군가가 나서며 큰 소리로 외쳤다.

"범죄자는 서광민 씨가 아니라 바로 윤 검사 당신입니다. 당신이 범죄자와 협의하여 여기 있는 서광민 씨를 이용한 겁니다. 안 그렇습니까, 윤정범 검사님?"

"아니! 이게 무슨 소리야? 범죄자와 협의를 하다니. 이게 무슨 말입니까?"

여기저기에서 재환을 향해 질문이 쏟아졌다. 재환이 광민의 앞으로 다가서더니 주위를 차분하게 한 바퀴 둘러보았다.

"저는 이 사건의 모든 내막을 잘 알고 있는 사람입니다. 이번 사건은 부산 지역 중심가인 조방 앞 일대를 무대로 폭력조직을 결성하여 폭력 행위를 일삼았던 조직폭력배 두목 김강수를 마약 판매혐의로 검거하면서 발생된 사건입니다. 김강수에게 많은 도움을 받으며 살아왔던, 여기 제 앞에 서 있는 서광민 씨는 김강수를 구하고자 윤정범 검사를 찾아오게 되었습니다. 그때 윤정범 검사가 서광민 씨에게 중국에 가서 필로폰 오 킬로를 밀반입해 오면 김강수를 즉시 석방시켜 주겠다는 약속을 했습니다. 조금 있으면 LPG 가스통에서 뭐가 나올지 확실히 알 수 있겠지만 분명 필로폰 오 킬로가 들어 있을 겁니다. 그러면 서광민 씨는 윤정범 검사와 했던 약속을 지킨 것이 되며 그 시간 이후부터는 윤정범 검사의 행동을 지켜봐야 할 것입니다."

"아니, 이건 무슨 말이야! 참, 그런 일이 다 있어? 이건 특종이야, 특종!"

윤 검사는 일제히 플래시를 터트리며 자신의 얼굴을 찍어대는 기자들을 향해 애써 태연한 모습으로 항변했다.

"서광민의 경찰 검문 불응에 의해 헬기 한 대가 폭발하면서 경찰관 네 명과 기장 한 명이 사망했습니다. 이러한 악질범을 변호해 주는 저 친구는 서광민과 고향 친구 사이입니다. 그러니 저 친구의 말은 신뢰할 수가 없습니다. 소상한 답변은 차후에 수사 과정에서 밝히기로 하고 도주의 우려가 있는 서광민을 일단 긴급체포합니다."

윤 검사의 말이 끝나자마자 그동안 멈칫하고 있던 수사관 10여 명이 동시에 광민의 팔을 비틀고 손목에 수갑을 채웠다.

"서광민은 여기에 뭐가 들어 있는지 확인시키고 연행하게."

광민이 수사관들에게 이끌려 가스통 앞에 섰을 때 바로 눈앞에서 재환이 광민을 바라보며 서 있었다. 재환이 안타까운 표정으로 잠시 광민을 바라보더니 낮은 목소리로 말을 건넸다.

“광민아, 넌 왜 아무 말도 안 하냐?”

광민이 재환을 지그시 바라보며 말했다.

“재환아, 내 이런 모습은 진짜 너한테는 안 보이고 싶었다. 내가 시작한 일이니까 마무리도 내가 해야지. 너는 제발 돌아가 있어라. 부탁이다.”

광민은 수갑이 채워져 있는 두 팔을 흔들어 보였다. 광민의 이러한 마음을 잘 알고 있는 재환이었기에 눈을 다른 곳으로 돌려 버렸다.

삼십여 분의 시간이 흐르고 1톤짜리 화물차 한 대가 검찰청의 앞마당에 들어오더니 뒤에 실린 용접기를 내렸다. 수사관의 지시로 인부 한 명이 불꽃을 튀기면서 LPG 가스통을 절단하기 시작했다. 그때 경찰차의 사이렌 소리와 함께 꿀꿀이와 제비가 차에서 내려 LPG 가스통이 있는 곳으로 이끌려 왔다. 꿀꿀이와 제비가 몇 걸음 앞에 있는 광민에게 다가가려 하자 곁에 있던 경찰관이 이들을 제지했다. 두 사람은 어깨에 힘을 주며 광민에게로 가려고 몸부림쳤지만 허리 뒤쪽으로 수갑이 채워져 있어 힘을 쓸 수가 없었다. 광민이 고개를 끄덕이며 두 사람에게 가만히 있으라는 눈빛을 보내자 고개를 숙여 인사를 대신했다.

주위를 둘러싼 사람들의 수가 점점 늘어나고 있었다. 모두들 둥글게 원을 그리고 서서 용접기의 흩날리는 불꽃을 바라보고 있었다. 마침내 LPG 가스통의 하부가 절단되었다. 작업을 하던 인부가 절단된 LPG 가스통의 하부를 손으로 들어서 옆으로 던졌다.

곁에 있던 수사관 세 명이 나머지 가스통을 뒤집어 안에 붙어 있던 물건을 꺼냈다. 가스통 속에서 흔들리지 않게 고정한 테이프를 제거하자 한 뭉치의 비닐에 감긴 물건이 모습을 드러냈다. 카메라 플래시가 쉴새없이 터지며 과정 하나하나를 촬영하고 있었다.

비닐로 포장된 뭉치를 주차장의 아스팔트 바닥에 꺼내 놓은 수사관들은 윤 검사를 바라보며 다음 지시를 기다렸다. 윤 검사는 이미 비공개 수사를 포기했던 터라 바로 수사관들에게 지시했다.

"그 봉지를 개봉해 보시오."

윤 검사의 지시가 떨어지자 잠시 멈췄던 검찰 수사관들의 손놀림이 빨라졌다. 수사관들은 겹겹으로 감긴 비닐을 한 겹씩 걷어냈다. 이윽고 비닐 속의 물건이 정체를 드러냈다. 그 속에는 필로폰 다섯 봉지가 들어 있었다. 그런데 필로폰 봉지 외에도 뭉치 하나가 더 있었다. 그 뭉치의 포장을 벗겨 내자 다섯 묶음으로 묶인 달러가 나타났다.

"저건 또 뭐야?"

"그것은 뭡니까?"

웅성거리는 주위 사람들과 연신 질문을 던지는 기자들의

성화에 윤 검사가 앞으로 나섰다. 윤 검사는 준비해 온 저울에 필로폰 봉지를 올려 무게를 달았다. 필로폰은 정확하게 한 봉지당 1킬로로, 모두 5킬로였다. 옆에 있는 달러 뭉치는 10달러짜리 100개가 한 묶음으로 모두 다섯 묶음이었다. 모두 5,000달러였다. 윤 검사는 한 손에는 필로폰 봉지를, 다른 한 손에는 달러 묶음을 들고 주위를 둘러싼 기자들을 바라보며 회심의 미소를 지었다.

"지금 제 왼손에 들고 있는 것은 분명 필로폰이고, 오른손에 들고 있는 것은 거의 확실한 위조지폐입니다. 위조지폐는 일련번호가 동일하기 때문에 쉽게 감정할 수 있습니다. 물론 좀 더 세밀한 조사를 거친 다음에 수사 결과를 발표하도록 하겠습니다. 필로폰은 모두 오 킬로이며 시가로 치면 백육십억이 넘는 가격입니다. 무려 십육만육천 명이 동시에 투약할 수 있는 엄청난 양입니다. 이 지폐 또한 오천 달러로 국내에서 이만큼의 위조지폐를 한꺼번에 적발하는 일은 처음입니다. 자, 오늘은 여기까지 하기로 합시다."

윤 검사는 주위를 둘러싼 기자들에게 목례를 하고서는 그곳을 빠져나가려고 했다. 그때 누군가가 윤 검사를 막아섰다. 재환이었다.

"윤 검사! 당신이 가지고 오라고 지시한 물건 아닙니까? 아무것도 모르는 사람처럼 그래도 되는 겁니까? 법을 집행하는 검사가 이 따위로 행동해도 되는 겁니까? 최소한 당신의 양

심만은 속이지 않아야 되는 거 아닙니까?"

"이봐요, 양 주임. 그렇다면 저 위조지폐는 뭡니까? 혹시 당신이 가지고 오라고 한 거 아니오?"

위조지폐는 전혀 생각지도 못했던 것이었기에 당황한 재환은 말을 이어 가지 못했다.

광민도 꿀꿀이도 제비도 위조지폐가 들어 있을 줄은 꿈에도 몰랐기 때문에 어쩔 줄 몰라 하고 있었다. 광민은 이승철이 LPG 가스통을 봉합하기 직전에 선물도 함께 넣어 두었다고 말했던 게 떠올랐다. 하지만 광민은 필로폰을 좀 더 넣었을 것이라고만 생각하고 있었다. 직접 확인해 보지 않아 생긴 일이라 눈을 감아 버렸다.

"지금 이 상황에 대해서 서광민 씨의 말이 듣고 싶습니다. 할 말이 있습니까?"

기자들이 광민에게 질문을 쏟아 내기 시작했다. 광민은 감고 있던 눈을 살며시 뜨고서는 기자들을 향해 말했다.

"모두 다 제가 한 일입니다. 다른 사람들은 아무것도 모릅니다."

광민은 위조지폐를 보고서는 더 이상 변명을 해 보았자 아무런 소용이 없다는 결론에 이르자 단독 범행임을 자백했다. 순간 재환이 광민 앞에 서서 기자들에게 외쳤다.

"지금 보고 계신 저 필로폰이 조직폭력배 김강수를 구하기 위해 윤 검사와 여기 있는 서광민 씨가 합의하여 국내에 가지고 들어온 것입니다. 그러니 여기 있는 서광민 씨도 피해자입니다."

"그러면 위조지폐는 어떻게 된 겁니까? 위조지폐를 가지고 온 것도 윤 검사의 지시에 의한 것인가요?"

이어지는 기자들의 질문 공세에 당황한 재환은 말문이 막혀 버렸다. 광민이 앞에 서 있는 재환의 얼굴을 찬찬히 훑어보았다. 더는 해명할 명분이 없어진 터라 재환을 바라보면서 말을 건넸다.

"재환아, 이제 좀 쉬자. 나도 이제는 좀 쉬고 싶다. 너만 알아주면 된다. 나는 그걸로 됐다. 그러니 그만해라."

광민은 멍하니 서 있는 재환의 모습을 머리끝에서 발끝까지 자신의 눈에 담고 있었다. 그러고는 뒤에 서 있는 꿀꿀이와 제비에게도 시선을 보내 한동안 바라보았다. 꿀꿀이와 제비도 광민을 바라보며 눈시울을 붉히더니 돌아서는 광민에게 90도로 허리를 꺾어 인사했다.

광민은 시끌시끌한 주차장의 사람들 소리를 뒤로한 채, 수사관들에게 이끌려 검찰청사 안으로 들어갔다. 재환은 광민이 검찰청사 안으로 걸어 들어가기 시작하자 그만 그 자리에 주저앉아 버렸다.

"광민아! 거기는 블랙홀 같은 곳이다. 일단 들어가면 빛도 탈출 못하는 곳이란 말이다……. 니가 왜 거기로 가야 하냐……."

재환의 나지막한 소리에 광민이 발걸음을 멈추고 뒤돌아보았다.

"재환아, 걱정하지 마라. 아무리 블랙홀이라도 내 양심과 내 영혼을 가둘 수는 없다."

광민의 몇 걸음 뒤로 꿀꿀이와 제비가 이끌려 가고 있었다. 기자들의 플래시가 그들의 등 뒤에서 불꽃놀이를 하듯 터지고 있었다.

재환은 자꾸만 멀어져 가는 광민을 바라보며 두 주먹에 힘을 주고 땅바닥을 내려쳤다. 재환의 떡 벌어진 어깨가 크게 흔들리고 있었다.

멀리서 재환의 행동을 쭉 지켜보던 팀장과 요원들이 재환에게 다가가려고 할 때 누군가가 재환의 어깨를 가볍게 두드렸다. 재환은 눈물을 훔치며 고개를 돌렸다.

휠체어에 몸을 의지한 채 앉아 있는 주희와 휠체어 손잡이에 두 손을 올려놓고 있는 어머니가 재환을 측은하게 바라보고 있었다. 재환과 주희의 눈이 마주치자 주희의 어머니가 먼저 말을 건넸다.

"은자 그만 일어나이소. 우리 아아도 텔레비전 보고서는요 꼭 와야 된다꼬 하도 고집을 부리가 할 수 읍이 데불고 왔십니다."

그제야 재환이 자리에서 일어나 인사를 했다. 그러고는 휠체어에 앉아 있는 주희를 바라보며 의아한 눈빛을 보냈다. 재환의 눈빛이 무엇을 말하고 있는지 알고 있는 주희의 어머니는 고개를 돌려 먼 곳을 바라보다 눈시울을 적셨다.

"얼마 전부터 병이 많이 진행이 됐십니다. 그래가 지금은 이래 걷도 몬하고 휠체어에 의지하고 있십니다."

주희의 어머니는 손수건을 꺼내 연신 눈가에 맺힌 눈물을 닦아냈다.

"예, 그렇게 되었군요."

재환은 휠체어에 앉은 주희를 찬찬히 바라보았다. 그러자 주희도 고개를 들어 재환을 올려다보았다. 부쩍 수척해진 주희의 얼굴은 하얀 도화지처럼 창백했다. 하얀 피부 위로 나 있는 솜털들이 힘없이 흔들리고 있었다.

아무 말 없이 물끄러미 재환을 바라보던 주희가 힘들게 입을 열었다

"저기……. 광민이 오빠는 어떻게 되는 건데예? 아무 일 없는 거 맞지예? 전에 아저씨가 말씀하신 대로, 광민이 오빠는 검사님이랑 한 약속을 지킨 것뿐인 거…… 맞지예?"

재환이 조용히 고개를 끄덕였다. 재환은 광민의 지나온 흔적을 좇던 중 주희를 알게 되었고, 인연인지 부산에 가던 중 차가 고장났을 때 태워 주었던 모녀가 바로 이들이었다.

주희는 늘 광민을 한 번만이라도 만나고 싶어 했지만 언제나 멀리 있었고, 지금도 TV를 보고 달려왔지만 광민은 이미 안으로 사라진 뒤였다.

재환은 주희가 앓고 있는 병을 잘 알고 있었기 때문에 무슨 말을 해야 할지 몰라 그저 주희의 맑은 눈망울만 바라보고 있었다.

그때 뒤쪽에서 팀장이 나타나 재환의 어깨를 툭 쳤다.

“양 주임, 세상은 말이야. 때로는 내 생각과 다르게 흘러갈 때도 있어. 하지만 시간이 지나면 다 제자리로 돌아가기 마련이지. 그러니 이제 나머지 일들은 시간에 맡기고 우리는 이쯤에서 돌아가자. 그 정도 했으면 양 주임도 할 만큼 했다.”

동료들도 재환을 에워싸고 위로의 말을 건넸다. 호석이 앞으로 한 걸음 나와서 재환의 어깨를 감싸쥐었다.

“미안하다. 도움이 되어 주지 못해서.”

“아니야. 모든 게 내 탓이야.”

재환의 주위를 둘러싸고 있던 요원들의 시선이 일제히 주희에게로 향했다. 팀장이 앞으로 나서서 주희에게 위로의 말을 건넸다.

“아가씨의 눈을 보니 병을 꼭 이겨 낼 수 있을 것 같습니다. 그러니 꼭 쾌차하셔서 오늘의 일들을 기억해 주십시오. 우린 믿습니다. 아가씨가 꼭 회복하리라는 것을요.”

어느새 어둠이 내려와 도시를 감쌌고 시끄러웠던 검찰청 주차장에도 적막이 찾아들었다. 하루 일을 마치고 집으로 돌아온 사람들은 TV 앞에 모여 가족들과 즐거운 대화를 나누고 있었다. TV에서는 범인을 추적하던 헬기가 폭발해 다섯 명의 사망자를 낸 사고를 집중적으로 보도하고 있었고, 윤정범 검사는 직접 현장을 찾아 브리핑을 하고 있었다. 사람들은 범인의 잔악한 범행에 경악을 금치 못했고, 범인을 추적하다 순직한 경찰관들에게 보내는 애도의 물결이 나라 전체로 퍼져 나갔다.

재환도 오랜만에 부산에서 서울의 집으로 돌아와 불 꺼진 거실에 앉아 TV를 보고 있었다. 하지만 윤정범 검사의 뻔뻔한 얼굴을 보고 있자니 속이 메스꺼워서 TV를 꺼 버렸다. 재환은 초점 없는 눈빛으로 거실의 벽면을 응시하고 있었다.

윤 검사의 파렴치한 제안과 김강수를 구해 내고 자신이 대신 감옥에 들어가겠다는 광민의 무모한 행동이 이런 어처구니없는 대형 사고를 불러온 것이었다. 이제 광민은 악인이라는 꼬리표를 달고서 어쩌면 영원히 세상으로 나올 수 없는 블랙홀에 갇혀 버린 것은 아닐까 생각되었다.

재환은 일어서서 힘없이 자신의 방으로 들어갔다. 방 안으로 들어온 재환은 더듬거리며 컴퓨터의 전원 스위치를 눌렀다. 깜깜한 방 안으로 컴퓨터 모니터에서 나온 현란한 빛이 둥실거리며 떠다녔다. 재환의 손이 자판기 위에서 빠르게 움직였다.

컴퓨터는 잠시 후 재환이 검색한 결과를 모니터에 띄워 놓았다. 재환이 원하는 답을 찾았는지 모니터를 뚫어지게 바라보다가 이내 모니터에서 시선을 거두고 긴 한숨을 내쉬었다.

"아! 친구야! 방법이 없다. 이를 어떡하면 좋냐, 이 친구야!"

재환은 이미 알고 있는 내용이었지만 다시 한 번 확인하고 싶어 형법 조항을 검색했다. 윤 검사와 광민이 했던 약속은 법정에서 아무런 효력도 발휘하지 못할 것이고, 특수공무집행방해죄와 마약 밀반입, 위조지폐 밀반입, 인질, 납치 등의 죄목만으로도 법정 최고형을 구형하기에 충분했다. 게다가 특수공무집행방해죄를 범해 공무원을 사망에 이르게 한 경우에는 무기 또는 5년 이상의 유기징역에 처하도록 되어 있기 때문에 이 죄목을 추가한다면……. 재환은 더 생각하고 싶지도 않았다.

재환은 컴퓨터 책상 위에 이마를 대고 엎드려 눈을 감았다.

강수는 공장에서 오전 작업을 마치고 오후에 전해지는 신문을 읽고 있었다. 광민에 대한 기사가 신문의 절반을 차지하고 있었다. 강수는 글자 한 자 놓치지 않고 다 읽고 나서는 멍하니 앉아 돌처럼 굳어 버렸다.

강수는 이 모든 일이 자신 때문에 벌어졌다고 생각했기 때문에 말로 표현할 수 없는 죄책감에 시달리고 있었다. 형제복지원에서의 인연 때문에 광민의 험난한 인생이 시작되었다고 생각되자 굵은 눈물이 볼을 타고 하염없이 흘러내렸다.

"미안하다, 광민아! 내만 안 만났어도, 내만 안 만났어도……. 미안하다, 광민아……. 미안하다……."

광민이 중국으로 떠난 뒤부터 지금까지 단 한시도 마음을 놓지 못하고 노심초사했었는데 결국 이렇게 되어 버린 것이 참으로 원통하고 분했다. 강수는 광민을 위해 항소도 포기했지만, 미련한 광민은 끝까지 포기하지 않았던 것이다.

"어이, 김강수 씨. 마음이 무겁겠십니다. 근데 우짜겠십니까?"

강수가 공장 한구석의 테이블 위에 조용히 앉아 있는 것을 보고 주임교도관이 위로의 말을 건넸다. 교도소 내에서는 이미 이번 사건을 바라보는 김강수의 심정을 잘 알고 있었기 때문에 보안과에서는 김강수에 대한 특별감시 지시가 내려진 상태였다.

"그래도 세상에는 아직도 그래 의리가 있는 사람이 있네예."

침통해하고 있는 김강수에게 조금이라도 위안을 주고자 주임교도관이 말을 건넸다.

"미련한 놈이지예……. 세상에서 제일 미련한 새낍니다."

넋이 나간 듯 멍한 눈으로 공장 벽면을 바라보던 강수가 입을 열었다.

"그럴 수도 있겠지예. 그래도 요즘 같은 세상에도 이런 사람이 있었다는 걸 알게 되모 더 많은 사람들이 공감을 하게 될 깁니다. 적어도 이 친구가 한 사람을 향한 진심으로 이번 일을 벌였다는 것을 우리는 알고 있으니까예."

"그러니깐 미친놈이지예. 지놈이 뭘 안다고 이 난리를 부리는지……."

짐짓 타박하는 듯한 말속에도 광민을 걱정하는 마음이 깊게 드리워져 있었다. 강수를 지켜보고 있던 주임교도관은 연신 침통한 표정으로 고개만 끄덕거렸다. 강수의 감정이 잠시 잦아들었다고 생각했는지 주임교도관이 강수의 어깨를 지그시 누르며 손가락 끝에 힘을 주었다.

"김강수 씨, 이럴 때일수록 마음 단디 무야 됩니다. 잠깐이라도 마음이 약해지가 정신 놓으면 큰 병 납니다."

강수를 걱정하는 말을 남기고 주임교도관은 공장 밖으로 나갔다. 주임교도관의 말은 오랜 세월 교도소에서 근무한 경험에서 나온 말이었다. 주임교도관의 눈에 비친 강수의 모습은 곧 큰일이라도 치를 사람처럼 혼이 나가 있었다. 그런 강수에게 주임교도관이 전해 주는 진심 어린 충고였다.

주임교도관이 공장 밖으로 나가자 한 무리의 어깨들이 강수 주위로 몰려들었다. 공장 내에서 강수는 큰형님으로 지내고 있었기 때문에 전국의 조폭들이 이곳에 있는 동안만은 모두 강수의 동생인 셈이었다.

그들 중 완장을 찬 사내가 강수 앞으로 한 걸음 다가오더니 침통해 있는 강수에게 깊게 허리를 숙여 인사를 건넸다. 동시에 나머지 사내들도 허리를 숙이고 인사한 뒤 부동자세로 서 있었다. 완장을 찬 사내는 공장을 이끌어 가는 반장으로, 서울의 3대 패밀리에 속하는 조폭이었다. 강수보다 두 살 아래였으며 20년을 선고받아 8년째 수감 생활을 하고 있었다. 완장에는 반장이라는 글씨가 큼지막하게 새겨져 있었다.

"형님, 힘내십시오. 저희들도 이번 사건 내막을 잘 알고 있습니다. 진정한 건달 동생을 두신 형님이 부러울 뿐입니다. 부디 형님께서 잘 이겨 내시길 바랄 뿐입니다. 형님, 힘내십시오!"

"형님, 힘내십시오!"

뒤에 있던 사내들이 소리를 맞춰 강수에게 큰소리로 위로의 말을 건넸다.

"그래, 고맙다! 내 일은 내가 알아서 할 테니까 느그는 인자 고마 가 봐라."

그날 이후로 강수는 말수가 부쩍 줄어들었다. 공장에서나 방에서나 혼자 외로이 앉아 생각에 잠겨 있었다. 누군가가 다가가면 귀찮아했기 때문에 아무도 강수 곁으로 가지 않았다.

강수가 광민의 사건을 알게 된 지 5일째 되는 날이었다. 여느 날처럼 강수는 공장에서 돌아와 침구 위에 몸을 눕혔다. 같은 방의 동료들은 강수의 눈치를 보느라 며칠째 아무 말도 못하고 조심스럽게 지내고 있었다. 강수는 방으로 돌아오면 매일같이 침구 위에 누워 멍하니 천장만 바라보고 있었다. 며칠째 식음을 전폐한 강수는 얼굴도 많이 수척해지고 눈빛도 예전과 달리 흐릿해져 있었다.

강수는 공장에서 돌아와 자신의 침구 위에 누워 긴 시간 동안 회한의 시간을 보내고 있었다. 시간은 이미 자정을 넘기고 있었다. 강수는 목소리를 죽여 흐느끼며 눈물을 씹어 삼키고 있었다.

잠시 후 무슨 생각이 들었는지 동료들이 모두 잠들었다는 것을 확인한 강수가 힘겹게 몸을 일으켜 화장실로 향했다. 방구석 자리에 붙어 있는 화장실로 가려면 누워 있는 동료들의 몸을 조심스럽게 넘어가야 했다. 강수는 잠들어 있는 동료들이 깨지 않도록 조심조심 발을 떼어서 간신히 화장실 문을 열고 들어섰다.

화장실 안으로 들어선 강수는 화장실 안을 한 바퀴 둘러보고는 입고 있던 러닝을 벗어서 입에 물고 찢었다. 흰 천으로 된 러닝이 세로로 길게 두 개로 나뉘자, 새끼줄을 꼬듯이 비틀어 돌렸다. 강수는 두 팔을 벌려 길이를 확인하더니 끈의 한쪽을 화장실 창문의 쇠창살에 묶었다. 그리고 반대쪽에는 올가미를 만들어 자신의 목에 감았다. 강수의 표정은 이미 이 세상 사람이 아니었다. 두 눈에서는 쉼 없이 굵은 눈물이 쏟아지고 있었다.

강수는 나지막이 광민의 이름을 불렀다.

"광민아! 내가 진짜로 니한테 미안타. 니는 진짜로 내 친동생이다. 다음에는…… 다음에는…… 내가 니 동생하꺼마. 미안하다, 광민아……."

말을 다 끝맺지도 못한 강수의 몸이 창살에 매달려 떨렸다.

8.홀로 가는 길

광민이 부산구치소에 수감된 지 벌써 보름이 지나고 있었다. 광민은 모든 면회를 거부하고 혼자만의 세상으로 들어갔다. 그동안 다섯 차례의 검찰 조사가 이루어졌지만 광민은 단 한 차례도 자신의 혐의를 부인하지 않았고 검찰의 질문에 성실하게 답변했다. 본의 아니게 피해를 끼치고 사회적 물의를 일으킨 것에 대한 죄책감, 그리고 꿀꿀이와 제비에게 혹시라도 피해가 가지 않을까 하는 우려 때문이었다. 이런 태도 때문이었는지 검찰에서도 광민에게 비교적 호의적으로 대했다.

광민과 꿀꿀이, 그리고 제비는 매일 검찰 조사에 불려 다니느라 바빴다. 광민은 독방에 격리 수용되어 있었다. 꿀꿀이와 제비도 마찬가지로 독방에 수용되어 있었기 때문에 재판이 끝나기 전까지는 서로 만날 수가 없었다. 서로 말을 맞추지 못하도록 담당 검사가 구치소 측에 협조 공문을 보내서 이루어진 조치였다.

며칠째 조사에 시달리던 광민에게 또다시 호송 지시가 내려졌다. 광민은 무거운 몸을 일으켜 교도관이 포승줄을 묶도록 몸을 맡겼다.

포승줄에 묶여 교도관을 따라간 곳은 윤정범 검사실의 문 앞이었다. 잠시 후 교도관 한 명이 검사실 문을 열고 나와 광민 옆에 있던 교도관에게 눈짓을 했다. 교도관은 포승줄을 당기며 광민을 검사실로 데리고 들어갔다.

윤정범 검사가 광민을 보고는 의자에서 벌떡 일어나 반갑게 맞았다. 광민은 윤정범 검사의 얼굴을 보자 속이 뒤틀리며 심한 역겨움을 느꼈다.

"어서 오세요, 서광민 씨. 당신이 순순히 조사에 응해 준 덕분에 우리 수사관들이 한숨 돌렸소. 이런 사건은 워낙에 지켜보는 눈이 많아서 상당히 부담스럽거든요."

광민이 윤정범 검사의 얼굴을 경멸하는 눈빛으로 바라보자 윤정범이 눈길을 피하며 말을 돌렸다.

"아, 오늘은 조사 때문에 부른 게 아닙니다. 특별 면회를 시켜 주려고 부른 거니까 오해는 마세요. 저쪽에 앉아 있는 아가씨가 매일같이 어머니되시는 분하고 같이 찾아와서 계속 사정을 하길래……."

광민이 윤정범 검사의 손끝을 눈으로 따라가자 휠체어에

앉아 있던 아가씨가 다소곳이 광민을 바라보고 있었다. 휠체어 뒤에는 어머니로 보이는 사람이 휠체어에 손을 얹은 채 광민과 눈이 마주치자 인사를 건넸다.

광민은 얼떨결에 인사를 받고서는 휠체어에 앉아 있는 아가씨를 뚫어지게 쳐다보았다. 순간 광민은 망치로 뒤통수를 한 대 맞은 것처럼 번쩍 정신이 들었다.

'주희다. 이주희다. 분명 이주희다.'

광민은 무슨 말이든 하고 싶었지만 목이 메어 소리가 나오지 않았다.

휠체어에 앉아 있던 주희는 하얀 얼굴로 광민을 바라보며 웃고 있었지만 굵은 눈물이 흘러내려 뺨을 적시고 있었다.

그제야 광민은 주희의 병이 진행되고 있음을 알 수 있었다. 꿀꿀이와 제비를 통해 소식은 듣고 있었지만 상처를 줄까 두려워 멀리하고 있었다.

광민은 한 걸음 한 걸음 자신도 모르게 주희 곁으로 다가갔다. 그날 밤 한 이불을 덮고 누워 밤새 이야기를 나누던 그 기억이 마치 어제 일처럼 생생하게 떠올랐다. 광민은 무릎을 꿇고 앉아 손을 내밀어 주희의 야윈 손을 조심스럽게 잡았다. 주희의 손은 이미 딱딱하게 굳어져 뼈마디만 앙상했다. 광민은 자신도 모르게 울컥 눈물이 쏟아졌다. 떨어져 있어야만 주희가 행복할 수 있을 것이라고 생각했던 자신이 너무도 후회스러웠다.

"오빠, 울지 마세요. 오빠답지 않구로……. 나는 오빠가 이렇게 약한 사람인 줄도 몰랐네예."

주희가 오히려 광민을 위로했다.

"오빠 마음, 누구보다도 잘 알아예. 그래서 멀리서 보고만 있어도 좋았십니다. 그러니까 내 걱정 말고 예전의 오빠 모습을 다시 찾기를 바랄께예. 그게 제 소원이에요. 제 소원, 들어주실 거지예?"

주희는 흐르는 눈물을 주체하지 못하면서도 애써 미소짓고 있었다. 뒤에 서 있던 어머니가 손수건으로 주희의 눈물을 닦아 주었다. 이미 주희는 팔다리가 경직되어서 자신의 눈물도 자기 손으로 닦을 수 없었다.

광민이 주희의 볼 위로 흐르는 눈물을 닦아 주며 따스한 눈길로 주희를 보듬었다.

"남자 눈에서도 눈물이 나는구나."

주희가 애써 웃으며 광민을 바라보았다. 광민은 머쓱해하며 옷소매로 눈물을 지웠다. 광민도 알고 있었다. 이제 주희에게 남겨진 삶이 그리 길지 않다는 것을. 그래서 더 가슴이 아팠다.

"오빠, 저는예, 세상에 두 번 태어났어예. 한 번은 부모님이, 그리고 또 한 번은 오빠가 저를 다시 태어나게 해줬어예. 그래서 후회 없십니다. 저, 이렇게 두 번이나 행복하게 살다 가잖아예."

"내가 너한테 해준 게 아무것도 없는데……."

광민은 고개를 떨군 채 차마 말을 잇지 못하고 있었다.

"아니, 난 오빠 눈빛만 봐도 다 알 수 있십니다. 오빠가 얼마나…… 얼마나 내를 좋아하는지, 오빠는 끝까지 내를 속일 작정인 거라예?"

"나는 그럴 자격이 없다."

"아니라예. 세상 사람들이 다 오빠한테 나쁜 놈이라고 손가락질해도 나는 오빠 믿어예. 오빠는 절대로 나쁜 사람 아니라니께요. 그냥 지금 이 순간이 힘들고 고통스러울 뿐이지……. 나중에, 나중에, 밤하늘에 떠 있는 별들 중에 가장 빛나는 별이 있거든 그게 주희 별인 줄 알고 눈길 한 번 주세요. 그래 줄 수 있지예?"

"……."

"왜? 그렇게 하기 싫어요?"

"아니. 그렇게 할게."

"그럼 약속한 겁니다. 오빠는 남자니깐 꼭 약속을 지킬 거라 믿을께예."

광민은 콧등이 시큰해지며 금세 눈이 붉어졌다.

광민은 면회 시간이 다 되었다는 교도관의 말에 주희의 딱딱한 손을 살며시 놓았다. 광민이 일어서자 주희는 애써 미소를 지어 보였지만 금방이라도 눈물이 흘러내릴 것 같았다. 광민은 이 세상에서는 다시 주희를 볼 수 없을 것이라는 생각에 무거운 발걸음을 옮겼다.

"오빠! 꼭 약속 지켜 주세요."

주희의 외침에 광민이 멈춰 서서 뒤를 돌아보았지만 굳게 닫힌 검사실 문이 가로막고 있었다.

광민이 무거운 발걸음으로 부산구치소로 발걸음을 옮기고 있을 때, 장승포에 있는 박철호의 집에서는 최규식과 박철호가 마주 앉아 밀담을 나누고 있었다.

최규식이 연일 시끄러운 광민의 사건을 접하고 애간장을 태우다가 박철호의 집을 찾은 것이었다.

"그란께……. 자네가 광민 군을 돕고 싶다, 이긴가?"

"예, 맞십니다. 근데 우째해야 될지를 몰라가 이래 사장님, 아니 어르신을 뵈러왔십니다."

"음……. 근데 그게 그래 쉬운 일이 아이다. 자네도 잘 봤다 아이가?"

"그치만 저도 서광민 씨한테 은혜를 입었던 사람인께, 가만히 지켜보고만 있을 수는 없어가 이래 찾아왔다 아입니까. 방법 좀 가르쳐 주이소, 어르신. 부탁드립니다."

"나도 이번 사건 보고 충격이 컸네. 괜한 짓한 것 같기도 하고. 그래도 그 친구들이 나를 안 끌어들인 거 고맙게 생각하고 있네. 김강수도 그렇고 말이야."

두 사람 사이에 오랜 침묵이 이어졌다. 그 침묵을 깨고 박철호가 무겁게 입을 열었다.

“내 나이 벌써 칠십이 훨씬 넘었네. 앞으로 얼매나 더 살지 누가 알겠노. 그라니 이번 일은 내가 한번 나서 보겠네. 자네 마음 모르는 바가 아닌께 너무 서운해하지는 말게.”

“아입니다. 저도 꼭 같이하겠십니다. 제 뜻을 꺾지 말아 주십시오.”

“자네 부친하고 나하고는 인연이 참 깊네. 자네 마음은 잘 알겠으이까 이제 고마 돌아가시게. 지금은 내가 움직이야 할 때지, 자네가 움직일 때가 아닐세.”

“…….”

박철호의 단호함에 최규식은 더 할 말이 없었다. 하지만 박철호가 움직여 준다는 확답을 받은 것만으로도 광민이 절반쯤은 풀려난 것 같은 기분이 들었다.

“어르신, 고맙십니다. 정말 고맙십니다. 인자 마음의 부담을 조금은 덜 수 있을 것 같십니다.”

박철호는 마음의 정리가 다 되었는지 담배 한 개비를 물고 불을 붙였다. 애지중지 키우고 있는 난 때문에 거실에서 담배를 피운 적이 없던 박철호였지만 오늘만은 달랐다.

다음 날 아침, 박철호는 일찍부터 일어나 외출 준비를 하고 있었다. 평소와 다르게 말 한마디 없이 외출 준비를 하는 남편을 이상하게 생각하는 아내를 뒤로 한 채 중형 세단을 몰아 집을 나섰다. 이윽고 차는 속력을 높여 시내 도로로 접어들었고, 운전을 하고 있는 박철호의 얼굴에는 비장한 각오가 서려 있었다.

윤정범 검사 사무실은 아침부터 분주했다. 서광민 사건으로 한바탕 홍역을 치르고 있는 중이라 평소와 달리 전 직원이 한 시간가량 빨리 출근해 있었다. 수사관들은 서류 뭉치를 들고 여기저기로 바쁘게 움직였다.

"검사님, 여기 있습니다. 이게 다 서광민 진술서입니다. 총 다섯 차례 조사를 받았는데 처음부터 일관된 진술을 하고 있어서 추가 조사는 필요 없을 것 같습니다. 이쯤에서 마무리 지을까 합니다."

"음, 생각했던 것보다 쉽게 끝났네요. 수고했습니다."

윤정범 검사는 회전의자에 앉아 수사관이 가지고 온 서류 뭉치를 받아들고 책상 위에 놓여 있는 안경을 집어 들었다. 수사관이 서류 뭉치를 건넨 뒤 자리로 돌아가자 윤정범은 제일 위에 놓인 서류 한 뭉치를 들고 차근차근 읽어 나갔다. 사회적 파장이 큰 만큼 신속한 조사로 국민들의 의혹을 풀어 주라는 상부의 지시가 잇따르자 시간을 줄이기 위해 최대한 노력한 결과였다.

유족들에게도 조사 결과를 통보해야 하고, 신속한 재판을 위해서라도 빨리 기소를 붙여 재판부에 서류를 넘겨야 했기 때문에 윤 검사도 서류 검토 작업을 거의 마무리하고 있는 상태였다. 이제 마지막으로 남은 책상 위의 서류만 검토하면 기소를 붙일 생각이었다.

윤 검사가 책상 위에 놓여 있는 서류를 두 묶음도 채 읽기 전에 누군가 문을 두드렸다.

"예, 들어오세요."

윤 검사는 시선을 서류에 고정한 채 목소리만 문을 향하고 있었다.

"저, 검사님. 어떤 노인이 검사님 뵙기를 청하고 있십니다. 바빠서 안 된다고 해도 막무가내로 버티고 있십니다. 우짤까예?"

윤 검사는 보고하는 수사관에게 곱지 않은 눈길을 보냈다.

"지금 이 서류 안 보입니까? 바빠서 안 된다고 하고 다음에 오시라고 하세요."

윤 검사의 목소리에는 짜증이 묻어 있었다. 윤 검사는 다시 서류 뭉치를 쥐고 읽어 내려갔다.

"검사님만 바쁜 기 아이라 나도 바쁜 사람이요. 세상에 바쁜 사람이 검사 양반만 있는 줄 아요? 그라모 몬 씁니다! 찾아온 손님을 이리 문전박대하는 경우가 어데 있소?"

"어어! 이러시모 안 됩니다. 어르신, 빨리 나가 주세요."

보고하러 온 수사관 뒤에 서 있던 박철호가 앞에 서 있던 수사관을 밀치고 검사실로 들어섰다. 노인이라 함부로 할 수 없어 수사관은 당황스러운 표정으로 윤 검사의 눈치만 살피고 있었다.

윤 검사는 읽고 있던 서류 뭉치를 책상 위에 던져 놓고 노인에게로 시선을 옮겼다.

"됐소. 계장은 나가서 일 보세요. 어르신, 아실 만한 분인 것 같은데 이렇게 막 밀고 들어오시면 되겠습니까? 다른 데도 아니고 말입니다."

"내가 무례하게 굴었다모 용서하시오, 검사 양반. 그란데 사람 하나 살리 보자고 온 길이니까 너무 홀대는 마이소."

윤 검사는 어이가 없었다. 윤 검사는 포기한 듯 의자에서 일어나 노인을 소파로 안내하고 자신도 마주 앉았다.

"우리 둘 다 바쁜 사람들이니까 용건만 간단히 하입시다."

소파에 앉은 노인은 앞자리에 앉은 윤 검사를 향해 정중하게 말문을 열었다. 윤 검사는 노인의 눈빛이 예사롭지 않음을 감지하고 태도를 바꾸었다.

"좋습니다. 말씀해 보세요."

"서광민이를 돕고 싶소. 내가 우째 하모 그 친구를 살릴 수 있겠소?"

"그 이야기라면 이미 끝났습니다. 저 서류가 잠시 후 법원으로 옮겨질 겁니다. 그 후에 제가 할 수 있는 일은 아무것도 없습니다. 괜한 헛걸음하셨습니다."

윤 검사는 서광민 사건에는 더 이상 관심이 없다는 태도를 보였다.

"검사 양반, 중국에 가서 필로폰 백 킬로를 가지고 오겠소."

순간 윤 검사는 자신의 귀를 의심했다. 자리에서 일어서려던 윤 검사는 어이없다는 눈빛으로 노인을 바라보았다.

"어르신, 지금 뭐라고 했습니까? 필로폰 백 킬로라고 했습니까?"

"맞소. 분맹히 그래 말했소."

"지금 정신이 있는 거요, 없는 거요? 필로폰이 무슨 쌀이나 소금 같은 건 줄 아십니까?"

"정신이 있은께 지금 이래 검사 양반하고 이야기하고 앉아 있는 거 아니긋소?"

윤 검사는 황당하다는 표정을 지었지만, 눈앞에 앉아 있는 노인이 헛소리를 할 정도는 아닌 것 같아 잠시 답변을 머뭇거렸다. 구미가 당기긴 했지만 시기가 좋지 않았다. 모든 사람들이 신속한 재판을 기다리고 있기 때문이었다.

윤 검사가 흔들리고 있다는 것을 간파한 노인은 기침을 몇 번 하더니 다시 입을 열었다.

"서광민이가 중국에 갈 때 길을 알려 준 것도 나고, 김강수한테 필로폰을 대 준 것도 나요. 이쯤 되모 내가 눈지 정도는 짐작할 수 있지 않소, 검사 양반?"

"아니……! 그러면 어르신이 혹시 박철호?"

"그렇소. 내가 바로 박철호요."

윤 검사는 박철호를 내사한 적이 있었다. 시경 외사과에서도, 안기부에서도 뒷조사를 했지만 증거가 없어 허탕을 치곤 했었다. 그런데 그런 거물이 지금 제 발로 호랑이 굴로 들어와 윤 검사 앞에 앉아 있는 것이다.

"박 영감님, 우리가 박 영감님을 내사한 것도 알고 계십니까?"

"하모예. 훤하게 다 알고 있소. 검사 양반 당신이 법을 집행하는 데 프로라모, 나는 법을 피하는 데 프로요. 우리 서로 말이 통할 것 같은께 사설은 집어치아뿌고 본론으로 바로 들어가입시다."

"한 가지만 여쭤 보겠습니다. 박 영감님이 이번 일에 나서는 이유가 뭡니까?"

"나는 은자 살 만큼 살았소. 은자는 남한테 진 빚이나 갚으면서 사는 것도 괘안겠다 싶어가 이랍니다."

그제야 이해가 되는지 윤 검사가 고개를 끄덕였다. 그러면서도 한편으로는 자신이 서지 않는지 고개를 갸웃거렸다. 박철호는 윤 검사의 이런 마음을 읽고 그 틈을 파고들었다.

"지금 검사 양반 입장에서는 기소를 빨리 붙일 수밖에 없을 깁니다. 그라니까 일단 기소를 붙이고 재판을 진행하이소. 그 사이에 나는 중국으로 건너가가 필로폰 백 킬로를 들여올 테니까네. 그란 다음에 그 공적을 항소심 재판부에 올리가 재구형하게 하모 우떻긋소?"

순간 윤 검사의 눈이 번쩍 뜨였다. 손가락으로 안경을 위로 올리더니 박철호에게로 얼굴을 가까이 가져갔다.

“내 검사직을 걸고 약속하겠습니다. 만약 박 영감님이 진짜로 필로폰 백 킬로를 들여오시면 서광민 항소심 때 재구형은 걱정 안 해도 되게 해 드리겠습니다. 그리고 재판부에 공적 조회도 올리도록 하겠습니다.”

박철호는 속으로 회심의 미소를 지었다. 사무실에 발을 들여놓을 때와 달리 윤 검사의 태도는 확연히 달라져 있었다.

“그라모 나는 이만 일어나 보겠소. 중국에 도착하모 내 전화 드리리다.”

“예, 그렇게 하세요. 자, 제 명함입니다. 직통전화로 언제든지 연락 주시면 됩니다.”

박철호는 윤 검사의 명함을 주머니에 넣고 검사실 문을 나섰다.

“자, 그럼 안녕히 들어가십시오.”

“예, 수고하이소.”

박철호가 사라진 후에도 윤 검사는 귀신에 홀린 것처럼 정신을 차릴 수가 없었다. 다시 의자에 앉아 서류를 집어 들었지만 눈에 들어오지 않았다.

“백 킬로라, 백 킬로…….”

필로폰 100kg이면 시가로 3,000억 원 이상이며 3,000만 명이 넘는 사람이 동시에 투약할 수 있는 엄청난 양이었다.

마약 밀반입 역사에 길이 남을 만한 양이었다. 지금의 서광민 사건에, 필로폰 100kg 밀반입까지 추가로 공을 세운다면 검사의 꽃인 중수부 입성은 시간 문제였다.

재환은 발바닥에 불이 나도록 변호사 사무실 문을 두드리고 있었다. 이름 있는 변호사 사무실을 수차례 방문했지만 사회적 물의를 크게 일으킨 사건이라 맡을 수 없다는 대답만 돌아왔다. 게다가 마약과 관련된 사건이라 더더욱 수임하지 않으려고 했다.

몇 날 며칠을 사건 수임을 거부당하고 마지막으로 지인의 소개로 문을 두드린 곳은 재야 출신 인권 변호사 사무실이었다. 다행히 인권 변호사답게 호의적인 반응을 보여 한숨을 돌릴 수 있었다. 재환과 면담을 시작하고 난 후 변호사는 광민의 사건 기록 일체를 컴퓨터로 다운받아 프린트해서 검토에 들어갔다. 재환도 옆에 앉아서 사건 경위를 구두로 보충 설명해 주고 여러 가지 서류 챙기는 일을 거들어 주었다.

변호사는 꼼꼼히 사건 기록들을 읽어 보고서는 연신 고개를 갸웃거렸다. 누가 보더라도, 전과 하나 없는 사람이 이런 무모한 사건을 저지르기란 쉽지 않아 보였다. 하지만 피고인이 모두 다 자발적으로 벌인 일이라고 진술을 해 버렸기 때문에 재판부에 반박할 여지가 없어 보였다.

"힘들겠는데요."

서류를 꼼꼼히 읽고 난 후 변호사가 재환에게 건넨 첫마디였다.

"변호사님! 이 친구가, 범행을 부인하면 다른 사람들한테 피해가 갈까 봐 모두 자기 혼자 저지른 범행이라고 자백한 겁니다. 우리도 이 사건에 처음부터 관심을 가지고 개입해 왔습니다. 우리 측 자료도 있습니다."

"음, 개인적으로 볼 때는 분명 검사랑 협의해서 이루어진 범죄 행위임이 틀림없습니다. 미국에서는 '폴리바게닝' 이라는 제도를 도입해서 합법적으로 수사에 반영하고 있지만, 우리나라에서는 아직 입법부에서 통과되지 않은 채 검찰에서 관행적으로 실시하고 있습니다. 하지만 이 사건과 같이 사회적인 물의가 뒤따른다면 재고해 볼 필요가 있습니다. 그런데 재판부에서 우리의 주장을 받아들일지가 의문입니다. 피고인 또한 일관되게 자신의 단독 범행임을 주장하고 있어서 저로서도 힘이 들 것 같습니다."

수십 명의 변호사들이 다 이 사건의 수임을 거절한 이유를 알 것 같았다. 지푸라기라도 잡고 싶은 심정으로 매달려 보고 싶었지만, 사건 기록 자체에 나와 있는 조사 내용 때문에 반론이 어렵다는 변호사의 말에 재환은 더 부탁할 말이 없었다.

"예. 변호사님 말씀도 충분히 이해가 갑니다. 혹시 다른 방법은 없겠습니까?"

"이 사건을 파헤치려면 엄청난 자료를 확보해야 합니다.

먼저 사건 당사자인 서광민 씨가 법정에서 진술을 번복해야 합니다. 그리고 무엇보다도 김강수 씨의 증언이 있어야 합니다. 이 사건 자체가 김강수 씨의 구속으로부터 시작된 사건이기 때문에 꼭 증언을 해주셔야 합니다. 당사자인 김강수 씨가 서광민 씨의 무모한 행동을 막고자 항소를 포기한 점도 유리한 증언이 될 것 같습니다. 힘들겠지만 이 두 사람이 의지를 가지고 싸워 보겠다고 결심한다면 저도 인권 변호사로서 사명감을 가지고 한번 다퉈 보겠습니다. 결과에 대해서는 비관도 낙관도 하지 말고 그저 소신껏 최선을 다해 봅시다."

재환은 변호사실을 나와 주차장에 세워 둔 고물 승용차에 올랐다.

"휴우."

안도의 긴 한숨을 토해 낸 재환은 시내 도로를 지나 고속도로 인터체인지를 향해 달리기 시작했다. 고물 차 엔진 소리는 고르지 않았지만 그래도 잘 굴러가고는 있었다.

재환은 중앙 고속도로로 접어들어 안동교도소로 향했다. 김강수를 만나기 위해서였다. 김강수라면 분명 법정에서 증인으로 서 줄 것이라고 확신했다.

느리지만 그래도 쉬지 않고 달린 덕분에 3시간 만에 안동으로 접어들 수 있었다. 이정표를 따라 안동교도소가 있는 오르막길을 타고 올랐다. 안동교도소는 산 중턱에 자리 잡고 있어서 큰길에서는 보이지 않았다. 이정표만 보며 따라간 재환의 눈앞에 교도소의 정문이 나타났다.

재환은 주차장에 차를 세우고 내려 기특하다는 듯 고물 차를 가볍게 쓰다듬어 주었다.

"어떻게 오셨습니까?"

정문에는 두 명의 교도관이 근무를 서고 있었다. 그중 밖에서 근무를 서고 있던 교도관이 재환을 보고 용무를 물었다.

"저어……. 누굴 좀 면회하러 왔습니다."

"아, 그러십니까. 저 밑에 가시면 접견신청 창구가 있습니다. 거기 가셔서 신청을 하시면 됩니다."

"고맙습니다."

재환은 옆에 보이는 작은 건물로 들어가 접견신청서를 작성해 담당 근무자에게 내밀었다. 재환이 내민 접견신청서를 받아든 근무자가 순간 당황하는 눈빛을 보이더니 이내 뒤쪽으로 나 있는 문을 열고 들어갔다.

재환은 대기실 의자에 앉아 담배를 꺼내 물었다. 그때 누군가가 들어서더니 재환 앞으로 다가와 거수경례를 올렸다. 재환은 입에 문 담배를 다시 손에 쥐고 일어났다.

"김강수 씨와는 어떤 사이십니까?"

"아, 예! 지인입니다. 접견신청서에 적혀 있지 않습니까?"

"그런데 처음 접견 오신 분이라 좀 더 자세히 알고 싶어서 그럽니다."

순간 재환은 뭔가 좋지 않은 예감이 들었다. 재환의 경험에 의하면 이런 경우 분명 김강수의 신변에 무슨 일이 생긴 게 틀림없었다.

"혹시 접견이 안 되는 겁니까?"

"예. 당분간은 접견이 어려울 것 같습니다."

"이유를 알 수 있을까요?"

"그건 저희들도 잘 모르겠습니다. 보안상의 문제이니 저희들은 그저……."

"그렇군요. 그러면 보안과장을 만나고 싶습니다만."

"선생님과 김강수 씨의 관계를 좀 더 확인해 본 후에 과장님께 보고드리도록 하겠습니다."

재환이 할 수 없이 자신의 신분증을 꺼내 직원에게 보여 주고 보안과장과의 면담을 요청했다.

"잠시만 기다려 주십시오. 곧바로 연락드리겠습니다."

재환을 대기실에 남겨 둔 채 젊은 교도관이 사무실에 들어가더니 전화기를 들고 누군가와 통화를 했다. 재환이 유심히 지켜보자 그는 어색한 미소를 지으며 고개를 돌렸다. 역시 심상치 않은 일이 일어난 게 틀림없었다. 교도관이 다시 재환 앞으로 다가왔다.

"따라오십시오. 과장님께서 모시고 오시랍니다."

접견 안내실에서 비탈길을 조금 올라가자 육중한 철문과 높은 담장이 좌우로 끝없이 이어져 있었다. 한눈에 보아도 교도소 담장이라는 것을 알 수 있을 정도로 높고 견고했다. 대형 철문 사이로 나 있는 출입구를 통해 들어가자, 정면으로 보이는 본관 건물에 보안과라는 팻말이 붙어 있었다. 본관 건물 현관에 다다를 때쯤 간부급으로 보이는 남자가 급하게 달려와 재환에게 거수경례를 했다.

"수고하십니다. 바쁘신데 폐를 끼치는 게 아닌지 모르겠습니다."

"아이고, 아입니다! 직접 마중을 나갔어야 했는데 공장 순시 중에 연락을 받는 바람에……."

"아닙니다. 이렇게 직접 맞아 주시니 감사할 따름입니다."

"자, 안으로 들어가시지예. 누추하지만 사무실에서 차라도 한잔하십시다."

"예, 고맙습니다."

재환은 보안과장실의 소파에 앉아 보안과장의 입에서 어떤 말이 나올지 초조하게 기다리고 있었다. 두 사람 사이에 무거운 침묵이 잠시 흐르는 사이 누군가 밖에서 문을 두드리는 소리가 들렸다.

"응, 들어와."

여자 교도관이 예의바르게 두 사람 앞에 찻잔을 내려놓고 다시 밖으로 나가 문을 닫았다.

"자, 일단 차나 한 잔 드시지요."

"감사합니다."

재환은 보안과장의 권유에 찻잔을 들기는 했지만 마시지 않고 다시 내려놓았다. 보안과장에게 빨리 입을 열라는 말없는 압박이었다. 보안과장이 그 모습을 보고 찻잔을 들어 가볍게 한 모금 마시더니 내려놓고 재환과 눈을 맞추었다.

"김강수 씨와 어떤 관계이신지 여쭤 봐도 되겠십니까?"

"개인적으로도 알고 있는 사이지만 누구에게 소개할 정도로 가까운 사이는 아닙니다. 다만 서광민 씨 재판에 참고 증인 출석을 요청할까 싶어 이렇게 왔습니다."

"예. 그렇십니까. 저희들도 그 사건에 대해 잘 알고 있십니다. 김강수 씨와 관련된 사건이라 저희도 김강수 씨를 특별감시하라고 지시를 내렸었십니다. 그런데 김강수 씨, 지금 여기 없십니다."

"그게, 그게 무슨 말씀이십니까?"

"김강수 씨가 저기…… 자살을……."

재환은 순간 자신의 귀를 의심했다. 재차 보안과장에게 다그치듯 되물었다.

"방금 뭐라고 하셨습니까?"

"예, 사실입니다. 김강수 씨…… 자살했십니다. 죄송합니다."

"그게 언제입니까?"

"예. 일주일 전입니다. 사망진단서와 사망 원인이 적혀 있는 서류가 저기에 있십니다. 잠깐만 기다려 주십시오."

보안과장은 자신의 책상 서류철에서 병원에서 발급해 준 사망진단서와 사망 원인이 적혀 있는 의사 소견서를 가져와 재환 앞에 내려놓았다.

재환은 두 손으로 서류를 집어 들고 확인했다. 틀림없는 김강수의 사망진단서였다.

재환의 머릿속에서는 만감이 교차하고 있었다. 자신과도 인연이 있던 사람이었기에 그의 죽음이 쉽게 믿기지 않았다. 재환이 알고 있던 김강수는 강한 사람이었다. 결코 자살을 할 사람이 아니었다. 도대체 어떤 마음이 김강수에게 자살이라는 극단적인 방법을 택하게 했던 것일까. 재환은 자꾸만 꼬여 가는 일들이 답답하기만 했다.

"유족들과는 협의가 잘되었습니까?"

재환은 보안과장에게 강수의 사후 처리에 대해 물었다.

"그게 좀 문제가 있습니다. 아시다시피 김강수 씨는 가족이 없습니다. 그라고 접견을 오던 사람들도 서광민 씨 사고 이후부터는 발길을 끊었십니다. 그래서 저희도 누구랑 협의를 해야 할지 몰라서 난감해하고 있었십니다."

"유서 같은 것은 없었습니까?"

"예. 그런 것은 전혀 없었십니다. 아실는지 모르겠지만 고인은 글씨를 잘 못 씁니다. 그래서 아무것도 남기지 않고 간 것 같십니다."

재환은 마음이 무거웠다. 광민에게 이 사실을 알려야 할지도 고민이 되었다.

"생전에 고인이 앓고 있던 지병은 없었습니까?"

"예. 그런 건 전혀 없었십니다, 서광민 씨 사건을 신문으로 보고는 그때부터 말도 없어지고 거의 식음을 전폐했다고 합니다."

"시신은 어디에 있습니까?"

"인근 병원 영안실에 모셨십니다. 행여 먼 친척분이라도 나타나서 사인 규명을 요구할 수도 있기 때문에 조금 더 기다려 보는 중입니다."

"이건 제 개인적인 생각입니다만 고인과 서광민 씨가 어떤 사이인지는 알고 계실 겁니다. 일단 서광민 씨한테 어떻게 하면 좋을지 의사를 물어보고 그 후에 장례 절차를 밟는 게 어떻겠습니까?"

"저희도 그렇게 하고 싶은데 서광민 씨가 지금 재판을 앞두고 있는 입장이라 소식을 듣고 혹시라도 무슨 일이 생길까봐 결정을 내리지 못하고 있었십니다."

"제가 서광민 씨를 한번 만나 보겠습니다. 그 후에 연락을 드리도록 하겠습니다."

"아이고, 고맙십니다! 이렇게 도움을 주시니 어찌할 바를 모르겠십니다."

"그럼 저는 이만 일어나 보겠습니다."

재환은 보안과장실에서 나와 주차장을 향해 걸어가는 동안 머릿속이 엉킨 실타래처럼 답답했다. 유일하게 증언해 줄 수 있는 사람은 고인이 되어 버렸고, 광민이 진술을 번복하기를 기대하는 것은 불가능했다. 하지만 우선은 고인의 장례가 급선무라는 생각에 부산으로 차를 몰았다.

다음 날 오전, 부산구치소에 도착한 재환은 곧바로 자신의 신분증을 제출하고 보안과장 면담을 요청했다. 잠시 후 제복을 입은 직원이 나오더니 재환을 보안과장실로 안내해 주었다.

보안과장실의 문이 열리고 보안과장이 자신을 소개하며 악수를 청했다. 재환은 얼떨결에 악수를 하고서는 과장이 안내하는 소파에 몸을 기댔다.

"여기까지 오시느라 수고가 많으셨습니다. 그렇지 않아도 안동교도소에서 전화를 받았습니다."

"예. 그렇군요!"

보안과장은 호리호리한 체구에 카리스마 넘치는 외모로 한눈에 보기에도 호탕한 성격임을 알 수 있었다. 사무실 분위기는 편안해 보이면서도 깔끔하게 정리 정돈되어 있었다.

"서광민 씨와 친구 관계인 것으로 알고 있습니다만."

"예. 맞습니다. 고향 친구입니다."

"그 친구, 여기서 아주 모범적으로 생활하고 있습니다. 성품도 좋아 보입디다. 그래서 가끔 어쩌다 이런 친구가 그런 일을 저질렀을까 하고 생각될 때도 있습니다."

"저도 마찬가지입니다. 잘 좀 부탁드립니다."

보안과장은 호탕한 성격에 걸맞게 대화도 둘러 가지 않고 직선적이었다. 재환 또한 이런 성격을 가진 사람과는 이야기를 풀어 나가기가 수월했다.

"아마 재판이 내일 아니면 모레 정도에 잡혀 있을 겁니다. 여기도 기자들이 몰려와서 서광민 씨의 수감 생활을 취재하고 싶다고 난리도 아니었습니다. 재판이 열리는 날이 되면 또 한바탕 홍역을 치를 것 같습니다."

"예, 고생이 많으십니다. 그동안……."

"아 참! 내 정신 좀 봐라. 빨리 면회를 시켜야 되는데 이래 쓸데없는 얘기를. 죄송합니다. 잠시만 기다리세요. 곧 만나게 해 드리겠습니다."

보안과장은 앞에 놓여 있는 인터폰을 눌렀다.

"서광민 씨 내 방으로 좀 모셔 와요."

수화기를 내려놓은 보안과장은 재환을 향해 말했다.

"잠시만 기다리세요. 금방 올 겁니다."

"그 친구는 아직도 접견을 거부하고 있습니까?"

"예. 지금까지 한 번도 접견에 응한 적이 없습니다. 왠지 사람들을 일부러 피하는 것 같기도 하고……."

똑똑똑.

누군가 보안과장실의 문을 두드렸다. 재환은 직감적으로 광민이 문밖에 서 있다는 생각이 들었다.

“예. 들어와요.”

문이 열리더니 문밖에 서 있는 광민의 모습이 보였다. 재환이 엉거주춤 일어나서 광민을 맞았다. 광민의 얼굴은 예전과 다르게 많이 초췌해져 있었다. 한눈에 보기에도 마음고생이 심하다는 것을 느낄 수가 있었다.

“광민아, 몸은 괜찮은 거냐?”

멀뚱하게 문밖에 서 있던 광민을 향해 재환이 어렵게 말을 건넸다.

“그래. 어쩐 일이냐? 바쁠 텐데.”

광민이 곱지 않은 시선으로 퉁명스럽게 재환의 말을 받았다.

“그래 서 있지 말고 이리로 와서 좀 앉게.”

보안과장이 일어나서 광민에게 자리를 내어 주었다.

광민이 맞은편에 앉자 재환도 그제야 자리에 앉았다.

“마음대로 찾아와서 미안하다. 너 자존심 건드릴 생각은 없으니까 이해해라.”

“…….”

재환은 잠시 머뭇거리다 양복 안주머니에 손을 넣어 서류 몇 장을 꺼냈다. 그러고는 삼등분으로 접힌 서류를 펴서 광민 앞에 펼쳐 놓았다.

“이걸 너한테 보여 줘도 될까 고민했었는데, 그래도 너는 꼭 알아야 할 것 같아서 가져왔다. 마음 단단히 먹어라.”

재환은 광민 앞에 서류를 밀어 놓고 광민을 찬찬히 훑어보았다.

광민은 미결수용자가 입는 수의를 입고 있었는데 이름 대신 수번이, 오른쪽에는 방 호실을 표시하는 번호가 붙어 있었다. 텁수룩하게 자란 수염 때문인지 수척한 얼굴에 수심이 가득해 보였다. 재환의 눈가에 눈물이 맺혔다. 애써 참으려고 벽을 바라보다가, 광민이 서류를 챙겨 드는 사이에 옷소매로 눈가를 훔쳤다.

광민은 서류를 들고 읽다가 다시 조용히 내려놓았다.

"이게 뭐냐?"

"……."

"이게 뭐냐고, 이 새끼야?"

광민의 고함 소리에 보안과장의 어깨가 움찔거렸다.

"광민아! 내가 가서 직접 확인했다."

광민은 말없이 고개를 떨구더니 이내 두 주먹을 꽉 쥔 채 파르르 떨었다.

"광민아! 이제 좀 현실을 직시하자. 너도 살아야지."

"너도 남들하고 똑같은 말만 하네."

"그런 게 아니라, 니 인생도 중요하잖아."

"내 인생이 뭐 어때서? 이렇게 멀쩡하게 잘 살고 있으니 괜찮아."

어느새 광민의 눈에서 눈물이 비치기 시작했다. 광민은 앞에 놓여 있는 서류를 읽고 또 읽기를 계속했다. 광민의 볼을 타고 흘러내린 눈물이 서류를 적시고 있었다.

“니 기사 신문에 난 것 보고 그 뒤부터 거의 폐인처럼 지냈다더라. 그러다가 결국…….”

“그게 언젠데?”

“오늘이 팔 일째다.”

“시신은?”

“아직 병원 영안실에 있단다. 가족이 없어서 어떻게 할 수가 없었다더라.”

“흐흐흐흑! 살아 있어야지. 살아는 있어야지. 흐흐흑!”

광민은 사망진단서를 끌어안고 테이블 위에 엎드려 통곡했다. 보안과장과 재환은 아무 말도 없이 그저 광민이 통곡하는 모습을 침통하게 바라보고 있었다. 슬픔을 토해 내야 마음도 가라앉는다는 것을 재환은 잘 알고 있었다.

한참을 엎드려 통곡하던 광민이 옷소매로 눈물을 훔치더니 고개를 들어 멍하니 천장을 올려다보았다. 깊은 침묵이 방 안을 가득 채우고 있었다.

잠시 후 흥분이 가라앉자 광민이 입을 열었다.

“재환아.”

“그래.”

“부탁 하나 하자.”

“어, 그래.”

"예전에 형님하고 같이 우리 고향에 한번 간 적이 있었어. 근데 고향 뒷산인 한우산에서 사람들이 패러글라이딩을 하고 있더라. 나야 군대 시절에 수도 없이 낙하산을 탔으니까 별 관심이 없었는데, 형님은 패러글라이딩하는 사람들을 넋을 잃고 보고 계시지 않았겠니. 한참을 그러고 계시길래 내가 형님 손을 끌고 돌아왔었어. 너도 알다시피 형님은 어릴 때부터 형제복지원에 갇혀서 지내셨으니 더 훨훨 날고 싶었던가 봐. 그 후에도 많은 시간을 감옥에서 보내셨다더라. 그래서 말인데, 재환아. 내 대신 형님 모시고 가서 패러글라이더에 태워서 보내 드렸으면 좋겠다. 돌아가신 후에라도 새처럼 자유롭게 날아갈 수 있도록 말이다. 그리고 나도 곧 갈 테니까 마음 편하게 계시라고 좀 전해 주라."

"그래, 그럴게. 꼭 그렇게 할 테니까 걱정하지 마라. 그러니까 이제 니 몸 좀 잘 챙기고 있어라. 그래야 또 만나지."

재환은 자신을 믿고 부탁하는 광민이 고마웠다.

광민이 할 말을 다했는지 자리에서 일어나 밖으로 나가려고 서둘렀다. 재환이 아쉬운 마음에 광민의 옷깃을 붙잡았다. 그러자 광민이 재환의 손을 조심스럽게 떼어 놓으며 말했다.

"부탁, 하나만 더 하자."

"그래, 뭔데?"

"재환아! 나 이제 혼자 있고 싶으니까 다시는 찾아오지 마

라. 나 이런 모습, 아무한테도 보여 주기 싫다. 그러니까 오지 마라, 앞으로."

"……."

재환이 대답을 못하고 머뭇거리자 광민이 몸을 돌려 보안과장실을 빠져나갔다. 재환은 광민을 따라 나가서 복도를 걸어가는 광민의 뒷모습을 하염없이 바라보고 있었다. 어쩌면 이게 광민의 마지막 모습이 아닐까 하는 생각에 재환은 흐릿하게 멀어져 가는 광민의 모습을 눈에 담고 있었다.

광민을 돕겠다고 나선 박철호는 중국의 심양호텔 커피숍에 앉아 있었다. 벌써 커피숍에 들어온 지 두 시간이 지나고 있었다. 카운터에는 이승철을 만나고 싶다는 메시지를 건네 놓은 터였다.

자신과는 오랫동안 함께 손잡고 일했던 사이라 쉽게 만날 수 있을 것이라고 생각했는데 의외로 시간이 지체되자 초조한 마음이 일었다. 커피숍 테이블에 앉아 있는 손님들은 대부분 여행객들이었지만 그중 이승철의 조직원도 있다는 것을 박철호는 알고 있었다.

그때 젊은 사내 하나가 주위의 시선에도 아랑곳하지 않고 곧장 박철호에게 다가가 귀엣말을 전했다. 젊은 사내가 먼저 커피숍에서 나가자 박철호도 서둘러서 그 사내를 뒤따라 나갔다. 주차장에 이르자 조금 전 박철호에게 접근했던 그 사내가 승합차의 문을 활짝 열고 박철호가 타기를 기다리고 있었다. 승합차 안에는 여러 명의 사내들이 타고 있었다.

박철호가 서둘러 승합차에 오르자 차는 지체 없이 출발했다. 승합차 뒤로는 승용차 한 대가 뒤따르고 있었고, 그 옆으로 오토바이 두 대가 속도를 맞추며 따라왔다.

승합차는 시내 도로를 지나는가 싶더니 이내 도심으로 들어갔다. 심양 시내를 가로지르는 중심가는 사람들의 왕래도 많을 뿐만 아니라 도로의 폭도 좁아 차량 통행이 원활하지 않았다. 비좁은 길을 뚫고 가던 승합차가 이내 방향을 바꿔 일방통행로로 접어들자, 승합차를 뒤따르던 승용차가 비상등을 켜더니 일방통행로의 입구를 막고 섰다. 잠시 후 사내들이 차에서 내려 차량의 보닛을 올려 세워 다른 차량의 진입을 막았다. 따라오던 오토바이도 승용차 옆에 서서 주위를 감시하고 있었다.

일방통행로로 진입하려던 차량들이 갑작스러운 앞차의 고장으로 끝이 보이지 않을 정도로 줄을 섰지만 누구 하나 내려서 항의할 생각을 하지 못했다. 한눈에 보기에도 정차된 승용차의 주위에 있는 사람들이 보통 사람들이 아니란 것을 알 수 있었던 것이다. 이것은 이승철이 박철호를 의심하고 있다는 명확한 증거였다.

일방통행로를 빠져나온 승합차는 시내를 벗어나 비포장길을 달렸다. 그렇게 비포장길을 40분가량 달리자 산 밑으로 한옥 두 채가 보였다. 사람이 사는 것 같지는 않았지만 주위는 잘 관리되어 있었고 산을 깎아 밭을 일군 흔적들도 여럿 보였다. 하지만 밭을 일구다 중단했는지 곳곳에 무너져 내린 흔적들이 있었고 밭 가장자리에는 녹슨 포클레인 두 대가, 밭 가운데는 고물 트랙터 한 대가 방치되어 있었다.

한옥 대문이 열리자 승합차가 마당 가운데로 들어가 정지했다. 승합차에 타고 있던 사내들은 잘 훈련된 군인들처럼 일사불란하게 움직이며 차에서 내렸다.

박철호는 이승철이 자신을 의심하고 있다는 생각에 불안한 마음이 들었지만 이미 돌이킬 수 없는 상황이었다.

"아이고, 이게 누구십네까? 박 선생님 아니십네까?"

이승철이었다. 박철호는 차에서 내려 자신에게 걸어오는 이승철을 반갑게 맞았다.

"아이구, 오랜만입니다! 이거 자주 연락도 몬 드리고, 미안합니다."

"아닙네다. 이렇게 어려운 걸음을 해주신 것만으로도 고맙습네다. 하하하!"

이승철은 예전보다 훨씬 살이 올라 이제는 중후한 중년의 멋을 한껏 풍기고 있었다.

"자자, 이쪽으로 오시라요. 사무실은 안쪽에 있습네다."

승합차에서 내린 이승철의 부하들은 집안 요소요소에서 부동자세로 주위를 감시하고 있었고, 이승철 곁에는 두 명의 사내가 그림자처럼 붙어 있었다.

밖에서 보기와는 다르게 몇 개의 방을 헐어서 만든 큰 방이었다. 방바닥에는 카펫이 깔려 있고 방 안에는 소파가 놓여 있었다.

"이쪽으로 앉으시라요."

박철호는 소파에 앉아 이승철을 바라보았다. 이승철이 박철호의 맞은편에 거만한 자세로 앉아 말을 꺼냈다.

"흘러가는 풍문에는 박 사장님께서 돈을 많이 버셨다고 하던데 사실입네까?"

"예. 덕분에예. 몬 벌었다고는 할 수 없십니다."

"서로 바쁜 몸인데 거두절미하고 용건만 말하는 게 어떻겠습네까?"

"하하하! 여전하십니다."

이승철의 시원시원한 성격은 언제 보아도 매력적이었다. 박철호는 이승철의 그런 호탕한 성격이 언제나 마음에 들었다.

이승철이 눈매를 날카롭게 세우며 박철호에게 질문을 던졌다.

"그래. 이 먼 곳까지 저를 찾아오신 용건이 뭡네까?"

"예에. 거래를 좀 할까 해서예."

"거래라……. 박 사장님께서는 연세도 많으시고 돈도 많으신데 저와 거래할 게 뭐가 있겠습네까? 농담도 심하십니다."

"아입니다, 사실입니다. 이번에는 좀 큰 거래를 하고 싶어가 이래 급하게 왔십니다."

"큰 거래라……. 박 사장님께서 큰 거래라고 하신다면 도대체 얼마나 큰 거래를 하자는 겁네까?"

"백 킬롭니다."

"백 킬로? 하하하하. 역시 통 큰 영감이시구먼."

박철호는 순간 이승철의 웃는 얼굴 뒤에 날선 비수가 숨어있음을 직감적으로 느낄 수 있었다.

"……."

"일 년도 넘게 연락 한 번 없다가 갑자기 나타나서 백 킬로를 달라고 하면, 예, 여기 있습네다, 하고 바칠 것이라 생각한 겁네까? 돈도 벌 만큼 벌었고 나이도 있는 영감이 이러는 이유가 뭡네까? 그거나 한번 들어 봅시다."

"저어, 그게 실은 서광민 씨 때문에 온 깁니다."

"오호라……. 서광민이를 돕고 싶다? 당신이 언제 서광민이를 알게 됐습네? 서광민이 사건 우리가 모르고 있는 줄 아나 본데 우리도 그쪽 텔레비전은 잘 보고 있습네다. 하하하하."

"그라모 와 나를 의심하는 기요?"

"우리가 의심한 기 아니라 영감이 배신을 한 기지. 서광민이 일로 꼬리가 잽히니까 나를 물고 늘어지겠다는 거 아입네까? 왜 내 말이 틀렸습네까? 이보라우, 이 영감 주머니 다 털라우."

이승철의 말이 끝나자마자 뒤에 서 있던 사내들이 기다렸다는 듯이 박철호의 팔을 양쪽에서 붙잡고 소파 뒤에 있는 넓은 공간으로 끌고 갔다.

"아니, 보소! 나는 당신한테 손해 입힐 사람이 아니란 말……."

퍽 퍽 퍽.

"윽, 으윽,"

박철호가 자신의 결백을 주장하자 두 사내가 거센 주먹질로 박철호의 말문을 막아 버렸다.

두 사내에게 끌려 나온 박철호는 순식간에 알몸이 되고 말았다. 박철호는 엉겁결에 두 손으로 중요한 부분만 가린 채 공포에 떨고 있었다. 박철호의 옷을 뒤지던 사내들 중 하나가 박철호의 양복 오른쪽 안주머니에서 나온 명함을 이승철에게 내밀었다.

"오호라……. 검사와 내통한 게 확실하구만. 검사하고 손잡고 공안과 합세해서 나를 제거하겠다는 기야? 응?"

이승철이 손에 쥔 명함은 윤 검사가 연락처라며 쥐어 주었던 그 명함이었다. 옷에 그 명함이 있다는 것을 박철호 자신도 기억하지 못하고 있었던 것이다.

이승철은 나머지 소지품에는 관심을 두지 않고 명함만 손에 쥐고 이리저리 살폈다. 중국도 한국과 국제 공조로 범죄

수사에 협력하고 있었기 때문에 제아무리 이승철이라도 현장에서 검거되면 빠져나갈 방법이 없었다. 때문에 이승철의 사람들에 대한 의심은 습관화되어 있었다.

"윤정범 검사라……. 특수부 마약반 검사. 흥! 이 엉큼한 영감탱이가 쌰."

이승철이 분을 삭이지 못하고 이를 갈며 박철호를 노려보았다. 박철호는 서슬 퍼런 이승철의 눈빛에 겁을 먹고 제대로 변명도 못하고 있었다.

"이보라우, 저 영감탱이 끌어내라우."

"예."

알몸의 박철호는 사내들에게 질질 끌려 방문 밖으로 내던져졌다. 이승철은 왼쪽 안주머니에 손을 넣어 권총을 꺼내 들고는 노리쇠를 잡아당겼다. '철컥' 하는 소리와 함께 이승철이 박철호에게 다가갔다. 박철호는 잔뜩 겁에 질린 채 사색이 되어 벌벌 떨고 있었다.

이승철은 권총을 들고 마루에 서서 박철호의 가슴에 총구를 겨누었다.

"사, 살, 살려 주이소! 오햅니다! 나는, 나는 절대로 그런 사람 아니오."

"이 영감탱이야, 먼저 가서 편히 자리 잡고 주무시라요."

피슝, 피슝.

연속해서 두 발의 총알이 박철호의 가슴으로 파고들었다.

소음기가 장착된 권총이라 큰소리는 나지 않았지만 박철호는 가슴에서 피를 쏟으며 땅바닥에 꼬꾸라졌다.

"으으윽. 나는…… 으으으으……."

마지막 말을 잇지 못하고 박철호는 그대로 숨을 거두었다. 이승철이 권총을 집어넣고 주위를 한 바퀴 둘러보았다.

"이 영감탱이 잘 묻어 주라우. 춥지 않게 이불에 싸서 편안하게 재워 주라우."

부산구치소에 수감되어 있던 광민은 재판을 받기 위해 부산지방법원에 도착해 대기실에서 순서를 기다리고 있었다. 오랜만에 만나게 된 꿀꿀이와 제비도 광민의 옆에서 침통한 표정으로 앉아 있었다.

"꿀꿀아, 제비야."

"예, 행님."

"못난 형 만나서 느그가 고생이 많다. 어떻게 해서든 살아 나가서 보란 듯이 잘 살아야 된다. 알겠냐?"

"예, 행님. 행님도 그래 하시야지예."

"그리고 여기서 나가게 되면 두 번 다시 나를 찾아오지 마라. 또 다른 세상이 있으면 우리 그때 다시 만나자."

"행님, 와 그래 약한 말씀을 하십니까? 아직 끝난 건 아무것도 없습니다."

광민은 강수가 떠난 그 허망한 서러움을 혼자서 감내하기가 버거웠다. 그래서 가끔은 하소연도 하고 싶고 위로도 받고 싶었지만 그럴 수 있는 사람은 오직 꿀꿀이와 제비뿐이었다. 하지만 두 동생 또한 무거운 징역형이 내려져 감내하기가 쉽지 않을 터라 차마 말이 나오지 않았다.

“나는 말이다……. 남자는 가슴으로만 우는 줄 알았는데 눈으로도 울더라.”

“행님, 와 자꾸 그래 약한 말씀하십니까?”

“그래, 그래. 알았다. 느그는 약해지지 마라.”

이윽고 재판부 쪽에서 교도관이 걸어오더니 광민과 꿀꿀이, 제비를 호명하며 법정 안으로 데리고 들어갔다. 법정 안은 방청객들로 가득 차 있었고 기자들도 취재에 열을 올리며 방청석을 에워싸고 있었다. 광민과 꿀꿀이, 제비가 법정에 들어서자 함성이 터져 나왔다.

“죽어! 죽어라, 이놈들아! 우리 아들 살려 내라, 이놈들아!”

순직한 경찰관들의 유족들이 보내는 원성이 법정을 가득 채우고 있었다. 카메라 기자들은 연방 플래시를 터트리며 사진 촬영에 열을 올리고 있었다.

광민은 누군가 자신을 쳐다보는 느낌에 주위를 둘러보다, 시선이 멈추었다. 방청석 제일 뒷부분의 빈 공간에 휠체어에 앉은 주희가 보였다. 주희는 마스크를 쓰고 있었지만 며칠 전보다도 더 초췌해진 모습으로 광민을 향해 눈웃음을 짓고 있었다.

"자, 자! 조용히 하세요. 지금부터 재판을 시작할 것이니 모두들 정숙해 주시기 바랍니다."

판사는 실내를 한 번 정리하고는 서류 뭉치를 자신의 앞으로 끌어당겼다.

"먼저 검사 측 심문하세요."

광민은 그제야 법정을 향해 몸을 돌리고 검사의 말에 귀를 기울였다. 법정에는 공판 검사가 별도로 있었지만 오늘은 윤 검사가 직접 검사석에 앉아 심문을 하고 있었다.

"피고 서광민과 동 정재훈 동 김성민은 위조지폐 밀반입과 마약 밀반입, 특수공무집행방해, 인질, 납치 등의 죄목으로 구속되어 현재 구치소에 수감 중에 있지요?"

"예."

광민이 또렷하게 대답했다.

"먼저 피고인들은 다섯 차례 검찰 조사를 받았는데, 그 진술 내용 모두 다 사실로 인정하지요?"

"예."

윤정범 검사의 말이 계속 이어지고 있었지만 광민의 머릿속에는 주희의 파리한 얼굴만 떠다니고 있었다.

"피고인 서광민을 무기징역에, 동 정재훈은 징역 칠 년형에, 동 김성민은 징역 칠 년형에 각각 구형한다."

"검사 측 심문에 반론이 있다면 변호사 측 변론하세요."

변호사는 재환이 선임한 재야 출신 인권 변호사였지만 변론하기 위해 필요한 자료가 없어 재판부에 연기를 신청했다.

"아직 자료를 다 수집하지 못하였기에 재판의 연기를 신청합니다."

"누구 마음대로 연기를 한단 말입니까? 재판장님! 저는 변호사를 선임한 적도 없고 연기할 생각도 없습니다."

광민이 변호사와 판사를 번갈아 쳐다보며 자신의 입장을 밝혔다. 광민의 느닷없는 돌출 발언에 방청석이 또 한 번 술렁거렸다.

"저 나쁜 놈, 저런 악질 같은 놈이 있나. 우리 아들 살려 내라, 이놈아! 이놈아! 이놈아!"

한 노파가 고함을 지르며 광민에게 달려들었지만 청원경찰과 교도관의 제지로 가까이 다가가지는 못했다.

"야, 이놈들아! 니놈들도 사람이가! 사람을 다섯 명이나 지기 놓고 뭐가 우째, 이놈들아! 아이구, 억울해라. 억울해서 몬 살겠네. 흐흐흐흑!"

"조용히 하세요. 이러시면 안 됩니다."

판사가 또 한 번 큰소리로 말하자 시끌시끌하던 장내가 다시 조용해졌다.

"피고의 뜻이 그러하다면 재판부에서도 받아들이겠습니다. 피고인, 마지막으로 할 말이 있습니까?"

광민은 조용히 일어나 방청석을 향해 머리를 숙였다.

"고인이 되신 분들께는 죄송한 마음 금할 길이 없습니다.

유족 여러분께는 깊이 사과드리겠습니다."

광민이 방청석을 향해 다시 한 번 예를 갖춰 고개를 숙이며 사죄했다. 그러고는 윤 검사를 향해 고개를 돌리고 매서운 눈빛으로 쏘아보았다.

"윤 검사, 내 당신에게 충고 한 마디 하겠소. 당신은 검사로서는 능력이 있는지 모르겠지만 한 사람의 인간으로서는 실격이오. 지금부터라도 법을 사람 위에 올려놓지 말고 사람을 법 위에 올려놓길 바라오. 사람 위에는 그 어떤 것도 있을 수 없다는 것을 당신이 알기를 바랄 뿐이오. 내가 원하는 것은 그것뿐이오."

광민의 일갈에 윤 검사의 얼굴이 일그러지며 붉게 달아올랐다. 판사는 광민이 검사에 대해 인신공격을 가하자 재판을 신속히 마쳤다.

"다음 선고일은 일주일 후가 되겠습니다. 이상으로 심리를 마치겠습니다."

윤 검사는 교도관들에게 끌려 나가던 광민과 눈이 마주치자 쓴웃음을 지어 보였다.

그때였다. 광민이 포승에 묶여 있는 두 팔꿈치의 작은 공간을 이용해 자신의 오른쪽을 잡고 있는 교도관의 옆구리를 자신의 오른손 팔꿈치로 세차게 가격했다. 순식간에 일격을 당한 교도관이 바닥에 주저앉자 오른발로 교도관의 턱을 걷어차 올렸다. 교도관은 뒤로 벌러덩 넘어지면서 판사석 아래를 가로막고 있던 벽면에 부딪쳐 일어나지 못했다. 곧바로 광민이 왼쪽 팔을 잡고 있는 교도관의 콧등을 이마로 찍어 누르자 얼굴을 감싼 채 그 자리에 주저앉아 버렸다.

광민이 포승줄에 묶여 있으면서도 교도관 두 명을 순식간에 해치우자 윤 검사의 얼굴이 하얗게 변했다. 광민의 눈길이 처음부터 윤 검사에게서 떠나지 않고 있었기 때문에 다음 차례는 바로 자신이라는 것을 알고 있었다.

광민이 윤 검사에게 가기 위해 몸을 날리자 청원경찰들이 달려들어 전자봉으로 광민을 제압했다. 순간 전력이 2만 볼트에 이르는 전자봉에 맞으면 코끼리도 기절해 버릴 정도였다.

순식간에 법정 안은 여자들의 비명 소리와 서로 먼저 도망가기 위해 벌이는 방청객들의 몸싸움으로 아수라장이 되어 버렸다.

광민이 정신을 차렸을 때는 이미 발목까지 포승에 묶여 걸을 수도 없게 되어 있었다. 광민은 그 와중에도 윤 검사를 찾아 두리번거렸지만 이미 광민의 몸은 대기실로 끌려 나와 바닥에 주저앉아 있었다.

재환은 강수의 유골함을 싣고 한우산으로 가고 있었다. 안동교도소 측과 인수 절차를 마무리짓고, 광민의 말에 따라 강수의 시신을 화장해서 가는 중이었다. 재환의 옆자리에는 호석이 앉아 있었다.

혼자서 하기에는 마음이 불편했던 재환이 호석에게 부탁을 한 것이었다. 호석은 두말 없이 재환을 따라나섰다.

재환과 호석 모두 HID 출신들이기에 낙하산은 수도 없이 타 보았고, 특히 호석은 패러글라이딩 동호회에 가입해서 활동하고 있었다. 호석은 자신의 동호회에 이와 같은 사실을 알리고 마지막 가는 고인의 고별식에 참가해 줄 것을 부탁했다. 동호회원들도 호석의 부탁을 흔쾌히 승낙했다. 고인은 이름도 얼굴도 모르는 사람들의 배웅을 받게 된 셈이었다.

재환이 운전하는 승용차는 재환이 자란 고향 가까이 다다르고 있었다. 재환의 마음을 아는지 호석은 조용히 옆자리만 지키고 있었다. 앞만 보고 운전하던 재환이 갑자기 차를 세웠다.

"왜 그래, 무슨 일 있어?"

"아니, 저길 봐. 저런 곳에도 교회가 있구나! 이런 산골에 말이야."

모의교회라는 작은 글씨가 보였다.

"우리, 목사님께 부탁해서 마지막 가는 고인의 명복을 빌어 주면 어떨까?"

"그래. 그게 좋겠다."

재환이 교회 앞에 차를 세우더니 문을 열고 안으로 들어갔다. 교회는 비어 있었지만 아주 편안하고 아늑해 보였다. 아무도 없어 밖으로 나오는 데 누군가가 재환의 앞을 가로막았다. 나이는 재환과 비슷해 보였지만 어딘가 모르게 편안한 얼굴이었다.

"어떻게 오셨습니까?"

"예. 혹시 목사님이 계시나 싶어서 들러 봤습니다."

"아, 제가 목사입니다만, 무슨 일이신지?"

재환은 반가운 마음에 미소를 지으며 말을 이었다.

"목사님. 다름이 아니라 기도를 좀 부탁드릴까 싶어서 이렇게 연고도 없는 곳에 염치 불고하고 발을 들이게 되었습니다."

"그렇군요! 여기서 이럴 게 아니라 안으로 드시지요."

젊은 목사의 안내를 받으며 교회 안으로 발을 들여놓은 재환은 목사가 건네주는 의자에 앉아 전후 사정을 상세하게 이야기했다.

재환의 이야기를 다 듣고 난 목사는 고개를 끄덕이더니 고인의 유골함을 가지고 오라며 재환을 밖으로 내밀었다.

재환은 차로 달려가 보자기에 싸인 유골함을 들고 다시 교회 안으로 들어갔다.

유골함을 건네받은 목사는 자신의 무릎 위에 유골함을 올려놓고서 정면에 있는 십자가를 향해 지그시 눈을 감고 기도를 올렸다.

"주님, 오늘 길 잃은 영혼이 주님 앞에 찾아왔습니다. 세상에 한이 많아 제 목숨 다하지 못하고 먼저 가는 영혼을 불쌍히 여겨 주시고 죄지은 것이 있으면 사하여 주시고 다음 세상에는 훨훨 자유로이 날아다닐 수 있는 새가 되어 태어나게 해 주십시오. 이 모든 기도 예수 그리스도 이름으로 기도드리나이다. 아멘."

"아멘."

기도는 진지하고도 엄숙했다.

"목사님, 정말 고맙습니다. 어떻게 감사의 마음을 전해야 할지 모르겠습니다."

"고인의 마지막 가는 길까지 잘 배웅해 주십시오. 그게 감사의 보답이지요."

재환은 젊은 목사와 헤어진 직후부터는 마음이 한결 가벼워짐을 느꼈다. 묵직하게 누르고 있던 바윗덩어리가 잘게 부서져 내리는 것 같았다.

어느새 한우산 정상이었다. 옛날과 다르게 정상까지 임도가 나 있어 정상을 밟기가 한결 수월해져 있었다. 재환이 차에서 내리자 호석의 동호회 회원 10여 명이 먼저 도착해 벌써 모든 준비를 마쳐 놓고 있었다.

"아이구, 이거 이렇게 많이 와 주셔서 고맙습니다!"

재환이 앞으로 나가서 호석의 동료들에게 인사를 건넸다.

"다 좋은 일하는 건데요, 뭘."

호석은 재환에게 패러글라이더 사용법과 장비를 꼼꼼히 챙겨 주었다. 패러글라이더는 상향 조정 레버가 있는 것 말고는 낙하산과 별다른 차이점이 없어 보였다. 낙하산은 하강의 목적으로 뛰어내리지만 패러글라이더는 공중에서 한참 동안 여행할 수 있다는 것이 다를 뿐이었다.

한우산 정상 900고지에 설치된 활공장에서 재환을 포함한 12명의 동호회원들은 일렬로 서서 먼저 고인에 대한 묵념을 올렸다. 모두들 엄숙한 자세로 고인에 대한 예를 갖추고 있었다.

고인에 대한 묵념이 끝나자 곧바로 선발대원들의 활강이 시작되었다. 선두로 힘차게 뛰어내린 패러글라이더가 하늘 높이 날아오르자 뒤이어 뛰어내린 회원들이 선두의 뒤를 따라 날아올랐다. 재환은 고인의 유골함을 넓은 천으로 가슴에 묶었다. 그러고는 양손에 조정 레버를 잡고 힘차게 도약했다.

모두 12명이 한우산과 자굴산을 한 바퀴 선회하며 새처럼 떠 있었다. 재환은 조정 레버를 왼손으로 잡고 오른손으로 유골을 한 주먹씩 쥐어 날려 보냈다. 하얀 가루는 바람에 날려 흩어지다가 어느 사이에 먼지처럼 하늘로 사라져갔다.

"결국 이렇게 되는구나. 이것이 인생인 것을. 자연에서 태어나 한 줌의 재가 되어 다시 자연으로 돌아가는 것을. 그 짧은 인생이 왜 이다지도 고되고 고된 것일까?"

발아래로 보이는 한우산 정상과 자굴산 정상으로 등산객들이 오르고 있었다. 등산객들 중 어떤 이는 손을 들어 흔들기도 하고 어떤 이는 수건을 흔들며 비행을 축하해 주기도 했다.

"형님, 다음 생에는 부디 자유로이 날아다닐 수 있는 새가 되어 태어나십시오. 그래서 이승에서 못 가 본 곳이 있다면 마음대로 가 보시고, 여행을 하다 해가 지면 어느 나무 그늘 아래 둥지를 틀고 잠들기도 하고, 그렇게 원 없이 한번 살아 보십시오. 늘 어두운 곳에 갇혀 수많은 세월을 어둠과 싸우느라 참 애 많이 쓰셨습니다. 부디 이승에서의 못 다 푼 한, 다음 생에서 꼭 풀어 보십시오. 잘 가십시오."

광민은 교도관 폭행으로 징벌위원회에 회부되어 족쇄 2개월을 선고받고 백담사에서 생활하고 있었다. 부산구치소의 징벌방을 재소자들은 백담사라고 불렀다. 백담사는 구치소의 제일 위 사동 건물에 있었으며 일반 사동과 거리가 멀었을 뿐만 아니라 일반 사동 재소자와는 일체 접촉이 이루어질 수 없는 곳이기도 했다. 광민이 수갑과 족쇄를 차고 벽에 기댄 채 밤을 지새운 지 벌써 7일째였다.

그날 아침, 광민의 선고가 있는 날이라 담당 근무자는 문을 열고 들어가 족쇄를 풀어 주었다.

"앞으로는 그런 짓하지 마라. 니만 손해다. 이게 뭐고?"

"예, 알겠습니다. 제가 미욱해서 감정을 다스리지 못했습니다. 개인적인 감정이 있어서 그랬던 것은 아니니 용서해 주십시오."

"그래, 안다, 나도 다 안다. 그러니까 오늘은 조용히 재판 잘 받고 온나."

담당 근무자는 따뜻한 말로 선고를 받으러 출정하는 광민의 마음을 조금이라도 가볍게 해주려고 했다.

광민을 태운 호송차가 구치소 정문을 나서자 수십 명의 기자들이 호송차를 촬영하려고 몰려들었다. 일부는 아예 호송차를 가로막고 실내에 있는 광민을 취재하기 위해 온몸을 던졌다. 구치소 측에서 투입한 경비교도대원들과 기자들 간의 몸싸움이 곳곳에서 벌어지고 있었다. 법원에서 광민이 윤 검사에게 달려들었다는 게 알려지면서 기자들의 관심을 불러일으킨 것이었다.

가까스로 빠져나온 호송차는 법원으로 가기 위해 시내 도로를 달렸다. 이번에는 호송차 뒤로 수십 대의 취재 차량이 꼬리를 물고 이어졌다. 법원 주차장에 도착한 호송차에서 재소자들이 내리기 시작하자 교도관들이 일렬로 서서 재소자들의 법원 출입을 도왔고, 기자들은 한 걸음이라도 더 가까이 다가가기 위해 안간힘을 쓰고 있었다. 이윽고 광민이 호송차에서 모습을 드러내자 기자들의 자리싸움이 더욱 치열해지면서 쉴새없이 카메라 플래시가 터졌다.

"서광민 씨! 윤 검사와 범죄 협약이 있었습니까?"

"무슨 말이라도 좋으니 한마디만 해주세요."

"서광민 씨, 왜 진실을 밝히지 않는 거죠?"

기자들의 질문이 쏟아졌지만 광민은 굳게 입을 다문 채 아무 말도 하지 않았다.

법정 밖 대기실에 앉은 광민은 오늘도 와 있을 주희를 생각했다. 아직 살아 있을까 하는 불길한 생각도 들었지만 한편으로는 어쩌면 기적처럼 다시 일어섰을 수도 있을 것이라 생각했다.

잠시 후 교도관이 광민을 법정으로 안내했다. 교도관이 열어 주는 문 안으로 들어서자 기자들의 플래시가 폭발하듯 터지고 있었다. 광민은 방청석을 한 바퀴 둘러보았다. 빽빽하게 차 있는 방청객들 때문에 주희의 모습은 보이지 않았다. 광민은 판사 앞으로 걸어가려다가 걸음을 멈추었다. 주희의 휠체어가 분명 보인 것 같았다. 광민은 고개를 돌려 지난번에 주희가 앉아 있었던 자리를 바라보았다. 하지만 광민은 그곳을 바라보는 순간 온몸이 굳어 버렸다. 주희의 휠체어 위에는 한 송이 흰 국화꽃만 덩그러니 놓여 있었다. 그리고 휠체어 옆의 방청석에는 재환이 앉아 있다가 광민과 눈이 마주치자 가볍게 고개를 좌우로 흔들어 보이면서 슬픈 눈으로 광민을 바라보고 있었다.

"결국 그렇게 되었구나……."

광민은 주희의 죽음을 확인하자 멍하니 서서 혼잣말을 중얼거렸다.

"피고인은 내 말이 안 들립니까?"

판사는 광민이 법정에 들어와 자신 앞에 서지 않고 방청객을 향해 한참을 서 있자 화가 난 목소리로 광민을 부르고 있었다.

"조용히 하세요. 재판을 시작하겠습니다."

"판결문을 낭독하겠습니다. 피고인 서광민과 동 정재훈 동 김성민이 마약을 밀반입하고 있다는 정보를 입수한 경찰은 즉시 출동하여 현행범인 피고인 서광민 일행을 제지하던 중 피고인들이 제지에 불응하여 도주한 사실로 경찰관 다섯 명이 순직했습니다. 또한 피고인들은 법정에서도 자신의 죄를 뉘우치기는커녕 더 기고만장한 자세로 폭력을 자행한 악랄한 범죄자임을 재판부가 인정합니다. 따라서 피고인들에 대한 검사의 구형량이 적당하다고 판단되어 피고인 서광민에게는 무기징역을, 동 피고인 정재훈에게는 징역 칠 년을, 동 피고인 김성민에게는 징역 칠 년을 선고합니다. 이 선고에 불복한다면 칠 일 이내에 항소할 수 있습니다."

광민은 판사의 선고에는 전혀 관심도 없는 듯 여전히 뒤돌아서서 주희가 앉아 있던 휠체어를 바라보고 있었다. 그때 광민의 눈에, 언제 나타났는지 휠체어에 주희가 앉아 있는 것이 보였다. 주희는 광민과 눈을 마주치며 환하게 웃고 있었다. 광민이 엉겁결에 주희가 있는 곳으로 걸어가자 교도관들이 또다시 광민을 제지했다.

실내가 또 술렁거렸다.

"저놈이 인자는 미쳤구먼!"

"하기야 미쳤으니까 그런 짓을 하지. 안 그래예?"

"조용! 조용히 하세요. 피고인 서광민 씨는 판결 내용을 다 들었지요?"

"판결? 그게 뭐 중요한 거라고 이렇게 야단입니까? 당신들 눈에는 저 사람이 안 보입니까? 죽은 사람이 저기 있는데……."

광민은 주희가 있는 곳을 손가락으로 가리키며 소리를 지르고 있었다.

"피고인은 지금 어떤 징역을 받았습니까?"

판사는 광민의 엉뚱한 행동에 의심을 품고 판결 내용을 알고 있는지 재차 확인했다.

"그게 뭐가 그리 대단하냔 말입니다. 나는 이렇게 살아 있고, 저 아가씨는 죽었는데……. 나 같은 놈이 죽어야지 왜……, 왜 저리 착한 여자를 데리고 가느냔 말입니다. 왜!"

재환이 앞으로 뛰어나와 광민에게 가서 나지막하게 얘기했다.

"광민아, 다 잊어야 니가 산다. 강수 형님도 잘 보내 드렸고 주희 씨도 이제는 이 세상에 없어. 그러니까 이제 너라도 좀 살아라, 응? 제발 정신 좀 차려라. 제발 정신 좀 차리라고,

광민아!"

"그래, 니 말이 맞다. 이제 다 떠나고 나만 남았네. 나만 남겨 두고 다 떠나 버렸네. 나도 가고 싶은데, 나도 따라가고 싶은데……."

광민은 터벅터벅 법정 밖으로 걸어 나갔다. 뒤에서 판사가 계속 불렀지만 광민은 끝내 뒤돌아보지 않았다.